新潮文庫

マザーズ

金原ひとみ著

新潮社版

9863

マザーズ

ユカ

体育座りを始めて、どのくらい経《た》つだろう。丸まった形でくるくると回されローストされていく、首から上を切断された鶏が頭に浮かぶ。石膏《せっこう》で型取りされているかのように全身が固まっていて、どこかを動かせばぎしぎしと音がしそうだった。頭の先から足の先まで筋肉という筋肉は僅《わず》かな動きさえも拒否していて、噛《か》みしめる奥歯もまた、僅かたりとも動かない。不意に胸元に強烈な光が灯り、一瞬の後、それは驚異的なスピードで私の全身を駆けめぐり始めた。光の駆けめぐる道筋にじわっと快感が染《し》みていく。ナメクジの通った道がきらきらときらめくように、光の通った道はきらきらとピンク色に光り、ひりつくような快感をもたらしている。ピンクの蛍光塗料が溶かされた媚薬《びやく》入りローション。光は体中にそういうものをまだらに塗りたくり、最後は呆気《あっけ》なく右耳の辺りで消えた。残ったのはぬらぬらと仄《ほの》かに光る、下品な色だけだった。私はこのフロアーの隅っこで体育座りをして顔を膝《ひざ》に埋め、まだらに発情している蛍光ピンクの発光体だ。

「ユカさん」

僅かに顔を上げて視線を巡らせ、ジントニックのタンブラーを持ったオギちゃんの姿を見つけた。

「行かない?」

オギちゃんはブースの方を指さして聞いた。彼の人指し指の向こうでストロボライトが激しく点滅して、人指し指の先端が光っているように見え、その既視感に頬が緩む。

「オギちゃん」

「うん」

「手繋《つな》いで」

アクセントを間違えて発された声を、オギちゃんは大音量の音楽が鳴り響く中でも理解してくれたようで、ソファに腰かけると私の左手を左手で握り、どうしたのと言いながら右手で私の肩の辺りをさすった。私が寒気を感じているのが、彼には分かったようだった。私はもう大分長い事、メンソレータム地獄だかムヒ地獄だかに放り込まれたように、全身をひりひりさせていた。

「あれだよね。ユカさんていつもそうだよね」

私の手は彼の手に爪《つめ》を食い込ませていて、根本が剝《は》げかけているジェルのスカルプが取れてしまうんじゃないかと思いながら、力を緩められなかった。手を繋いでいる時間が長くなればなるほど、彼の手に対する執着心が芽生えていく。オギちゃんの手がなくなったら死んでしまうかもしれないと思った。でもそんなはずない。私は彼の手がなくなったところで別に死にもしなければ悲しみもしないし、むしろ手がなくなったらそのなくなった状況に執着心を芽生えさせるはずだ。そもそも彼が声を掛けてきた瞬間、私はひどく疎《うと》ましい気持ちになったのだ。

「いつも最初さ、そうやって丸くなるよね」

私はいつも絶望してるんだ。丸くなってローストされながら絶望して、絶望し尽くして初めて希望を持てるんだ。絶望が私の一番の起爆剤であって、生きていく糧《かて》でもあるんだ。そう伝えたかったけれど、ぎりぎりする奥歯でうまく伝えられるか分からなかった。それに今自分が、他人に自分の気持ちや考えを口にするのは良くないような気がした。そこには誤解が生まれ、人を疎外《そがい》し、疎外される結果に結びつくように思えた。突然自分の周辺がロココ調の洗面台となり、私の顔が蛇口となり、見知らぬ男が私の頭に生えた取っ手をくるっと捻《ひね》り、私の口から数時間前に食べたパスタが吐き出されていく映像が浮かんだ。半固形のゲロが男の手に落ち、男の顔を濡《ぬ》らす。顔を上げ、鏡に顔を映す男の顔面には私の吐いたパスタがへばりついていて、まるでミミズを顔に蔓延《はびこ》らせているように見える。よく見ればそれは本物のミミズなのかもしれない。私はミミズを食べていたのかもしれない。夜九時半過ぎ、私はイタリアンレストランでオギちゃんとジントニックを片手にボロネーゼのパスタを食べていたはずだったけれど、本当は小学校の鶏の飼育小屋周辺で土を掘り返し石をひっくり返し、ミミズをわんさか捕獲しては貪っていたのかもしれない。

「あ、ミカが来たよ。行かない？」

「いい」

じゃあ、すぐ戻るね、と続けてオギちゃんが私の肩と手から両手を離し、私がまたただの虚《むな》しいローストチキンに戻ってしばらくすると、少し離れた所から微《かす》かにミカとオギちゃんの声が聞こえた。ミカとオギちゃんの声が、ゆっくりと速度を増し始めた音楽に紛れて、次第に判別不能になっていく。少しずつ奥歯の力を抜いた。自分は場違いだ。私は、自分がここにいる事にいつも違和感を覚える。ふっと腰を浮かせると、ショートパンツのポケットから携帯を引っ張り出した。時間が気になった。駆り立てられるようにして眼前に持ってくると、両足の間でサイドボタンを押す。00:36という時間が目に入り、ほっとして息を吐いた。でも十二時半という事は、一時間以上ここに体育座りしている事になる。今日は何故《なぜ》か、なかなか絶望し尽くさない。

「ユーカ」

顔を上げるとミカがいた。私は彼に名前を伸ばして呼ばれるたび、自分の名前と彼の名前が似ている事に嫌悪感《けんおかん》を抱く。白人と黄色人のハーフなのに、何故か褐色の肌をした彼は、その濃い肌色を歪《ゆが》め微笑《ほほえ》みを浮かべた。でもそのはっとするような美しい顔立ちをした彼の表情に態度に仕草に造作一つ一つに根付く、払拭《ふっしょく》しようのないおぞましさが何なのか未《いま》だに全く分からない。私はいつも、彼が目の前に現れるたび、温い恐怖と共に彼が去っていくのを待つしかなかった。恐ろしさ故《ゆえ》か、狂気がどんどん薄れていく。初めてオギちゃんが面白いんだよこいつ、と彼を紹介してきた時の驚きと恐怖が、会うたびに思い起こされる。〇〇フィリアとか、〇〇マニア、といった既成の変態性ではなく、もっと得体の知れない、未来的な変態性をミカには感じる。ミカにはＳＦを感じる。ミカには宇宙を感じる。きっとこの人は、私の知らない事をたくさん知っているだろう。私の知りたくない事ばかり知っているだろう。一瞬でも気を抜いたら、私の知りたくない事をテレパシーでどしどし送りつけられそうで、私はミカから目を逸《そ》らした。

「行こうよ」

「いい」

「おいでよ。僕と踊って」

「オギちゃんは？」

「オギもあっちにいるよ」

　ミカの温かくごつごつした手に手首を掴《つか》まれ、ぐらっと体勢を崩し、床に足をついた。普通に掴まれているだけなのに、ロボットに掴まれているような気がするほど手首が痛かった。彼は超合金に皮膚を被《かぶ》せたロボットかもしれない。不安だった。一刻も早くオギちゃんの側に行き、手を伸ばしたいと思った。でも立ち上がった瞬間わっと勢いよく体中に血が回ったように力がみなぎり、不安は吹き飛んだ。ああまた、絶望し尽くした。そう思った瞬間、私はミカとなだれ込むようにして踊る人々の中に足を踏み入れていた。

涼子

後ろからバイクのエンジン音が届き、どんどんと近づいてくるその音に顔が険しくなっていく。ややもやとした不安は次第に形となり、恐る恐る振り返ると、風が立つようなスピードで二人乗りのバイクは私に近づき、ぶつかるっと思って身を歩道脇《わき》に寄せようと足を踏み出した瞬間、私はバイクの後部に乗っている男にラリアットをくらわされ、その腕になぎ倒されるようにして地面に倒れ込み、耳から頰の辺りをアスファルトに擦《こす》りつけ、苦痛に呻《うめ》きながら悲鳴を上げようとした瞬間、バイクから降りてきた男にバッグを奪われた。男が私のバッグを前の男との間に挟むようにしてバイクの後部に乗ると、しなやかな流れ作業のようにバイクは大きなエンジン音をたてすんなりと走り出し、ものすごいスピードで視界から消えた。ナンバープレートは二つに折りたたまれていて、私は一文字も把握する事が出来なかった。芸術的な手際《てぎわ》の良さだった。右手に持っていたはずのコンビニ袋は、私の二メートルほど先に落ち、お菓子やジュースを辺りに散乱させていた。首の痛みと顔面の痛み、そして肩掛けバッグを乱暴に奪われた時に打撲したのであろう腕の痛み。頬がひりひりと痛み、血が流れる感触が走る。顔の傷は綺麗《きれい》に治るだろうか。バッグの中にファンデーションのコンパクトがあったはずだと思い出すが、今まさにそのバッグを奪われたのだと思い至る。顔から血を流したまま、散らばったお菓子やジュースや雑誌を拾い集めるべきか、それとも拾わずに足早に家へ帰るべきか考えている自分があまりに情けない存在に思えた。自分がまるでぼろ雑巾《ぞうきん》のように、サンドバッグのように、いや、金品を奪い取られたという点を考えればもっと完膚無きまでに惨《みじ》めな存在になっているのを感じながら、私はどこか、恍惚《こうこつ》としている。

　自分がそうして引ったくり事件に巻きこまれる想像をしながら、視点も定まらないような間抜け面をしているのに気づき、口元に力を入れた。後ろを振り返る。バイクは来ない。バイクの音すら聞こえない。コンビニの前で、バイクを挟んでたむろしていた二人組の男を思い出す。コンビニに入る時も、出る時も、二人と目が合った。私は、きっと彼らに襲われるのだろうと思い込んでいた。そして、そうなる事を望んでいた。自分の妄想が妄想で終わったのを知り、全身から力が抜けてその場に立ちすくんだ。前にも後ろにも人はいない。私を襲う者はいない。私は普通に、この重たいコンビニ袋を持って帰宅するのだろう。中山浩太・涼子。そう、名字を失ったかのような形で書かれた表札のかかる、コーポミナガワ305号室に。

現実的な想像をする。私はこれからこの重たいコンビニ袋を右手と左手で交互に持ち替えながら帰路を歩み、この道の突き当たりを左へ、更に五十メートルほど歩いた所を右へ曲がり、見えてきたコーポミナガワの灯りに絶望しながらコーポミナガワへと足を踏み入れ、汚らしい自転車置き場と化している一階の一番奥にある階段で三階まで上がり、全く今時エレベーターのないマンションなんてと苛々《いらいら》しながらドアを開け、音をたてないよう気をつけつつ袋から飲み物を取り出し冷蔵庫に詰め、お菓子を一つ選び取り開封し、それを口に放り込みながら最後にファッション誌を取り出しソファに寝転んで読み始める。そして睡眠不足のため、ソファで雑誌を読みながら数十分もすればそのまま眠りにつくが、それから二時間もしない内に一弥《かずや》が目を覚まし泣き喚《わめ》き、眠気にふらつきながら寝室へ行き一弥の声に目を覚ましもしない浩太に苛立ちながら一弥を抱き上げ、ソファに戻るとカシュクールのトップスをはだけて一弥の口に乳首を押し込み、母乳を飲まれながら眠たい目を擦りつつさっきの雑誌の続きを読むだろう。その後は分からない。一弥が乳首を口に入れたまま再び眠りにつけば、私は一弥を抱きかかえたまま浩太の眠るベッドへ戻り、そのまま三人で川の字になって眠るだろうが、飲み終えても一弥が眠りにつかなければ私は一弥を抱っこして歩き回り、腱鞘炎《けんしょうえん》になりかけている左手首を庇《かば》いつつ、僅《わず》かな睡眠時間を求めてありったけの力を振り絞って寝かしつけるだろう。

道の真ん中で立ちつくしたまま、これからの数時間を想像している自分があまりに滑稽《こっけい》で、その場にしゃがみ込みたくなる。子どもが生まれて約九ヶ月。私は事件を求めていた。このまま失踪《しっそう》をするでもなく、夜遊びに出かけるでもなく、自分の意志とは関係のない所で不可抗力的に事件に巻き込まれ、非日常へと足を踏み入れる事を望んでいる。顔から血を流したまま帰宅して浩太を叩《たた》き起こしたり、警察を呼んだり、事情聴取をされたり、浩太に優しく介抱してもらったり、ほんの一時一弥の育児から解放されたりという、そういう非日常が欲しくて堪《たま》らなかった。一日でいい。いや、数時間でもいい。日常から飛び出せずとも、日常を歪《ゆが》めるだけでもいい。いつもと違う景色を見たい。

子どもを寝かしつけ、夫の許しを得て、或《あ》いは夫が眠りについた後、こうしてコンビニに買い物に出る事だけが今の私の息抜きとなっている。一度外に出た私はもう二度と帰りたくないと思いながら、コンビニで読みたくもない週刊誌やファッション誌を片っ端から読みあさったり、欲しくもない化粧品を品定めしたり、特に必要でない飲み物を買い込んだりして、事件を夢見ながらゆっくりと帰路を歩み、嫌だ嫌だと思いながらドアを開き日常の中の日常へ戻る。こんな息抜きでも、ないよりはましだ。子どもと二人でずっと家にいる。それがぐつぐつと煮えたぎる五右衛門《ごえもん》風呂《ぶろ》に沈められたり、針山に落とされたりするのと同等の地獄であると知ったのは、出産直後の事だった。出産三日後、私は産院の病室で初めての夜間母子同室を体験し、マタニティブルーで自我が崩壊するかと思うほどの混乱に見舞われ、もう二度と自由は手に入らないのだと絶望して泣き喚いた。あの時の絶望は、マタニティブルーから立ち直っても尚、薄められたブルーとして私の日常にのし掛かっている。

一体何がいけないというのだろう。私は普通に好きな男と結婚をして、妊娠をして、一児をもうけただけだ。何が間違って、私はこうして毎日毎日満たされない思いを抱えたまま、満たされない気持ちで育児と家事を続けているのだろう。皆が普通にやっている事だ。結婚も妊娠も出産も育児も家事も、皆が普通にこなしている。私は何故《なぜ》そこに順応出来ないのか。そこに充足を感じられないのか。毎日毎日、母乳をやりオムツを替え着替えさせ風呂に入れ買い物に行き離乳食を作り掃除をし洗い物をし、時に予防接種や健診へ連れて行き、日曜日は家族三人で買い物や食事へ行き、毎晩三人で川の字になって眠っている。そういう毎日を送りながら、どうしようもない不能感に苛《さいな》まれる。自分に与えられた仕事を淡々とこなしているはずなのに、自分が全く生きている意味のない、空っぽな人間に思える。実際、人間に生きている意味などないのかもしれない。この世に生きる全ての人間がただの穀潰《ごくつぶ》しなのかもしれない。五体満足な肉体を携え、成長し老化していく事を前提に生まれてきた塊を世話していく内、何をこんなに必死になって育てているのだろうと思うようになった。今私は、育児の意味が分からない。赤ん坊の意味が分からない。人間の意味が分からない。

ついこの間まで、何も考えずに遊び、飲み、友達とメールし、夫と仲良く暮らしていた。何かについて思い悩む事すらなかった。どうしてしまったのだろう。何故人間の意味についてなど考えているのだろう。ネットで募集をかければ、通り魔や引ったくりをしてくれる人を雇えるだろうかと考えながらゆっくりと歩き出していく内、殺伐とした気持ちの中に、全く相反する温かい気持ちが芽生える。一弥に触れたい。一弥に乳首を吸わせたい。一弥の笑顔が見たい。一刻も早く、あの愛くるしい肉の塊を抱きしめたい。私の腕の中で柔らかく蠢《うごめ》く一弥の体を思うと、見知らぬ男に暴行をはたらかれる自分を想像している時と同じような恍惚が湧《わ》き上がっていった。

五月

ばばばばば、と音をたててバスタブに溜《た》まっていくお湯を待ちながら、このまま溶けてベッドシーツの染《し》みになってしまいそうだった。からっからになるまで仕事をしていた。横になったまま煙草《たばこ》に手を伸ばして灰皿を引き寄せた。指が灰皿の中の灰に触れ、汚れた指をシーツに擦りつけた。あーあ。どんだけ疲れてるんだか。そう言いながら、待澤《まちざわ》は隣に寝そべった。

「もう駄目。お風呂《ふろ》入れないかも」

「一緒に入ろうよ」

待澤が覆《おお》いかぶさるようにして背中を愛撫《あいぶ》し始めた。背中空きのカットソーから感触が走って、眠気が少しずつ薄れていった。声が零《こぼ》れて、待澤はスカートをたくし上げた。

「待澤」

「なに？」

「会いたかった」

「五月は、二人になると甘えるよね」

くすくすと笑いながら、待澤は首筋を愛撫した。

「二週間ぶり？　三週間？」

「二週間半、かな」

「そっか。そうだよね」

「ねえ五月」

「なに？」

「俺たちもう半年になるんだよ」

どきっとして、口を噤《つぐ》んだ。私は、不意をつかれ動揺し、そこから何か自分を非難する言葉を待澤が口にするんじゃないかと恐くなった。私の恐怖心をよそに、待澤は特にそういう素振りは見せず、早く一周年迎えたいねと言って、朗らかに微笑《ほほえ》んだ。私は何を怯《おび》えているんだろう。待澤はそんな男じゃない。分かっているのに、待澤が次の瞬間には何か私にとって不利な事を言い出すんじゃないかと、恐れている。一体何が不満なんだ。自分の欲深さに、また腹が立つ。でも待澤が愛撫を続け、下着を取られた辺りから、自分の欲深さもわがままもどうでも良くなった。

「風呂、入る？　入らない？」

　待澤が膣《ちつ》に指を出し入れしながら聞いた。あとで。そう言うと、指は二本に増え、動きに力強さが増した。お湯の音がさっきと違って聞こえた。お湯はもう溜まって、排水溝に流れ落ちているかもしれない。激しく喘《あえ》いで、潮を噴いた。太ももに飛んだ飛沫《しぶき》を、待澤は綺麗《きれい》に舐《な》め取ったようだった。半身を起こし、シーツがびっしょり濡《ぬ》れているのを見て、仕事中に大量に水を飲んでいたのを思い出す。すごいね。待澤はそう笑って、おいでと私を引き寄せた。

　人指し指と親指で作った輪っかと唇を一緒に反復運動させていると、どんどん無心になっていった。このままじゃロボットになってしまいそうだと、咥《くわ》えたまま待澤を見上げた。待澤は私の髪を撫《な》で、凶器だなと呟《つぶや》いた。うん？と動きを緩めて首を傾《かし》げると、そのエロさは凶器だな、と言い直した。私は、自分のエロさが凶器となって待澤の首を串《くし》刺しにしている所を想像した。でも次の瞬間には、待澤が私の体に縫い針を沈めていく姿が頭に浮かんだ。待澤に会うたび、彼に針を埋め込まれているように感じる。待澤に針を刺されるたび、私は待澤から離れられなくなっていく。少しでも後ろを振り返れば、少しでも身動きすれば、針は体内でひしめき激痛を伴うだろう。会えば会うだけ、私は待澤を必要としていっている。それも別に、私自身が望んだ結果としてそうなっているのではなくて、ただただ、流れの結果としてそうなってしまっている。私は、待澤が必要だと思えば思うほど、待澤に会うのが恐ろしくなっていくのを感じていた。待澤との関係が続けば続くほど、それが自分自身の意志によってコントロールされているわけではないのだという気持ちが募っていった。私は、私一人として待澤を求めているのではない。私の中には二人の他人が溶けている。

待澤が腰を上げると、私は髪を散らしてベッドに横になった。百七十五の身長に、幼女のような胸、痩《や》せぎすの体。自分はエイリアンだと思っていた。いつも、どこに行っても、自分だけが飛び抜けて大きかった。自分だけが女らしい体つきに成長しなかった。自分だけが食べても食べても太らなかった。中学一年生の時、自分に普通に生理が来た事に、私は驚きを隠せなかった。私には一生生理なんて来ないんじゃないかと思っていた。一生、自分を愛してくれる男なんて現れないんじゃないかと思っていた。でもそんな事はなくて、生理は来たし、私の特異な体型や、特異な顔立ちを愛する男達は少なくなかった。でも彼らと付き合うたび、彼らが私を異人種として愛《め》でているような気がして気持ちが悪くなった。待澤に、そういう嫌悪《けんお》は感じない。待澤の母親は、百七十以上の長身だという。待澤は私と同じくらいの身長しかないけれど、それを指摘すると、背の高い母親は実母ではないのだと彼は教えてくれた。彼が、背の高い、血の繋《つな》がりのない女性と十年以上暮らしていたのだと思うと、彼に対する執着心が芽生えた。

セックスの後、私はお腹《なか》の精液を拭《ふ》かずにそのままバスルームに向かった。重力に従って落ちていく精液の流れは小さな逆三角形に作られた陰毛で止まり、じわっとそこに滲《にじ》んだ。どどどど、とお湯を排水溝に流し込んでいるバスタブの向こうに手を伸ばし、コックを閉じた。途端に辺りが静かになって、大理石の床が冷たさを増したような気がした。大きな洗面台に向かい、鏡の中の自分と見つめ合ったまま精液に触れた。精液は眩《まばゆ》いまでの照明を受け、ぬらっと光っていた。精液を臍《へそ》の辺りに伸ばしながら、じっと自分を見つめた。小さい顔、切れ長の一重まぶた、胸下まで伸びた黒髪、棒のような四肢、へこんだお腹。自分を美しいと思えるようになるまで時間がかかった。自分が価値ある存在だと思えるようになるまで時間がかかった。仕事で成功していく過程はそのまま、私が自分フェチになっていく過程でもあった。背が高いとか、顔が小さいとか、そういうちょっとした特異性があるだけで、人は自分を愛する時にフェティシストになってしまう。もっと普通に自分を愛したかった。シルバーのティッシュボックスから二枚ティッシュを抜き取ると精液を拭い、ゴミ箱に放ってからバスタブに冷え切った足を入れた。膝《ひざ》を抱えるようにしてお湯に浸かっていると、待澤が入ってきた。裸のまま来て、そのままバスタブに浸った彼は後ろから私に密着し、私は背中に当たる彼の胸がまだ激しく上下しているのを感じた。久しぶりだったせいか、今日は特別激しく、特別長かった。

「大丈夫？」

「ヤッてる時さ、五月のこのネックレスがきらきらしててさ、もう俺ヤバいんじゃないかって思ったよ」

きらきらしてた？　と振り返って言うと、待澤は疲れた表情のまま眉《まゆ》を上げ、きらきらしてるよな、これ、と私の首筋を触った。私はネックレスのヘッドを摘んで、軽く持ち上げた。白いシェルの土台にシルバーで聖母マリアが象《かたど》られたヘッドを吊《つる》すチェーンは、きらきら光っていた。このネックレスを買ったのは三年ほど前の事だった。三年間、頻繁に身につけていたネックレスのチェーンがこんなにきらきらしているのを知らなかった私は本当だ、と呟き、同時に今さっき洗面台の鏡越しに見ていた、精液のきらめきを思い出した。指輪やブレスレットと違って、鏡越しにしか目に入らないせいだろうか。私はこれまでほとんどこのネックレスの存在を意識してこなかった。チェーンを磨きに出した事すらなかった。これまで体の一部のように感じてきたネックレスを不意に意識し始め、自分がとてつもなく不気味な物を首から下げているような気になって、チェーンからゆっくりと手を放した。ネックレスに盗撮カメラが仕掛けられ、この三年間の私の記録が胸元に詰まっているような錯覚に陥って、目眩《めまい》がした。遠のきそうな意識を繋ぎ止めるように、後ろから待澤の両腕が伸びてきて、私の体はふわっと水の中で抱きしめられた。

ユカ

シッターの山岡さんを見送ったその場で、玄関で眠ってしまったようだった。カーペットの感触に顔を顰《しか》め、ぼこぼこに跡がついているであろう頬を上げると、すぐ脇《わき》で輪《りん》が首を傾《かし》げているのに気づく。手を伸ばして輪の頬に触れ、おはようと言うと、輪は不思議そうな顔で私を覗《のぞ》き込んだ。

「なーにーのー?」

なにしてんの? と言えない輪は、毎日毎日私が何かするたび、なにのー? と聞く。多くの幼児語が自然発生的に生まれては、あっという間に正しい言葉に矯正されていくのを見ていると、こういう言葉も期間限定なのだと愛《いと》おしい気持ちになる。あと数ヶ月か数週間、あるいは数日して輪が「なにしてんの?」と言うようになったら、輪はもう二度と「なにのー？」と私を覗き込みはしないのだ。

「ねんねしてたんだよ」

「ここ？　ねんね？」

「うん。でも輪ちゃんはこんなとこで寝ちゃ駄目だよ」

「寝るだめ？」

「だめだめ。風邪ひいちゃうよ。お腹《なか》痛い痛いになるよ」

「ぽんぽんいたいの？」

「いやいや、ママは平気。でも輪ちゃんはちゃんとお布団《ふとん》で寝ようね」

「おきる。りんちゃんおきるよー」

はいはいと言いながら、パン捏《こ》ね機で脳みそが捏ねくり回されているような頭痛に顔を顰めて起き上がった。それが定期的に発生する事で何かしらの秩序を保っているかのような気になるほど機械的で、規則的な痛みが襲ってくる。キッチンでペットボトルからコップに水を注ぎ一気に飲み干すと、パックの野菜ジュースにストローを差し輪に手渡した。水が螺旋《らせん》状に落ちていくように、ぐるぐると冷たさが移動していく。頭から足元に向かって、どんどんと体が冷めていくようだった。でもすぐに、頭から足元に向かってもやもやと熱が戻っていく。口を限界まで開き、目を見開くと眼鏡がずり落ちた。コンタクトは外してあるけれど、外した記憶が残っていない。でも眼鏡をかけているという事は、きちんとケースに入れて保存液に浸けたのだろう。

飲み物は座って飲みなさいという私の言いつけを守って、一人でさっさとリビングのソファに座ったらしい輪の、おなかすいたー、という声がくぐもって聞こえる。耳鳴りがひどく、強風の中に立ちつくしているかのようにざーざーと音がする。ちょっと待ってと呟くと、もう一杯水を飲み干し、ロールパンとハムと作り置きしておいたゆで卵を皿に載せる。毎朝、目覚めと同時に空腹を訴える輪のため、二日酔いの朝も睡眠時間一時間の朝も容赦なく叩《たた》き起こされ朝ご飯をせがまれる私のストレスを緩和するため、朝ご飯は二分以内で出せる物に限定している。キッチンから出た私の手元を見て、輪は不服そうな顔をした。

「ちゅるちゅるめんめん、ためたい」

イヤイヤ期特有のとりあえず拒否という様子ではなく、何か切実なものを感じさせる言い方だったため、目の前に出したらはたき落とされるかもと、ローテーブルに皿を置き、輪の隣に座った。一体何故《なぜ》、麺《めん》類をちゅるちゅるめんめんと言うのかは分からないけれど、恐らく保育園で他の友達が言っていたか、保育士が教えたのだろう。ちゅるちゅるめんめんー、と言いながら唇の両端を限界まで下げ、顎《あご》をしわくちゃにする輪を見ている内、私は不意に輪が可愛《かわい》くて可愛くて仕方なくて、八重歯と奥歯でぎたぎたに嚙《か》み殺してやりたい衝動に駆られ舌打ちをした。我が子の血と肉片で地獄絵図となったこのリビングが、鮮やかに頭に浮かぶ。こんなに小さい体に、そうして大量の血液をまき散らして周囲を恐怖に巻き込んだり、いずれ大量殺戮《さつりく》を繰り広げ周囲を恐怖に巻き込んだり、そういう可能性が秘められているという事実に、唐突に感動する。ぽとりと床に落ち、少しずつ乾いていく輪の小さな二つの眼球が、驚いたように私を見つめている。二つの眼球が落ちた部屋は、リビング全体が輪という巨大な箱形の怪物になったように見える。大きく息を吸って、何度かに分けて吐き出した。スプラッターな想像の原因が昨晩の薬だとは思わない。薬をやっていてもいなくても、私は逃げまどう子どもをナイフでめためたに切り刻んでいく想像をするし、目を白黒させて泣き喚《わめ》く子どもを縛りつけペンチでめきめきと骨を折っていく想像をするし、顔を赤くして泣き叫ぶ子どもに殴る蹴《け》るの暴行を加えて内臓を潰《つぶ》していく想像をする。愛する者の壮絶な死を、人は想像せずにはいられないのだ。

保育園に送ったら少し寝よう。そう思いながらソファに横になる。私の足をぎゅっと押しやり、「どーけーて」と怒ったように言う輪の脇腹をくすぐると、けたけた笑いながら、輪は私の手から逃れようとばたつき始めた。

「やだー」

「やだじゃなーい！」

そう言って両脇に手を入れ抱き上げると、輪は満面の笑みを浮かべきゃっきゃと声を上げた。愛おしさに、胸が潰れそうになる。一年前までは、こんな風に可愛いと思えなかった。輪のせいで、私はあらゆる物を失うだろうと思い込み輪を憎んでいた。例えば実際に、私と夫はある意味で、ある部分、引き裂かれた。子どもが出来て以来、見る見る間に黒雲が広がっていくようにして夫婦間の不和は広がり、私たちはあっという間に互いを憎み合うようになった。そして七ヶ月前唐突に、夫はこの家を出て行った。要因はあり過ぎて、どれが決定的な理由となって彼が出て行ったのかは分からなかった。出て行って欲しくない、切り出されたとき第一印象でそう思ったけれど、私は引き留める事が出来なかった。私は夫に何かしらの罪悪を感じていて、留める言葉一つ、留める素振り一つ、留める視線一つ、表現出来なかった。

鏡を見て化粧が完全に崩れているのを確認すると、直すのを諦《あきら》めて大きいサングラスをかけ、輪に靴下と靴を履かせた。

「りんちゃんも。りんちゃんもおめめするー」

騒ぎ立てる輪に分かった分かったと言いながら、バッグを漁《あさ》ってキッズ用のサングラスを渡した。やったー、と声を上げサングラスを手にくるくると回る輪を見ながら、彼女の言葉が実感というよりも、状況に応じて発されているという事実が私を温かい気持ちにさせる。言葉を獲得していく事によって、輪が人間的な人間へ去勢されていく姿を見ていると、自分を肯定されているような気になるのかもしれない。赤ん坊は、ストーリーを否定する。文脈を否定する。輪が喋《しゃべ》れなかった頃、私が常に抱えていた不安や苛立ちは、自分の生きていく糧《かて》である小説を、そういう形で批判されていたからなのかもしれない。赤ん坊の輪といると、私はどんどんと小説を書く事の意味を見失っていった。そして輪が絵本を読み、主人公やキャラクターに感情移入して泣き真《ま》似《ね》をしたり、笑ったり、怒ったりするようになると、私は俄然《がぜん》小説に対するモチベーションを取り戻していった。

ドリーズルームまであと二十メートルという所で、輪と同じクラスの女の子を連れたお父さんが後ろを歩いているのに気がついて、大きく会釈をした。

「輪ちゃんおはよう」

にっこりと輪に挨拶《あいさつ》する彼に続いて、優奈ちゃんおはよう、と私も彼の押すベビーカーに乗る女の子に笑いかけた。暑いですねとか、最後のこの坂がきついですよねとか、他愛《たわい》もない話をしていると、彼はふと思い出したように、輪ちゃんは運動会出ますか？　と聞いた。

「ああ、出ようと思ってます。去年出れなかったんで、今年こそはと。優奈ちゃんは？」

「出ますよ。そっか、じゃあ輪ちゃんがんばろうね」

　彼の言葉に、輪はきょとんとしているだけだった。がんばろうねー、と私も声を掛ける。二歳児の運動会がどんなものか、想像がつかない。運動会のお遊戯の練習をしましたとか、今日はかけっこをしましたとか、保育士が教えてくれる事があるけれど、実際に輪がどの程度真っ当な練習、真っ当なかけっこをしているのかは分からない。きっと、本番ではロクに何も出来ないだろう。

　私たちはそれぞれ、表に立っている警備員と挨拶を交わし、二台のベビーカーでエレベーターをぎゅうぎゅうにして四階に上がった。他の保護者や保育士たちにおはようございますと連発しながら輪の手を引きクラスまで送ると、まとわりつく子どもたちの頭を撫《な》で、担任の保育士と二、三言葉を交わし、連絡帳を渡す。荷物をロッカーに入れると、既にお気に入りの保育士の膝《ひざ》の上で絵本に夢中になっている輪にじゃあねと手を振り、足早にクラスを出た。

出入り口まで来た所で、応接室、時にパーティションで区切り授乳室として使われているガラス張りの四畳ほどの個室で、向かい合っている二人の女性が目に入った。一人は副園長の芦谷《あしや》さんで、もう一人は赤ん坊を抱っこする若い母親だった。入園希望者が見学に来ているのだろう。タッチパネルで登園時間を打刻しパンプスに足を入れた瞬間、個室からうわーん、と赤ん坊の泣き声が聞こえ、私は振り返った。焦《あせ》ったように赤ん坊の背中をとんとんと叩く母親が「すみません」と言いながら顔を上げた瞬間、私は顔を俯《うつむ》けてバッグを肩に掛けた。その母親はこっちを見やったようだった。私はタッチスイッチでオートロックのドアを開き、振り返る事なく園を出た。

子どもと離れ、一人になった途端、表情もテンションも三トーンくらい下がったのが分かる。一人でいる時の自分の方が、妊娠前から慣れ親しんできた自分ではあるけれど、子どもといる時の自分とどっちが本当の自分かと言えば、そう大して違いはないような気がする。一人でいる時の自分、子どもといる時の自分、夫といる時の自分、オギちゃんたちとクラブにいる時の自分。そのどれもが偽物《にせもの》で、私と関わる輪以外の全《すべ》ての人は、それが偽物であると理解した上で、私という人格を認識しているようにも思う。

帰宅すると、化粧も落とさずコンタクトも外さず、寝室に直行して布団に潜った。

右腕はメンソレータムを塗りたくったようにすーっとしている。触ってみると本当に冷たくて、左腕を触ってみるとこっちは普通に温かい。その違いに何故か苛立《いらだ》ちを感じつつ、ノートパソコンで再生したＡＶとバイブで一度オナニーをするとそのまま眠りについた。

ぱちっと目が覚め、汗をかいている自分の身体《からだ》を不審に思いつつ、横になったまま辺りを見渡した。あまり寝た気がしない。何時だろうと、枕《まくら》の下に入れておいた携帯を探っていると、ピンポーン、ピンポーン、とインターホンの音が聞こえた。がんがんと痛む頭を押さえて起き上がり、リビングに出て通話ボタンを押す。

「はーい」

「サクサクです。お荷物お届けに参りました」

「あ、お願いしまーす」

自動ドアの解錠ボタンを押すと、逆光で顔のよく見えない配達員は映像から消えた。バイク便が届く予定なんてあっただろうか。記憶を巡らせるが思い当たらない。昨日の夜以降送受信をしていなかったから、〇時に〇〇を送りますというメールを見落としたのかもしれない。ふと、再生ボタンを押して、記録に残っている静止画を確認する。インターホンの音で目が覚めたのかと思ったけれど、サクサクの配達員は今の回しか映っていなかった。最近、ふっと目覚めた次の瞬間に、こうしてインターホンが鳴る事が多い。自分が何か超能力的なものを持っているような気がすると同時に、自分が自分以外の何者かにコントロールされているような気もする。私の憑《つ》き物が、眠っている私をそっと指先でつつきお届け物ですよと囁《ささや》いて起こす様子が頭に浮かんだ。

配達員が上がってくるのを待ちながら、リビングに散乱した輪の食べ残しを片付けていると再びインターホンが鳴り、玄関に向かった。はい、と言いながらドアを開いた瞬間、ぎょっとする。丸っこいフォントで右胸に「サク」左胸に「サク」と縫い込まれたジャンパーを着込んだミカが、私の顔を見つけてにっこりと笑った。ミカ？　似ているだけの他人であるという可能性を疑いつつ呟くように一言漏らすと、ミカは褐色の顔にかかる、くるっとカールした黒髪の隙間《すきま》から私を見つめたまま右手をポケットに突っ込み、その中でかちっとリモコンのボタンを押した。その時、私の膣《ちつ》の中でバイブがうねり始め、え、と声を上げ内股《うちまた》になって足元を見やり、次にミカを見上げようとした瞬間、目が覚めた。

ベッドの上で飛び上がるようにして上体を起こすと、足元でバイブが振動していた。胃の辺りが痙攣《けいれん》して、激しい動悸《どうき》がわっと体中を温めた。寝返りを打った拍子か何かに、バイブがオンになってしまったのだろう。冷静に考えながら、くねくねと蠢《うごめ》きけばけばしいフラッシュを繰り返すクリアピンクのそれに手を伸ばし、オフボタンを押した。呼吸はなかなか整わず、私はじっと座り込んだまま開いた右手を胸に当てた。

昨夜、ミカとオギちゃんと他の顔見知りたちと散々踊った後、トイレへと続く廊下で再び体育座りを始めて動かなくなった私に、ミカが声を掛けてきた。

「ユーカ。大丈夫？」

しゃがみ込み、覗《のぞ》き込んでいるであろうミカに、私は顔を上げないままひらひらと手を振り、大丈夫、あるいは、あっち行って、というジェスチャーをし、そのまま顔を俯けていたけれど、目の前で何やらごそごそと音がして、不安になって顔を上げた私に、ミカは小さなジップ付きのビニール袋を差し出した。床にはめ込まれた青い照明を頼りに見る限り、そこには数粒の錠剤が入っているようだった。

「あげる」

むっとした。いや、かっとしたと言った方が合っていたかもしれない。私はミカに激しく苛立ち、あからさまに顔を歪《ゆが》め嫌悪感《けんおかん》を示した。

「いつもオギに何もらってるの？　ちゃんとインターバルとってる？」

わっと立ち上がって、この男の顎をつま先で蹴り上げてやりたいと思いながら、私はミカを真《ま》っ直《す》ぐ見つめた。ミカの気持ちが分からなくて、そうして一ミリたりとも共感させないミカが恐ろしかった。私はミカから視線を逸《そ》らすと、また膝に顔を埋めた。

「それなに?」

「合ドラ」

「合ドラ?」

「ツリー。知らない?」

「分かんない。聞いたことあるかも」

「あげるよ」

足音が聞こえて顔を上げかけた瞬間、ミカはすっと顔を近づけ、耳元で「一人の人に頼るのは良くないよ」と言い、私の手に置いていくようにしてビニール袋を渡した。

「一人の人って?」

「荻窪《おぎくぼ》さん」

ミカはいつもオギちゃんの事をオギと呼ぶのに、なぜ荻に窪をつけ、さんまで付けるのだろう。不審と不安を顔に貼《は》り付けていると、かつかつとヒールを鳴らしてトイレに向かうディーバ系ギャルと視線が合いそうになって、ゆっくりと俯いた。恐い、気づくとそう呟《つぶや》いていた。ミカが恐いのに、ミカに恐いと嘆いてどうするのだと、混乱している自分が更に恐くなる。そんなふうに、と小さな声がして、それに続く言葉が聞き取れそうになかったため、視線をミカの口元に移す。丸くなってるから恐いんだよ、彼は呆《あき》れたような調子でそう続けて、撫でようとしたのかよっこらしょという意味だったのか分からないけれど、私の頭に手を置いて立ち上がりフロアーに戻って行った。

トイレの個室に入るとビニール袋を照明にすかしてしばらく見つめていたけれど、三つの白い錠剤が入っているという情報以外何も読み取れなかった。ジップを開ける事なく、ビニール袋をブラジャーの中に差し込むとトイレを出た。中箱のフロアーを歩き回り、やっとラウンジにオギちゃんの姿を見つけると手を振って、オギちゃんの座るソファの前に座り込んだ。彼の手を握って落ち着くと、不意に上から視線を感じ、胸元の大きく開いたUネックのタンクトップを軽く抑えた。こっち座れば？　と自分の隣を指さすオギちゃんに、いいと首を振って見上げると、何か飲む？　と立て続けに聞かれコーラと答える。ちょっと待っててねと言って立ち上がり、背中を向けた彼をじっと見送った。煙草《たばこ》に火を付け、ミカと話していると異次元に連れて行かれるような浮遊感に搦《から》め捕られてしまうのは何故だろうと考えていたけれど、二つのコーラを持ったオギちゃんが戻ってくると、私たちは下ネタを言い合ってけたけたと笑い、私はいつの間にかブラジャーの中の錠剤を忘れていた。

結局ミカにもらった薬は飲まなかった。帰りのタクシーでブラジャーの中からバッグに移したビニール袋の中には、まだ三つ錠剤が残っている。

バイブを持って寝室を出ると洗面所でメイクを落とし、バイブを石鹼《せっけん》で洗った。化粧を落とすと最悪だと思っていた顔色はもっと最悪に見え、ローラーで顔をコロコロしながら寝室に戻って、バイブをビニールバッグに戻しクローゼットの中へ押し込んだ。

ベッドから落ちかけていた掛け布団《ぶとん》を戻し、デスクに向かう。この部屋で仕事をしていても何となく緊張感がなく、ベッドに寝ても何となく休めないのは、寝室と仕事部屋が渾然《こんぜん》一体となっているせいだろう。パソコンでメールの送受信をすると、受信トレイの中に夫の名前を見つけてクリックする。メールを読み終えるとヘッドホンをつけて音楽をかけ、書きかけの原稿をクリックした。

途中、何度か電子辞書を、そして何度かネットで調べ物をし、四時間かけて十枚程度の原稿を書くと、完全に集中力が切れてしまったのを感じて手を止めた。床にこぼれ落ちている郵便物の中から大判の封筒を手に取り封を破る。ハリウッド女優が写る「moda」の表紙をめくり、目次を調べてカルチャーページの「BOOK」の箇所を開くと、来月刊行の新刊の書影が最初に目に入った。自分の写真写りを確認して、最初のページからめくり直す。ファッション界のニュースから、ブーツ特集、アウター特集が次々と現れる。去年と比べて随分と軽くなった「moda」を両手に感じながら、来年度で更に広告が減ったら廃刊かもしれないなと思いつつ、スポンサーが減ったせいか分からないけれど充実感のない特集をぱらぱらと素通りする。

ファッションページとカルチャーページの間に見開きのエッセーが載っていて、そこに「森山五月」という名前を見つけて手を止めた。すっきりとした一重を淡いヌードカラーで彩《いろど》り、黒髪をぴったりとタイトにまとめている写真には、CM撮影時のオフショット、と小さな見出しが付いている。エッセーはCM撮影の様子や、最近行った誰々のパーティで会った誰々の事、ロハスな生活スタイル等々が書かれていて、散漫なブログ的文章でありながら、その散漫さが彼女自身の余裕を表しているような形にまとまっていて、雑誌の編集者か事務所の人間かがしっかり文章を直しているのだろうと感じた。彼女を間近に見た時、百八十くらいありそうに見えたけれど、プロフィールには百七十七と書かれていた。彼女を目にした時、その覆《くつがえ》しようのない圧倒的な存在感に気圧《けお》され、百六十三の自分には発言権も人権もないような気になった。世界で一番人の背が高いと言われるオランダに行った時も、私は同じような劣等感を持った。あと五センチ背が高ければ、と飽き飽きするほど繰り返してきた想像を、また繰り返す。

　保育園へお迎えに行き、近くのスーパーに寄って輪の好きなヨーグルトや、ワインやシャンパンを買い込むと、ベビーカーに乗ったままヨーグルトを大事そうに抱える輪と歌を歌いながら帰宅した。

　帰るなり、散歩の時に拾ったのであろうどんぐりや葉っぱをパーカーのポケットから散乱させ、玄関を散らかした輪を見やり、次に家事代行が来るのは月曜日だから三日後かと考える。家事代行を頼むようになって、苛々しなくなった。家事も育児も全て自分でやっていた頃は、手伝ってくれない夫に苛立ち、毎日何度も飲み物をこぼす輪に苛立ち、輪がおもちゃ箱からおもちゃを出す度に、輪を寝かしつけた後それを片付ける自分の姿を想像して気分が悪くなった。

　どんぐりをご飯に見立てておままごとをしたり、レゴでお城を作ったりして遊んだ後、お風呂《ふろ》に入った。メタボ気味のお腹《なか》、握るとセルライトが浮き出る、むっちりとした太ももと丸い尻《しり》。尻はオムツかぶれで赤くなっている箇所があり、私は風呂を出たらそこに薬を塗ろうと考える。小さく丸々とした体がせっせと動き回り、洗面器やアヒルのおもちゃで水遊びをしている姿は、まだがりがりだった新生児の頃を思い起こさせ、母を充実感で充《み》たしていく。生まれた時、輪は2552グラムだった。2500以下だったら自動的に小児科に入院だと聞いていた私は、看護師にハサミを渡され臍《へそ》の緒を切る時、あざとくも緒を長く残して切った。

輪の部屋で寝かしつけを終えると、軽くリビングを片付け、三回分の洗濯物が積み上げられた一角で服を畳んだ。時間は十一時を過ぎている。寝室でパソコンの前に座ると、夫にメールを書き始めた。別居を始めてから、夜に一度メールを送り合うのが日課になっている。昨日も、迫っていたオギちゃんとの待ち合わせ時間に焦《あせ》りつつ、夫にメールを書いてから家を出た。毎朝、起きてすぐに送受信をすると夫から返事が来ていて、それを読むのが私の一日の始まりだ。明日来るとき電話して、私はそうメールを締めくくると、送信ボタンをクリックした。

明日は土曜日で、夫がこの家にやって来る。夫に会うのだと思うと、いつも軽い緊張が走る。完全に相手に慣れきってしまった夫婦生活が、通い婚という形をとる事によって再び結婚前のような緊張感を孕《はら》んでから、私たちはうまくいっている。少なくとも相手を軽んじなくなったし、尊重するようになったし、自立した所で結びついているような感覚がある。別々に生活する中で、子どもがいるため限られてはいるけれど、定期的に夜遊びが出来る程度の自由も手に入れた。夫もまた、何かしらの自由を手に入れただろう。言いようのない孤独感も虚無感もあるけれど、それは別居のせいというよりも、生きていく上で必要なだけの孤独感、虚無感のように感じる。夫と付き合い始めた時から、私は夫を使ってその孤独と虚無を埋めてきた。でもそれは多分、分からないけれど間違っていた。子どもが出来たからかもしれないけれど、結果的に破綻《はたん》したのだ。でも、私は夫で孤独と虚無を誤魔化しながら、果てしなく幸せだった。輪が生まれるまで、私は夫と二人で甘美な時間を過ごしてきた。結婚から五年が経って輪の出産に至る頃、私たちの関係は既に行き詰まり、あちこちガタがきていたかもしれないけれど、それでも竜巻のような激しい幸福に包まれていた。今の私には、幸せかどうかという基準自体がない。幸せである事も、不幸である事も失った私は、ただただ、ひたすらにやるべき事をやって生きているだけだ。幸福を求める事も、不幸を忌《い》む事もしない。

リビングの電気を消すと、バッグの中からミカにもらったビニール袋を取りだした。この数時間で何か飲み食いしたかと記憶を巡らせ、ジュースとハムを数切れしか口にしていないのを思い出す。通過儀礼の激しい物であっても、吐く事はないだろう。寝るか、飲むか、逡巡《しゅんじゅん》しながらインターネットで「ツリー　合ドラ」で検索する。ソフトなエクスタシーみたいな感じ。大凡《おおよそ》感想はそんなもので、カクテル用に使う人が多いようだった。肩すかしをくらったような気分で、一錠口に含むとミネラルウォーターで飲み込んだ。ミカがくれたのだからものすごい物なのではないかと、私はどこかで思っていたのだ。

　この、二十二階のマンションから身投げしている自分を想像する。ぐちゃぐちゃに潰《つぶ》れた頭蓋骨《ずがいこつ》、がつんと地面に叩《たた》きつけられ変に折れ曲がった体、頭を中心にじわじわと広がっていく血液。死体は目を見開き、力を失いだらしなく開いた口からは舌が覗いている。輪は朝七時に目覚め、パリの空港で駄々をこねて買ってもらった黒人の赤ちゃん人形を抱きしめたまま部屋を出て、リビングを通り母の寝室のドアを開けるがベッドに母の姿はなく、トイレやお風呂や父親の部屋を探してもその姿は見つからず泣き始める。延々泣き続け、とうとう空腹に耐えられなくなった頃、輪は踏み台を持ち出しＩＨクッキングヒーターの向こうに置いてあるパンを貪《むさぼ》り始めるが、喉《のど》が渇いてまた泣き始める。ジュース、ジュース、と喚いても母は現れず、しばらくおもちゃとパンで寂しさを凌《しの》ぐが、とうとうぱんぱんに膨らんだオムツからはおしっこが漏れ、泣きながら濡《ぬ》れたズボンとオムツを不器用に脱ぎ、かぶれた箇所を引っ掻《か》き猿のように赤くなった尻を晒《さら》したまま、ママおいで、ジュースのみたい、と騒ぎ続け、歩道ではなくマンション敷地内の中庭に落ちていたため掃除婦が来るまで発見されなかった遺体がやっと搬送された後、部屋の様子を見にやって来た管理人と警察によって輪は保護され、夫の携帯に連絡が入る。

自意識過多だ。自分の死を想像する自分をそう片付けると、寝室に籠《こ》もった。デスク上のオーディオで、最近お気に入りのフレンチ・ロックのCDをかけベッドに横になると、しばらくしてベッドに触れている背面にじわっと水に滲《にじ》むような感触が走った。もそもそと起き上がると私はほとんど無意識的に、ベッドの上で膝《ひざ》を抱えた。

涼子

寝ない。絶対に寝ない。私は絶対に寝ない。強く思っていた次の瞬間、自分が口を開けて眠り始めているのに気づいてびくりと頭を上げた。再び頭を下ろしてしまえば、私は一弥が夜泣きをするまで寝続けてしまうだろう。一弥を起こさないようにゆっくりと起き上がると、静かにベッドを出た。足が床についた瞬間、眠気のせいかぐらんと視界が揺れた。寝かしつけながら、寝かしつけられてしまう日々が続いている。私が持てる自分の時間は、一弥が寝付いた後にしかないのだ。そのほとんどが家事や雑用で消えてしまうが、この時間がなければ私は一日の全《すべ》てを一弥に支配されている事となり、私という人間が生きている証拠すら完全に消えてしまうような気がする。万が一落ちてしまった時のためにベッド脇《わき》にクッションを並べ、ドアを僅《わず》かに開けたままダイニングキッチンに戻った。お風呂《ふろ》上がりに湯冷ましを飲ませるために使ったマグマグを、容器、蓋《ふた》、ストロー、パッキン、飲み口、と五つのパーツに分解すると、一日分の洗い物が溜《た》まった洗い桶《おけ》に放り込んだ。ゴム手袋をはめながら、洗い桶の中を見つめる。今日一弥が使ったマグマグは四つ。つまり私は計二十個のパーツを、それぞれ適したツールを使い洗い上げなければならない。一時期分解せず適当に洗っていたら、あっという間に飲み口からは異臭が、蓋の裏の細かい隆起にはカビが発生し捨てる羽目になった。一日の最後、疲れ切った体を奮い立たせて挑む洗い物の中に、色鮮やかなマグマグが沈んでいるだけでストレスが倍増する。

でも今日はいつもと違った。ゴム手袋をはめながら、私は自分が解放感のただ中にいるのを感じた。小間切れ睡眠のせいでほとんど疲れが取れていないにも拘《かか》わらず、体には力がみなぎっていた。ストロー用の棒状ブラシに洗剤を含ませ、指で泡立ててからストローと飲み口計八本を一本一本洗っていく。丹念にブラシを滑らせ、ストローの外側をスポンジで擦りつける。子どもの健康のため、子どもの衛生環境のため、子どもがストローやコップに慣れていくためのステップとして、マグマグを使う事も、マグマグを清潔に保つ事も必要だ。固く口を閉じ、マグマグを洗う事の大義名分を考える。本当は無心でやるべきなのだろうが、家事や育児に虚《むな》しさを感じれば感じるほど、私は虚しさの理由を考えてしまう。自分は今、何故こんな事をしているのだろうと。そして最終的には、早く子どもが欲しいねと、私より先に口にした浩太に責任があり、責任があるくせにロクに育児を手伝わない浩太が諸悪の根源であるという結論に落ち着き苛立ちを増幅させる結果となる。

足音が聞こえ、身を固くする。がちゃりとドアノブが回り、玄関に現れた浩太におかえりと振り返って言う。浩太の表情は芳《かんば》しくない。ふてくされたように小さくただいまと言うと鞄《かばん》を椅子《いす》に置き、ビニールのトートバッグから業務用包装をされた冷凍食品を二つ取り出し冷凍庫に入れた。捌《さば》けない在庫か試作品をもらって来たのだろう。食品加工会社で営業を担当している浩太は、結婚以来それらを定期的に持って帰る。結婚当初は家計の助けになると喜んでいたが、食べ続けて半年も経《た》つと、浩太の会社で使っている油の味が口の中に広がるたび嫌悪《けんお》感《かん》を抱くようになった。離乳が完了しても、一弥に浩太の会社の物は食べさせたくない。マグマグを洗いきり、お皿を残して細々した物を洗ってしまうと、水を止めゴム手袋を外した。ソファに腰かけていた浩太は私を振り返り、テレビのリモコンに伸ばしかけていた手を止めた。浩太は毎日毎日、帰宅後五分以内に必ずテレビを点《つ》ける。最近、テレビの電源が入るぷつん、という音が耳に届く瞬間、立ちくらみがするような息苦しさを感じる。

「見に行ったの？」

「うん。すごく綺麗《きれい》な所だったよ」

私の明るい声は浩太の苛立《いらだ》ちを強めたようだった。

「預けるなら認可に、って言ってたじゃない」

浩太は無理に穏やかな口調を装《よそ》おうとしていて、私はそれに苛立ちを感じた。

「認可は入れないよ。私はまだ働いてないから、絶対に無理。認可保育園の待機児童数知ってる？　区役所のホームページで見たけど、ゼロ歳児だけで二百人いるんだよ」

「でも認可外は良くないよ。事故も多いっていうし、質の低い保育士が多いっていうし」

「認可じゃないけど、すごく綺麗で良い所だったよ。保育士さんたちもみんな清潔な感じだったし、入り口はオートロックで、監視カメラもあって、警備員もいて、セキュリティもしっかりしてるし、内装は有名なインテリアデザイナーがデザインしたんだって」

「綺麗だからって、質の良い保育をしてるとは限らないでしょ。それに認可外の保育園って高いんじゃないの？　お金は捻出《ねんしゅつ》できるの？」

「切り詰めれば何とかなるよ。区から保育助成金も出るみたいだし」

浩太との話し合いは平行線を辿《たど》るかもしれない。だとしても、私は今日もらった書類に記入し、来月から慣らし保育を始めるだろう。私は理性的に、理性を失った自分を自覚している。このままでは近い将来、私は発狂するだろう。私はひとえに、平和な日常を求めているだけだ。

「ていうかさ、俺に黙って認可外に入園希望を出してたって、どういうこと？」

「真由美《まゆみ》から話聞いて、このままじゃ絶対に認可には入れないって知って、ここから通える範囲で認可外を調べてたらドリーズルームを見つけて、すごく綺麗な所だったからとりあえず問い合わせてみたの。待機児童が十何人いるって言ってたから、空きが出たら連絡くださいとだけ言っておいたんだけど、どうせ無理だろうと思ってたし、私もすっかり忘れてて」

「だから、何で俺に黙ってたの」

「別に黙ってたわけじゃなくて、毎日へとへとになってて言いそびれちゃっただけだよ」

本当は認可外に片っ端から電話を掛けて、入園希望を出していた。ドリーズが綺麗な保育園で、ネットで見つけた時こんな保育園に入れたらいいなと思ったのは確かだが、とにかくどこでもいいから預けられる場所が必要だという思いが先行していた。希望を出していた六つの保育園の内、ドリーズから一番に連絡が来たのは、ドリーズの保育料が他の認可外保育園に比べて三割程度高いからだろう。第一希望はもっと安い保育園だったが、保育所が途方もなく不足している現状では、こちらに選ぶ権利など与えられていない。

今朝、一弥に授乳をしながら出た電話で、空きが出たと聞いて頭が混乱した。即決しなければ次の人に空きを奪われるのではと焦った私は入園させますと言ってしまいそうになるのを抑え、一度見学にいらしてくださいと言う副園長に今から行きますと伝えて電話を切り、浩太に報告のメールを送ると慌《あわ》てて一弥をスリングに入れて電車に乗った。この機を逃したら永遠に保育園には入れないかもしれないと思ったら、気が逸《はや》って仕方なかった。私は入園希望を出した時から、入園は無理だろうと思いつつ、この瞬間をずっと心待ちにしていたのだと気がついた。

「最初は週に二、三日通わせて少しずつ慣らしていって、一弥が保育園に慣れるようならもっと増やしてもいいし、嫌がるようだったら、週二、三日だけ預ける形を続けてもいいと思う」

「来年とか、再来年じゃ駄目なの？　一弥はまだ九ヶ月だよ？　あんなに小さい子を預ける事に、涼子は不安を感じないの？」

「感じないわけないよ。でも来年になったら絶対に入れない。私の後に待機してる人たち、ゼロ歳児クラスだけで二十人以上いるんだってよ？　一歳児クラスになったらもっと多くなるはずだよ。とりあえず入園させておいて、ほとんど通わせなくたっていいじゃない。今を逃したら、幼稚園に入るまでどこにも入れないかもしれない。私だってもっと外に出たいよ」

「外に出たいだけなら、俺が休日少し預かったりしてもいいよ」

預かるって何だ。自分が保育士やベビーシッターだとでも思っているのだろうか。お前の子どもなんだからお前が面倒を見るのは当然だろう。しかもほんの二時間だって一人で面倒も見られないのに、預かってもいいだなんてよく言えたものだ。預かってくれるって言ったじゃない、そう言って一弥を任せて外出したら、浩太は私が帰宅してから何時間も不機嫌なままでいるのだろうとも分かる。反発心を抑え込み、顎《あご》に力を入れて黙り込んだ。

「お義父《とう》さんとか、お義母《かあ》さんに見ててもらったりも出来るんじゃない？」

「仕事があるでしょ」

二人ともほぼフルタイムで働いているのに、仕事で疲れ切った二人に預けて羽を伸ばせとでも言うのだろうか。もちろん、預かってと言えば時間が許す限り喜んで引き受けるだろう。でも、可愛《かわい》い可愛いと言いながら「ちょっとくらい泣かせといてもいいのよ」とか「あんまり抱っこすると抱き癖がつくわよ」とか「まだ母乳あげてるの？」などと古い育児観念に縛られている母親と対立するのは目に見えている。退院後二週間、実家に戻って産褥期《さんじょくき》を過ごす予定だったのが、結局一週間足らずでこのマンションに戻ったのは、そういう母親に耐えられなかったためだ。そして私はその時に感じたストレスと苦痛を、もう散々言葉を尽くして浩太に伝えたはずだ。

「浩太は、私の努力が足りないって思ってるの？」

「そんな事は言ってないよ。何でそんな事言うの」

「だって私の気持ちを全く尊重しないし、私の気持ちなんてどうでもいいと思ってるように見える。それはどこかで、浩太が私を否定してるからなんじゃない？」

「何でそんな風に思うのかなあ。俺はそんな事言ってないよ。ただ、いきなり保育園に入れるなんて言われたから、もっと他に選択肢はないのかなって、話し合いたいだけだよ。もちろん保育園の事は、全面的に育児をしてる涼子に決定権があるとは思ってるよ。でも涼子のやり方はひどいと思う。家庭の事は、話し合って決めていくべきだって、俺は思ってた。俺に黙って入園希望出してたなんて、そんなのないじゃない」

それを言ったらまた浩太が私を軽蔑《けいべつ》するから黙っていたのだ。産後二ヶ月が経った頃、過労と精神的重圧に耐えきれず、とうとう理性的に育児を続ける事が出来なくなり、張り詰めていた糸が切れたように大泣きして弱音を吐いた私に、浩太は月並みな慰めの言葉を掛けたが、最後に「でも涼子はもっと家庭的な人だと思ってたよ」と付け加えたのだ。私が家庭的でない事に一番悩み傷つき罪悪感に苛《さいな》まれているのは私なのに、私は浩太に断罪されたのだ。私はそう言い放った浩太に幻滅せざるを得なかったし、浩太があういう言葉を口にしたという事は、彼もまた私に何かしらの幻滅と怒りを感じていたのだろう。それ以来二人の意見は冗談のように嚙《か》み合わず、相手に歩み寄ろうという気持ちすら失ってしまったように感じる。私は彼の求める母性を持てない。それが悪い事だとは思わない。でも何故《なぜ》か罪悪感だけがある。自分は劣った母、劣った女であるという罪悪感だけがある。

「勝手に入園希望出したのは、悪かったと思ってる」

浩太はしばらく考えているような表情を見せ、ソファに深く腰かけ直すと、とうとう「パンフレットとか、もらってきた？」と聞いた。私はバッグの中から入園案内のパンフレットを出すと、浩太に差し出した。元気に遊び回る子どもや、友達と遊べる子どもならまだしも、言葉も喋《しゃべ》れず歩く事も出来ない赤ん坊だ。私自身、不安も迷いもある。これまで自分がせっせと世話をし育ててきた、他を圧倒する輝きを携えた我が子が、保育園で他の子どもたちと同列に扱われるという事には強い抵抗がある。保育園の特集をしているニュースを見た時、小さな子どもたちがびっしりと並べられた小さな布団《ふとん》の上で各々ごろごろと横たわり、薄っぺらい布団をかけられている様子を見て少なからず衝撃を受けたし、もっと言えばぞっとした。唯一無二《ゆいいつむに》の我が子が、あして蜂《はち》の巣のように並べられた布団に寝かされ、他の子どもたちと並んでお昼寝をするのだと思うと、とても耐えられないという気持ちになる。

浩太はパンフレットを読みながら、少しずつドリーズルームに対する警戒心を解いていったようで、保育士がどんな人たちだったか、園の雰囲気がどうだったか、子供たちの様子はどうだったかと質問をぶつけ始め、私の話に笑顔を見せ始めた。

「それで……涼子はココットで働くの？」

「お父さんに、空きがないか聞いてみる」

頼めば、ウェートレスかレジで採ってくれるだろう。結婚した頃から妊娠七ヶ月までバイトをしていた父親の洋菓子店は、主婦が片手間にやるバイトとしては最適だった。父親は母親のように干渉しないし、仕事に関してもうるさく言わない。母親が保育園に反対したとしても、父親が庇《かば》ってくれるだろう。保育料も、私のバイト代を充《あ》てればいい。でもバイト代のほとんどが保育料に消え、出産以来諸々の出費で増えていない貯金もこのまま増えていかないのだとしたら、一体私は何のためにバイトをするのだろう。子どもと離れるため、自由のため、発狂しないためだろうか。浩太が保育料一覧のページを飛ばしてめくる手元を見て、静かに腹部の緊張を解いた。今私は、自分の存在理由や人生の理由なども分かっていないのだから、子どもを保育園に預ける理由やバイトをする理由など分からなくて当然なのかもしれない。

「じゃあまた、ケーキ漬けの日々が来るんだな」

浩太はパンフレットを閉じると柔和な表情でそう言った。その言葉を聞いた途端、じんと膝《ひざ》の感覚が鈍り、私は自分が今にも泣き出してしまいそうなほどの安堵《あんど》に包まれているのを感じた。私がいなければこの子は死んでしまう。九ヶ月、疲労と寝不足でぼろぼろになった体でずっと耐えてきたその重圧が、僅《わず》かずつ溶けていくのを感じた。

「ありがと。私何か、最近ずっと家にいて、ひたすら家事と育児ばっかりしてて、このままじゃ駄目になるって、何かしなきゃってずっと思ってたの」

「涼、出産してから元気がなくなったよね。それは、心配してたんだ」

浩太の手が私の右手に触れた。だったら、あなたが睡眠時間か仕事時間を削ってもっと育児を手伝えば良かったのに。私は一瞬にして激しく苛立ち、浩太の手を握り返しながら、泣き出してしまいそうな感動が既に薄れているのに気がついた。

　産後、胸を触られるのが嫌になったり、セックスに積極的でなくなるというのは、よくある話だという。授乳中の胸を触られるのは、苦痛でしかない。産後一ヶ月の検診で、避妊は必要ですがもうセックスしてもいいですよ、と医者に言われた時、まるでセクハラをされたかのような嫌悪感に包まれ、私は言葉を失った。自分がセックスをしているところなど、もう想像も出来なかった。妊娠後期は一度もセックスをしなかった。前期破水の原因はほとんどがセックスだと聞いていたし、赤ん坊の入った大きなお腹《なか》の体をわさわさと揺さぶられるのも耐えられなかったし、胎教を推薦されるような週数なのだから、当然セックスの声も胎児に届くのだと思ったら、とてもする気にはなれなかった。後期の三ヶ月と産後一ヶ月の、計四ヶ月我慢してきた浩太が可《か》哀想《わいそう》で、二週間に一度くらいは相手をしていたけれど、産後三ヶ月を過ぎた辺りからほとんど拒むようになっていった。育児で不眠不休の生活を送っている私に対して、一弥が寝付いたのを見計らって手を伸ばしてくる浩太が、ひどく無神経でデリカシーのない男に感じられた。いつも申し訳ない体で断りはするが、実際は「私が睡眠不足でへとへとになっているのに何でそんな事を求められるのか」という怒りの方が強くある。浩太が求めてくる回数は減り、今では三週間か一ヶ月に一度になった。それでも拒む事もある。

でも今日は、伸ばされた手を押しとどめなかった。保育園に入れる事を承認してくれた浩太に対して、感謝の気持ちを表さなければならないような気がした。でも一弥が目を覚ましてしまった時のために、脇《わき》に目隠し用のクッションを置いて前戯もそこそこに浩太が挿入し、ぎっ、ぎっ、という音と共にベッドを揺らし始めると、男の身勝手さが下半身から全身の骨身に染《し》みて気持ちが悪くなった。感情や気持ちを無視して乳房が張っていくのも腹立たしかった。浩太の動きが激しさを増し始め、乳首からつっと母乳が垂れたのが分かった。体が自分の意志とは全く関係なく反応しているのを目の当《ま》たり《あ》にすると、自分が不良品のように感じられる。体と気持ちは完全に一致していて欲しい。そうでなければ私は混乱してしまう。今私には、揺るぎない秩序が必要なのだ。

三ヶ月前、ベッドの下に隠された痴女もののエロ本を見つけた時も母乳が出た。怒りと屈辱でかっとして、ページをめくっていると勢いよく母乳が出始めた。じわじわと授乳用のトップスを濡《ぬ》らしていく胸を見下ろし、私は自分自身にもバカにされているような気になった。自分の存在の間抜けさに唖然《あぜん》とした。ハイハイを始めたばかりの一弥が手に取っていたらと思うと、自分の作り上げてきた高潔な世界が汚《けが》されたように感じた。この家に浩太はいらないと感じた。私と一弥で、この家は構成されているべきだと感じた。エロ本をレジに持って行き、代金を支払っている浩太の姿を思い浮かべると吐き気がした。浩太は、私が一弥のオムツを替えたりご飯を食べさせたりお風呂《ふろ》に入れたり着替えさせたり抱っこをしながら洗い物や洗濯物をして、夕飯の買い物以外ほとんど外に出ず密室育児に苦悩している正にその瞬間、どこかのコンビニか本屋でそうしてエロ本を厳選し購入したに違いないのだ。帰宅した浩太に、隠すなら一弥の手の届かない場所に隠してと言ってエロ本を放ると、彼はバツの悪い表情を浮かべ、吉村が押しつけたんだよと同僚の名前を使って言い訳しながらゴミ箱に捨てた。ゴミ箱も一弥が漁《あさ》るでしょと怒鳴ると、浩太はごめんと呟《つぶや》いてゴミ袋をまとめて捨てに行った。戻ってきた浩太に、ちゃんとセットしておいてとゴミ袋を投げつけると、私はやっと怒りが鎮《しず》まっていくのを感じた。

私は自分の意志でオナニーをした事がない。男に求められてして見せた事はあったけれど、そんなに良いものだとも思わなかったし、したいと思った事もなかったし、セックスも元々好きな方ではなかった。それでも妊娠が分かるまでは浩太の望みに応じて、一般的なカップル程度にローションプレイや目隠しプレイくらいは付き合っていた。でも今はもう、性的な面でしたくない事に付き合わされるのが耐えられない。ついこの間まで一緒にローションプレイを楽しんでいた妻が、鬼のような形相でエロ本を投げつけ、セックスを拒むようになるとは、浩太は思いもしなかっただろう。それもこれも、育児に手助けがないせいだ。私が一人で孤独に戦っているからだ。戦士はローションプレイをしない。私はもう女という生き物ではないのだろう。

もうじき終わる。浩太の表情を見やってそう思う。ぶり返し始めたエロ本に対する怒りで浩太を張り飛ばしたい衝動に駆られ、意識を別の所に向けようと目を瞑《つむ》った。脳裏に蘇《よみがえ》ったのは、ドリーズルームで見た土岐田ユカの姿だった。顔が見えたのは一瞬だったけれど、絶対にユカだと確信した。十年前よりも痩《や》せ、化粧も変わっていたけれど、ひらひらとしたタンクトップにショートパンツ、明るい茶髪、という姿には十年前のユカと同じものを感じた。高校生の頃のユカは年中ノーブラでいつも露出が激しく、私が初めてユカを見た受験の日、彼女は赤いファーコートにサングラスに透けるような金髪という姿でテスト用紙に向かっていた。入学してすぐの頃、たまたま隣に座ったユカが授業中にも拘《かか》わらずコアラのマーチを貪《むさぼ》りながら「食べる?」と私に差し出したのが、私たちが初めて言葉を交わした瞬間だった。そういう非常識な女だったからこそ、いつしか遊ばなくなり連絡先すら不明となって何年か経《た》った頃、彼女が作家になったらしいという噂《うわさ》を聞いて、私は安直に納得した。その後何度か雑誌で見た事があったけれど、こういう発言をするくらいなら雑誌に出ない方が読者を減らさないで済むのではないかと思うような、どこかしら癇《かん》に障《さわ》るインタビューばかりだった。昔からそういう、どことなく人に不快感を与える女だった。仲は良かったし、ユカと一緒にいるとほんと楽しい、と思い込み高校一年の一年間は毎日のように一緒にいたけれど、少し距離を取り始めると、何であんなに嫌な女と一緒に居られたんだろうと不思議に思った。一緒にいる間、私は無意識的に彼女のペースに嵌《はま》り、これが楽しいという事なのだと思い込まされていたような気がする。

　浩太がお腹に射精すると、顔を寄せてきた浩太と一度長くキスをしてからティッシュに手を伸ばした。全《すべ》てを拭き取り服を着て、一弥の目隠しに置いていたクッションをどかすと真ん中に横たわった。左に一弥、右に浩太という配置で、ダブルベッドには全く余裕がない。幽体離脱をしたように、天井から見たその様子を想像してみると、一刻も早くこの場所から逃げ出さなければという焦《あせ》りに似た衝動が走り、目を閉じると私はまた記憶に集中した。

ユカは明らかに私を無視した。やばい、とか、まずい、という目の逸らし方ではなかったけれど、彼女の目には何かしらの嫌悪感《けんおかん》があった。成功した人にありがちな、過去をほじくり返されるのが嫌という類《たぐい》のものだろうか。でも、私は彼女の秘密の過去を握っているわけではないし、人にどう思われようが別にというスタンスでいる彼女が、そんな事を危惧《きぐ》するとも思えない。

　そこまで考えた時、そもそも私たちは何故《なぜ》、高校二年に上がる直前、突然疎遠《そえん》になってしまったのだろうという疑問が湧《わ》いた。仲違《なかたが》いしたわけではなかったはずだ。ほんのこの間の事に感じられるのに、何故かユカとの関係が薄れた理由に関して私は漠然とした記憶しか持っていなかった。私とユカが中心になって、そこに一人か二人予定の合う子が入り込む形で夜な夜な遊び呆《ほう》け、クラブもカラオケもナンパもオールも、いつもユカと一緒だった。あんな関係性の中では、何の理由もなく距離を取る方が難しいだろう。いつも行っていた渋谷や新宿の風景を思い出していく内に、うっと言葉に詰まるようなむかつきを胸に感じた。ああ、あれやらなきゃ、と近日中にやらなければならない事を思い出し、面倒臭さと憂鬱《ゆううつ》を同時に感じた次の瞬間、やらなければならない事が何だったのかぽっかりと記憶から抜け落ちてしまい、憂鬱な気持ちだけがぽつんと取り残されてしまった時のように、理由の分からない嫌悪感が胃の中に蠢《うごめ》いているようだった。私は意識的に十年前の記憶を手繰《たぐ》るのを止めた。

保育園に通い始めたら、またユカに会うだろうか。嫌悪感の中に、好奇心が湧いた。もう十年近く連絡を取っていなかったユカが、自分とほぼ同じ時期に子どもを産み、家庭を持ったのだと思うと、一方的な好意が生まれた。ユカが子どもを躾《しつ》けているところなど想像も出来ない。一体どんな育児をしているのだろう。でもそこまで考えた所で、ああ私は十年前にコアラのマーチを差し出されたあの時も、こういう好奇心でもって彼女と仲良くなり、最終的には「嫌な女だった」という結論に至ったのだったと思い出した。私に気づかないふりをして背を向けたユカの姿を思い出したら、ユカなんてどうでもいいという気になった。かつて同じ場所と時間を共有していた彼女が、知らぬ間に作家になったという事、自分が密室育児で燻《くすぶ》っている時、彼女は相変わらずの格好で保育園に子どもを預け仕事をして、充実した生活を送っているのであろう事、自分がそういうあれこれに嫉妬《しっと》に近い苛立《いらだ》ちを抱き、中学高校の頃に持っていた少女特有の底意地の悪さを再燃させているのに気づいてぞっとした。

何はともあれ私は一弥をドリーズに入園させ、自分の時間を手に入れるのだ。一人の人間として生きられる空間を手に入れるのだ。それが手に入った後の事なんて、今はもうどうでもいい。

ふわっ、あーっ、一弥の頼りない泣き声が聞こえた瞬間、頭上に手を伸ばしてデジタルの時計を光らせた。AM03：12。最近、また夜泣きが増え始めている。脳みそが揺れているような吐き気を伴った眠気が、授乳をしなければという気持ちを奪っていく。とんとんと胸元を叩《たた》いても一弥に再び寝付く様子はなく、次第に声を張り上げていく。諦《あきら》めて半身を起こし一弥を抱き上げると、その場でトップスをぐっと引き下げ乳首をふくませた。浩太は隣でぴくりともせず穏やかな寝息をたてている。再び訪れた静寂の中、私は不意に下半身に手応《てごた》えを感じた。寝ぼけたまま何だろうと思ったけれど、次第にそれは確信に変わっていった。十分もしない内に、一弥が乳首を口にふくんだまま眠りについてしまうと、静かに下ろして布団《ふとん》を掛けた。暗闇《くらやみ》の中、しんとしたダイニングを通ってトイレに入り下着を下ろす。ピンクの下着には、とろっとした血がついていた。産後初めての生理だった。一瞬不正出血ではないかと思ったけれど、腹痛は妊娠前のそれとまったく同じだった。一弥の離乳が進み、母乳の分泌が減ったせいだろうか、私はまた、妊娠前の身体《からだ》に戻りつつあるのだ。生理のない状態をむしろ楽だくらいに思っていた私は、別に浩太のせいではないと知りながらも、さっきのセックスが引き金となって生理が始まったような気になって、理不尽な憤懣《ふんまん》をトイレ内に漂わせつつ戸棚から埃《ほこり》をかぶったナプキンの袋を取り出した。

五月

初めて話した時から、待澤の言葉に特徴的なイントネーションがあるのに気がついていた。知り合って間もなかった頃、どこ出身なのと不躾《ぶしつけ》に聞いた私に、二歳から八歳までアメリカで暮らしていたのだと彼は教えてくれた。日本に戻ってきた時、日本語が変で、皆にいじめられてさ。彼は何故《なぜ》か恥ずかしそうにそう続けた。エイリアンエイリアンって言われていつもいじめられてたけど、俺から見たら皆同じ髪の色して同じ目の色して、ロボットみたいに並んでる彼らの方がエイリアンに見えてしょうがなくてさ、でもそれを言う相手もいなくって。小学校低学年の頃から、飛び抜けて背が高かったせいでいじめられてきた自分自身と重ね合わせたのかもしれない。その時唐突に彼を意識した。私はこの人と付き合うべきだ。朗らかに話す彼を見ながら、十五歳の私はそう思っていた。でもそれが実現したのは、それから十三年後の事だった。初めて関係を持った時、彼は三十一、私は二十八になっていた。

　待澤とホテルで過ごした次の日の夜、昨日は楽しかったという内容のメールを入れた。他愛《たわい》のないいつものメールのつもりだったけれど、寝て起きてサイドチェストの携帯を探り、寝ぼけたまま返信が来ていない事を知った瞬間、血の気が引くようにすっと眠気が消えた。徹夜明けでホテルからそのまま仕事に向かった彼は、仕事から帰ってすぐ眠りについたのかもしれない。そして寝不足のため、今もまだぐっすり眠っているのかもしれない。都合の良い憶測をしてみたけれど、二人で過ごした夜の高揚が冷めやらず、普段はあまりメールに書かない類《たぐい》の言葉を打ってしまったのを思い出して、体が重たくなっていくのを感じた。

　ベッドの中でしばらく携帯を見つめていたけれど、自分の打った甘ったるいメールを見返す気になれなくて、携帯を閉じて寝室を出た。キッチンでハーブティーを入れながら思う。待澤は、距離感を見失った私の言葉に、何かしらの違和感や嫌悪感《けんおかん》を抱いたのかもしれない。その疑いは、茶葉が吐き出していく薄い赤茶色のように、私の全身を染めていった。消し去りたいと思っても、赤茶色に染まったお湯がもう透明には戻らないように、不安は体中に溶けていた。

ソファに腰かけるとオットマンに足を乗せ、ゆっくりと時間を掛けてハーブティーを飲み干した。持病や体調、メンタル面をカウンセリングし、一人一人にオリジナルの配合をしてくれる専門店で購入しているハーブティーを飲み始めてから、冷え性と原因不明の鼻炎が良くなった気がする。

弥生《やよい》を出産して一年ちょっとが経《た》った頃、突然経血量が増えた。そして念のためにと軽い気持ちで行った産婦人科で、子宮筋腫《きんしゅ》の可能性を告げられた。MRIの結果、二センチ大の漿膜下《しょうまくか》筋腫が一つ見つかった。妊娠に差し障《さわ》りはなく、手術の必要もないと言われたけれど、増えたり大きくなったりする恐れもあるため、今でも五ヶ月に一度は検診を受けている。海外と日本を行き来していた頃も、仕事が一番忙しかった時期も体を壊した事はほとんどなく、自然妊娠で健康な子どもを自然分娩《ぶんべん》した自分が、婦人病を宣告されるとは思ってもいなかった。ここ最近、半ばオカルティックなハーブティーや健康食、ホメオパシーにまで手を出すようになったのは、子宮筋腫の事があったからだ。

セロリの煮浸し、根菜の味噌汁《みそしる》、玄米、納豆。朝ご飯を作ると、携帯を開いた。メールが届いていない事を確認して、不安を無視するようにカメラを起動させ、ご飯に向けてシャッターを切った。ブログの更新が滞っているのを浜中さんに指摘されたばかりだった。煮浸しのレシピも一緒に載せようと、画像を保存しつつ弥生の部屋に向かった。

「弥生、そろそろ起きな」

うーんと声を上げて、ピンクの布団《ふとん》にくるまった弥生は目を擦《こす》った。抱っこ、と甘える弥生を抱き上げてリビングに戻ると、二人でテーブルに並んだ。弥生の前にはビニールのマットを敷き、その上にお皿を載せていく。ねえママ、やよい髪伸びた？　私に憧《あこが》れているようで、最近しょっちゅう肩下まで伸びた髪に手をやりながら聞く弥生に、伸びたよ、可愛《かわい》いよと頭を撫《な》でて、お箸《はし》を握らせ味噌汁のお椀《わん》を弥生の前に引き寄せた。

「パパは？　お部屋？」

「うん。寝てるのよ」

言いながら、何か付け加えるべきだろうかと考えた。お仕事で疲れてるのよ、夜は会えるよ、そのどちらも自分の推測に過ぎない事に気づいて、私は黙ったままご飯を食べ始めた。寝てるという言葉だって、憶測に過ぎない。夫と私の間には、もうほとんど会話がない。彼が今、どんな事で悩んでいるか、どんな事を考えているか、もう分からない。二人の関係は、同じ家で生活を送りながらほとんど分断されてしまった。夫の店は経営危機だという。夫の店に限らず今は予算が一万を超える店はほとんど経営危機だというけれど、夫が経営状況について何の言及もしないから、この半年は本当にいつ潰《つぶ》れてもおかしくないという心構えでいた。それが現実となった時、借金を抱え込んでいたらどうなるだろう。彼は私にお金を借りる事は出来ないだろう。私は彼ほどプライドの高い男を見た事がない。だからこそ私は待澤という、仕事や年収にプライドを依託していない男に魅力を感じたのかもしれない。

食器を片付けると、また携帯を開いた。ツダちゃんからお迎えの時間の確認と、麻里ちゃんから来週水炊《みずた》きパーティ来ませんかというメールが来ていただけで、待澤からのメールはなかった。

車で十分の所にある実家のマンションへ弥生を連れて行くと、お母さんに弥生を預け、実家からツダちゃんの運転する車で事務所に向かった。「ロハスを味わう」という企画の撮影とインタビューの予定だった。メイクをされ、ロケに行き、衣装に着替え、撮影をし、ヨガやピラティスや健康食について話す。それが今日の私の仕事だ。自分にはもっと何か出来たかもしれないとか、自分にはもっと可能性がとか、今自分のいる場所は通過点だとか、そういう事は思わない。今ここにいる私が、私にとって、丁度良い私だ。

デビュー後、とんとん拍子に仕事を増やしてきた私が、初めて挫折を経験したのは二十三の時だった。ショーモデルとして、NY、果てはパリへと望んでいた事務所の意向もあったけれど、私も単純に世界という言葉に憧れた。でも海外と日本を行ったり来たりして、海外では一人モデルズアパートメントに暮らし、オーディション、フィッティング、ショーに駆けずり回りながら、私は少しずつ諦《あきら》めていった。白人モデルばかりの中、言葉もほとんど通じず、他のモデルたちの中に渦巻く「のし上がってやる」という狂気のような向上心を肌で感じるたび、萎縮《いしゅく》していった。日本で雑誌に出て、たまにCMやテレビに出て、周りにちやほやされて、安定した生活を送っているのが私には合っていた。千本ノックのような受からないオーディションを積み重ねる度、日本で培《つちか》ってきたプライドは修復不能の域にまで傷つき、殺伐としたモデルの世界に馴染《なじ》めずぼろぼろになった。楽しい事もたくさんあったし、日本とは規模の違う仕事に感動もしたけれど、ゴキブリが体中に這《は》うような、頭がおかしくなる程嫌な事もたくさんあった。二十三という年齢も、アジア人である事も、英語が下手な事も、その頃流行だったドールフェイスでない事も、私のコンプレックスになった。モデルという仕事をする中で薄れていたコンプレックスが、再び違う形で私にのし掛かってきた。強がりな性格があだとなって、ツダちゃんに泣きついてNYもパリも完全に諦めて帰国した頃には、軽い鬱《うつ》に陥っていた。

もうあの世界で戦わなくていいんだと安堵《あんど》しつつ、自分が負け犬にしか思えなくてすっかりモチベーションをなくしていた頃、夫と出会った。そして出会ってから一年も経たない内に妊娠した。あの時、もしも海外で自信を喪失していなかったら、産もうとは思えなかったかもしれない。つまり、プライドを取り戻すため、私は出産を決意したのかもしれなかった。

メイクルームに入ると、待機していたユリちゃんにおはようと声を掛け、すぐに携帯を開いた。12：38。メールは届いていなかった。待澤とは、朝、昼、帰宅後、寝る前、と一日に三回から四回程度メールをやり取りしている。待澤はもう、昼ご飯を食べ終えただろうか。悲しみが襲ってきて、怒りが襲ってきて、その次には虚《むな》しさ、そしてまた悲しみ、と何度も何度も激しい感情がぐるぐると入れ替わった。待澤と関係を持って半年、こんなにメールが返って来なかったのは初めてだった。携帯が疎《うと》ましかった。メール機能は人の不安の産物で、でもそうして発明されたメールのせいで新しい不安が生まれる。私はまた、私を避けるように生活しているあの夫と二人で生きていかなければならないのだろうか。待澤の事を考えていたはずなのに、夫との生活に対する絶望が蘇《よみがえ》った。

　これから普通に仕事をこなし、実家に戻って弥生を連れて帰宅し、料理を作り、寝かしつける。そういう事が出来ると思えなかった。でもするのだろうと思った。既視感に囚《とら》われて、私は初めて待澤と寝た時の事を思い出した。あの時も、明け方ホテルから家に向かうタクシーの中で、久しぶりのセックスで痛みに近い火照《ほて》りを持つ股間を持て余しながら、これから帰宅して起き出した弥生の面倒を見て、仕事をして、またいつも通りの生活を送っていくのだと考えて、そんな事絶対に出来ない、でもするのだろうと思っていた。その予測出来る現実が、鳥が動物の死骸《しがい》をついばみ少しずつ骨にしていくように、じわじわと私の生きる気力を蝕《むしば》んでいっているような気がした。

　ユリちゃんがヘアアイロンで僅《わず》かに残る癖を伸ばし始めた頃、私は待ち受け画面を見つめるのを止《や》めて、化粧品で埋め尽くされた化粧台の脇《わき》に放った。でも投げた後も、私は携帯から目を離せなかった。

「五月ちゃん連絡待ち？」

　ユリちゃんが何の邪気もなく聞いた。私は一瞬ひどく心許《こころもと》ない気持ちになってから、いきなり横暴な気持ちになって、ううん別に、と素っ気ない声で言った。

「五月ちゃんが携帯見てるの珍しいから」

「ちょっとね、弥生の事で旦那《だんな》と喧嘩《けんか》になって」

「そうなの？　亮《りょう》さんって喧嘩とかするんだ」

「あんまりしないけど。ほら、幼稚園の事で。前も話さなかったっけ？」

「あ、言ってたね。どうするか決まった？」

「うーん、まあ大体の希望は。二年制だから、枠が少なくて入れるかどうか微妙だけど」

「そういうのって、コネとかでどうにかならないの？」

「うーん、確実なコネがまだ見つからないんだよね」

こういう仕事に就いているという事で優遇してくれる所はあるけれど、希望校の強力なコネは今のところない。女優やモデルのママ友に慌《あわ》てて聞いて回っている所だ。そもそも、出だしが遅かった。もっと早く幼稚園の事を考え始めていれば、三年制を受験出来ただろう。今年は仕事が多そうだからと安易に二年制を受けさせようと思ったのもまずかった。二年制の枠が驚くほど少ないと知っていれば、仕事をセーブしてでも去年中にプレスクールに入れていただろう。東京の公立小学校の教員の質は最低レベルだ、それに有名人の子どもが公立に入ったらいじめられる、そう言って絶対に私立を受験すべきだと主張していた夫は、店の経営危機という事もあるのかもしれないけれど、既に幼稚園受験の事など忘れたかのように振る舞っている。志望する園に合わせてプレスクールを選んだ私に、夫は何で相談もなくそんな勝手な事をと怒り狂ったけれど、毎日のように深夜遅くに帰宅して日中は寝ているあなたに相談をする隙《ひま》も時間もなかったし、そもそも受験を押しつけといてあなたは何にもしなかったと大喧嘩をして以来、幼稚園の話題はほとんど出なくなった。元々少なかった会話は、「弥生の近い将来についての話」がマイナスされて、更に減少した。

ワンカットに百枚くらい撮ってるんじゃないかと思うほど撮りまくるカメラマンのせいで、予定より三十分押しで事務所に戻ると、間髪入れずにインタビューが始まった。インタビュアーは当然のように家庭、母、というテーマを中心に話を聞く。そういうインタビューにもう慣れたけれど、ママさんモデルという言葉にはいつも苛立《いらだ》つ。ママがモデルになった訳じゃない、モデルが出産をしただけだ。でも次の瞬間には、何故《なぜ》自分がそこにこだわっているのかよく分からなくなる。

「普段、旦那さんとは一緒に食事されますか？」

「しますよ。お昼は、夫が作ってくれる事もあって。夜は、彼がお店に出るので別々の事が多いですけど」

「お嬢さんは、お父さんの作る料理と、お母さんの作る料理とどっちが好きですか？」

「うーん、夫の方が好きみたいです。私の作る料理は、味付けが薄すぎるみたいで」

インタビュアーは微笑《ほほえ》んで、仲が良くていいですね、と言った。夫と最後に一緒に食事をしたのは、三ヶ月以上前の事だ。夫が私たちに食事を作ってくれるのは、一年に一度か二度だ。今年に入ってからは一度も彼の手料理を食べていない。もっと言えば、最後に夫とセックスしたのは九ヶ月前だ。本当の事を言ったら、どんなインタビューになるだろう。ふと、待澤から返信がない事への不安が薄れているのに気が付いた。仕事をしている間、私はあらゆる事を忘れられる。仕事がなかったら、私はあらゆる事を考え過ぎて自滅してしまうだろう。

インタビューを終えた後、浜中さんとツダちゃんとスケジュールの打合せをして、ツダちゃんに実家まで送ってもらった。合い鍵《かぎ》を使ってタワーマンションに入るたび、実家なのに何故か罪悪感に駆られる。それはここが、私の父親ではない男が買ったマンションだからかもしれない。ママおかえり、と抱きついてきた弥生を抱き上げると、キッチンにいる母親に遅くなってごめんと声を掛けた。

「弥生ちゃんがばあばのお料理食べたいって言うから、あんたたちの分も作ってたとこよ」

「私の分も？」

「食べてくでしょ？」

いらないとは言えずに、うんと頷《うなず》いた。カロリーも栄養も考えずに作られた母の手料理は苦手だ。ジムとヨガで絞った体が、母のさして美味《おい》しくもない料理で台無しになるのは耐えられない。

「体調は？」

「大丈夫よー。私もうずっと調子いいって言ってるじゃなーい」

空元気だ。この人と一緒に食事をするのかと思うとどっと疲労感が増した。二年ほど前、母は細く長く患っていた子宮内膜症の根治手術を受け、それ以来更年期障害に悩まされている。それが嫌で避けてきた手術を、もう自然に閉経する頃になって決意した経緯はよく分からなかったけれど、とにかく参っている母の相手をするのが憂鬱で仕方ない。

更年期障害が進んで困ったのは、元々折り合いの悪かった私の夫と母が完全に決裂した事だった。もうちょっと子どもと過ごす時間を作りなさいとか、自分の仕事の事ばっかり考えてないでとか、確か母がそういう類の事を言ったのがきっかけだった。

夫は激昂《げきこう》し、結婚に失敗したくせに人の家庭に口出すなと怒鳴り、それ以来彼らは一度も会っていない。母は私が中学生の時に再婚した義父とも今は別居しているし、姉はまだ子どもがいないから、仕送りだけで母との関係を保っている。つまり、この高層マンションの一室に一人取り残された母が頼れるのは、私と弥生だけというわけだ。弥生は母とうまくやっている。母は弥生の前ではヒステリックにならないし、それなりによく面倒を見てくれている。でも正直、母との関係に行き詰まりを感じていた。夫との不和で不穏な場所と化してしまった自分の家も嫌だけれど、更年期障害という、自分が直面するまで考えたくもないような状況に陥り参ってしまった母と娘と女三人で過ごすのも苦痛だ。幼稚園に向けて言葉を伸ばすため、友達とのコミュニケーションを学ばせるためにと、しばらく休ませていた保育園に行かせ始めたけれど、正直なところ、母に頼り切りになるのが嫌でという理由が一番大きかった。

十三の時に初めて男と付き合ってからずっと、男に欠落したものを感じてきた。特に夫に関しては、それを強く感じていた。出産をしたり、母の更年期障害を目の当《ま》た《あ》りにしたりして、私はそれが子宮にまつわるエトセトラなんじゃないかと思うようになった。私は十代の頃に一度の堕胎と、三年半前に出産を経験して、その二度の妊娠をきっかけに自分の人生が大きく変わったのを実感してきた。母は子宮と卵巣を摘出し、一歩男に近づき、鬱になった。男は、女が陥ったら鬱になるような状態で生きているのだ。女にあって男にないものは、自分自身の胎内にありながら自分自身を大きく左右し、人生をも変えてしまう抗《あらが》う事の出来ない絶対的な存在だ。女は成長過程で思いのままにならない体や現実を受け入れ、その条件下で生きていく術《すべ》を身につけていくのに比べて、男は絶対的なものが自分の胎内ではなく外にあると思い込むから、幻想を追い続けながら生きていく事が出来るんじゃないだろうか。でも私もいつか、自分の中にある絶対的な存在を、失うかもしれないのだ。

子宮筋腫《きんしゅ》の事は、浜中さんと夫にしか話していない。よくある病気で、月経のある女性の二割から四割が持っているものだという。それほど一般的な病気であるにも拘《かか》わらず原因ははっきりと分かっていない。でも、閉経した女性の筋腫が小さくなり症状がなくなる事、初潮を迎える以前の女の子に筋腫が出来ない事から、月経に伴う女性ホルモンが筋腫を作ったり育てたりという役割を担《にな》っているのではないかというのが有力な説だ。だとしたら、私は毎月毎月、生理を迎える事で自分の子宮の状態を悪化させている事になる。妊娠していない期間が続く事が、卵子が受精しないという事が、私の筋腫を育てているのだ。こういう事を考えていると、私は自分がどんどん母に同化していっているような気になる。子宮筋腫は、高い確率で子宮内膜症を併発していると専門書に書いてあった。いずれ私も母親と同じ道を辿《たど》る事になるのかもしれない。例えば弥生が初潮を迎えた頃、私が子宮を全摘したとしたら、その時私は半ば本能的に弥生に対して憎悪《ぞうお》を抱くのではないかという気がする。そしてそれと同じように、私の出産から間もなく子宮を全摘した母は、心のどこかで私を憎んでいるのではないだろうかという憂鬱な疑問がいつも心に渦巻いている。

ハンバーグを半分以上残して実家を後にし、誰もいない家に帰ると、弥生をお風呂《ふろ》に入れて寝かしつけた。寝息をたてる弥生の手からゆっくりと手を放してリビングに戻ると、テーブルの上で不在ランプを光らせていた携帯に一瞬どきっとしたけれど、母親とリナちゃんからのメールが入っているだけだった。もう十時を過ぎていた。待澤にメールを送ってから、丸一日が過ぎようとしている。もう一通メールを入れようか。何か弁明するようなメールを、入れた方が良いだろうか。でもここで入れたら、私は待澤との関係に於《お》いて圧倒的に不利な状況に立たされてしまうのではないだろうか。でもそうして恋愛に力関係を持ち込んでいる自分がもうよく分からなかった。勢いよく起き上がり、パソコンを起動させた。メールの送受信をして、パソコンにも待澤からのメールが届いていない事を確認して、パソコンを閉じた。つい一昨日の朝まで仲良く過ごしていた待澤が、もう二度と会えない人になってしまったのかもしれない。私は体中が冷えていくのを感じて、また携帯に手を伸ばしかけて止《や》めた。キッチンに行くとウォッカをロックで注いで寝室に戻った。一気に飲んで眠りについてしまおうと思ったけれど、私は舐《な》めるようにウォッカを飲みながら、じっと携帯を見つめていた。やっぱりもう一度メールを入れよう、目まぐるしいスピードで文面を考えながら携帯を手に取った時、携帯が震えた。待澤からのメールだと分かった瞬間、顔面に痛いほどの熱が生まれ、じわじわと全身に広がっていった。

「今朝メールに気づいたんだけど、すごく急いでたから行きの電車で返信しようと思ってたら、携帯家に忘れちゃって。返信遅くなってごめん。でも帰宅して一分でこのメール書いてるから許して。俺はずっと前から五月が大好きだよ」。読みながら、体中から力が抜けて涙が出た。待澤が好きだと思った。今すぐに待澤に会いたいと思った。でも次の瞬間には、涙が止まるほどの恐怖に包まれた。

会えば会うほど待澤が好きになっていく。私は、昨日送ったメールの締めくくりとして書いたその言葉を読み返した。私は待澤を失わなかった。でも今日私は、いつか失うものとして考えてきた待澤が、失ってはならない存在になっているのを知った。待澤を失うかもと思い続けた今日一日、私が感じていたのは夫を失うかもという恐怖と、自分の築いてきた家庭が崩壊するかもという恐怖だった。待澤を失う事それ自体が恐いのではなかった。そしてそれは待澤が週刊誌に暴露するかもという類《たぐい》の危惧《きぐ》でもなかった。私は彼と不倫を続ける生活の中で、いつの間にか自分と待澤を切り離して考える事が出来なくなっていた。自分を避け続ける夫と生活を共にしつつ冷静さを保っていられるのは、待澤という自分を承認してくれる絶対的な存在があるからであって、いざとなれば夫と離婚しても待澤が受け皿になってくれるだろうという安心感があるからでもあって、つまり私は夫との結婚生活を続けるために、自分の家庭を壊さないために、不倫を続けていると言えるのかもしれなかった。私は、夫と弥生という三人ではなく、そこに待澤を含めた四人で、この家のバランスを保っていたのだ。

初めて待澤と寝た日、明け方ホテルから家に向かうタクシーの中で、これから自分がまた今までのように普通に生活を送っていくのだと絶望しながら、激しい後悔の念に駆られた。何故こんな事をしてしまったのかという思いでいっぱいだった。このまま連絡を無視し続け、なかった事にしてしまおうかと思っていた。でも迷いの中で再び会う約束を交わし、再び寝て、同じように明け方ホテルから家に向かうタクシーの中で、私は待澤に対する好意と執着心が急激に高まっていくのを感じていた。その時もう既に、私は待澤のいない生活を考える事が出来なくなりつつあった。始まった時からずっと、常に自分の不倫に対する考え方はぶれ続け、自分のしている事は死をもって償うべき大罪だと感じられる時もあれば、不倫は当然の結果、当然の手段であって自分の何が悪いのか全く分からないと感じられる時もあった。待澤と抱き合っていれば夫に会いたいと思い、夫の顔を見れば待澤に会いたいと思った。不倫をしたら、夫に対する気持ちがはっきり見えてくるかと思っていた。別の可能性を考える事で、夫の事を相対的に考えられるんじゃないかと思っていた。でも待澤と不倫を始めてから、夫に対する気持ちも待澤に対する気持ちも混乱に満ち、まるで自分が力任せに引きちぎられていくような思いに駆られてばかりだった。激しく渦巻く感情とは裏腹に、「気にしないで」と私は冷静を装《よそお》ってメールを打ち始めていた。私は何故か、彼に正直になる事に強い抵抗を感じている。

囲みの撮影を終えて、主催者に挨拶《あいさつ》をしたらすぐに帰ろうと思っていた。少人数のパーティは好きだけれど、こうして百人も二百人も人が集うようなパーティは疲れて仕方ない。

「あ、木下さんだ」

「え、誰？」

「リンクの人。覚えてない？　ワークスの広告持ってきてくれたじゃん」

ああと言ってその人の顔を眺めながら、曖昧《あいまい》な記憶を辿《たど》る。産後一年の間にこなした仕事は、過酷な育児と授乳によるホルモン過多のせいでほとんど記憶が残っていない。ライブ終わったら挨拶行こう、と言いながら浜中さんは苦手なタキシードのカマーバンドをぐっと引き上げた。円形の舞台ではＤＪがハウスを流していて、その周りでは外国人ダンサーたちが踊っている。赤い照明とピンクの照明に交互に照らし出されているのは、イギリスの有名なＤＪらしいけれど、私は知らない人だった。胸元の開いたミニドレスの裾《すそ》をぐっと引き下げる。下げると胸元が危ないし、上げるとお尻《しり》が危ない。日本に初上陸するアナベラの衣装をもらえると知って楽しみにしていたのに、サンプルが少なすぎてサイズの合った物が見つけられなかった。

アナベラの社長と経営者たちに挨拶をして、モデル仲間としばらく盛り上がっていたら、いつの間にか浜中さんの姿が見えなくなっていた。モデルや女優たちは、こういう時だけ異様に馴《な》れ馴《な》れしかったり明るかったりして、何かの症状みたいだと思う。いつもはさん付けで呼ぶ子が五月ちゃーんと声を掛けてきたり、べたべたとスキンシップを求めてきたりする。こういうパーティに出る事が仕事に繋《つな》がる時もあるけれど、セレブなパーティで人脈を誇示して、狭い業界の内輪ネタで盛り上がっている人たちを見ていると、自分のいる業界が本当に下世話なものに感じられる。

左手にクラッチ右手にシャンパングラスという格好で、給仕係からマカロンを受け取りぱくんと一個口に入れた瞬間、五月ちゃんと声を掛けられた。

「あ、リカさん」

口をもごもごとさせながら振り返り、一気に明るい気持ちになった。「moda」の編集長のリカさんだった。

「すごい綺麗《きれい》！　五月ちゃんはやっぱすごいわ。うちの撮影受けてくれた？」

「はい。入り口で。何か今日はすごい人が集まってますね」

「アナベラだからね。演出もさすがのもんよね。写真楽しみにしてるわ。あ、ねえ五月ちゃんちょっと紹介したい人いるんだけどいい？」

三年前大手出版社から引き抜かれ、「moda」の敏腕編集長となったリカさんは、とにかく業界内の評判が良い人で、知り合ってすぐホームパーティにも行き来する仲になった。エッセイの依頼を受けた時も、浜中さんはブログの更新すらまともに出来ないのにと反対したけれど、リカさんと仕事をしたいという気持ちから、すぐに承諾の返事を出してもらった。

「あ、ちょっと待っててね」

リカさんは手で制するような仕草をしてからその場を離れ、一人の女の子の腕を取って戻ってきた。新人のモデルだろうか。後ろにはマネージャーのような男の人がついている。

「こちら、作家の土岐田ユカさん。五月ちゃん、デビュー作の「テッド」、面白かったって言ってたよね?」

軽い驚きと共に彼女を見つめた。雑誌で見た事はあるはずだったけれど、記憶の中の彼女と目の前の彼女とが全く一致しなかった。彼女はどこか投げやりというか、面白かったでもつまらなかったでも気にしないというような口調で「ありがとうございますー」と微笑《ほほえ》んだ。それにしても、読んだは読んだが面白かったと言った記憶はない。

「テッド、すごく面白かったです。土岐田さんってこういうパーティ、よく来るんですか?」

「いや、よくは来ないです。そんなに呼ばれないんで」

「土岐田さん、クレアーズでアナベラのタイアップ小説書くんですって」

リカさんがそう言って、新刊もすっごく良くって、今月号でインタビューしたのよと続けた。私は薄らいでいた小説の内容を頭に巡らせ、彼女がファッションブランドとタイアップするという事に違和感を覚えた。少なくとも、「テッド」は悪趣味小説と言っても良いような小説だった。クライアントの求めるようなものを、彼女が書けるとは思えない。代理店が彼女の小説も読まず、ビジュアルだけで依頼したのではないだろうか。

「あ、私この間五月さんのエッセー読みました。すごく面白かったです」

相手が悪趣味小説を書いている作家だからか、何となく信用出来ない。本当に？と苦笑しながら言うと、彼女は大きく頷《うなず》いて見せた。

「あれ、そう言えば二人の子どもって、同じくらいじゃないかしら？」

リカさんが弾んだ声で言うのを聞いて、一瞬何の事か分からず黙り込んでから、彼女を見つめた。

「子どもいるの？」

私は思わず身をかがめて聞いた。ＢＧＭがうるさくて、背が高い私はかがまないと人の声がはっきりと聞き取れない。

「あー、はい。来月二歳になる娘が」

「うち、三歳半の娘。そうなんだ、全然知らなかった。公表してないの？」

「別に隠してないんですけど、私が記者会見とかマスコミにファックスとかしたらおかしいし」

ママ友じゃないの、と何故《なぜ》か嬉《うれ》しそうなリカさんは、後ろから話しかけてきた他誌の編集者と話し始めた。すぐに立ち去るかと思いきや、土岐田ユカは一歩私に近づいて、私はまた少しかがんだ。彼女は十二センチはありそうなヒールを履いていたけれど、それでも五センチヒールの私は視線が下を向く。彼女は百六十くらいだろう。彼女の目に映る世界を想像する。自分より十五センチ背が低い女の子には、この世界はどんな風に見えているのだろう。

「私、五月さんの事見たことあるんです」

「え、どこで？」

「うち、ドリーズルームに子ども預けてて」

「えっ、そうなの？」

「去年の夏頃かな、お迎えの時によく見かけてて、何度か挨拶も交わしてるんです」

「うそー？　覚えてなかった。今も通ってる？」

「今まさにこの瞬間娘はドリーズにいます」

「そうなんだ。私、最近またあそこに預け始めた所なの」

「そうなんですか？　じゃあまた会うかもしれませんね」

「うん。そしたらよろしくね。あ、さっき一緒にいた人って、旦那《だんな》さん？　いなくなっちゃったけど」

「旦那です。マカロンでも食べてるんだと思います」

「仲良いんだね」

「五月さんは、こういうとこ旦那さんとは来ないんですか？」

うちはほら、お店やってるから、と眉間《みけん》に皺《しわ》を寄せて言うと、彼女は一瞬間をおいてからああと納得したように頷いた。多分、私の夫がシェフである事を知らないのだろう。

「じゃあ、ドリーズで会うの楽しみにしてます。ちなみに娘さんて背高いですか？」

「大きいよ。四月生まれっていうのもあるけど、クラスでも飛び抜けて大きい」

「いいなー。私背の高い人って好きなんです」

じゃあまたと言って、彼女は去って行った。いつの間にか後ろに待機していた浜中さんが、今のだれ？　と聞いてきて説明していると、視界の端に彼女が旦那さんを見つけて後ろから抱きついている様子が写り込んだ。私は、結婚して二年が経《た》った頃から、夫をパーティに誘わなくなった。いつも忙しい忙しいと言いながら毎晩店に出ている彼は、私がパーティに誘うと、重要な客が来る時以外は大抵セカンドシェフに店を任せてパーティに付き合ってくれた。でもそれが、彼自身のスノビズム、人脈や店の集客という意味を含んでいるのが露骨に分かって、私はそれを強烈に嫌悪《けんお》した。顔の知れた有名人ほど彼は馴れ馴れしく接し、すぐに名刺を渡した。そしてそうやって集めた有名人の顧客にワインのサービスをしたり、優先的に予約を受け付けたりしているのを知って、私は彼に対する尊敬の念が薄れていくのを感じた。とうとう耐えられなくなって、パーティで名刺をばらまいたり、初対面の人に馴れ馴れしくしないでと言った時、彼はひどく憤慨してこれも仕事の内だと怒鳴った。私は、もちろんそれと自分が完全に切り離せない事を自覚しながらも、そうして私と私の人脈、私のいる世界を混同して、そういう意図はなかったとしても結果的に利用している彼が許せなかった。そんな仕事与えてやるかという気持ちで、私は彼を誘うのを止めた。

ライブが終わった頃、入り口の方から土岐田ユカが口をもぐもぐとさせながら手を振っているのに気がついた。よく見ると、その手の親指と人指し指の間に二つか三つ、マカロンが挟んである。よっぽど気に入ったのだろうかと思いながら、木下さんと話していた私が思わず笑顔になって手を振り返すと、彼女は旦那さんと手を組んだまま会場を後にした。彼女は、幸せそうだ。仕事も、それなりにうまくいっているのだろう。でも私は彼女に、決定的に欠如しているものを感じた。それは私の作家という職業に対する偏見かもしれないけれど、何かを表現する人間として、彼女には主体性が大きく欠けている気がした。その違和感は、自分がNYで他のモデルたちと比べて、自分に確実に欠けているものがあると感じた時の事を彷彿《ほうふつ》とさせた。

結局、モデル仲間たちと二次会に流れて、帰宅したのは三時過ぎだった。シッターのハナちゃんを帰すと、私は一度弥生の寝顔を見に行って、リビングに戻った。「今家帰ったよ。早く帰ろうと思ってたんだけど、モデル仲間たちと二次会に行っちゃって、」待澤へのメールをそこまで書いた所で、玄関から音がした。私はメールを保存すると、液晶を下にしてソファに置いた。

「ああ、起きてたの」

リビングのドアを開け、私に気づいた亮は嬉しそうでも嫌そうでもなく、ただひたすら「ああ」という表情で独り言のように呟《つぶや》いた。

「うん。今日アナベラのパーティで、その後リナちゃんたちと飲みに行って」

亮はそう、と言いながらキッチンへ行き、一本ビールを持ってきた。飲む？　という一言がない事に、もう苛立《いらだ》ちも悲しみも感じない。

「お疲れ様」

うんと言いながら、彼は私から一番遠いソファの端に座った。五人掛けソファの両端に座ったまま、私たちは視線も合わせず、互いを牽制《けんせい》し合うようにしばらく黙り込んでいた。きっと彼は数分もしない内に立ち上がり、おやすみと言い残して自室に籠《こ》もるだろう。私はそう思いながら、気詰まりな空気から逃げるようにチェストにあったボディクリームを塗りたくって、足を揉《も》みほぐし始めた。

「今日永吉さんが来て、五月のエッセイが良かったって言ってたよ」

「永吉さん、来たんだ」

「ああ。接待で」

「嬉しいな。あのエッセイなかなか評判いいの。そうそう、今日富山くんと会ってね、今度カシオカに行くって言ってたよ」

「そう言えば、予約入ってたな。またあの彼女と？」

「ユリちゃん？ううん。別れたんだって。週刊誌に撮られないように気を付けてあげて」

亮の表情が、いつもより少し柔らかいような気がした。私は嬉しくなって、何かもっと話題はないかと記憶を巡らした。でも、土岐田ユカに会った事、彼女が子どもをドリーズに通わせている事を話そうと口を開きかけた時、亮は缶ビールを持って立ち上がった。じゃあおやすみと言う亮に、うんおやすみーと答えながら、私はこれまで何度も何度も亮がこのソファから立ち上がる度に感じてきた絶望を、また感じた。でも今、それは以前ほどの絶望ではない。不倫への罪悪感からかもしれないけれど、私は夫が私との関わりを避ける事に、さほど絶望しなくなった。それは、夫との関係が冷え切って以来ずっと苦しんできたスパイラルからの解放で、私は今、夫が立ち上がっても心を穏やかに保つ事が出来る。でも、リビングを出ていく夫を見つめながら、自分がひどく情けない思いをしている事に気がついた。結局私は誰と、どんな道を歩んでいきたいのだろう。はっきりとした感情もビジョンも持たない自分自身が、自分の意志と全く関係のない所で動いていっているのを感じた。私は、待澤の気持ちや夫の気持ちを汲《く》んで、それに合わせて自分の次の行動を決めているだけだ。それは一種の、屈辱に似た気持ちだった。しばらくぼんやりと宙を見つめ、ボディクリームを放り投げると、また待澤へのメールを打ち始めた。

ユカ

うっすらと目を開け、何の手応《てごた》えもないシーツをまさぐる。ベッドの中に央太《おうた》は居らず、パンツもない。手を伸ばしてベッドから床を探ると、パンツを諦《あきら》めてキャミソールワンピースを被《かぶ》り、のそのそとベッドを出た。足の付け根辺りに精液が乾いて張り付いている感触があった。ドアを開けリビングに出ると、すぐそこのソファで文庫本を片手に眠っている央太を跨《また》いで載っかる。

「おはよう」

「何でこっちにいるの？」

「寝つけなくってさ。眠くなるまでここで本読んでようと思ったら、そのまま寝ちゃったよ」

「起きたらおうちゃんが隣にいなくて寂しかった」

「今何時？」

「分かんない」

もぞもぞと嫌がる彼に、私は更に強く抱きついた。夫婦生活が行き詰まり始めた頃、別々に寝るようになったけれど、週末婚を始めてからはまた一緒に寝るようになった。パンツ穿《は》いてないのと言うと、央太はワンピースの裾《すそ》から手を入れ本当だ、と尻《しり》を撫《な》で上げた。キスをしながらもう輪が起きてくる頃かなと思っていると、子供部屋の方からとっとっとっとっ、という細かい足音が聞こえた。ばたんっ、と大きな音がしてリビングのドアが開き、輪がリビングに現れる。

「あーっ」

輪は驚いたような声を上げ私たちの脇《わき》に駆け寄り、りんちゃんもりんちゃんもと言いながらソファに登った。りんちゃんのばん、そう言って、彼女は私と央太の間に割り込もうと手を突っ込む。最近、央太が来ている時はこうして取り合いになる。私が央太に甘えるのを真似《まね》しているだけかもしれないけれど、この瞬間、私は自分に対して「幸せだ」という身も蓋《ふた》もない結論を下してしまいそうになる。重たいよと言いながら、央太は私と輪をまとめて抱きしめた。完全に央太を奪われてしまうと、私はキッチンへ行き、三人分の朝ご飯を用意した。

家でごろごろしていたいと嫌がる央太を無理矢理連れだして三人で散歩をした後、焼き肉屋で夕ご飯を食べた。他のお客さんたちに話しかけに行ったり、あちこち遊び回る輪を叱《しか》りつけたり、帰り道でどうしてもお菓子が欲しいと泣き喚《わめ》く輪に負けてスーパーに寄ったりして帰宅すると、私は輪に買ったばかりのお菓子の袋を開けてやり、トイレに籠《こ》もって食べたばかりの肉を嘔吐《おうと》した。汚れた手をトイレットペーパーで拭《ふ》き取ってレバーを引くと、とっとっとっ、と足音が聞こえた。鍵《かぎ》のかかったドアの取っ手を、輪ががちゃがちゃと回している。ママー、とドアの向こうから今にも泣き出しそうな声が聞こえた。床に汚れがついていないか確認して、天井に向けて消臭剤をひと噴きしてからドアの鍵を開ける。

「ママー。リンゴジュースたい」

輪は最近、食べたい、もやりたい、も欲しい、も全《すべ》て「たい」で要求する。

「リンゴジュースはないよ。牛乳か、お茶か、オレンジジュース」

「えーっとぉ、ミカンジュース！」

話しながら洗面所で手を洗い、口をゆすぎタオルに手を擦《こす》りつける。輪にワンピースの裾を引っ張られながら、洗面台の鏡を覗《のぞ》き込んだ。嘔吐のせいで、軽く目が充血している。キッチンでジュースを注《つ》ぐと、リビングのソファに戻った。帰り道で話題に上ったブレッソンについて調べているらしく、携帯を片手に寡黙《かもく》な央太と、左端に腰かけた私の間に輪が座った。コップを渡してすぐに輪はこぼれたーと間の抜けた声を上げ、気をつけてって言ってるでしょっと大きな声を上げて布巾《ふきん》を取りにまたキッチンへ戻る。布巾が見あたらず洗濯カゴの中にあったタオルに手を伸ばすと、ママ怖いねえ、という央太の声と、こわいねー、という輪の同調がリビングから聞こえた。タオルを持って立ちつくし、一瞬リビングに戻るのを躊躇《ためら》う。この家庭内に於《お》ける自分の役割が、分からなくなる。でもそんなの分かってたまるかと思い直し、タオルを強く握ってリビングに出た。小言を言いながら、ごめんなさーいと笑う輪のシャツにタオルを擦りつける。

輪を寝かしつけてしまうと、WOWOWの二流映画を観《み》ながらワインの栓を抜いた。おつまみ用に買っておいた瓶詰めのピクルスを開けると、二人で交互に箸《はし》を突っ込む。美味《おい》しい、美味しいね、これ美味しいねほんと、と唸《うな》るようにして私たちはキュウリやヤングコーン、タマネギやカリフラワーのピクルスをどんどん食べていった。

「何か、今本当に体が必要としてる物って感じがするなあ」

「うん。染《し》みるって感じ。やっぱりお酢って体に良いんだろうね」

「子供の頃って、こういうの嫌いだったけどな」

「私も。ハンバーガーから出して捨ててた」

カークラッシュのシーンをじっと見つめ、この俳優ってファンタスティック・フォーに出てた人だっけ？　とか、いや違うよこの人はあれに出てた人だよあのほら、えーっと、あの銀行強盗の映画、とどうでも良い会話をしながらまたピクルスを食べ、とうとう瓶を空っぽにした。

「若い頃ってさ、食べ物ってそんなに好きじゃないじゃない？」

央太はそう言って、グラスにワインを注ぎ足した。彼は大学生の頃、半年間カロリーメイトだけで生きていた事があるという。

「まあ、少なくとも若い子はグルメじゃないよね。腹を膨らます事が目的って感じで」

「若い頃は、夢を食べてるからね」

何それ、と私は思わず笑い声を上げて央太の肩を叩《たた》いた。彼は「そう思わない？」と少し恥ずかしそうに笑いながら、「夢を食べられなくなったから、食べ物くらい美味しいもの食べてもいいじゃないかっていう気になるんだよ、大人は」と言った。

「素敵な話だね」

「そうかな。悲しい話じゃない？」

言いながら、私たちは肩を震わせて笑った。彼は今年で三十六になった。知り合った頃、二十代残り僅《わず》かというところだった彼は今、四捨五入したら四十だ。彼と知り合った頃十八だった私は今、四捨五入したら三十だ。チューハイとビールばかり飲んでいた私は、央太と付き合っていく中でジントニックやワインを飲むようになり、一枚一万が限度だったワンピースは一枚二十万でも買うようになった。央太の手ほどきで苦手だったインターネットを克服し、ＤＶＤもＣＤもケースを捨て、収納ファイルにまとめるようになった。今の仕事を始めてすぐに央太と結婚した私は、央太と暮らしていく中で、そうして少しずつ価値観を変えていった。私には、央太の要素が大量に溶け込んでいる。だから私は央太を他人だと思えない。彼は私の血のようなものであって、彼と別れたとしても、その血は永遠に体内を巡り続けていくだろう。

ああこんにちはー。まったりとした声を上げて、釜谷《かまや》先生は軽く右手を挙げた。

「こんにちはー。何か咳《せき》が止まらなくなってしまって」

「あー。今流行《はや》ってるよ。咳の風邪。今日もこの一時間で三人吸入」

そーですかー保育園でも流行ってるみたいで、と言いながら先生の前に座ると、輪が更に泣き声を高くして身をよじった。予防接種をほとんどここで受けさせたせいで、一歳を過ぎた辺りからここへのルートを通るだけで泣くようになった。先生が耳に体温計を入れ、口の中に金属のヘラを突っ込み、赤いねえと呟《つぶや》く。

「赤いですか」

「赤いですね。ちょっとひゅーひゅーいってます。吸入していきますか？」

「じゃあお願いします」

「抗生物質出しますか？　抗生物質でぱっと治しちゃった方が早いですよ」

「お願いします。あと、ペリアクチンとムコダインがきれそうなんで、出してもらえますか？」

「はいはい。じゃあ十日分出しときますね。あ、お腹《なか》は平気？」

「ちょっと便秘っぽいです。少しお腹がぽっこりしてるような感じもして」

先生はぎゃんぎゃん泣きわめく輪のお腹を触って更に泣かせた後、抗生物質を出すんで整腸剤も出しときましょうと続けた。奥の治療室に入ると、看護師が用意してくれた吸入器を騙《だま》し騙し輪の口元に当てる。看護師に何か指示を出した後、先生はカルテに書き込みをしながら「こないだ新聞見ましたよー」と言った。

「インタビューですか？」

「ええ。知ってる人のインタビューって、何か不思議ですね」

でも写真がね、と捨て台詞《ぜりふ》を吐くと、先生は診察室に戻って行った。歩いて五分というのもあるけれど、初めて先生が私の事を作家だと知って、デビュー作読みましたよと言った後、僕あの主人公のフィギュアを作ったんですよと呟いたのを聞いた瞬間、引っ越さない限りここに通い続けるだろうと確信した。釜谷診療所の待合室はいつも患者で溢《あふ》れていて、彼が近所の人たちに信頼されているのが分かる。ワンマンというのもあるだろうが、彼はこの病院の中で神のようにしなやかに振る舞っている。時に苛立《いらだ》ち混じりに、時に面倒臭そうに、時にうきうきと、気まぐれなテンションで二人の女性看護師、二人の男性看護師を動かし、ものすごい数の患者を診る。彼はなるべくして変人となり、なるべくして医者となり、やるべき事を着々と遂行しているような気がする。彼の存在に、私は全く乖離《かいり》を感じない。どんな真人間であったとしても、そこに僅かでも乖離が見える人間を私はかかりつけ医にしたくない。

　輪を保育園に送ると、コップを借りて薬を飲ませた。おやつ後の薬を預け、ややこしい投薬依頼書にあれこれ記入し輪に手を振る。慌《あわ》ただしく靴を履き、タッチドアを開けて出るとエレベーターの前に出しっぱなしのベビーカーを折りたたんだ。ベビーカー置き場に詰め込み、バッグを肩に掛けた瞬間エレベーターが開いた。

「おはようございまーす」

降りてきた母親にそう言ってすれ違おうとした瞬間、エレベーターに乗り込もうとしていた足が止まった。

「ユカ？」

スリングに赤ん坊を入れ、大きなバッグを手に持った涼子が、エレベーターから降りた所で立ち止まりじっと私を見つめていた。

「涼子じゃん。久しぶり」

「やっぱり。私この前ここに見学に来た時、ユカの事見かけたの。絶対ユカだって思ったんだけど、やっぱりユカだったんだ」

「そうなの？　気づかなかった。声掛けてくれれば良かったのに」

「ねえねえ、ずっとここに預けてるの？　私一昨日から預け始めたの。ねえ最近どうしてるの？　十年ぶりくらいじゃない？」

「零歳の頃からここ預けてるよ。もう育児と仕事でいっぱいいっぱい。涼子は？」

「お父さんの店でバイトしてたんだけど、出産の時辞めて、でも預け始めたからもう少ししたらまたお店で働くつもり」

「あ、お母さんの仕事、うまくいってるみたいじゃん。この間雑誌で見たよ」

「あれ見たんだ。何か最近忙しくやってるみたい。ユカ、この近くに住んでるの？」

「うん。歩いて十分。涼子は？」

「私は二駅隣。子供連れて電車で通うの、ほんときつくてさ。車買うか、引っ越ししなきゃやってられない」

　六ヶ月か、七ヶ月くらいだろうか。スリングの中の赤ん坊がまくし立てるように話す母親を見上げて不安そうだ。名前は？　と聞くと「一弥」という一言が返ってきて、ふうんと頷《うなず》いた。

「ねえユカんとこの子は？　今何歳？」

「来月で二歳。今一歳児クラスだから、学年一つ違いだね」

「あ、旦那《だんな》さんは？　何してる人？」

「普通の会社員だよ」

「ねえ私ユカのデビュー作読んだんだよ」

「あ、知ってたの？」

「知ってる知ってる。新奈から聞いたの。たまに雑誌とかでも見かけてたんだ。でもすっごい偶然じゃない？　こんな偶然があるなんてびっくりだよ。何でこの辺に住んでるの？」

「旦那の会社が近いから」

「ふうん。そうなんだ」

なにか、涼子は突然テンションが下がったように暗い表情を見せた。それと同時に赤ん坊が泣き始めた。私は行ってしまったエレベーターを呼び戻すため下向きの矢印を点灯させると、また会うだろうから、今度お茶でも行かない？　と明るい声で言った。渋谷や新宿で遊び呆《ほう》けていた昔の友達に「お茶」という言葉を発する違和感に、笑顔が苦笑へ傾く。

「行く行く。色々話そうよ。すっごい久しぶりなんだし」

「十時に送ってるの？」

「うん。十時から、五時間だけ預けてる。これから少しずつ延ばしていくつもりだけど」

「そうなんだ。私九時からなんだけど、今日病院行ったから少し遅くなって。いつもだらだら送ってるから、多分またすぐに会うと思う」

じゃあまたねと言う涼子に手を振って、下へ参りますと言うエレベーターに乗り込んだ。ドアが閉まって降下が始まると、後ろを向いて鏡に映る自分の姿を見つめた。涼子か。と独り言が口をついて出る。十年ぶりの再会と言えば、もう少し盛り上がるものかと思っていた。この間ちらっと涼子を見かけた時にも、私の中には何の感情もわき起こらなかったし、今こうして言葉を交わしても、特に強い感情はわき起こらない。でも、十年も経《た》つとやっぱり変わるなという感想がしんと心に残ったから、私は鏡を見やったのだろう。鏡の中の私は、確かに涼子と遊んでいた頃から十年分の何かが蓄積したような顔をしていたけれど、目の下に隈《くま》も出来ていなければ顔色も悪くない。ファンデーションが乾燥した皮膚を浮き上がらせてもいなければ、ニキビも出来ていない。保育園に預け始めたばかりの頃は、私もあんな顔をしていたのかもしれない。私は、どこにも頼れない孤独な育児に疲れ切っていた頃の自分を思い出してうんざりした。出産から約半年、誰にも頼れない状態で育児をしていた。今の私には、シッターの山岡さん、家事代行の永妻さん、少ないけれどママ友もいる。育児の大敵は孤独だ。孤独な育児ほど人を追い詰めるものはない。コーヒーサイフォンの中でぐわぐわとお湯が立ち上っていくように、狂気が頭に凝縮されては気が狂う。

ふと、森山五月の事を思い出した。彼女の圧倒的な存在感は、あのパーティから一週間が経とうとしている今も強烈に脳裏に焼き付いている。中身のある感じはしなかったけれど、人としての偉大さに近いようなあのオーラは誰にも覆《くつがえ》せないだろう。また会ってみたい。また会ってあの人の事を知りたいと思っていた。彼女が何を考え、何を意図して、どんな生活を送っているのか知りたい。でもすぐに、それが彼女を書いてみたいという職業病に近い欲求であるのに気づいて、私は誰にもばれないにも拘《かか》わらずどことなく羞恥心を抱えたまま足を速めた。

大型ビジョンを見上げ、設置された灰皿の前で立ちつくしていると、金に結びつく女を求めて男たちが声を掛けてくる。女の子のランクで自分の報酬が変わるのだと、スカウトをやっていた男友達から聞いた事がある。確か、Aランクが二十万くらいで、Bランクだと十万くらいだったように思う。AとかBとか、人の目だけで簡単に判断される事に憧《あこが》れる。結婚もしてなくて子供もいなかったら、私は今頃作家の傍らキャバ嬢としても働いていたかもしれない。

「働いてるから」

「昼間は普通に働いてる子っていっぱいいるよ。週二でも、結構稼げるんだよ」

「結婚してるし」

「そうなの？　今いくつ？」

「二十五」

キャバ嬢としては終わりの見えている年齢だろう。キャバ嬢の市場では、自分は腐り始めている。二十二くらいかと思ったー、言いながら男は名刺を手渡し、気が変わったら電話して、いい気晴らしになるよと言って去っていった。二十一を超えた辺りからだろうか。スカウト市場に於《お》ける自分の需要が変わり始めた事に気がついた。小学校六年生の時、池袋で親から少し離れて歩いていた時に初めてスカウトされてから、あらゆるスカウトに声を掛けられ続けてきた。十代の頃と明らかに変わったのは、スカウトたちがナンパをしなくなった事だ。昔はスカウトついでにナンパをする男がたくさんいて、キャバクラに興味がないと分かるとカラオケ行こうとかご飯行こうと誘ってくるのが定番だった。今、そういう手合いはほとんどない。若くてバカな男市場に於いても、私は腐り始めている。

　スカウトが去って、大型ビジョンが十時二分前を示した所で、若い男が声を掛けてきた。まだ腐りきってはいない。そう確認している自分が、女として随分落ちたなと思う。

「今何待ち？」

「ひとまちー」

「来るまで飯行かない？」

「もう来るよ。十時待ち合わせだから」

「じゃあ今度食事行かない？」

「結婚してるし」

「え？　旦那と待ち合わせ？」

「ううん。友達」

「友達って女？」

「男」

「男って、旦那怒らないの？」

煙草《たばこ》を大きく吸い込んで吐き出しながら「旦那はそういう人じゃないから」と答えた。そういう人じゃない。それは合っているし、間違っている。私はなにか、自分が都合の良い考え方と言い方をしているのに気がついて、閉じた口に力を籠《こ》めた。私は自分に都合の良い考え方、言い方をして、世界を歪《ゆが》めている所がある。ありのままの世界を見たいという欲求は強烈にあるのに、私は半ば作為的に世界を歪めて無理矢理納得しようとしている。男を追い払うと煙草を消し、また次の一本を取り出した。三十になったら、ナンパはされなくなるんだろうか。定期的に抱いてくれる夫がいて、仕事がある以上、そういう安易な自己確認の必要はないだろうが、ある時ふっと魔が差してナンパしてきた男とヤッてしまう、そういう可能性がどんどん失われているという事だ。三十を超えて適当な男と適当なセックスをしたいと思ったら、出会い系にでも登録するしかないのだろうか。グレーのくたっとしたジャケットを羽織り、長くも短くもない髪の毛をルーズにセットし無精髭《ぶしょうひげ》をたくわえた彼の姿を見つけ、私はすぐには声を掛けず、人混みに同化している彼をしばらく見つめた後「オギちゃん」と声を上げ同時に手を挙げる。オギちゃんは私に気づくと、にっこりと笑ってやって来た。

カ
「待った？」
「そんなに」
「どうする？　どこがいい？」
ユ
「サニーは？」

いいよと言うオギちゃんと並んで歩き始めると、騒がしい人混みの中、私たちは手振り身振りを交えつつ途切れる事なく話し、サニーに入った。薄暗いレストランは盛況で、私たちは奥まった角っこの席に座った。ソファ側の席に座った私の隣に、オギちゃんが脱いだジャケットをふわっと置く。

「この間さ、梨川《なしかわ》幸治と対談したんだ。知ってる？」
「知ってる知ってる。作曲家でしょ？」

「ユカさんの小説好きなんだって。本全部読んでるって言ってた」

「へえ。意外。私も聞こうかな。あの人のCD」

クオリティは保証しないよと言って、オギちゃんはおどけたように顔を歪めた。ジントニック、和牛のタルタル、エビのフリット、カルボナーラを注文すると、オギちゃんはそこにシャンディーガフを付け加えた。オギちゃんがシャンディーガフ以外の酒を頼むのを見た事がない。お酒は甘いものしか飲めないと、前に言っていたような気がする。

最近見たDVDの話、最近出来た映画館の話、小説の資料として読んでいる本の話、友達の話。けたけたと笑いながら下らない話をしている内、ミカの事を思い出した。この間ミカがツリーをくれた。私はそれを伝えようかと一瞬思って、止《や》めた。もらった三錠は、既に飲み干してしまった。ソフトな効きが逆に依存度を高めるようなドラッグだと思った。ミカがどういう人なのか、私はよく知らない。オギちゃんが彼とどういう経緯で知り合ったのかも知らない。ミカは昔薬剤師だったらしいと、クラブで会うオギちゃんの仲間から聞いた事がある。でも今何をしている人なのか、どこでどういう暮らしをしている人なのか、どういう交遊関係を持っているのかは全く知らない。でもそれを言ったら、私はオギちゃんを通じて知り合った人たち皆を、「オギちゃんの友達」と安易にカテゴライズして詳細をうやむやにしている。もっと言えば、オギちゃんの事だってよく知っている訳ではない。ザックという売れないバンドをやっているという事、CLUB CLOSERでたまにDJをやっていて、DJネームはMI-TARASU、家族は両親と兄が一人、結婚歴はないが二十代後半から三十代半ばまで同棲《どうせい》していた彼女がいたという事、よくサブカル系の雑誌で音楽評を書いていて、小さな出版社から一冊だけ短編小説集を出しているという事。集約して、ミュージシャン兼小説家兼音楽評論家、と一言で片付けてしまう事は出来るけれど、彼がどういう人なのか、言ってみろと言われたら一言もオギちゃんを批評するような言葉は吐けない気がする。それを言ったら、夫の事はどうなんだろう。私は夫の具体的な情報を、きっと七割程度は把握しているけれど、三割が不明なまま彼を評するような事は私には出来ない。私のこういう類《たぐい》の考え方を、夫は逆に不誠実だと言う。否定も肯定も、ある種の無自覚さをもってなされるべきだと言う。

「あ、今何回目だっけ？」

唐突にオギちゃんが顔を上げて聞いた。とぼけてみせたい気持ちになったけれど、間をおいてから連載？　と聞き返した。頷くオギちゃんに「今出てるのが三回目」と答えると彼は軽く顔をほころばせた。

「今すごくいいよね。盛り上がってきたっていうか」

「ありがと。やっと筆が走り始めた感じ」

シャンディーガフを持ち上げる彼を見つめながら、両腕に緊張が走る。オギちゃんが私の小説に対して何か発言しようとする瞬間、私はいつも反射的に発生する緊張に、平静を装《よそお》おうと体を硬くする。

「ミスティフィカシオンって知ってる？」

「何それ」

「人を煙に巻く。神秘化する。って意味」

人を煙に巻いて神秘化するって事？　そう言いかけて、この勢いで言うと語気が荒くなってしまうと気づいて一瞬言葉にするのを躊躇《ため》らうと、オギちゃんは私のその様子に気づかないように続けた。

「あの、柳田と椚田のキャラクターは、小説史上かつてない最上のミスティフィカシオンだよ」

何の影も感じさせない、本当に私の小説を楽しんでいるような笑顔でオギちゃんはそう言った。それに対して、私は胃に重苦しい鉛をくりつけられたように、体中が重く、口元が硬くなっていくのを感じた。三回目の原稿の、柳田と椚田の描写を一文ずつ思い返していく。一体何が彼にそう言わしめたのか。記憶を手繰る。

「そろそろ行く？」

二人のフォークが動きを止め、ジントニックのグラスがくたっとしたライムと氷だけになってしまうと、私はおしぼりで手を拭《ふ》きながら言った。うん行こうと言いながらオギちゃんの差し出した煙草の箱を持ってトイレに向かう。トイレへと歩きながら、推敲《すいこう》し過ぎたせいでほとんど完璧《かんぺき》に記憶している文章が、誰かに朗読されているように頭の中で走り続けている。

店を出て並んで歩きながら、オギちゃんは私のブーツとショートパンツの間から覗《のぞ》く太ももを撫《な》でた。きゃっきゃとはしゃぎながら踊ったり走ったり、くっついたり離れたりを繰り返す。信号待ちをしながら、オギちゃんを待っている間見上げていた大型ビジョンが、花の映像を流しているのが目に入った。鮮やかな赤い花、オレンジの花、黄色い花。トイレで飲み込んだ錠剤が胃の壁面や内容物に飛散していくのを感じる。足が止まりそうになって、一歩先を歩くオギちゃんの手を握った。

「何か最近ユカさんと付き合ってるような気になるよ」

オギちゃんは笑いながらそう言って手を握り返した。大通りから裏通りに入って、「CLOSER」という青白いネオンに照らし出された階段を降りていく。たむろしている男女の間を通ると、オギちゃんが入り口に立つ男と二、三言葉を交わす。大きく笑い声を上げたオギちゃんに顔を上げた瞬間、自分が猫背になっているのに気がついた。行こう、手を伸ばすオギちゃんの手を取り、私たちはドアをくぐった。オギちゃんが私のバッグを持ってロッカーへ消え、手ぶらになって戻ってくると一緒にフロアーに出た。音と言うよりも振動と言った方がしっくりくるようなジャングルがずしずしと鳴り響く中、オギちゃんの友達数人と手を振り合い顔を寄せて言葉を交わす。ブースには女のDJが入っていて、あちこちから光が彼女を照らし出す。人の入りはまだ七割程度だった。ブースの方に向かおうとした瞬間、背後からオギちゃんの「何か飲む?」という言葉が聞こえて、うるさいと怒鳴りたい気持ちを抑えて「コーラ」と答える。オギちゃんがバーカウンターに向かう後ろ姿を見ながら、ゆっくりと人の群れからはみ出て壁際《かべぎわ》のソファに座った。はしゃいだ人たちの声があちこちから体を突刺すように自分へと向かってくる。肩が上下して、息は上がっているのに心拍数は上がっていない。私は何か自分の身体《からだ》がバランスを崩しているのではないかと思い始める。私の右手と誰かの左手が、同じ鍵盤《けんばん》の上で美しいメロディーを奏《かな》でていたのにそれが少しずつずれていって、やがて不協和音となり始めたような。でもそもそも、私が自分以外の何ものかと美しいメロディーを奏でた事があっただろうか。発作的に悪い予感が膨らんでいく。「東京ガスの者ですが」という声がして顔を上げたけれど、もちろん東京ガスの者がクラブまで訪ねてくるはずはない。蓋《ふた》の開いた箱から一昨日の記憶がすばしっこい蛇のように飛び出し、ぐるぐると体中に巻き付いてくるのを感じる。ガスの点検に来た男は、私の著作が大量に詰め込まれたスチール書架を一瞥《いちべつ》してからお風呂場《ふろば》に向かった。彼は私が作家だと気づいたかもしれない。私が金持ちだと勘違いしたかもしれない。インターホンの音で執筆を中断した私は彼に苛立《いらだ》っていた。彼は、私が自分の事を馬鹿《ばか》にして横暴な態度を取っていると思い込み、何らかの形で私に復讐《ふくしゅう》をしようと思ったかもしれない。手足を縛られビニール袋を被《かぶ》せられ、窒息しかけている所を金槌《かなづち》で殴りつけられる自分の姿が頭に浮かぶ。何故《なぜ》かかつてないほど鮮明にその姿が、その痛みが想像出来る。二度三度と金槌を叩《たた》きつけられ、その都度私の生き延びたいという気持ちが砕け散り、次第に形にならなくなっていく。ぎゃんぎゃんと泣きながら殺されていく私を遠巻きに見つめている輪とビニール越しに目が合う。東京ガスの男と共に部屋に押し入ったもう一人の仲間は、怯《おび》えきってへたり込んでいる輪の首根っこを摑《つか》んで十キロ強の暴れる体を軽々持ち上げ壁に叩きつける。聞いた事のないような声を上げた輪は、次に顔面を叩きつけられる。鼻からか口からか、両方からか分からないが輪の顔下半分が噴きだした血で真っ赤に染まっている。濁音混じりの悲鳴を上げる輪の後頭部を中心に、更に数回叩きつける男。輪が声を上げなくなると、その体は床に投げ捨てられ、ビニール越しに見ている私はもう輪が助からない事を知る。輪が男のスニーカーに幾度となく蹴《け》り上げられ、妙な痙攣《けいれん》を起こしているのを見つめながら、私は最後の一撃を食らわされとうとう思考が途切れる。

「ここにいたの。今ヨシオとマリちゃんに会ってさ、ユカさん来てるって言ったら会いたがってたよ」

私は悲鳴を堪《こら》えながら顔を上げた。体中に震えがきて、首筋が痙攣していた。後で行くと上下の歯をがっちり嚙《か》みしめたまま唇で言うと、私は下を向いた。分かったというオギちゃんの声がして、同時に頭にオギちゃんの温かい手を感じた。そして彼が私から離れていくのが分かった。今の生活は、長くは続かないだろう。きっと今にどこかが破綻《はたん》する。近い内に私はどこかへ追放される。ここがどこなのかも分からないまま、また別のどこかへ追放される。

顔を上げる。私は今目覚めたかのようだったけれど、ずっと目を瞑っていただけだったのかもしれない。オギちゃんに「後で行く」と答えた時から、さほど視界に変わった様子はない。でもフロアーを見ると、ブースにはさっきの女のＤＪではなく、白衣を着た金髪の男が立っている。たくさんの人が音楽に合わせて跳ね、楽しそうに仲間と肩を組んだり手を取り合ったり抱き合ったり、白衣ＤＪの声を反復したりしている。汗をかいたグラスからコーラを一気に飲み干すと、私はフロアーに出た。その瞬間ＤＪがブースから出て、出鼻をくじかれた、と思っていると「DJ. MITARASU!」という声が聞こえた。見上げると、オギちゃんがブースに入る所だった。誰かから借りたのか、さっきまで持っていなかった中折れ帽を被っている。オギちゃんがマイクで掛け声をかけながらレコードを回し始めた。私の好きなハッピーハードコアの曲だった。ブースの方に向かいながらミタラスー、と手を振って声を掛けると、オギちゃんは私に気づいて大きなジェスチャーで投げキスを寄越した。それを見たオギちゃんの友達からブーイングが飛ぶ。オギちゃんがＤＪをやっている所を見ると、気持ちがいい。最近は女のＤＪが増えてきたけれど、やっぱりＤＪは男であるべきだ。女は男がブースでレコードを回したりミキサーをいじったりと細かい作業をしているのを見て、自分の身体がいじられているような快感を得るものだ。オギちゃんのＤＪはいい。ハッピーハードコアという選択一つとっても、思う所がない。オギちゃんはアンビエントを嫌悪《けんお》し、ただひたすら突き抜けていくような明るさでもって場を盛り上げていく。私はとにかく速い曲が好きだ。速ければ速いほどいい。１６０ｂｐｍ以上が私にとっての音楽だ。私は音楽に情緒も思想性も求めない。ブースの真正面で手を伸ばして飛び跳ねる。CLOSERに居る時、私は死にたいと思っているか死ぬほど楽しいと思っているかのどっちかだ。

輪を保育園に送って帰宅すると、寝室でパソコンに向かった。インターネットに接続して、「ミスティフィカシオン　意味」で検索する。日本語のサイトには、「ごまかす、煙に巻く」大抵がそう書いてある。フランス語の綴《つづ》りを調べて検索して、検索結果を翻訳サイトで読みあさった。必ずしも悪い意味で使われる言葉ではないと知って、ゆっくりと緊張がほどけていく。それでも私は過去三回分の原稿を読み返し、執筆中の四回目の原稿に微調整を加えた。出会った瞬間からごく自然にオギちゃんの存在は私の中でむくむくと肥大し、今では何らかの支配力を持っているようにすら感じられる。でもその支配こそが、私がオギちゃんに求めているものであって、オギちゃんはただ私の欲望に応《こた》えているだけなのかもしれなかった。

手を加えた原稿を推敲し、五回目の原稿を二枚ほど書き進めた頃、集中力が切れた。もう駄目だ。呟《つぶや》きながらベッドに倒れ込むと、さっき無視してしまった着信を思い出して携帯を手に取った。知らない携帯番号からの着信で、誰だろうと思いながらベッドに放った。起き上がって遮光カーテンを開けると強烈な陽光が差し込み、煙草《たばこ》の煙で淀《よど》んだ空気が鮮やかに浮き上がる。カーテンと窓を全開にすると、性欲に任せてクローゼットを開けた。バイブに手を伸ばしかけた時、微《かす》かにバイブ音がして振り返る。携帯はさっきの不在着信と同じ番号を浮かび上がらせていた。

「はい」

「ユーカ？」

激しい陽光、明るい部屋、これから私に刺さる予定のバイブ。ぬくぬくとした気持ちが一瞬にして消失したのが分かった。

「ミカ？」

「久しぶり。何か最近すれ違っちゃってるみたいで、なかなか会わないね」

「この番号、誰から聞いたの？」

「前に交換したじゃん」

「したっけ」

「うん。赤外線で」

ミカはきっと嘘《うそ》をついている。私は赤外線を未《いま》だに使いこなせない。ミカの知り合いで私の携帯番号を知っているのは、オギちゃんの他に誰がいただろうと考えて、それが本当に僅《わず》かであると思い出して緊張が高まっていく。

「そうだっけ。どうしたの？ いきなり」

「ああ。あのさ、前にあげたツリーって試してみた？」

「うん。試した」

「どうだった？」

「良かったよ。強すぎず弱すぎずで」

「そう？ 良かった」

「ツリーがどうかしたの？」

「うん。あれ非合法薬物に指定される事になったんだって。再来月」

「そうなの？」

「それでさ、ヘッドショップやってる友達が非合法になる前にツリーの在庫さばきたいって言ってて」

私は、ミカに対する不信感と共に、大量のツリーの在庫を想像して温泉に浸かったような癒《いや》しを感じているのに気がついた。

「今からちまちま売ってたんじゃ間に合わないから、割安で大量に買ってくれる人を探してるんだけど」

「買わないかってこと？」

「うん。ユーカだったらお金あるだろうし、有名人だから目立った事しないだろうって思って」

ミカのその安易な言いぐさに、私は初めて彼に対して好感を持った。顔を見ていないから、警戒心が薄れているのかもしれない。ミカの顔、表情を思い出そうとするけれど、無意識の防衛として記憶を抹殺しているのか、中々形にならない。

「幾らくらいなの？」

「ツリーって割と人気あって、一時期三錠一万とかそういう時もあったくらいなんだけど、百で十八万にするって」

「百で十八万」

「うん」

私はしばらく沈黙して、今ここで答えを出すのを躊躇《ためら》った。考えてみれば胡散臭《うさんくさ》い話だ。そもそも私はミカに携帯番号を教えていないのだ。彼が電話を掛けてきている時点で不審なのだ。しかもボラれているのかお得なのかも私には分からない。

「オギちゃんとかには、声掛けてるの？」

「掛けてないよ。オギにはこの事言わないでね」

「どうして？」

「オギは、ユーカのこと自分でコントロールしたいみたいだから」

何それ、と言いながらどきどきする。私のいない所で、誰かが自分に関してああ言ったこう言ったという類《たぐい》の話を聞くと、私は異常なほど緊張して倒れそうになる。例えば私の夫が、この間妻に関してこんな事を言ってた、みたいな話を他の人から聞くと、それがどんな内容であったとしても私は呼吸が止まるほど身を硬くする。

「なにコントロールって」

「うん？　分かんないよ。ユーカの事を、どこかに導きたいと思ってるんじゃない？」

私は自分が今まで見てきたオギちゃんのイメージと、ミカがオギちゃんに対して持っているイメージが大きくかけ離れているのを感じた。

「前さ、俺がケタミン大量に持ってた時、ユーカやるかなって言ったら、オギすげえ顔してユカさんには何も渡すなって言ってさ。何か主治医みたいな気持ちなんじゃない？　俺が処方箋《せん》書いてるみたいな気持ちになってんじゃない？　何か変だよねあの人」

心から馬鹿にしているような声で言い切ると、どうする？　とミカは続けた。見ているだけで人の不安や恐怖心を煽《あお》るタイプのミカが、人当たりも良く人に安心感と共感を与えるタイプのオギちゃんを「変」と言っている事に、価値観が揺らいでいく。

「ちょっと、考えてみる。また夕方くらいに電話するよ。ちなみに買うとなったらどうやって受け渡すの？」

「直接でもいいし、ユーカがお金払うならバイク便でもいいよ。一応、まだ合法だから、その辺は気楽に」

分かったと電話を切ると、またベッドの上に携帯を放った。確かに私はいつも、オギちゃんに与えられるまま吸ったり飲んだりしてきた。そこに自分の意志が介入しない事によって、依存を免れている所もあるのだろうと自覚していた。私は何か、面倒な問題を押しつけられたような気になって、憂鬱《ゆううつ》を感じ始めていた。楽観的に考えられない事に関して早々に結論を出さなければならない状況に置かれると、いつも負の連鎖が始まる。生後六ヶ月の輪が中耳炎を一ヶ月近くこじらせた時も、私は抗生物質を長期投与するか一旦切るかの決断を迫られノイローゼになった。このままじゃいけない、もっと安易な結論をと考えている内に、まあ大量に買っておけばいつでも飲めるし、誰かにあげる事も出来るし、そもそもあれだけソフトなんだから中毒にはならないはずだという本当に安易な結論が出た。でもだったら何故非合法に指定される事になったのか。出来て日の浅い薬物の後遺症なんてよく分からないのに。とかそういう気持ちもあるにはあったけれど、とりあえず買うだけ買って、飲まなくたっていいんだとまた無理矢理安易に思い込んだ。百で十八万なら、靴を一足買ったと思えばいい。私はミカに電話を掛けると、百五十ヒット買うと伝えた。

電話を切ると、性欲が食欲に負けているのに気づいて、キッチンからポテトチップスを持ってデスクに戻り、パソコンをインターネットに接続した。ニュースサイトやブログを一通り見て回るとやる事がなくなり、ふと思いついて「view」というお気に入りに入ったサイトをクリックした。記録してあるパスワードとＩＤを入力し、「カメラ１・カメラ２・カメラ３」の選択肢からカメラ１をクリックすると、別ウィンドウが開く。カメラを上下左右に動かせ、ズームや明るさ調整も出来るこの保育園のライブ動画は、私がドリーズに輪を入園させようと思った動機の一つだった。「操作」のボタンをクリックすると、それから三十秒ほどカメラを動かす事が出来る。続けて見る時は、三十秒を越えたらもう一度操作ボタンを押し、また操作権を得る。昼休みの時間などは、保護者たちのカメラの争奪戦になるのか、あちこちのクラスが慌《あわ》ただしく映し出される。

預け始めた頃は、一日に一度は見ていたように思う。虐待《ぎゃくたい》されているのでは、きちんとミルクをあげてくれてるか、オムツはちゃんと替えてくれてるのか、不安に駆られるのは最初の一ヶ月だけだ。私は、動画に映し出された一人の赤ん坊を見つめ続けた。ハイハイをする赤ん坊、つかまり立ちをしようとする赤ん坊、保育士に抱かれる赤ん坊を、私は見つめ続けた。涼子の子供だった。一弥、と言っただろうか。私は資料の本を片手に、数分に一度のペースで動画をチェックした。何度見ても、あの赤ん坊が映っている。他人の赤ん坊を見つめながら、子供を見続ける涼子を覗《のぞ》き見ているような気になった。もちろん、涼子の夫や祖父母が見ている可能性もなくはない。でも涼子に違いないと思った。こういう事をするのはいつも母親だ。赤ん坊が動くと、少し遅れてカメラが赤ん坊を追う。子供が座り込むと、ぐっと画面がアップになる。表情も、よだれかけの模様も、はっきりと分かるほどズームされる。今の涼子の姿を動画で見てみたかった。マウス、あるいは携帯を片手に、二駅隣の自宅で何時間も保育園にいる我が子を見つめている涼子を、見てみたくて仕方なかった。

涼子の赤ん坊は約二時間映し出されていた。途中、二度ほど他の保護者に操作権を奪われたようで別のクラスにカメラが向いたけれど、涼子はすぐに奪還して零歳児クラスの一弥を映し出した。二時間が経《た》った頃、ふっと見やると二歳児クラスが映っていた。またすぐに零歳児クラスに戻るかと思いきや、もうカメラは動かなかった。もうお迎えの時間なのかもしれない。私は、涼子が慣らし保育をしていくと言っていたのを思いだして、カメラ3を別ウィンドウで開いた。しばらくベッドで本を読み、三時十分前になるとパソコンの前に戻った。入り口に向けられたカメラの動画を見ていると、三時五分前に涼子がやって来た。まだ慣れていないのか、タッチパネルで戸惑っている。涼子がクラスに向かうと、カメラ1のウィンドウを開いた。操作権を取得すると、ズームアウトして全体が見えるようにしておく。涼子がクラスへやって来た。携帯のおもちゃで遊んでいた子供に笑顔を見せ隣に座ると、保育士に頭を下げ、ロッカーから荷物を出していく。子供にパーカーを着せながら、保育士と何か話し込んでいる。ミルクの事だろうか。それとも午睡の事だろうか。マイクがついていたらいいのにと、もどかしい気持ちになる。椅子《いす》に体育座りしながら、私は涼子が子供をスリングに入れ、園を出て行くのを見送った。我が子を延々見続けていた涼子よりも、今こうして涼子を見ている自分の方が恐いのではないか。一瞬持ち上がった冷静な気持ちを、これは小説の取材でもあるのだからと相殺する。

二十歳を過ぎる頃まで、私は女と男というカテゴリーに大きな意味を見出していなかった。でもデビューして社会に出ると、性別の違いはこの身に重くのし掛かり、次第に女流作家という言葉にさえ憤《いきどお》りを覚えるようになった。この日本に根強く残る女性蔑視《べっし》の感情を人から、或《ある》いは世間から感じると私は過剰に苛立《いらだ》ち、相手を論破しようと躍起になった。でも私は、あるイベントで対談したフランス人の女性作家の言葉にはっとした。「女性蔑視は、男のみによってなされるものではない。女性による女性蔑視もあるのだ」。それを聞いて私は、これまで男性による女性蔑視に耐え難いまでの苛立ちを感じていたにも拘《かか》わらず、自分自身もまた激しく女性を蔑視していた事に気がついた。いつもそうだ。私は男の良い所ばかりを見て、女の嫌な所ばかりを見ている。そして世間から求められる女性性の受け入れを拒み、自分の中にある女性性をも蔑《さげす》んでいた。「お姫様ですよ」私の膨らみ始めたお腹《なか》にエコーをあてた女性医師がそう言った瞬間、私は凍てつくような怒りを感じた。ここまでお腹で育て上げてきたのに、と裏切られた思いだった。自分の子宮に根を張った一人の女性を受け入れるのに時間はかからなかったが、私はまさに一人の女性が股《また》から出てきてその女性の女性器を目《ま》の当《あ》たりにするその瞬間まで、もしかしたら男かもという望みを捨てきれなかった。考えてみれば、娘を出産したのは女性蔑視を矯正する良い機会だった。確かに私は女性に対するある種の嫌悪《けんお》を、出産によって克服した。でも出産によって新たに受ける事となった女性蔑視に苛立っている内、自らの内にある女性蔑視を克服する道を見失ってしまった。私は涼子という病的な母親を見て興奮していた。自分がそういう気持ち悪い女であるという事も含めて、私は女を嫌悪し憎み蔑んでいる。そして何故《なぜ》か、その女のおぞましい女性性に惹《ひ》きつけられる。

涼子

泥のように崩れ落ちそうな体を起こし、泣き喚《わめ》く一弥を抱き上げ授乳を始めた。寝室にはカーテンの隙間《すきま》から朝日が差し込んでいる。ちゅっ、ちゅっ、と一弥の口が母乳を吸う音を聞きながら、少しずつ覚醒《かくせい》していく。浩太は私が昨夜用意しておいたおにぎりを食べ、既に会社へ到着しているはずだ。一弥が乳首から口を離すとダイニングへ連れて行き、ソファでつかまり立ちをさせオムツを替えた。NHKの教育番組を点《つ》け、炊飯器に残ったご飯でニンジンとじゃがいも入りのおじやを作り、一弥を椅子《いす》に座らせ首にスタイをつける。母乳を飲み終えたばかりの一弥は、おじやを手づかみでテーブルに広げるばかりで、一向に口に入れようとしない。椅子の下にはビニールシートを敷いているが、たまに飛び散るおじやがシートを越えそうになってはらはらする。濃い煮物や油を使ったものを食べるようになったら、カーペットを外すしかないかもしれない。アイボリーのカーペットは祖母からの出産祝いで、「赤ちゃんがハイハイをするようになったら、頭を打たないように敷いてあげてください」というメッセージと共にもらったものだった。高級なベルギー製カーペットは、敷いてから数ヶ月経《た》った今も全く部屋に馴染《なじ》んでいない。

お腹《なか》いっぱいだよね。一弥にとも自分にともつかない呟《つぶや》きが零《こぼ》れる。数日前、連絡帳の朝食の欄に「8：00母乳 9：30離乳食」と記入して渡したら、「お昼ご飯が十一時からなので、出来れば八時頃に朝ご飯を食べさせていただけますか」と保育士に言われた。起きるなり泣きながら空腹を訴え、乳首にかぶりつかないと泣きやまないというのに、泣き喚くのをほったらかして朝食を作れとでも言うのだろうか。魔法瓶にお茶を用意しておこうか、夜の内に朝ご飯を作っておこうか。鬱々《うつうつ》と解決策を考えながら、ほとんど食べてもらえなかったおじやと汚れたシートを片付けた。洗面所で顔を洗っていると、テレビに飽きたのか、ダイニングで一弥が泣き始めた。こんな時、これまでは母乳を飲ませて泣きやませていたけれど、今母乳をあげたら、一弥は保育園での離乳食も食べないだろう。一弥を膝《ひざ》に載せ、あやしながらさっと化粧をし、連絡帳を開いて片手で記入していく。就寝・起床時間、昨夜・今朝の食事の時間、便の有無、体温。最後に「連絡事項」という欄で手が止まる。最初の数日こそ、哺乳瓶《ほにゅうびん》が使えないので飲み物はストローかマグマグで飲ませていただけますか、とか、排便の時はお腹をさすってやると安心するようです、などと書いていたが、もう何も書く事がない。他の人は一体、毎日毎日何を連絡しているのだろう。ペンを片手にしばらく悩むと、私は時計を見上げ連絡事項を空欄にしたままバッグに突っ込んだ。

九キロを超えた一弥をスリングに入れ、二駅隣の保育園に到着する頃には足腰がぎこちなく軋《きし》んでいる。体力はある方だと思っていたが、左手首が腱鞘炎《けんしょうえん》になりかけているのを始め、寝不足と過労による目眩《めまい》やふらつき、抱っことスリングによる腰痛が、どんどん精神力を奪っていく。出産以来、授乳によるホルモン変化のせいか風邪をひきやすく、乳腺炎《にゅうせんえん》も幾度となく繰り返し、月に一度は必ず三十八度以上の熱を出している。しかしどんなに熱を出しても、私は育児から逃れられないのだ。

「おはようございます」

保育士の言葉に同じ言葉を返す。保育士は更に一弥に向かって「おはようかずちゃーん」とにっこり微笑《ほほえ》んだ。この、甘ったるい空気にもいずれ慣れるのだろうか。こういう過剰な赤ん坊適応ぶりを目の当たりにすると、親が来ている時だけこうして優しい表情を見せているのではないかと勘ぐってしまう。連絡帳を渡すと、一弥に行ってきますと手を振りクラスを出た。低い仕切りで区切られた一歳児クラスには、二人しか子供がいない。きっとお散歩中なのだろう。ユカはもう、子供を送り終えたのだろうか。関わりたくないと思いながら、私はどこかでユカと会う事を楽しみにしていた。きっと、浩太や親には叩《たた》けない軽口を、友達と叩きたいだけなのだろう。高校時代の友達や、専門学校時代の友達に連絡してみようかと思う事もあるけれど、いつもすぐに億劫《おっくう》になってしまう。今自分が感じている育児の苦しみや喜びを共有出来ない人と、私はもう有益な関係を築けないような気がするのだ。

改築されたばかりの部屋にはオイルヒーターが張り巡らされ、コッコッコッという微《かす》かな音と共に部屋を暖めている。外は暑いくらいだというのに、母親はいつも「部屋を快適な温度と湿度に保つ」事に執念を燃やしている。ちょっと前、母親に公共料金の額を聞いて閉口した覚えがある。若い頃お金に苦労したせいかもしれないが、五十を過ぎて事業に成功した母親が、こうして少しずつ狂っていく姿を見ているのは気分が良いものではない。私が堅実な生活を求めるのは、彼女に対する反発もあるのかもしれない。

「一言も相談してくれないなんて」

「だから、急だったの。空きが出たって言われたの、つい先々週なんだから」

「大丈夫なの？　無認可なんでしょ？」

「認可じゃないけど、認証保育園だよ」

「それって、どう違うの？」

浩太とのやり取りの繰り返しだ。私は苛立《いらだ》ちを隠さずカップを荒々しくソーサーに置いた。浩太を説得して、次は母親、じゃあ次は浩太の両親を、私は説得しに回らなければならないのだろうか。眉《まゆ》をハの字にして心配そうな表情を浮かべながら、彼女が心の底で私を責め、軽蔑《けいべつ》しているのが分かる。私は苦労して自分の手で子供二人を育て上げたのにと言わんばかりだ。妊娠中、出来れば無痛分娩《ぶんべん》にしたいと言った時も、彼女は「痛い思いをして産まないと実感が湧《わ》かないわよ」と言って私を唖然《あぜん》とさせた。痛いのと痛くないのだったら痛くない方がいいに決まってる、と言うと「耐えられないような痛みじゃないのよ？」とやはり眉をハの字にして答えた。「とんでもなく痛いのよ」「あんな痛み体験した事なかったわ」「あんなに痛い思いをして産んだのに」と幼い頃から彼女に言われ続けた恩着せがましい言葉が、妊娠中の私が陣痛、出産を恐れて止まない理由になっていると、彼女は思いもつかないようだった。結局、近くに無痛分娩をやっている病院がなく、八時間の陣痛を経て自然出産に至ったが、やっぱり多少遠い所でも無痛にしておくんだったと後悔した。

「例えば、ベビーシッターじゃ駄目なの？　少しくらい援助してもいいのよ」

「あんな狭い家の中でベビーシッターを雇うの？」

「ここでかずちゃんを見ててもらえばいいじゃない。近いんだから」

「頼り切りになるのはいや」

そんな事をしたら一弥に関して私の意見も主張も通らなくなってしまう。母親のルールで動かなければならなくなってしまう。そして終《しま》いには一緒に住めばいいじゃない、と言い始めるに決まっている。

「でも、どうするの？　バイトのことお父さんから聞いたんでしょう？」

「来年まで待つよ。仕方ないじゃない」

「じゃあそれまで何をするの？　かずちゃん保育園に預けて、一人で何するの？」

「しばらくはゆっくり過ごす。私、一弥が生まれてからずっと一人の時間なんて持てなかったんだよ？　少し疲れが取れたら、短期のアルバイトでもいいし、在宅の仕事でもいいし、何かするつもり」

在宅の仕事って、内職のこと？　と呆《あき》れたように母親が呟く。来年の四月にウェートレスの女の子が結婚退職するまで空きが出ない、父親は申し訳無さそうにそう言った。雇う事は出来るけど、涼子にとって居づらい環境になるかもしれない、と言う父に何が何でも今すぐ雇ってくれと言えるはずもなく、私はこれから半年間別の何かで時間を潰《つぶ》さなければならない事になった。浩太の稼ぎだけで、生活費と保育料をまかなうのは不可能だ。このままでは貯金が減っていき、貯金が減ればマイホームが遠のいていく。一刻も早くバイトを探さなければと思ってはいるが、どんなに求人情報のフリーペーパーを持ち帰っても一向に開く気になれず、テーブルに積み上がったそれは浩太への「働く気あります」というアピールとしてのみ役立っている。

「うちの会社で働く気はないの？」

絶対いや。呟くと紅茶を飲み干してティーカップをソーサーに置いた。こうして実家で母親に小言を言われながら、私はどこか解放感に満ちあふれている。これまで九ヶ月間、一弥が眠っている時間以外は一弥をあやしながらか、一弥の泣き声を聞きながら生活していたのだ。一弥とのコミュニケーションの比で言えば、この母親と向かい合って話すというそれなど無に等しい。あの、壁をぶち破って土足で踏み込んでくるような赤ん坊の乱暴なコミュニケーションに慣れてしまうと、大人同士の関係が如《い》何《か》に快適で楽で虚《むな》しいものかが分かる。

母親が黙り込んでパウンドケーキを食べ始めると、携帯を開いてブックマークから

「view」というサイトへ飛んだ。IDとパスワードを空で入力し、操作ボタンをクリックして一歳児クラスからゼロ歳児クラスへカメラを動かす。携帯だと画面が小さく見づらいけれど、一弥の姿はいつもすぐに見つかる。保育士に抱かれた一弥にズームアップすると、その保育士の手元を見てぎょっとした。保育士は、哺乳瓶で一弥にミルクを与えていた。ミルクはストローかマグマグで飲ませてくれとお願いしたのに、せっかく哺乳瓶を飛ばしてマグマグに慣れさせたのに、そろそろコップに挑戦させようと思っていた所だったのに、哺乳瓶の乳首に慣れてしまったら、乳頭混乱を起こすかもしれないのに。私は、ここまで哺乳瓶を使わずに育ててきたという自負が他人によって踏みにじられたのを感じ、激しい怒りと屈辱を感じた。お迎えの時に言わなければと思いながら、一弥が哺乳瓶からミルクを飲み干す様子をじっと見つめる。

「あ、そうそう、光がかずちゃんの一歳の誕生日プレゼント、何にしようかしらって悩んでたんだけど、何か欲しいものある？」

全身が重く固く強《こわ》ばっていくのを感じた。あの叔母が一弥へのプレゼントを考えていると思うだけで、ストーカーに命を狙《ねら》われているかのような不安と恐怖に襲われる。私は携帯を見つめ、その言葉を無視した。母親はそれ以上何も言わなかった。

私が小学校低学年の頃に鬱病を発症した叔母は、その後良くなったり悪くなったりを繰り返していたが、リハビリのためにもと母が軌道に乗り始めた自分の会社で働かせるようになってからはぐるりと反転し、激しい躁《そう》状態が続いている。子供がいないせいか、叔母は私や兄が幼い頃から積極的に関わろうとしてきた。幸の薄い彼女を見ているといたたまれない気持ちになって、私も兄も幼いなりに気を遣い、出来るだけ叔母を受け入れようとしてきたけれど、ころころと変化していく叔母の態度に耐えきれなくなり、私たちは彼女から距離を取るようになった。今となっては、いい歳《とし》をしてべったりと寄り添っている彼女たちの関係そのものが気持ち悪い。

私が高校生だった頃、旦那《だんな》が会社をリストラされ鬱病が悪化した叔母が、薬を飲み過ぎたのか突然ハイテンションでうちにやって来た事があった。母親が不在だったためリビングに通し、お茶を煎《い》れてそこで待っていてくれと言って自室に籠《こ》もると、叔母はすぐに私の部屋にやって来てドアの前に座り込み、突然自分の若い頃の性体験について話し始めた。確か、土曜か日曜の休日だった。明るい日差しが差し込む、暖房の効いた暖かい部屋で、私はラグに緊張した下半身を下ろしたまま、大声を上げて部屋を飛び出しそうになる自分を押しとどめ、まくし立てるように話す叔母をじっと見つめていた。次第に音が消え、周囲が無音となり、唾《つば》を飛ばして話す彼女だけが明るい部屋の中で浮き上がって見えた。無音の中で何かを話し続ける彼女はチャップリンのようだった。私は薄い微笑みを顔に貼《は》り付け、叔母の白くむくんだ水死体のような顔が、あらゆる表情を形作っていくのを見つめ続けた。それからどのくらい時間が過ぎたのか分からない。涼子？ と突如無音の世界に兄の声が飛び込んできた。はっとして顔を上げると、ドアから兄が顔を出していた。突然堰《せき》を切ったように激しく脈打ち始めた心臓に、呼吸が整わないまま立ち上がり、叔母と兄の脇《わき》をすり抜けると私は財布も携帯も持たずにふらふらと家を出た。二十六年間生きてきて、一度も神秘的な体験や、霊的な体験をした事はないけれど、唯一《ゆいいつ》あの時がそういう類《たぐい》の体験だったのかもしれないと、今となっては思う。あの時以来、私は完全に叔母を受け付けなくなった。叔母さんの話はしないでくれとどんなに頼んでも、母はたまにこうして軽はずみに叔母の名前を口にして私を憂鬱な気持ちにさせる。母経由でもらった叔母からの出産祝いは真っ白なブランケットで、一度も箱から出さずに押入に突っ込んだままになっている。

一弥は一歳児クラスとゼロ歳児クラスを仕切る柵《さく》に手をつき、つかまり立ちをしていた。ただいまと言うと、一弥はふにゃりと顔を緩めた。つられて笑みがこぼれるが、お帰りなさいませと声を掛けてきた担任の保育士に「ミルクの事なんですが」と切り出すと、表情が険しくなっていくのが分かった。

「今日動画を見ていたら、ミルクを哺乳瓶であげているのが見えたんです。私、ミルクはストローかマグマグであげてくださいって、連絡帳に書いておいたんですけど」

「申し訳ありません。あの、かずちゃん、今日離乳食をほとんど食べなかったのでお昼寝の前にお腹が空《す》いてしまって、担任が寝かしつけで手が離せなかったので、別のクラスの新人にミルクを頼んだんです。その時ストローかマグマグでという事を伝え忘れてしまって」

「そうですか。早くコップに慣れさせたいと思っているので、今から哺乳瓶には戻したくないんです」

「申し訳ありません。今後は徹底していきたいと思います」

平謝りの保育士にそれ以上言う事は出来ず、よろしくお願いしますと言うと一弥を抱っこしてロッカーに向かった。あまり強く言いすぎると、モンスターペアレントだとか、ノイローゼだとかいうレッテルを貼られ、一弥がいじめられてしまうかもしれない。着替えと連絡帳をバッグに突っ込むと、スリングを肩に掛けた。一弥を入れて立ち上がろうとした瞬間、びしっとヒビが入るような痛みが腰に走った。ロッカーに手をついて数歩よろけてから、私は上体をゆっくりと起こした。カンガルーのようにスリングから顔を出す一弥はにっこりと笑って、ぴっと片手を挙げ辺りを見渡している。バイバイをしているらしい。他の子たちを見て覚えたのだろうか。バイバイ、って言うんだよ。一弥の成長に顔をほころばせそう囁《ささや》くと、私は一弥の背中をぽんぽんと叩き帰路についた。

あとちょっとだ。朝の明るい日差しに顔を顰《しか》めたまま、自分に言い聞かせる。おーい。間の抜けた声に気づいて顔を上げると、手を振っているユカが見えた。髪をびしっとアップにまとめ、エスニック風のノースリーブミニワンピースにゴールドのサンダル、大きなサングラスを掛けている。やっぱり瘦《や》せたなと思う。服から飛び出した四肢は頼りないほどに細い。あんな体で子供を抱っこ出来るんだろうか。思いながら、手を振り返した。ユカがベビーカーを押してやってくると、初めて見るユカの子供に笑いかけた。二歳とは思えないほどすっきりとした大人っぽい顔立ちと、やっと頭が隠れたばかりといった感じの薄い髪の毛がミスマッチで、どことなくエキゾチックな印象を与える子だった。見比べると、一弥のいかにもな赤ちゃん顔が随分と愛らしく見える。

「男の子？」

「に見えるよね」

「女の子なんだ？　なにちゃん？」

「輪っていうの」

「おはようりんちゃん」

輪ちゃんは不思議そうな顔で私を見上げ、しばらく沈黙した後におはよー、と笑った。笑顔がユカに似ている。ユカはスリングの中からサングラスに手を伸ばす一弥に向かってサングラスを上下させて見せ、きゃっきゃと笑う一弥の頭を撫《な》でた。なにか、この間再会した時よりもユカの態度が友好的に感じられる。子供が一緒だからだろうかと思いながら並んで残り数十メートルの道を歩き、一緒にエレベーターに乗り込んだ。

「もう十月なのに全然暑いね」

「相変わらずだね。ユカの格好」

「そう？　さすがに大人になったでしょ？」

「そうかあ？」

「涼子は何か大人しくなったね。昔はいっつもミニスカだったのに」

それは、あんたに影響されていたからだ。その言葉を飲み込んだ。高校三年にもなる頃には、もうミニスカなんて穿《は》いていなかった。でも、高校二年の途中で中退したユカが、その後の私のファッションを知るはずもなかった。

「ねえこの後なんか予定ある？　何か食べに行かない？」

家で食べていたけれど、行く行くと答えた。友達と食事に行くというだけで、こんなにうきうきするなんて子供の頃以来だ。私たちはそれぞれ子供をクラスに送ると、出口で合流して一緒に保育園を出た。この辺よく知らないんだけど、と言うと、朝マックしない？　とユカが提案した。もっと何かセレブな事になっていると思っていた私は、軽く落胆しながらいいよと答えた。でも高校の頃と全く変わらないような距離感に、心地良さを感じる。

「ねえそれってどこのバッグ？」

ああこれ？　とユカはバッグをかけた肩を上げた。ああこういうやり取りが、十年前の私たちにも何度もあったのを思い出す。

「サンローランの。これすっごい丈夫なの。とか言ってぼろぼろだけど。色違いで三つ買っちゃったよ」

「金持ってんなあ」

「ねえそのプラダって、マンマ？」

「うん。マンマっぽくないでしょ？」

「全然見えない。でかくていいね。軽い？」

「軽い軽い。子連れの時はいつもこれ」

私も買おうかなー、と言いながら、ユカは手を出した。バッグを渡すと、あっ、軽ーい、と言ってユカはバッグを肩に掛けた。明るい十月の日差しの下、かつての私たちの姿が蘇《よみがえ》る。高校一年の夏休みが明け、少しずつ秋めいてきた町並みを、オール明けか何かで二人並んで朝マックだか朝ロッテだかに向かっていた姿。あの頃、もう既に私たちの関係は破《は》綻《たん》に向かっていたような気がする。ユカと一緒にいる間、ずっと私たちは駄目になる、駄目になる、そう思っていたような気がする。きっとユカも、同じように終わりを予感しながら私と過ごしていたのではないだろうか。

　ソーセージエッグマフィンにしよう、ユカは独りごち、先にカウンターに向かった。私はしばらくメニューを見上げてから、ユカの後ろに並んだ。注文を終え出来上がりを待つユカの隣に立ち、ホットドッグのセットを頼んでお金を払うと、隣でユカが大量の小銭を募金箱にじゃらじゃらと詰め込んでいくのを見やり、何してんのと苦笑する。

「何の募金？」

覗《のぞ》き込むと、透明な募金箱には小さな子供の写真と共に「お店に来られない子どもたちにも、ハッピーを」と書いてある。財布が重かったのだろうと、財布の中の小銭を全《すべ》て投入したユカを見上げてぎょっとする。

「どうしたの？」

「最近こういうの弱いんだよね」

今にも涙を零《こぼ》しそうに涙ぐんでいるユカは、お待たせしましたーという声に反応した。

「先行ってるね。二階の喫煙席」と言ってトレーを持ちさっさと階段を上がって行った。ユカは、少なくとも私と一緒に遊んでいた頃、募金箱を蹴《け》り上げるタイプの女だった。実際に蹴り上げた事があったかどうか思い出せないけれど、募金箱を抱えて募金をお願いしますと迫ってきたボランティアの人に唾を吐きかけた事があったような気がする。子供が出来て変わったのだろうか。違和感を抱きつつも、一弥がお店に来られないような病気になったらと考えると、自分もまたぐっとこみ上げるものを感じた。私も子供が出来てから、子供絡《がら》みの感動ものにめっきり弱くなった。

「こっちこっち」

喫煙席の奥まったテーブル席に座るユカは、さっきの表情をすっかり失い煙草をくわえたまま手を挙げた。

「ああいうコピーって何だかね」

「なに？　募金のこと？」

「マックに来られる事って別にハッピーじゃないし」

「来れないよりは来れた方がハッピーなんじゃない？　ていうか泣いてたじゃんユカ」

「心のどこかで馬鹿馬鹿《ばかばか》しいと思ってても、衝動に任せてお金を入れるのが正しい募金じゃない？」

そうかな、と言いながらハッシュポテトを齧《かじ》った。窓も開いておらず、換気扇が回っているのかも分からない喫煙スペースは煙たくて、誰一人として煙草《たばこ》を吸わない家に住んでいる私はいるだけで体を悪くしているような気になる。

「『マディソン郡の橋』って知ってる？」

唐突な話に、ポテトを持つ手を止めた。

「何だっけ、映画？」

「そうそう。昔、私が中学生くらいの頃、家で母親があの映画観《み》て号泣してた事があってさ」

「ユカのお母さん、感激屋って感じだもんね」

「いや、それでね、その日の夕飯時かなんかにね、そんなに良い映画だったの？　って聞いたわけよ。泣き方が半端《はんぱ》なかったから」

「うん」

「そしたら彼女、下らない不倫映画よ、って吐き捨てたの」

「……それって、なに？　どういう事？」

「よく分かんないでしょ？　気持ち悪いでしょ？　気持ちわるーって思ってたんだけど、最近私もよく映画で号泣した後、クソ映画だったねー、って言って旦那《だんな》に呆《あき》れられるの。多分募金も同じような事なんだと思う。ねえファーストフードのハンバーガー一つに何頭分の牛肉が入ってるか知ってる？」

「え、知らない」

「五百頭分だよ？　そんなどこの牛の肉とも分からないもん食わされてる子供ってハッピーだと思う？　まあ私は子供にマック食わせてるけどね」

そうだこれだ。私がユカと居て不快になるのが、この乖離《かいり》の仕方だ。ユカは自分の乖離を自覚した上で乖離して、その乖離を肯定しているから、訳が分からなくなっていく。

「で、涼ちゃんはどうなの最近？　育児はうまくいってんの？」

唐突に切り替わった話に、苦笑する。ユカにはどこか、自分本位なキャラクターを演じているふしがある。

「まあ、大変」

「ストレスない？」

「あるよ。もう毎日へとへとだもん。ユカは？　もう楽になった？」

「あー楽になったー、って感じたのは一歳三ヶ月だった」

「あと半年か。早く喋《しゃべ》れるようになって欲しいよ。何で泣いてるのか分かんない時が一番辛《つら》い。すっごく苛々する事ってなかった？　かっとして声荒げちゃう事とかあって、いっつも自己嫌悪《けんお》になる」

「今でも苛々《いらいら》しまくりだよ。何度バイブ突っ込んでやろうかと思ったことか」

笑い声を上げながら、ユカだったらやりかねないねと言うと、やらねーよとユカも笑った。隣のテーブル席に座っているサラリーマンがバイブという言葉に反応してか、ぎょっとした表情でユカを見やった。

「保育園入れる事も、本当はすごく抵抗があったんだよね」

「何で？　巷《ちまた》に流れる三歳児神話のせい？」

「まあね。特にうちは旦那も母親も保育園反対してるからさ。押し切って入園させたから、何か意地で自己正当化してるみたいな感じになっちゃって。自分の辛さは誰にも理解してもらえないっていうか」

「保育園に預けてる母親たちは皆、辛いですよね、の一言で理解するよ」

笑って、そうかもね、と答えた。結局、同じ境遇にいなければ分からないものなのかもしれない。不思議なほど、私はユカに共感を示してもらって安堵《あんど》していた。

「ユカはさ、母親って損な役回りだと思わない？」

「思うよ。でもさあ、何ていうか」

「うん」

「涼さあ、ユミって覚えてる？　一緒のクラスだった」

「山崎ユミ？」

「そうそう。あの子も私と半年違いくらいで子供産んでてさ」

「そうなの？　全然知らなかった。あの子、確か編入したんだよね？　美容だっけ？」

「そうそう。何かの取材の時に偶然彼女がメイクについてさ。それからたまに遊んでたんだけど、偶然同じ時期に出産したわけ。そしたら、私が育児に苛々してくさくさして、旦那と喧嘩《けんか》ばっかりしてるような時にさ、ユミはいつ会っても超幸せそうな顔で赤ん坊抱っこしてるわけ。どんなに赤ん坊が泣いても苛々しないし、むしろこの子が泣いてると私は不幸だって感じなの。彼女見てるとさ、何で私は彼女みたいに優しい気持ちで育児が出来ないんだろうって、すごく惨《みじ》めな気持ちになったんだよね。彼女さ、とてもこんな小さい子を預ける気にはなれないって言って、せっかく軌道に乗ってた仕事もまだ復帰してなくてさ」

「何でかな。……環境がいいのかな」

「それもあると思うよ。親も頼れるみたいだし、旦那も協力的みたいだし。でも環境だけじゃない気もするんだよね。彼女があいう人だからこそ、周りもそれについていってる所があるだろうし。あんな女が妻だったら、男は家帰りたくなるよなーって思う」

まあね、と言いながら浩太の事を思った。今、あの家が浩太の帰りたくない家庭になっているという事は分かる。でも、無理して幸せな母、幸せな家庭を演じたとしても、自分が辛いだけだ。私は子供を産んでしまった瞬間、幸せになる道を絶たれてしまったのだろうか。自分は母親に向いていなかったのではないか。産むべきではなかったのではないか。九ヶ月、ずっとそう悩み続けてきた。

「まあ、うちのぐらいになると全然楽だよ」

「やっぱり、話すようになると楽しい？」

「うん。ママ大大大好き、とか言われるとあー良かったー、って思う」

「もうそんな事言うの？　いいな、早くそんな事言ってもらいたい」

一弥にそんな事を言われたらと思うと、脱力してしまう。早く、一弥と手を繋《つな》いでお散歩をしてみたい。ママ大好き、と抱きつかれたい。そういう、幸せな親子像に憧《あこが》れる気持ちは強烈にある。ママ愛してる、一弥にそう言われたら、私はその時全てが報われて、その場で泣き崩れるかもしれない。二歳になれば、一弥もそういうやり取りが出来るようになるのだろうか。でも、泣くか母乳か寝るかばかりを繰り返している一弥を見ていると、あの子に二歳など永遠に訪れないような気がしてしまう。

「涼ちゃんの旦那は協力的なの？」

「うーん、どうだろ。まあ早く帰って来る時はお風呂《ふろ》に入れてくれるし、オムツ替えとかも言えばやってくれるけど」

「すごいじゃん。偉いじゃん」

「ユカんとこは？　育児しないの？」

「子供と遊びはするけど、育児は全然しないね。別居してるし」

「別居？」

「週末婚ていうの？　土日だけ旦那が泊まりに来るの」

「じゃあ平日は一人で全部育児してるの？」

「まあ、夜仕事がある時はシッター頼むけどね。でも、旦那とは別居前より上手《うま》くいってるよ。向こうも平日私に全部押しつけてるって後ろめたさがあるのか、土日は私と子供の相手してくれるし」

「子供と二人きりって、不安じゃない？」

「不安だよー。強盗とかレイプ犯が来たらどうやって輪を守ろうとか、今自分が脳梗《のうこう》塞《そく》で死んじゃったら誰がいつ輪に気づいてくれるかとか考える」

自分本位で幼児的、私のユカに対する評価はそういうもので、そのユカが一人で育児をしているのだと思うと何とも言えない気持ちになる。今、私が浩太を失い一弥と二人で生活をするとなったら、きっと私は取り乱し、一弥に対しても優しく接する事など出来ないだろう。でもユカの余裕は、仕事で成功している事や、お金を稼いでいる事にも起因しているに違いなかった。ユカの前提には、自分が社会にも家庭にも必要とされ役立っているという大きな自負と自信がある。それがない人の空虚さに、ユカの想像は及ばないのだろう。妬《ねた》みという感情にもならない、情けない思いがした。私は一体何をしているのか。何がしたいのか。父親の店でのバイトすら出来ず、自分に出来る生産的な事と言えば倹約だけだ。

「涼ちん今日これからバイト？」

「ううん。何か、バイト出来るのが来年からになっちゃって」

「あ、そうなんだ。私十二時からネイルサロン行くんだけど、一緒に行かない？」

出産以来、ネイルサロンには一度も行っていない。財布の中に幾らあっただろうと考えてすぐ、カードで払えばいいやと思い直して、行く行くと答えた。ユカはすぐに電話を掛け、私の分の予約を入れた。タッチパネルの携帯を持つユカの手には、パールの深緑に繊細なアートとストーンが施されている。どんなネイルにしよう。ネイルサロンに立ちこめる、アロマとジェルの混じり合ったような匂《にお》いを思い出すと、気分が高揚していく。経済的に体力的に、多少無理をしてでも、保育園に預けたらまずこういう事をすべきだったのかもしれない。育児が辛く、夫とも上手くいかない生活の中で、きっと綺麗《きれい》な自分だけが自分を癒《いや》してくれるのだ。

きらきらと音がしそうなサロンで、マッサージを受けリクライニングチェアに深く腰かけ、時折冷たいハーブティーを飲みながら、私たちはずっと話していた。日常生活の愚痴から、夫への苛立ち、世間の母親に対する思い込みへの苛立ち、何でこんなに乳腺炎《にゅうせんえん》になるのかという悲しみ、どんな愚痴を零《こぼ》しても、ユカは「そうそう」と言い自分の体験した面白い話やびっくりするような話を返した。こんなに話が通じる人がいるなんて思ってもみなかった。私はずっと、共感してもらいたかっただけなのだと思った。誰かに助けてもらいたいのではなく、誰かに共感してもらいたかっただけなのだと。ただ「そうそう」と言い合うだけで、雲がはれていくように爽快《そうかい》だった。浩太が、私の打つ球を何度も何度も空振りし「わざと空振りしているのではないか」と思わせるのに比べ、ユカはどんな球にも変化をつけて返してくる。

二人のネイリストが同時に席を外した隙《すき》に、「子供出来てからセックス減った？」と聞くと、ユカは「減ったの？」と苦笑しながら聞き返した。

「減った。月一か、あっても二」

「ひどい。旦那可哀想《かわいそう》」

「ユカは？」

「週二くらいかなあ。別居してると数は打てないけど、会った時は必ずヤるようになるよね」

「そういうもんなんだ」

「涼ちゃんって、今でもセックス嫌いなの？」

高校時代に散々セックスについて話していたせいで、私たちは互いにほとんどの性癖を知り合っていた。

「嫌いっていうか、好きじゃないってだけだよ。でも子供が出来てから本気で嫌いになった。胸も張ってるしさ。大体子供の隣でそんな気分になれないよ」

「セックスないと、不安にならない？」

「ていうか、セックスがなくても愛し合えるのが本当の愛じゃない？」

「だから涼はさ、あれなんだよ。根底にものすごい自己肯定があるんだよ」

「何それ。そんな事ないよ」

「あるある。涼は他人に肯定してもらわなくても自分で肯定出来る人だから、セックスがなくても自分が愛されてないなんて思いもしないんだよ。すっごい自信があんの。何でかなあ、ご両親がきちんと愛情を注いだからかなあ」

「でもセックスで肯定してもらうっておかしいじゃん」

「セックスって全肯定だからね。全肯定って暴力だからね」

はいはい、と流して大きくため息をついた。基本的に、女は産後セックスが嫌になるはずと思っていた私は、共感を得られず落胆を感じていた。ふっと時計を見上げると、二時を過ぎたところだった。私の懸念《けねん》に気づいたのか、ユカが延長すればいいじゃんと言う。

「延長って、そんな直前にお願い出来るものなの？」

「七時くらいまでだったら当日でも大丈夫だよ」

「でも、そんなには付き合えないよ」

「分かってる分かってる。帰りにこの裏のAVEDA寄りたいの。そこだけ付き合ってよ。チャクラ何とかっていうの買いたいんだよね」

「ユカってスパとかよく行くの？」

「たまーに。締切明けとかに。スパとかエステって馬鹿馬鹿《ばかばか》しいけど、散財してる感と自分磨いてる感でしかもう癒されないし」

「あー何か、分かるかも。昔はアロマとか馬鹿馬鹿しくてしょうがなかった」

「私たちも日和《ひよ》ったね。今度一緒に行こうよスパ。全身三時間コース」

「ユカに付き合ってたらあっという間に破産だよ」

「一回くらい奢《おご》るよ。まあ今日はそのチャクラ何とか買うだけだから、買ったらすぐにドリーズまで送るよ」

「私送った後どうすんの？」

「あの辺で原稿書いて、七時にお迎え」

ふうんと言って、ユカのバッグを見やった。開いたバッグの口から、チカチカとランプを灯しているパソコンが見える。ユカは今朝私と偶然会わなかったら、仕事をしてからネイルサロンに来て、また仕事をしてお迎えに行くつもりだったのだろうか。もちろんいつもいつも子供を預けて遊んでいるわけではないだろうが、ユカは子供を預けてこういう所へ来る事に罪悪感を持たないのだろうか。夫は全く育児をしないとユカは言っていたが、浩太のように保育園に入れる事を嫌がるような人ではないのだろう。母性幻想を押しつけるような人ではないのだろう。彼女には、そういう抑圧を受けた跡が見えない。

遅くなってすみませんでした。クラスに入って言うと、保育士は大丈夫ですよと微笑《ほほえ》んだ後、「すみません、一つご報告しなければならない事がありまして」と言って一弥の脇《わき》に座った。

「わざとではないんですが、少し大きなお友達が勢いよくかずちゃんに駆け寄った時、ちょっと爪《つめ》が当たってしまって、すぐに冷やしたんですが傷になってしまったんです」

保育士は本当に申し訳なさそうな顔をして、一弥の顎《あご》の辺りを示した。一瞬、胸の辺りがひんやりとして、血の気が引いた。顎から首にかけて、動物に引っかかれたように並んだ二本の赤い線が浮き上がっていた。誰がやったんですか、そう声を荒げそうになるのを抑えて、ぐっと歯を嚙《か》みしめた。

「本当に申し訳ありませんでした。今後こういう事がないよう気をつけていきます」

「よろしくお願いします」

それ以上何も言う事が出来ず、私は微笑む事も出来ないまま一弥に手を伸ばした。もう痛くないのか、一弥はきゃっきゃと笑いながら私の胸に収まった。保育園に預けるとは、こういう事なのだ。私以外の人が一弥を保護し監督する。一弥一人に一人の保育士がつくわけではない。保育士の手がふさがっている時は放っておかれ、その監督不行き届きで、こういう事故も頻繁に起こるのだろう。元々、たまに大きな子と一緒に保育されているのを、危なっかしいと思っていた。まだハイハイしか出来ない子供と、走り回って遊ぶ子供を一緒に保育していたら、こういう事故が起こるのは当然だ。やっぱり、認可園に入れるべきだったのだろうか。でも認可に入れたとしても、防げないものなのだろうか。一弥の美しい肌に一つの傷もつけずに育てていきたいのなら、保育園になど入れるべきではないのだ。私は、一弥を抱く腕に力を籠《こ》めた。保育士が連絡帳を渡す時、私は思わず俯《うつむ》いた。彼女が、ストーンとブリオンで飾り付けられたネイルを見ているような気がした。この母親は保育園を延長して、ネイルサロンに行っていたのか。そう思われている気がして、苛立《いらだ》ちと悔しさと罪悪感に駆られながら、荷物をまとめスリングに一弥を入れた。黙ったままクラスを出ると、一弥をスリングの上から強く抱きしめる。一弥の顎の傷と引き替えに、私はこのきらきらと輝く、一万六千円のネイルを手に入れたのだ。ハンドマッサージに使っていたマッサージオイルの華やかな香りが鼻孔に届いて、私は顔を顰《しか》めた。

「今日は本当にすみませんでした」

連絡が行き届いているのか、入り口で副園長の芦谷さんが頭を下げた。いえ、と一言呟《つぶや》くと、私はパンプスに足を入れドリーズを出た。この事を話したら、浩太はもう保育園に行かせるなと言うかもしれない。二つの小さなみみず腫《ば》れが、私に重責を与えていた。痛かった？　そう聞くと、一弥は私の顔に手を伸ばし、にこにこと笑った。この子は何も分かっていないのだ。私が育児に疲れ果てて保育園に入れた事も、皆の反対を押し切って保育園に入れた事も、母親がある意味で自分を拒絶している事も、この子には分からないのだ。エレベーターを降りた所で立ち止まった瞬間、その場で座り込んでしまいそうなほどの脱力感が襲った。何故《なぜ》私は「子供は怪我《けが》をするものだ」と思えないのだろう。「こんな怪我くらい」と思えないのだろう。保育園に預ける罪悪感は、本当に外部から押しつけられたものなのだろうか。赤ん坊というのは本当は、手厚く、傷一つ受けず、大切に大切に、母親に温かく保護されて育てられていくべきという思いが自分の中にもあるのではないだろうか。でもそれだって、結局は社会に刷り込まれた母性なのではないだろうか。自分は何一つ間違っていないと強く思う気持ちと、それに相反する気持ちに揺さぶられ、自分が悪いのか悪くないのかも分からないまま「ごめんね、ごめんね」と呟いて、一弥の手を握った。自動ドアを出ると、外は朝よりも肌寒い。これからは上着が必要になるだろう。湿度の低い風に吹かれながら一弥を抱き、かつてないほどの孤独を感じた。私の味方は私しかいない。そして私は私を味方しながらも私を否定している。悲しかった。

　家に帰って離乳食を食べ終えた辺りから、一弥の機嫌が悪くなった。ぎゃんぎゃんと泣きわめき、乳を飲んでいる間は泣きやむものの、飲み終えるとまた泣き始めた。お気に入りの玩具《おもちゃ》を持たせても高い高いをしても、何をしても泣きやまなかった。保育園に行き始めると、環境の変化で不安定になる子もいるという。今日他の子に引っかかれた事を思い出して、怖がっているのかもしれない。どこか具合が悪いのかもと思ったけれど、熱もなく咳《せき》や鼻水も出ていない。

　隣の家に聞こえているかもと思うと焦《あせ》りは強くなるばかりで、八時半にお風呂《ふろ》、九時に授乳をして寝かしつけといういつものスケジュールがどんどん狂っていく。泣き疲れたのか、少しずつ泣き声が小さくなり始めると、一弥を抱っこしたままお風呂の用意をし、さっと入ってさっと出ようと思いながら、泣き声を上げる口に歯ブラシを突っ込み歯を磨いた。自分と一弥の服を剝《は》ぎ取るようにして裸になると、ぬるめのお湯に浸かり、傷に染《し》みないよう気をつけながら一弥の顔を少しずつ洗う。一弥を洗い終えると、寝かしつけた後元気があったらもう一度入ろうと、自分はどこも洗わず風呂を出た。泣きすぎたのとお風呂上がりのせいで、一弥の体はじめっと火照《ほて》り、オムツと服が何度も引っかかる。ズボンがなかなか上がらず、苛々してぐっと引き上げると、一弥はぎゃーっと叫び声に近い泣き声を上げた。鏡を見ると、十分ほどしかお風呂に浸かっていなかったのに、私の顔は焦りと苛立ちで真っ赤になっていた。

　暴れる一弥を抱き上げて寝室へ行くと、ベッドの上で座ったまま授乳をした。訪れた静寂に、少しずつ血が下がっていく。ゆっくりと大きく息を吸い、じっくりと吐きだした。一弥は飲みながら時折肩を震わせてしゃくり上げ、虐《いじ》められた子が母親に助けを求めているかのようだった。その時不意に、私は一弥が憎たらしくて仕方なくなる。乳で泣きやむ一弥が、泣き声で私を虐めているかのように感じられた。この子の泣き声に、この九ヶ月私はどれだけ焦《じ》らされ、悩まされ、苛立たされ、無力感を味わわされた事だろう。母乳を飲み終えた一弥を壁際《かべぎわ》に寝かせると、隣に横になった。お風呂の時アップにまとめていた髪の生え際が、少し濡《ぬ》れていた。ふっとこめかみの辺りから、ねっとりとした汗の臭《にお》いが漂った。一刻も早く一弥を寝かしつけ、シャワーを浴びたかった。今日、浩太は接待で遅くなる。私が一弥を寝かしつけない限り、私はシャワーを浴びる事が出来ない。寝かしつけてシャワーを浴びに行ったとしても、泣き声が聞こえたらその瞬間私のシャワーは終わりだ。しかし一緒に眠ってしまえば、シャワーは確実に明日の夜まで持ち越される。何故、私の生活が、私の人生が、私の思い通りにならないのだろう。そもそも、私は子供を持つ事を望んでいたのだろうか。思い出されるのは、早く子供が欲しいねという、浩太のうきうきとした声だった。

　母乳を飲みながら既にうとうとしていた一弥の瞼《まぶた》がゆらゆらと閉じ、ほっと息をついた次の瞬間、静かな空気をえぐるような鋭い泣き声がして、私は心臓をわしづかみにされたようにびくりと体を震わせ、内臓がぞろぞろと蠢《うごめ》くような恐怖に顔を引きつらせた。足をばたつかせ、布団《ふとん》を蹴《け》り上げながら一弥は顔を真っ赤にして泣きわめいている。涙は出ておらず、癇癪《かんしゃく》に近い声だった。どうしたの、大丈夫だよ。胸元をとんとんと叩《たた》きながら声を掛けても、一弥は何も聞こえていないように泣き続ける。どうしたの、大丈夫だよ、おいで。抱き寄せ体を密着させると、一弥は私の腹を蹴り、顔を左右に振った。一弥の振り上げた腕が顔に当たり、反射的にいたっと声が出る。声を掛けても、抱き上げようとしても、正気に戻らせようとぱんぱんと手を叩いてみせても、一弥は一向に泣きやまず、全《すべ》てに拒否反応を示す。おくるみで包むと赤ん坊が安心するのは、胎内でぎゅっと縮こまっていた時の安心感を思い出すからだというのをいつか本で読んだ情報を思い出して、布団で一弥の両手を押さえ、左右をくるみ込んだ。みの虫のような状態にすると、一弥は思い通りに動かない手足に更に興奮したのか、真一文字に固められたままぎゃーっと叫び声を上げた。顔は真っ赤を通り越して、紫がかって見える。こういう事はこれまでにもたまにあったけれど、今日はさすがに度を越しているような気がする。やっぱりどこか悪いのではという不安が膨らみ、浩太に連絡した方が良いのだろうか、でもどうせ接待中は電話に出ないしとベッドに座ったまま逡巡《しゅんじゅん》していると、時計が九時五十分を指しているのが目に入った。お風呂に入る予定も、明日の朝の予定も、全ての時間割が狂っていっている。一弥が咳《せ》き込み始め、咳き込みながら泣こうとして更に咳き込み、何かを喉《のど》に詰まらせたような呻きを上げた。横向きにさせ背中をさすると、一弥は手をはね除けたいのか両手を振りながら更に嗚咽《おえつ》する。うっ、うぇっ、と体を硬直させているのを見て、慌《あわ》てて掛け布団《ぶとん》をどかし、一弥の口元に両手を差し出した。薄闇《うすやみ》の中、今さっき自分の胸から出たばかりの温かい母乳が落ちてくるのが分かった。指の隙間《すきま》からぽたぽたと垂れ始めたのを感じ、ベッドから降りると肘《ひじ》と足でドアを開け、キッチンの流しに吐瀉物《としゃぶつ》を流し、手を洗った。洗面所からバスタオルを持って寝室に走ったが、ベッドにお座りをした一弥の脇で、夕飯がべっとりとシーツに染《し》みこんでいた。咳を止め、一弥がわなわなと震えながら限界まで息を吸い込んでいく。くる、くる、と思っていると断末魔の金切り声が部屋中に反響した。狂人と化した一弥の口元をタオルで拭《ぬぐ》い、ベッドから下ろすとシーツを外し、ぎゃんぎゃんとのたうち回る一弥の汚れた服を脱がせると、フローリングについた汚れを拭《ふ》き取り、マットレスに染みこんだ吐瀉物を更に拭き取っていく。汚れ物を全て洗面台に詰め込むと、キッチンで手を洗い寝室へ戻る。マットレスの濡れている部分に新しいタオルを敷き、その上にシーツを掛け、暴れる一弥にロンパースを着せ、再びベッドに寝かせた。泣き声は既に鋭さを失い、嗄《か》れきった喉からカエルのような声を上げている。もう一回飲む？　と胸を差し出すと一弥は乳首をくわえたが、くわえながら再び泣き出し、終《しま》いには小さな前歯で乳首を噛みつけた。ぎゃっと叫んで一弥を引き離すと、再びばたばたと暴れ泣き始めた。一弥、もう寝ようよ、もう疲れたでしょ？　そう言う自分の声が震えていた。仕切り直しだと自分に言い聞かせ、一弥を寝かせ隣に横になる。一弥は足で布団をはね除け壁を蹴りつけた。

痛かったのか、弱まっていた泣き声が再び力を増す。自分の泣き声や、手足に触れるものの感触一つ一つに、どんどん興奮していっているように見える。もはや、この場でこの事態を収める事は不可能なのかもしれない。抱っこをして少し外を歩いてみようか。それともテレビを見せて気を紛らわせてやろうか。それともしばらく放っておいて様子を見ようか。

「ぎゃーーっ」

叫び声と共に全身が震えた。叫び声は一弥ではなく私のものだった。一弥は私の声に驚いたのかびくっと体を震わせ動きを止めた。

「ぎゃーーっ」

喉が潰《つぶ》れるほど激しく長く、私は再び汚い声を上げていた。一弥はうわあっと声を上げ、私の膝《ひざ》によじ登った。その時感じた事のない初めての快感が、体中をじんわりと包んでいく。この子は私が恐ろしい時にも私しか頼るものがないのだ。訳の分からない感動と体が引き裂けそうなほどの興奮の中、私は再びあらん限りの力を振り絞って叫び、拳《こぶし》で壁を殴りつけた。一弥はびくりと震え、私の腰元に抱きついた。喉が焼けたようにじりじりと痛み、叫び声は途中で咳に変わった。腰元に一弥の熱を感じながら、吠《ほ》えるように全身で叫び何度も何度も壁を殴りつけた。ほとばしるように涙が溢《あふ》れ、顔が真っ赤になって髪の毛が逆立ちそうなほど体中から強烈なエネルギーが放出されているのが分かる。びくびくと体が震え、私は抱きつく一弥に厭《いと》わず顔面を布団に押しつけた。お迎えに行き、一弥の傷跡を見るまではあんなに楽しい気持ちでいたのに。久しぶりに息抜きをして、ユカと愚痴を零《こぼ》し合ってすっきりして、しばらくは余裕を持って育児が出来るだろうと思っていたのに。お迎えに向かいながら早く一弥に会いたいと、心を躍らせていたのに。夕飯だって一弥は珍しくたくさん食べてくれたのに。全《すべ》てが上手《うま》く回っていたのに、全てが台無しになってしまった。涙と涎《よだれ》がシーツを濡らし、痛む喉と右手を庇《かば》うようにしてうずくまった。一弥は私にしがみつきわんわんと泣いている。地獄だ。ここは地獄だ。私は次第に泣き声を落とし、ひーっと何度もシーツに向けて声を零した。喉が嗄れきった頃、一弥は私に抱きついたまま眠ってしまった。ベッドに座り、顎《あご》に拵《こしら》えた傷と涙と鼻水の跡を晒《さら》す一弥の顔を見下ろしたまま、放心した体をしばらく動かす事が出来なかった。体中に電流が走ったかのように全身が痺《しび》れていた。罪悪感と自己嫌悪《けんお》が、私の心臓を締め付け殺そうとしているかのようだった。静かに一弥を離し、横にさせる。布団を掛けた瞬間ぴくりと一弥の腕が動き、ぞっと背筋が凍る思いがしたが、一弥はすぐにまた寝息を立て始めた。こんな叫び声を上げげたら、こんなに泣いたら、こんなに殴りつけたら死ぬんじゃないかというほど叫び、泣き、壁を殴った。薄闇の中、右手を持ち上げると、ため息が出るほど美しい薄ピンクのネイルと赤く腫れ上がった甲が目に入る。股《また》や膝の裏、脇《わき》や胸の下にじっとりと汗が滲《にじ》んでいた。それでももう、お風呂に入る気力も体力もなかった。洗面所に置きっぱなしのシーツやタオルも気になっていたが、今は横たわっている以外の事が出来る気がしない。このまま眠りにつき、目覚めないまま一生を終えたいと思った。枕《まくら》に乗せた頭を捻《ひね》り、一弥を見やる。一弥は眠かったのだ。ずっと眠かったのだ。だからあんなに機嫌が悪かったのだ。私は今一弥が泣いていた理由に気づいたようだったけれど、本当は一弥が泣き始めた時から分かっていたのかもしれなかった。よく分からなかった。この数時間に起こった事が、私にはよく分からなかった。興奮のためか寝付けず、時折体を震わせて涙を流し、じっと天井を見つめていた。一弥が眠ってから一時間、いや二時間も経《た》っただろうか。ドアが開く音に続いて、浩太が靴を脱ぐごとごとという音が聞こえた。私は涙を止め、目を閉じ、息を殺して布団を被《かぶ》った。

五月

ユカと輪ちゃん、そして弥生を車でドリーズまで送って帰宅すると、どっと疲れが出た。とっちらかった物ものをキッチンへ、洗濯機へ、おもちゃ箱へと片付けたけれど、洗い物をする気にはなれず、ソファに寝転んだ。

昨日の夕方、パーティで会って以来初めて、ドリーズでユカに会った。もう信じられないくらい疲れてる、とうんざりした表情で言い、ファミレス行こっか？　と輪ちゃんに提案しているユカに、「夕飯の下準備してきたんだけど、作り過ぎちゃったから一緒にどう？」と誘った。いいの？　と一瞬の迷いもなく笑顔を見せたユカは、夕飯を食べた後の「泊まってく？」という誘いにも、いいの？　と迷いなく乗った。子供たちを寝かしつけてシャンパンを開け、五月って呼んでいい？　というユカの無邪気な言葉で、五月さんから五月、土岐田さんからユカへと呼び名を変えた瞬間から、私たちは急激に距離を縮めていった。ユカのあけすけな性格と、ゴシップ的な事に興味のなさそうな所、別の業界の人である事、それでいて彼女も著名人である事、そういう理由がないまぜになって安心感を生み、育児への不安、子供が出来てからの仕事に対する不満、夫との不仲、生活も仕事も家庭に縛られてしまう事への憤《いきどお》りを次々と言葉に変換した。ユカの、あからさまな否定も肯定もしない態度も、それでいて人なつこい口調や表情も、自分の殻を取り払うのに最適な要素だった。朝四時、トイレに立った隙《すき》にユカがソファで寝てしまうまで、私たちは途切れる事なく話していた。

ユカにだったら待澤の事を話しても良いのではと、私は何度か告白の衝動に駆られた。私がどれほど非人道的な事を言ったとしても、彼女は絶対に私を否定しないような気がしたのだ。でも、今日友達になったような人に対してそんな告白をしてどうするんだという冷静さが勝った。勝って良かった。もしもユカに話してしまっていたら、どんな意見を言われていたとしても私は後悔したように思う。

さすがに寝不足だったのか、ソファで寝入ってしまったようで、はっと起き上がるとすぐに携帯を確認した。スタジオ入りが一時間後に迫っていた。今日はツダちゃんのお迎えはない。慌《あわ》てて洗面所のドアに手をかけた所で、中に亮がいる事に気がついて一瞬躊躇《ためら》う。でも今ここで引き返したら、亮は私が自分を避けたと分かるはずだ。観念して開くと、亮は振り返りもせず、黙ったまま泡のついた顎《あご》に剃刀《かみそり》をあてていた。昨日、断りもなくユカを泊めた事を怒っているのかもしれない。

「ごめん、コンタクトだけ取っていい？」

「ああ」

使い捨てコンタクトレンズを二枚分ぱきっと切り取ると、黙ったまま洗面所を出た。

九ヶ月前まで、私たちは常にぶつかり合っていた。何気ない今日の出来事や、知り合いのエピソードを話していても、あっという間にどちらかが「それはどういう意味だ」と言いがかりをつけ破綻《はたん》した。関係が上手《うま》くいかなければいかないほど、私は関係修復のためコミュニケーションを求め、亮は「話すと悪化する」とそれを拒絶した。そしてかつてないほど大きな喧嘩《けんか》の果てに「平穏な生活が出来ないなら離婚を視野に入れる」と言われた瞬間から、私は彼に何かを求める事が出来なくなった。彼に「平穏な生活」を与えるため、自分から彼に話しかける事を止め、話しかけられた時に必要な事だけを話すようになった。亮が「離婚」という言葉を用いて私を拒絶した瞬間から、待澤と浮気を始めるその時まで、無価値な家畜に成り下がったような気持ちで、同じ家に暮らす夫を他人のように感じつつ、そうなった理由や経緯に思いを馳《は》せるよりも、これからどうやって生きていけば自分のプライドと居場所が保てるだろうと、私はそればかり考えていた。夫に拒絶されながら育児や家事をこなしていく生活に埋没していけば、自信とプライドを喪失していくだけだと分かっていた。私は家庭から逃げるようにして、仕事に戻っていった。仕事を増やしたいと伝えた時、浜中さんは訝《いぶか》った。出産以来仕事をセーブしたいと言い続けていた私が、突然そう言い出した事を不審に思ったのだろう。家に居場所がないんですとは言えずに、子供も手がかからなくなってきたのでと私は答えた。

考えてみれば、弥生を妊娠したのはＮＹで挫折《ざせつ》し、プライドを喪失していた時だった。プライドを取り戻すために出産をしたにも拘《かか》わらず、家庭に居場所がなくなったら、今度はプライドを取り戻すために仕事を増やし、更にそれだけでは心の均衡が保てず不倫を始めたのだ。そこまで考えて、いや違うと思った。私にとって弥生も家庭も仕事も不倫も、そういうものではない。でも何が違うのかは、自分でもよく分からなかった。

車に乗り込むと、浜中さんからメールが届いた。来週のスケジュール変更に関する確認だった。湘南《しょうなん》での撮影が、悪天候のためスタジオ撮影と入れ替わっていた。スタ

ジオ撮影は水曜に変更され、上がり時間は保育園のお迎えに合わせて六時になってい
る。木曜は待澤の授業がない。徹夜明けで仕事に向かう彼が可哀想《かわいそう》で、いつも出来る
だけ水曜日に誘うようにしていた。シッターのハナちゃんに、来週の水曜お迎えから
明け方まで大丈夫？　とメールを送った。ハナちゃんがＯＫなら待澤の都合を聞こう
と思いながらエンジンをかけ、駐車場から車を出した。
渋滞している大通りを避けて路地を走っていると、ハナちゃんからメールが入った。
大丈夫ですよという言葉に、ニコニコマークがついている。信号待ちで停車して、待
澤の都合を聞こうと新規メール作成ボタンを押した瞬間、高い声が届いて顔を上げた。
すぐ脇《わき》の公園で、二組の親子が遊んでいた。弥生と同じくらいの背丈の男の子が、お
父さんとサッカーボールを取り合っている。きゃっきゃと声を上げ、息を切らして走
り回る男の子を見ながら、ほとんど反射的に窓を開けた。もう一組は父親と母親と、
三人の子供という組み合わせだった。そうか、今日は土曜日だ。見ていると、三人の
子供と砂場で遊んでいたお父さんが突然ひょいっと木に登った。あっという間に中腹
まで登った様子を見て、鳶《とび》職の人かもしれないと思う。一番大きな男の子が、僕も僕
もと後に続く。足元が危なっかしく、見ていて手に力が入ったけれど、父親が手を貸
すと男の子は何とか父親の隣まで登った。五歳くらいの女の子が二人を見上げ、まな

ちゃんもまなちゃんもとせがむ。駄目だよ、まなは女の子だろ？　チンチンついてないだろ？とお父さんが木の上から笑って窘《なだ》めた。母親が危ないから止《や》めなさいとそれに同調する。彼女は大声で不満を漏らし、父親に向かって手を挙げしつこくせがみ続けた。末の、一歳くらいだろうか、まだ走り方もおぼつかない子が「だっこ」と要求するように木の上の父親へ両手を伸ばし、言葉にならない歓声を上げている。三人の子供たちが一斉に「僕も」「私も」と父親に手を伸ばす様子を見ながら、自分が涙を流しているのに気がついた。サッカーをしていた男の子は、滑り台の一番上まで上り、下にいる父親とボールを投げ合い、一投ずつ大きな笑い声を上げている。鳴らされたクラクションに気づき、慌ててジャケットの袖《そで》で涙を拭《ぬぐ》うと、ゆっくりアクセルを踏み込んだ。何故《なぜ》私には手に入らなかったのだろう。私は一体誰とだったら、ああいう家庭を築けたのだろう。待澤とだったら、どうだったのだろう。亮と結婚したのは間違いだったのか。弥生を産もうと決めたのは。仕事を続けると決意したのは。不倫を始めたのは。間違いだったのだろうか。

　弥生は私と公園に行くといつも他の子供を見ている。羨《うらや》ましそうに見ている。いつも何をするにも私の判断を仰ごうと私の顔を盗み見て、自分から友達を作ろうとはしない。いつだったか、他の子供たちが楽しそうに走り回るのを弥生がじっと立ちつくして見つめ続けている後ろ姿を見た時、発狂しそうになった。あまりに痛々しくて、あまりに苛立《いらだ》たしくて、あまりに悲しくて、そういう弥生をあまりに受け入れがたくて、「ママと遊ぼう」という一言すら口に出来ず私は強烈な憤慨に混乱し目を逸《そ》らした。人見知りをしない子に、無邪気な子に、活発な子になってもらいたいと思って赤ん坊の頃から色々な所に連れ回し、色々な人に会わせてきた。同業者の子供たちは皆元気で活発だ。物怖じせず、人見知りせず、積極的に遊ぶ。何故弥生だけが「行動する」前に「考える」子になってしまったのか。保育園には、ナイーブな子は他にもいる。朝、やだやだと母親にしがみつき、クラスに入ろうとしない子を見ると、弥生はましな方だと思える。客観的に見れば、弥生のナイーブさや人見知りはさほど重症ではないはずだ。でも弥生はモデルの娘だ。その自意識が拭えない。弥生は、私が幼かった頃にそっくりだ。母親の後ろに隠れて中々友達が作れず、一緒に遊ぼうと言われるとまず先に母親に「どうしよう」という目を向けていた自分にそっくりだ。自分がそうだったから余計に、弥生の弱さが耐え難いのだろう。亮がもっと育児に参加していれば、亮が大きな愛情で包み込んであげていれば、弥生はもっと自信のある子供になったはずだという苛立ちも相まって、私は弥生と公園に行くといつも虚《むな》しさを抱え込んで帰宅する。

スタジオに入る前に一度車を停め、ファンデーションのコンパクトを開け涙の跡を確認した。パフで下瞼《まぶた》を押さえると、集合時間までまだ五分ある事を確認して待澤へのメールを打ち始めた。来週水曜の夜空いてない？　簡潔なメールを送信すると、踏んでいたスニーカーの踵《かかと》を引っ張り足首に合わせ、アクセルに足を載せた。

撮影で買い取ったルブタンのパンプスは、買って四ヶ月が経《た》つ今も履いて一時間で踵が痛くなる。パンプスから踵を外したまま、ハイウェストで締めたサッシュベルトを更に絞った。ロングジャケットを羽織り、タクシーが停まる直前にサングラスを掛けた。ロビーでチェックインを済ませ、エレベーターへ向かいながら僅《わず》かに顔を俯《うつむ》ける。顔は帽子やサングラスで隠せるけれど、背の高さだけはどうしようもない。

ここ数ヶ月、明け方ホテルから家に向かうタクシーの中で、ツイッターを確認するようになった。最近では外に出ると「今〇〇で森山五月を見た」とリアルタイムで実況される事が少なくない。何より先に「誰かに目撃されていないか」という不安を解消しないと、私は安心して日常生活に戻れないのだ。自分の名前を検索する虚しさを噛《か》みしめながら検索ボタンを押し、検索結果が出るまでの僅かな時間の緊張には、全く慣れる兆《きざ》しがない。エレベーターに乗り込むと、他に乗り込んでくる人がいない事に安堵しつつ、四十五階のボタンを押した。下界から離れれば離れるほど、現実感覚が薄らいでいく。

案内されて個室に入ると、待澤はビールを飲みながら煙草《たばこ》を吸っていた。おつかれ、と言い合いながら隣に腰かける。高級ホテルであり従業員がプライバシーを守るであろう事、レストランに小さな個室がある事、直前でもレストランと部屋の予約が取りやすいという理由で、待澤と会う時はいつもここを使っている。いつも、私が「〇日空いてる？」とメールをして、「空いてる」という返事を確認してからレストランと部屋を予約する。そうして私の一方的な誘いに答え、私の都合と事情に振り回されている待澤は、その事に関してこれまで一言も文句を言った事がない。そうして一歩引いた所から「必要ならいつでも」という態度で私に応《こた》える待澤が、本当にいい人だと感じる事もあれば、無責任だと感じる事もある。でも結果的に、私は自分にとって好都合な男を不倫相手に選んだと言えるだろう。

「仕事はどうだった？」

「疲れた。早く飲みたい」

「お疲れ。あ、この間見たよ。moda」

「読んだの？」

「ていうか、買った」

「恥ずかしいなあ」

「多分俺が女性誌買う方が恥ずかしかったよ」

私はその様子を想像して短く笑った。ネットで買えば良かったのにと言うと、コンビニで見つけて、何か嬉《うれ》しくなって何も考えずにレジに持ってっちゃってさ、と待澤は笑った。

「そうそう、手が綺麗《きれい》って言われてさ」

「うん？」

「そのコンビニの店員の女の子にさ、金払う時、手綺麗ですね、って」

「ほんとに？　どんな風に言われたの？」

「うわー、って感じでほれぼれしてたよ。見る？　って手出したらいやいや、って笑われたけど」

笑いながら、ほら、女の子ってみんな男の手が好きなんだよ、と言った。私は待澤と出会った十五の頃から、待澤の手が好きだと言い続けていた。

「ちょっとどきどきした？」

「どきどきするよな？　そう？　みたいな」

おどけて言う待澤の脇腹を軽く小突いて、運ばれてきたシャンパンを飲み始めた。何食べたい？と聞く待澤に「マンゴーとアボカドのサラダは？」「バジル風味の季節野菜スープは？」「チーズ盛り合わせは？」と確認する。彼はそうして私の提案するメニューに、否定的な言葉で答えた事がない。いつも「いいね」と微笑《ほほえ》み、私の意向通りの注文をする。夜はほとんど炭水化物をとらない私に一切文句を言わない人は、モデル仲間以外では待澤くらいだ。彼は食事にも仕事にもお金にも執着しない。プライドも自意識も薄い。だから彼は自分自身を見誤らない。自分を実際よりも高く、或《ある》いは低く見積もる事はしない。その待澤の完成された統一感が、私にとって一番の魅力だった。

「一本」

呟《つぶや》いて待澤の煙草を一本手に取った。弥生を妊娠して以来禁煙していたけれど、待澤と一緒の時だけ煙草を吸うようになった。見慣れない煙草のパッケージに書かれた銘柄が、私には読めない。確か、フランスの煙草だと言っていた。

「あ、ねえ。卓球って毎週恒例になってるの？」

「ああ、一ヶ月くらい前にマスターがコーチを紹介してくれて、先週からその人のレッスン受け始めたんだ」

「へえ。どうだった？　レッスン」

「結構褒められたんだよ。最初は素人《しろうと》のお遊びだと思ってたけど、見てみたら意外に上手くてびっくりしたって言っててさ。そのコーチに乗せられて今度大会出ようって話になって」

「大会？」

「つってもあれだ。おじいちゃんおばあちゃんも出るような、素人のやつだよ」

「へえ。すごいじゃん」

不愉快な気持ちを押し隠し、笑顔で言った。最近非常勤仲間で卓球行ってるんだよ、という話を初めて聞いたのは二ヶ月ほど前の事で、それ以来待澤は毎週土曜日に男女二：二で卓球台のあるカフェに通い、昼から夕方までしっぽり卓球をして夜は四人で飲みに行っている。男女で行っているというのも、そういう講師仲間のようなものに属しているというのも、大学のサークル的なノリで大会に出るというのも、最初は「付き合いで」という感じだったのが、最近は随分と楽しそうに参加しているのも、不愉快だった。待澤は、そういうものを馬鹿《ばか》にしている人だと思っていた。でも考えてみれば、私だって子持ちのモデル仲間で定期的にホームパーティを開き、アナベラのパーティのような下らない社交場にも顔を出し、よその子供の誕生日会には手料理を持参して弥生と出かけていくのだ。

「見に行きたいな。大会」

「俺、彼女です、って紹介しちゃうよ？」

いいよ、と言って待澤の手を取った。じゃあおいで、という言葉が随分と軽く、冗談のような響きを持っている事に胃がざわついた。

「こんなに綺麗な彼女がいるって知ったら、みんな俺の事見直すだろうなあ」

はいはい、と笑い、スープからズッキーニをすくい上げ口に入れた瞬間、私はふと気がついた。待澤が卓球をする事を快く思えないのは、自分が絶対にそこに参加出来ないからだ。そして周りの目を気にせず待澤と陽の当たるカフェで卓球が出来る女がいるのだという事実が、彼らの関係性以前に不愉快で仕方ないのだ。

食事を終えると先に一人で店を出て、階を移動して部屋に入った。バスタブのコックを捻《ひね》り、洗面台の鏡に映る自分を確認すると、バスルームを出てジャケットから煙草を出した。さっき、カートンで持っていた待澤に「一箱ちょうだい」と言ってもらったものだった。「Gauloises」という銘柄を「ガウロイセス」と頭の中で読んでみたけれど、きっと間違っているだろう。フィルムを剝《は》がし一本取り出した所で、ライターを持っていないのに気づいてバッグの中に放り込んだ。カシッ、とカードキーの開く音がする。もう何度も経てきた「カシッ」は、いつも心臓の鼓動を煽《あお》る。重たいドアが音をたてて開き、待澤は鞄《かばん》とジャケットを床に落としながらやって来た。

「風呂《ふろ》入る？」

立ったまま屈《かが》んでキスをすると、待澤はそう聞いた。

「うん」

「じゃあ俺も」

待澤が煙草に火を付けたのを見て私もと言うと、彼は煙草を一本手渡し、火を付けてくれた。隣に座った待澤は、首筋に舌を這《は》わせながらサッシュベルトに指をかけ何度か引いた後、「お手上げ」と両手を上げた。笑いながら立ち上がると自分でベルトを外し、ワンピースを脱ぎながらベッドに座る待澤の視線に応えるように振り返った。

「すげえいい」

はしゃぐような声で言って、待澤は手を伸ばした。彼を跨《また》いでベッドに膝《ひざ》をつきその手の中に収まると、待澤は手を伸ばしてブラジャーのホックを外した。解放された小さな胸が、間髪入れずに熱い手に包まれた。待澤は胸を口にふくみ、後ろに回した手でお尻《しり》を摑《つか》む。

「ほんと、子供産んでるとは思えないよな」

一瞬すっと高揚が冷めた。子供を持った事がないからだろうか、彼にはそういうデリカシーが欠けている。弥生といる時、私は不倫妻ではない。同じように、待澤といる時私は母親ではない。例えば弥生に「不倫してるとは思えない」などと言われたらひどく動揺するであろう事と同じように、私は待澤から「子供」という言葉を聞くたび、ビーズのネックレスが千切れたように、自分が統一感をなくしてばらばらになっていくのを感じる。

洗面所に入ってパンツを下ろした所で、裸で入ってきた待澤が後ろから抱きしめてきた。お風呂は？　と聞くと、ちょっとだけ、と待澤は後ろから指を入れた。手の平を下向けにして潮を噴くまで二本の指をピストンさせると、大理石の床に私を座らせた。左手をひんやりとした大理石に、右手を待澤の太ももにあて、口だけで咥《くわ》え込み、少しずつ動きを速めていく。バスタブから溢《あふ》れたお湯が跳ね、腿《もも》を濡《ぬ》らした。立って、という言葉に従って洗面台に手をつくと、待澤は後ろから入れた。鏡越しに見える彼は、笑い合って話している時と別人に見える。突かれれば突かれるほど、開いた足が僅かずつ内向きになり、顔が下を向いていった。ほら見ろという言葉と共に髪の毛を鷲《わし》づかみにされ、引っ張られた。見ろよ、と言われ体を揺さぶられながら薄く目を開くと、ママかわいい、という弥生の言葉に、鏡越しにありがとうと微笑みかけていた今朝の自分が、髪を乱した形でそこにいた。腰の動きと共に、太ももに睾丸《こうがん》が当たる。肌と肌が当たって音がたつ。下から胸に手が伸び、乳首が待澤の長い指に刺激される。右手が胸からお腹《なか》を滑り、激しく突かれている性器の僅かに上で止まりクリトリスを探り当てる。クリトリスと膣《ちつ》と乳首とを刺激されている自分を、私は顔を上げ自主的に見つめて、再び目を逸らした。

明後日の事なんだけど。おずおずと声をかけた私に、亮は予想以上に軽く「ああ、行くよ」と答えた。「再来週の土曜日、十時から弥生の運動会です」。そう送ったメールに返信がない時点で来ないんだろうと判断して、母親を誘って行こうか一人で行こうかと二択で考えていた私は、拍子抜けしながらも久しぶりの家族三人の外出に心が躍るのを感じた。とはいえ、亮を起こす際に向けられる迷惑そうな視線や、亮の身支度の進み具合と時計とを交互に確認しながらやきもきする時間や、どことなく他の保護者たちを馬鹿にした態度をとる亮のフォローなどを思うと、憂鬱《ゆううつ》な気持ちも残った。

車に乗り込むと、弥生をチャイルドシートに乗せベルトを嵌《は》め、左右反対になっていた靴を履かせ直した。バッグを漁《あさ》って赤いステッカーを取り出すと、弥生は「自分で貼《は》る」と嬉しそうな声を上げ、胸の辺りに貼り付けた。昨日の夜「明日はママとパパと三人で運動会に行くよ」と言うと、弥生は「パパもくるの？」「三人で行くの？」と何度も確認して「やったあ」と声を上げた。興奮のせいか中々寝付かず、今朝はいつもより一時間以上早く起きた。

「これ、入場の時に必要だから」

言いながら、運転する亮にもステッカーを差し出した。亮はああと呟いた後しばらくしてから、「何のためなの？」と不機嫌そうに聞いた。

「不審者対策でしょ。ほら、前に変な人が保育園のイベントに乱入した事件があったじゃない。お母さんと来るかもって思って、三人分もらっておいて良かった」

一昨年もこのステッカーを貼ったのを、亮は覚えていないのだ。私は亮が子どものイベントをただひたすらに「面倒なもの」と感じているのを知りながら、そういう態度を目の当たりにするとどうしようもなく腹が立つ。私は毎日毎日、この子を預けに行かなければ仕事も出来ず、へとへとになるまで仕事をしてもお迎えに行かなければならず、帰宅後もお風呂や寝かしつけで労働を強いられるというのに。「面倒なもの」と思うのは仕方がないが、露骨にそういう態度を取るのは「面倒なもの」を日々請け負っている私に対してあまりに失礼ではないだろうか。あんなに喜んでいた弥生は、亮の苛立《いらだ》ちを感じているのか、二人で通園する時に比べて大分口数が少ない。黙ったまま無表情で前を見つめる弥生を覗《のぞ》き込むと、弥生は私に気づいて「へへっ」と笑った。その目には空気を読んでいる事を悟らせまいとして作られたおどけと、亮の機嫌を損ねる事を恐れる者同士としての「ね？」という同調の意が含まれているように感じたのは、私の考えすぎだろうか。

大学の体育館を借り切って行われる運動会には、毎年多くの保護者が詰めかける。近くのコインパーキングは全《すべ》て埋まっていて、ぐるぐると周辺を探している内に開始時間が近づき、仕方なく私と弥生だけが先に車を降りて会場に入った。紅組の保護者席は満席状態で、後列の僅《わず》かなスペースにビニールシートを敷いた。園児の数は全体で五十人ほどで、多くが両親、或いは祖父母と共に来ているため、保護者たちだけで軽く百人を越している。更に保育士やサポーターは三十人を越え、体育館は既に熱気でむせ返っていた。数人の知り合いが「あら弥生ちゃん」とか「こんにちは」と声を掛けてくる。私が笑顔で明るく答えても、弥生は恥ずかしがって俯《うつむ》いていた。壇上で園長先生の挨拶《あいさつ》が始まると、膝立ちになって壇上と入り口を交互に見つめる。亮は、もしかしたらこのまま来ないかもしれない。ふとそう思う。亮が一人でぐるぐると駐車場を探している様子を想像すると、不意に車が会場と別方向に向かい、そのまま消えていくイメージが続いた。

競技スペースを挟んで向こう側の、白組の保護者席にちらっとユカが見えた。あぐらをかいている旦那《だんな》さんの左足に右足を載せ、何やら真剣な表情で話している。輪ちゃんは蚊帳《かや》の外という感じで手持ちぶさたにしていたけれど、すぐに同じクラスの友達とステッカーの見せっこを始めた。人の家庭のことながら、何となく安心して表情をゆるませると、ユカは私に気づいて大きく手を振り、「後でそっち行くね」的なジェスチャーをした。大きく頷《うなず》いてシートに腰を下ろすと、「おうち帰りたい」とぐずり始めた弥生を膝に座らせた。

「運動会、あんなに楽しみにしてたじゃない」

「パパは？」

「お車停めてから来るよ」

うー、と声を上げて私の胸に顔を押しつけてくる。弥生は、こういうイベントが苦手だ。行くまでは嬉々《きき》としているのに、実際にいつもと違う場所や状況に置かれると急に不安になるようだった。

「弥生、ママに駆けっこ見せてくれるって言ってたでしょ？　よーいどん、って上手に出来るんでしょ？」

弥生は答えず、ぐいぐいと顔を押しつけるだけだった。やっちゃんどうしたの？

と声を掛けてくる同じクラスの友達らに、「やっちゃんちょっと恥ずかしいんだって」と弥生の背中を撫《な》でながら答えた。

零歳児のハイハイ競走から、一歳児、二歳児の駆けっこが始まって、とうとう三歳児の番が来ると、先生が「皆いちれーつ」と声を掛け、子どもたちをスタート地点へ連れて行った。弥生は嫌がっていたけれど、好きな先生に手を引かれるとようやく立ち上がった。弥生の駆けっこが始まる直前、入り口に亮の姿が見えた。見渡している亮が、今にもふいっと背を向けていなくなってしまいそうで、私は大きく手を振った。

「駅の近くの駐車場に停めて、そこからタクシーで来た」

「最初からタクシーで来れば良かったね」

無表情で苛立ちを露わにする亮にお疲れ様と言って、私はシートの脇《わき》にずれた。

「もう弥生の番になるよ」

そう、と呟《つぶや》いて亮はシートに置かれたビデオカメラを手に取った。どうやるんだっけ、と呟く彼の手元に手を伸ばし、ここを回して電源を入れて、ここで録画、と説明しながらどきどきした。亮の体温を肌で感じられそうな距離が、落ち着かなかった。夫とこんなに近づくのがいつ以来か、もう思い出せない。

「パパは？　って気にしてたよ。手振ってあげれば？」

いいよと言って立ち上がり、亮は順番待ちをしている弥生を撮り始めた。弥生は私を見失ってしまったのか、不安そうにきょろきょろと見回している。弥生、と大きく声を上げて手を振ると、弥生は私に気づき泣き出しそうな顔になった。

「ちゃんと走れんのか？」

亮はそう言って、パパっと声を上げた弥生に軽く手を挙げた。とうとうスタート地点に立った弥生は、後ろを振り返って助けを求めるように先生を見つめては私たちを見た。大丈夫だよ、出来るよ、というように笑顔で声を掛けている先生に促されスタートの姿勢を取ると、「よーい、どんっ」の掛け声で弥生は走り始めた。不安はどこに消えたのか、じっとゴールを見つめて走っている。よそ見をして転ぶんじゃないかと思ったけれど、弥生は私たちの前を走り過ぎ、十五メートルほどの距離を真《ま》っ直《す》ぐ走りきった。ゴールで先生に抱きしめられ、頭を撫でられている弥生を見つめながら、目頭が熱くなった。かつてなく、弥生が頼もしく見える。

「すごいね。よく走れたね。ちゃんとゴール出来ないんじゃないかって思った」

「でも三位だろ。あいつの走り方って何か変じゃないか？　足が地面から離れない感じで」

亮の言葉は私の下半身に重たく響き、ジーンズが裾《すそ》から濡れていくように不愉快な気持ちになった。言われるまで、順位がある事に私は気づいていなかった。何言ってるのあの子があんなにがんばったのにという気持ちと、三位しかとれないなんてぐずな子だ、という苛立ちが入り混じる。でも、ぐずだという苛立ちは本来私の中にはなくて、亮から押しつけられたものだ。この人と弥生を育てていたら、私は弥生の事を愛せなくなる。そう思った。この人と結婚生活を維持させるにせよさせないにせよ、私は一人で弥生を育てていくべきなのかもしれない。駆け寄ってくる弥生を見つけ、立ち上がった。ぎゅっと足にしがみついた弥生は、誇らしげな表情で私を見上げた。

「ママ見てた?」

「見てたよ。すごかったね。かっこ良かったよ」

「弥生ゴールしたんだよ」

「ちゃんと見てたよ。上手に走れたね」

パパ出来たよ、と亮に駆け寄った弥生は「がんばったね」という言葉を掛けてもらい、満足そうに笑った。弥生を真ん中に挟み、私たちは三人並んで他のクラスのダンスやリトミックを見た。かけっこが出来た弥生はうきうきしていたけれど、そのうきうきがかけっこが出来たという本来の意味から、次第に「険悪な両親を和ませる」目的に変化しつつあるのが分かった。二歳の頃、弥生は私たちに喧嘩《けんか》の予兆が出始めると「喧嘩だめ」「怒っちゃだめ」とそれぞれに注意して私たちを和ませた。三人でお散歩をしていた最中、亮がいつものごとく嫌味《いやみ》を言い始め、一触即発のムードが漂い始めた時には、道ばたに生えていたタンポポを摘み、私に渡してくれた事もあった。「大丈夫だからね。泣かないでね」保育士や私を真似《まね》ているのであろう弥生の言葉に、私はサングラスの奥で涙を流した。私は泣きながら亮に背を向け、弥生を抱き上げ二人で家に帰ったのだった。その時、出産してから初めて、弥生と二人で生きていく事を考えた。でも、夫婦関係が悪化の一途を辿《たど》り、「離婚」という言葉を亮の口から聞いても尚、不倫をしても尚、私は弥生と二人で生きていく道を選択出来ないでいる。逡巡《しゅんじゅん》している内、弥生はこうして過剰に空気の読める子になってしまった。彼女はもう、無邪気さで私たちを和ませる事が出来ない。弥生の無邪気さを奪ったのは、私なのかもしれなかった。タンポポをくれたあの時、私が弥生と二人で幸せな家庭を築いていこうと決心出来ていれば、弥生は今も無邪気に公園で走り回っていたのかもしれない。

三歳児クラスの親子競技が始まりますと先生の声が聞こえ、弥生の手を持って立ち上がると、亮が「俺が行くよ」と立ち上がった。運動会自体を馬鹿《ばか》にしているようでありながら、こういう時に燃えやすい亮は、一昨年の運動会では父兄参加の綱引きに出た。久しぶりにそういう亮の姿を見るのが嬉《うれ》しくて、撮っとくね、とビデオを挙げて手を振った。前の保護者たちが一斉に立ち上がってカメラを構え始めたため、壇上近くの「ビデオ撮影席」と張り紙のある台へ移動して録画ボタンを押した。ズームアップしていくと、亮と一緒にいるせいか、弥生はさっきより大分リラックスしているように見える。二人が先生に渡された紙のバンドを頭につけるのが見えた。弥生の頭にはウサギの耳、亮の頭にはカメの甲羅。亮と弥生は互いを指さし笑い合っている。カメラを通して見る彼らは息を呑《の》むほど美しく、私はその二人の輝きに金縛りのような体の硬直を感じた。

「産まれるまでどんな顔なのかなってあんなに言ってたくせに、産まれた途端顔について何も言わなくなった」亮は弥生がまだ零歳の頃、育児に関する喧嘩の果てにそう言い、その理由を「弥生が俺に似ている」からだと断言した。弥生をモデルにさせたいとは全く思っていない。でも確かに、どこかで私は自分によく似た小さい女の子を心待ちにしていたのかもしれなかった。この間、ドリーズで初めてユカが手を引く輪ちゃんを見た瞬間、一重瞼《まぶた》の中性的な顔立ちに、まるでそこにいるのが自分の娘であるかのような気がして、私は激しく戸惑った。確認するように、私はユカを見上げ、次にパーティでちらっと見かけたユカの旦那さんを思い出した。この配合でこうなるのかと考えている自分が非人道的というか、卑《いや》しいような気がして、私は混乱を抱えたまま彼女たちを夕飯に誘った。自分が出産を経験して以来、輪ちゃんも含め強烈な存在感を持つ子供を見ると、自分が親だったらと想像せずにはいられない。でも今、こうして遠くから見る弥生は他の誰より光り輝いている。亮もまた、私を避けたり嫌味を言ったりしている時の負のパワーを失い、出会った頃の、誰かに負けるなどと考えた事もないような、強気で活気に満ちあふれた在り方を全身で表しているように見えた。遠くから美しく輝いて見える家族は、私の前に出ると突然輝きを失いどんよりとした家族となる。彼らの魅力を奪っているのは、私なのかもしれない。

「よーい、どんっ」

掛け声と共に、弥生と亮は手を繋《つな》いで走り始めた。第一ゾーンで弥生がウサギの真似をしてぴょんぴょんと跳ねながら走り、第二ゾーンでは亮が網をくぐった。第三ゾーンで二人一緒にでんぐり返しをして、最後に亮が吊《つる》されたパンにかぶりつき、二人は手を繋いでゴールした。私はまた目頭を熱くして、手を振る弥生に大きく手を振り返した。二人は一位だった。

運動会が終盤に差し掛かった頃、トイレの帰りに白組の保護者席に向かった。弥生の友達のお母さんたち数人と言葉を交わし、ユカにも声を掛けてから戻ろうかと見やると、他のお母さんと話している所だった。邪魔するのも何だしと背を向けた瞬間、さつきー、とユカの声が届いた。

「弥生ちゃんすごかったね」

大声で言われたのがむず痒《がゆ》く、私は苦笑しながらユカの方へ歩いて行った。

「旦那さん運動神経良いんだね。うちなんかお前が行けあんたが行けって喧嘩になったよ」

後ろの旦那さんを指さしてユカが顔をしかめる。一歳児クラスのダンスの前、ユカと旦那さんが頭につけるとんがり帽を押しつけ合っているのを発見して、私は密《ひそ》かに笑っていた。でも、うんざりした表情でとんがり帽を被《かぶ》り立ち上がった割には、ユカは輪ちゃんと手を繋ぎ随分と楽しそうに踊っていた。こんにちは、と旦那さんに声をかけてからしゃがみ込むと、ユカは話していたお母さんを指して「高校の頃の友達なの。涼子」と紹介した。

「初めまして。柏岡《かしおか》です」

彼女は「中山です。いつも雑誌で見てます」と微笑《ほほえ》んだ。茶髪の巻き毛にDVFのラップドレスという、運動会には不釣り合いな服装のユカに比べると地味だけれど、育ちの良さや品を感じさせるお母さんだった。周囲の人たちから与えられた愛情が、彼女から溢《あふ》れ出ているかのような温かさを感じた。

「五月って柏岡っていうんだ？」

「言わなかったっけ？　そうそう、柏岡です」

「へえ。あ、私は大槻《おおつき》」

「大槻なんだ？　何かイメージ違うなあ」

「土岐田さんって言われる方が多いからあんまり実感ないんだけど」

「そっか、二人とも旧姓で仕事してるんだよね。いいなあ。私完全に中山になっちゃったもん」

でも山岡涼子より中山涼子の方がしっくりきてるよね、と言うユカに「そう？」と彼女は口を歪《ゆが》めた。いかにも高校時代からの友達、という感じがする。元々仲の良かった友達が子供を持って「ママ友」になるのと、母親同士が知り合って「ママ友」になるのは全く意味が違う。特に、保育園でのママ友なんて、プライベートな域に立ち入らないよう気を使っているから、子供に関する話以外はほとんど出来ない。

「ユカと涼子ちゃんは同い年なの？　二十、五？　六？」

「私は二十六です」

「私再来月二十六になる。そう言えば五月は？」

「二十九。じゃあユカが一番年下なんだ」

思わずくすっと笑うと、涼子ちゃんもくすくす笑った。何で笑うわけ？　と言いながらユカが笑う。ねえ今度三人でご飯食べない？　うちおいでよ。しばらく話した後に、ユカが提案した。

「行く行く。一弥連れてってもいい？」

「当たり前じゃん。皆子連れだよ。でも飯は二人が作ってね」

「何それー。ユカもちゃんと料理しなよ。旦那《だんな》さんも輪ちゃんも可哀想《かわいそう》だよ」

「ユカって料理作らないの？」

「作らない。締切前はドリーズで夕飯のオプションつけるし、じゃない時は外食か出前」

信じられなくないですか？　涼子ちゃんは私にそう言って、ユカ料理上手《うま》いのにさあ、と続けた。まるで、彼女たちは高校時代にタイムスリップしたように見える。

「私が料理するとさあ、美味《うま》いから私の手料理以外食べられなくなっちゃうでしょ？　私なりの食育だよ」

三人で笑い合って、わいわい話している内に壇上で閉会式が始まった。じゃあ今度メールするから、というユカの言葉に頷いて、私と涼子ちゃんは自分のシートに戻った。亮は眠そうな弥生を膝《ひざ》に乗せ、むっとした表情で前を見つめている。

「あの子、この間ちらっと会ったでしょ？　うちに泊まりに来てた」

「何だあれ。デートしに来てんのかよ」

亮が顎《あご》で指した先を見ると、ユカが旦那さんの足に自分の足を載せ、その上に輪ちゃんを座らせている。

「仲が良さそうでいいじゃない」

「こんなとこでする事じゃないだろ」

不穏な空気を感じたのか、両親を交互に見つめる弥生に手を伸ばした。おいでと微笑むと、弥生は立ち上がって私に抱きついた。私の膝に乗っても、弥生は無表情の中に僅《わず》かな疑問符と怯《おび》えを浮かべ、黙って私を見つめている。やり過ごそうと思っていたけれど、弥生の人形のような顔にむかむかして、言葉が口をついて出た。

「両親が険悪でいるより、ちょっとくらいべたべたし過ぎてるくらいの方が子供にとっても良いと思うけど」

楯突《たてつ》かれたのが意外だったのか、怪訝《けげん》そうな亮の顔にじわじわと怒りの色が滲《にじ》んでいく。

「険悪なのは誰のせいだ」

断定的な口調で亮は言った。人目が気になった。保育園の運動会とはいえ、誰がネットに書き込むか分からない。弥生と繋いだ右手が、私の汗か弥生の汗か分からないけれど汗ばんでいった。じっと口を噤《つぐ》んで、亮から視線を逸《そ》らした。

「誰のせいだよ」

「後にして」

「誰のせいだって聞いてんだよ」

亮の言葉を無視して、私は弥生に微笑みかけた。

「……お前が浮気してるって聞いたぞ」

皮膚内に詰まっている肉や血が、綿になってしまったかのように全身が麻痺《まひ》していった。何それという呟きに力が入らない。不意に、私がユカたちと話している間に携帯を盗み見られたのではという疑いが浮上したけれど、すぐに携帯は私のポケットに入っていたと思い出す。そもそも確定的な証拠を摑《つか》んでいたら、こんな言い方はしないはずだ。閉会式が終わり、集合写真を撮りますという声と共に、周囲は慌《あわ》ただしく帰り支度を始めていた。今そんな話をしなくてもいいじゃないと言いかけて、でもそう言うと浮気を肯定している事になるような気がして「してないよ何それ」と強い口調で小さく言った。

「こっちが聞きてえよ」

亮は吐き捨てるように言って立ち上がった。喉《のど》がひりつくように痛んだ。弥生は亮を見上げ目に涙を浮かべている。今にもコップから水が溢《あふ》れるように泣き始めそうだった。黙ったままこの場を後にし、冷静さを取り戻してから話し合うべきだと思いながら、私は弥生を抱いたまま立ち上がって口を開いていた。

「してようがしてまいが亮はどうでもいいんでしょ」

眉間《みけん》に皺《しわ》を寄せて振り返った亮が、今まで見てきた亮とは別人のように見えてぞっとした。一度膨らませた風船から空気が抜けたように、体から自信が抜け落ち萎《しぼ》んでいるように見えた。

「亮は私の事拒み続けてずっと私から逃げてるじゃない」

「拒んでるのはお前だ！」

殴りつけるような大声に、弥生がびくっとして、瞬《まばた》きを忘れて固まった。周囲の人たちもふっと会話を止めた。一瞬の後にざわめきは戻り、その空気の弛《ゆる》みを感じたのか、弥生が堰《せき》を切ったようにうわーっと声を上げて泣き始めた。わんわん泣き喚《わめ》く弥生を、震えだした腕で強く抱きしめ、ごめん、大丈夫だから、と耳元で囁《ささや》いた。顔を上げると、亮の背中が体育館から消えていくのが見えた。私は片手で弥生を抱えたままシートを畳むと荷物をまとめ、写真撮影の人混みをすり抜け、数人のお母さんたちに会釈《えしやく》をしつつ体育館を出た。車は亮が乗って帰るだろうと判断して、すぐにタクシーを捕まえた。やっと泣きやんだ弥生を抱きしめ、もしあの場にいた誰かが週刊誌に暴露したら、どんな見出しで書かれるだろうと想像する。浜中さんに報告するべきだろうか。興奮が収まらないまま、ふと見下ろすと弥生は私の腕の中で眠っていた。

　マンションのドアを開け、玄関に亮の靴がない事を確認してその場で荷物を下ろし、目を覚まさない弥生を子供部屋のベッドに寝かせた。リビングのソファにどさっと腰を下ろして天井を見上げると、雨が降ってきたようにどっと涙が溢れた。明日は撮影だという冷静な気持ちで涙を止め、冷蔵庫からジェルのアイマスクを取り出しながら、私は急激に亮に対する執着心が高まっているのを感じた。まだ、私たちの関係には修復の余地があるのかもしれない。私たちは今日、ただいまとかおかえりとか、運動会に行く行かないとか、今月の生活費がとか、そういう話ではなく自分の気持ちを、九ヶ月ぶりに口にしたのだ。彼はまだ、私に対する興味を完全には失っていないのかもしれない。亮は私に対する興味、関心を完全に失ったのだと判断して、不倫を始めた。逆に言えば興味と関心を失われたと思い込み不倫を始めても、私は亮と別れる事が出来なかったのだ。亮の、私に対する興味がまだ僅かにでも残っているのだとしたら、私の不倫は亮に対してのみならず私自身に対する罪でもあり、重大な過《あやま》ちだ。

玄関に置きっぱなしだったバッグを取りに行くと、開いたジッパーの隙間《すきま》から弥生と亮がつけていたウサギの耳とカメの甲羅が見えた。寝室に戻り、不在ランプに気づいて携帯のロックを外した。一瞬、亮かもしれないと思って開いたメールは待澤からで、「運動会どうだった？　五月も走ったの？」と茶化すような絵文字と共に入っていた。昨日の夜、明日は運動会に行くのだとメールを送った。夫が一緒に行くという事は書かず、「父兄参加の競技に出なきゃいけないかも！」と明るく締めくくった。不倫を始めてすぐの頃、私は夫婦関係の悩みを全《すべ》て待澤に話していたけれど、いつの間にか暗黙の内に、夫の話はタブーになっていた。私たちはもう、関係を始めた頃とは別のステージに上がっている。振り返ると私たちが経てきたステージには針が敷き詰められていて、後戻りをすれば激しい痛みが伴うであろう事は明白だった。夫を失ったとしても、待澤を失ったとしても、私は激しく傷つくに違いない。自分が傷つかないためには、二人を騙《だま》し続けていくしかないのだ。だから私は半年間、夫には浮気をひた隠し、待澤には夫の影を感じさせないよう努力してきたのだろう。

返信の言葉を思いつかないまま携帯を片手に寝転んでいると、ママーという声が聞こえた。リビングに出て起き抜けの弥生を抱き上げると、顔に涙の跡を見つけ、それをウェットティッシュで拭《ぬぐ》った。可哀想にと思ったけれど、弥生が一言「パパは？」と尋ねた瞬間、本当に惨《みじ》めなのは私で、弥生は私を嘲《あざけ》っているのではないかという気がした。

枕《まくら》の下で鳴り響く携帯のアラームを、目を瞑ったまま止めた。撮影だ。と思い出すと一気に眠気が覚めた。六時にロケバスが迎えに来る予定で、弥生は昨日の内に実家の母親に預かってもらった。そうか今、この家には亮と私しかいないのだ。もう寝ているだろうと思いながら、掛け布団《ぶとん》を剝《は》いだ。乾燥だろうか。喉がさがさしているのに気づいて加湿器を見やったけれど、きちんと稼働《かどう》している。ベッドから立ち上がった瞬間、ああ風邪だと気がついた。そう言えば、弥生も昨日咳《せき》をしていた。今日も明日も朝から長時間の撮影が入っている。冷蔵庫の中をチェックして、残り物の雑穀米とトースターであぶったためざしを食べると、薬箱を漁《あさ》った。余裕のある時はホメオパシーで何とかしているけれど、今日明日の事を考えたら、早い内に叩《たた》いてしまった方が良いだろう。弥生は大丈夫だろうか。ホメオパシーを預けておけば良かったと思いながら、抗生物質と咳止めをぷちりとシートから放り出した。水を取りにキッチンに行く途中、尿意を感じてトイレに向かった。腰を下ろす前に戸棚を開け妊娠検査薬を手に取った。弥生の出産後、一日でも生理が遅れるとすぐに検査するようになった。弥生を妊娠中、妊娠に気づく前に飲んでいた薬やお酒の事が、ずっと心配の材料となって私の気を煩《わずら》わせていたのだ。検査薬は妊娠しているかいないかを確認するためのものではなくて、排泄《はいせつ》後のウォシュレットのように、日常を快適に送るための一要素でしかなくなっている。スティックのキャップを外すと、先の吸収体に尿をかけた。股間《こかん》を拭うと説明書を箱に戻してからパンツを上げた。ビニールに包んで行きがけに捨てて行こうと思いながら、洗面台に置いていたスティックを手に取った瞬間、左の小窓にブルーの横線が浮き上がっているのを見て体が硬直する。慌てて箱の裏の説明書きを見る。左の小窓に横線が出たら陽性、ラインが出ずに判定終了サインが青く染まったら陰性。飛び跳ねるように鼓動する心臓に、どんどんと呼吸が上がっていくのが分かる。震える手で箱を開け説明書を取り出し、もう一度確認する。更に検査薬と箱に書かれた商品名が同一であるか確認する。再びスティックを見ると、横線がくっきりと浮き上がったまま、判定終了サインが青く染まりきった。殴られたように心臓が痛んだ。過呼吸のせいか指先が僅かに痺《しび》れ始めていた。産めるはずない。口を閉じたまま呟《つぶや》いていた。ここ数日で、私は夫とやり直していく手だてがあるのではないかと思い始めていた。しばらくは待澤をはけ口にして、少しずつ夫と和解していき、最終的には待澤と別れ夫と二人元通りの生活を送る。そういう卑劣な計画が実現するような気がしていたのだ。運動会の日の夜、私は絶対に浮気はしていないと亮に断言し、亮が信じるよと言うのを聞いた瞬間前向きな気持ちになって、一昨日は亮の帰宅に合わせて豚の角煮を作った。亮は珍しいなと言って珍しく穏やかな表情を見せ、二人で日本酒を飲んだ。飲んだのはほんの一時間程度だったけれど、私は私たちの関係が大きく改善したような気がして沸き立つ喜びを抑えきれなかった。休日の前日には、またつまみを作って亮の帰宅を待とうと思っていた。次は亮の好きなふろふき大根にしようか、それとも鰤《ぶり》大根にしようか、という考えは消し飛んで、私はまず自分の腹に根付いた胎児の処遇を決めない事には一歩も前に進めないのだと自分に言い聞かせた。検査薬と説明書を持ってトイレに立ちつくし、考えていたのは中絶だった。夫との関係を修復していくには、まず中絶するしかなかった。いなくなれと望めば宇宙に飛んでいくわけではない。固く閉じた子宮口をラミナリアでこじ開け胎児を掻《か》き出さなければならない。でも、十代の頃に経験した中絶手術の過程や術後の経過を思い出しながら、私は自分の中で一向に中絶という方向性が定まらないのを感じていた。走馬灯のようにものすごい勢いで、私はこれからの可能性を考え始めた。待澤にも夫にも事務所にも何も言わず堕胎する。待澤に話して堕胎する。待澤に話し、夫と離婚して待澤と結婚して四人家族になる。弥生を残してこの家を出て待澤とお腹《なか》の子と三人で暮らしていく。今すぐにどうにか夫とセックスして、ごまかしごまかし夫の子として育てていく。夫に全てを話し、夫とお腹の子を育てていく。いや、無理だ。考えがどんどん現実味を失っていくのに気づいて、私は考えるのを止《や》めた。もっと言えば、私はどの道も現実的だとは思えなかった。どの道も、私は選べる気がしなかった。浜中さんの顔を思い出すと、胃が痛くなった。タレントが多く所属する事務所で大した仕事もなく燻《くすぶ》っていた時、移籍しないかと声を掛けてくれてから、もう十年近い付き合いになる彼は、「不倫と麻薬だけは手を出すな」と事ある毎に私に注意してきた。不倫相手の子供を妊娠したと言ったら、彼はいつもの穏やかな顔を、どんな風に歪《ゆが》めるだろう。

前の生理が終わってから、セックスは三回しかしていない。中出しは一度もしていない。弥生の妊娠は亮が酔っぱらって中出しした時だった。十代の頃に堕胎という結果になった妊娠も、中出しだった。十四の時に初めてセックスをしてから何百、いや何千と、私は外出しで妊娠を免れたはずだ。なのに何で今不倫という関係の中たった三回の外出しで妊娠したのか。私は本気で、誰かが私を呪《のろ》ったり、陥《おとしい》れようとしているのではないかと感じ始めていた。妊娠は当然の結果だ。原因と結果ははっきりしている。でもそれが何らかの計画の上に作られた結果のように感じられて仕方なかった。でもそこに計画があるとしたら、それは自分自身の計画でしかないと思い至ると、トイレに蹲《うずくま》って泣いた。

血の気の引いた顔をコントロールカラーで隠すと、サングラスを掛けてエレベーターに乗り込んだ。地下のダストシュートで検査薬を捨て、階段を上り一階の正面玄関から外に出た。明るく「おはよう」と声を掛けてくる撮影クルーに、口元だけで微笑《ほほえ》み「おはよう」と声を上げた。ちょっと今日風邪気味で、とツダちゃんに言い残すと、私は一番後ろの席に座った。ミネラルウォーターを数口飲み、サングラスを通して身じろぎせずに窓の外を見つめながら、私は誰にも言わず一人で中絶する道を真剣に考えていた。妊娠は恐らく間違いない。今だったら術後の回復にもそう時間はかからないはずだ。私が一時的に苦しめば、後は何もなかったように時間は過ぎていくだろう。夫との関係も修復出来るかもしれないし、仕事も失わない。でも何もなかったように待澤と関係を続けていけるだろうか。手術を終えた時、きっと私は彼と会いたいと思えないだろう。中絶手術の様子を思い出した後に続くのは、弥生を出産したLDRの光景だった。妊娠を継続させれば、胎内で肥えきった赤ん坊が私の子宮から出てきて、私の腕に抱かれ、私の乳を飲み、出産から一年も経《た》てばママと言ったり抱っことせがんだりして、弥生と同じように私にまとわりつくのだろう。ぐっと唇の両端を下げ、目を細めて頼りない声で泣き喚く新生児を思うと、堕胎など絶対に出来ないという気になった。産むしかないのではないだろうか。私はさっきと真逆に考え始めていた。男の子が欲しかった。弥生の次は絶対に男の子。お腹の子が女の子だと聞いた時から、次は男の子、次は男の子、と思っていた。夫とのセックスが減り、追い打ちをかけるように子宮筋腫《しきゅうきんしゅ》が見つかってからは、弥生で打ち止めになるのかもしれないと思うようになっていたけれど、今お腹にいる子は男の子かもしれない。待澤は、上に兄がいる。男の血が強いのかもしれない。筋腫の事を考えると、これは私が子供を産める残り少ないチャンスと言えなくもない。私は先月の生理が何日に来たかスケジュール帳で確認し、出産予定日が大体六月頃であるのを算出し、そうすると弥生とは四歳差になるのかとか、生まれてすぐ弥生の幼稚園受験だから大変だなとか、丁度母胎の免疫《めんえき》が切れる頃に冬が来るから弥生に風邪をうつされるかもしれないとか、そういう事を考えていた。外や保育園で小さな赤ちゃんを見かけると、駆け寄って頰ずりをするほど赤ちゃんが好きな弥生は、赤ん坊の誕生を喜ぶだろうか。それとも赤ちゃん返りをして手こずらせるだろうか。赤ん坊を抱きしめる弥生の姿を想像すると、もう自分が中絶するとは到底思えなかった。中絶したくないのであれば、出来るだけ早く待澤に話をし、彼の意向を聞かなければならない。彼が堕《お》ろしてくれと言うのであれば、私に選択肢はない。夫も待澤も失って、一人で二人の子供を育てていく事は出来ない。でも、産む事になったらメディア対策はどうしたら良いのだろう。女優やタレントだったら確実に業界追放だ。モデルは割合私生活に制約は少ないけれど、もし大々的に週刊誌に書かれたら、もうスポンサーはつかないだろう。今結んでいるCMの契約期間がいつまでだったか記憶を探る。事務所の力を借りて妊娠を隠し、二ヶ月か三ヶ月産休を取って何事もなかったように仕事に戻り、第二子の存在は少なくともスポンサー契約が切れるまで隠し続ける。或《ある》いは、夫に全てを話し、夫と離婚をした上で「元夫の子供」として出産する。こそこそと出産するよりずっと気が楽ではあるけれど、自分の子供を「元夫の子供」とする事を待澤がどう思うか、夫が激昂《げきこう》して全てを週刊誌に売る可能性もあるし、別の男の子供を自分の子供と公表される事を耐え難いと感じるかもしれない。でも夫にだって立場があるはずだ。妻が浮気相手の子供を妊娠して離婚する羽目になった、と思われるのは彼だって気分が良くはないだろう。私は自分が、子供と仕事の事ばかり考え、待澤と夫の気持ちをパズルのピースのように考えているような気がして、ぞっとした。

撮影の合間、海辺で一人皆の輪から離れ、弥生を妊娠した時一番最初に行った個人院に電話を掛けた。子宮筋腫の検査は、弥生を出産した病院で受けている。そっちで診てもらった方がいいと思いながらも、夫と一緒に妊婦健診に通い、夫と共に弥生の誕生を喜んだ産院に行くのは気が引けた。悩み抜いた末に決めたブランド院と呼ばれる有名な産院のLDRで、予定日を十日以上過ぎ、二十時間にも及んだ陣痛を経て、やっと出てきた弥生の産声は今でも鮮明に思い出せる。裏声のように高く細い声を聞いて、私も亮も涙を流した。産着《うぶぎ》に包まれ私の腕に収まった小さな弥生を抱きしめていると、亮が私の右手に手を重ねた。世界で一番大切な二人の人間が、私の手の中にある。そう感じた瞬間私は強烈に満たされ、二十時間の陣痛の疲れが出たのか、病室に戻るストレッチャーの上で意識を失うようにして眠りについた。目を覚ました時、最初に亮の背中が目に入った。背を向けて立ちつくす亮をぼんやりと見つめ、彼がじっと見下ろしているのが小さなベッドに寝かされた赤ん坊であると分かった途端、妊娠中ずっと抱えてきた「亮が赤ん坊を愛せなかったら、私が赤ん坊を愛せなかったら」という不安が木《こ》っ端微塵《ぱみじん》に吹き飛び、強烈な安堵《あんど》を感じ私は声を上げて泣いた。この家族を守るためなら、私は何度でも死ねると思った。何人でも殺せると思った。あの家族はどこに消えたのだろう。私は新たな子供を出産する事で、更なる悲劇を生み出してしまうのではないか。分からなかったけれど、私に残された道は出産と堕胎の二つしかなかった。夫との関係も待澤との関係も、どちらかを選択した上にしか成り立たない。私は、自分がもう恋愛というステージで彼らとの関係を動かしていく事が不可能となってしまったのを知って、失恋によく似た喪失感が優しく体中を包み込んでいくのを感じていた。

撮影から戻って弥生を迎えに行き、家に帰って寝かしつけを終えると、私はソファで横になったまま、待澤へ送るメールを打っては消し打っては消ししていた。病院できちんと妊娠を確認してから話すつもりではあったけれど、とにかく会う予定を入れておかなければという焦《あせ》りがあった。話したい事がある、と言うのも何となく重大感が漂いすぎる。でも重大な事なのだからそう言うべきなのだろうか。病院には明後日金曜の午前中に予約を入れた。待澤の金曜の授業は何時からだっただろうと考えながら、メールを少しずつ打ち進めていく途中、ばたんと音がした。いつもよりずっと早い帰宅だった。亮はリビングのドアを開けて「おかえり」という私の言葉に「ああ」と返し、冷蔵庫からビールを取り出した。彼は私から一番遠いソファの端に腰かけると、テレビを点《つ》けた。今強烈に亮に話したい事があるのにも拘《かか》わらず、言葉が喉元《のどもと》で引っかかるような感覚があった。しばらくしてそれが、今自分が陥っている状況を伝えたい欲求であるのに気がついて愕然《がくぜん》とした。付き合い始めてから「離婚」の言葉を聞くまで、私はずっと亮に言葉を費やしてきた。どんな悩みも亮に話し二人で解決してきた。そんな事出来るはずないけれど、今日一日感じていた混乱や苦しみや孤独感を、私が正確に伝えられるのはきっと亮だけなのだ。亮に抱きしめてもらいたいという欲求が湧《わ》き上がった。抱きしめてもらいたい。指一本でいいから触れたい。激しい愛《いと》おしさに気が狂いそうだった。私は亮の事が好きで、亮の代わりは誰も出来なくて、亮は私の全てのエネルギーの源で、たとえ亮が私をもう一ミリも愛していなくとも、彼が私を憎んでいたとしても、彼が存在するという事実が私にエネルギーを送り続けるだろう。自分の中でそう結論が出ると、私は強烈な幸福感に包まれお腹に手を当てた。私は、お腹の子を産むような気がした。もう寝るねと言って携帯を手に立ち上がると、うんという言葉を背中に受け止め寝室に戻り、ゆっくりとベッドに腰を下ろした。これからどうしたら良いのか全く見当もつかない。次の瞬間に自分が何をすべきかすら分からない。でも何も恐くなかった。私はこれから自分に降りかかる幸も不幸も全《すべ》て無条件に受け入れるだろうと思った。

ユカ

「央太が死ぬ夢を見た。ある日突然央太が死んだにも拘《かか》わらず、私は泣きも悲しみもせず、淡々と仕事と育児と家事をこなして生きている。でも私は、自分が央太の死を本当の意味で理解していない事を知っている。近い内に、私はふとしたきっかけで一瞬にして央太の死を理解してしまう。そしてその瞬間私は発狂するに違いない。そう思いながら、いつ理解が訪れるのか心の奥底で怯《おび》えながら央太のいない世界を平然と生き続けている」

昨日の夜、央太へのメールの最後にそう書いた。昨日の朝、私は足元から浸水してくるような恐ろしさに包まれて目を覚ましたのだ。央太からの返信には、「何か気持ち悪い夢だね」という感想と共に、彼の夢の話が書かれていた。

「俺も今日奇妙な夢を見た。ボルヘスの巨大な思考が七つあって、俺はその七つの思考の真ん中に寝そべっていて、どこからどうやって手をつけたら良いのか分からずに藻《も》掻《が》いている、っていう夢」

そう言えば、央太は最近ボルヘスの本を読んでいた。朝六時半、朝日をカーテンに遮られた真っ暗な部屋の中、コンタクトを入れていないためぐっと顔を画面に寄せたまま、私はメールを「ota」というフォルダに移動した。

別居を始める少し前、このパソコンに央太から一通のメールが届いた。フォルダが添付されたメールの本文には「瀬良さんの」と一言あって、私はその数日前、瀬良さんの論文がサイトから削除されてる、と央太に話したのを思い出した。文書で保存してあるから送ってあげるよと彼は話していたのだ。しかし添付されていたのは瀬良さんの論文ではなかった。彼は添付するフォルダを間違えたのだ。フォルダに保存された四つの文書ファイルに書かれていたのは、央太の文章だった。私は途端に平静を失った。静かにパソコンに向かい央太の文章を読み進めながら、自分がどんな気持ちでいるのかも分からないほどに混乱していた。妻への畏怖《いふ》、苛立《いらだ》ち、他の女への欲望、子どもも含めた家庭そのものを受け入れがたい様子。そういう、私に対する裏切りともとれるような内容への混乱もあった。しかし最も私を動揺させたのは、文書内で私と彼の名前が全く違う名前に書き換えられていた事だった。現実に私が央太に対して発したはずの言葉を、私によく似たキャラクターが発していたのだ。日常会話を小説に活《い》かすなど、デビュー以来日常的に行ってきた事であるにも拘わらず、私は自分でも意外な程の怒りと屈辱を感じていた。それはきっと、彼の文章が小説ではなかったからだ。彼は自分の体験を日記のように書き記しながら、私から名前を剥奪《はくだつ》し一つのキャラクターに落とし込んだのだそれが私には耐えがたかったのだ。夫の文章を読みながら私は、「こういう男と付き合うべきではなかった」という深い後悔の念に駆られていた。毎週ジャンプを読んでいる男とか、アウトドアが好きな男とか鏡の前で筋肉を強調するポーズを取る男とか女子高生もののAVが好きな人とか、そういう男と付き合うべきだったのだと。私はプリンタを起動させ全ての文書を二部ずつプリントすると、それぞれファイルに挟んで衣装ケースの奥と編集者からもらったキューバ土産の葉巻を保存するために買ったヒュミドールに仕舞い、二つのUSBメモリにフォルダを保存しメールを削除した。私は、私が永遠に知り得ないはずの夫のモノローグを手にしたのだ。そう思うと目眩《めまい》がした。

激しく混乱した挙げ句に、私はもう二度と精神的に夫を受け入れる事が出来ないだろうという結論を出した。しかし二時間後にその結論は覆《くつがえ》った。私は彼の文章を読み、もう彼を受け入れられないと思い、終《しま》いには彼に対して異常なまでの愛《いと》おしさを感じたのだ。出会った頃のように狂おしく彼を愛さずにはいられない自分を感じた。私はずっと、彼が私と溶け合う事を望み、それがうまくいかない状況に苛立っていた。央太の文章を読み、彼は私に溶けないのだ他人なのだ理解すら出来ないのだ、と気づいた事が本来の愛を喚起させたのかもしれない。その感情の変化について私はあらゆる可能性を考えてきたけれど、自分自身がどこかで分析を拒んでいるかのように、腑《ふ》に落ちる結論には至らなかった。とにかく私は夫の書いた文書を読み、夫を嫌いになって、また好きになったのだ。夫は間違ったフォルダを添付した事に気づかなかったようで、私は一方的に夫への好意を募らせていった。

それから数ヶ月後、夫は別居を提案した。私の中での愛情が再燃し、関係が改善し始めた矢先の事で、何故《なぜ》彼が別々に暮らしたいと言ったのか私には理解出来なかった。このまま仲の良かった頃のような関係に戻っていくのではないかと思っていた私には、受け入れがたい申し入れだった。でも私たちは別々に暮らす事になった。夫が出て行き、私は更に夫から逃れられなくなった。離れれば離れるほど引力が働いて、私は夫に吸い寄せられていった。結婚したばかりの頃は何もかもが単純だった。互いに好きだから一緒になった。互いに好きだから一緒にいた。でも今、私たちは好きだからという理由だけでなく色々なものが複合的に合わさった結果、一緒にいなければならない何らかの衝動を抱えているという感じがする。愛情はある。夫への強烈な愛情が未《いま》だに激しく私を苛《さいな》む。でも愛情と同じくらい大きなものが、術後の癒着《ゆちゃく》のように邪悪な形で、私たちを離れられなくさせているように感じる。

ガタンっ、と大きな音がして振り返った。ばたばたと足音がして、暗い部屋の中に光が差し込む。ママー、と駆け寄ってくる輪を抱き上げ、パソコンを閉じてリビングに出た。パンと魚肉ソーセージとヨーグルトを出すと、NHKの教育番組を点《つ》けて顔を洗いに行った。最近は、放っておいても一人で色々と時間を潰《つぶ》してくれるようになった。零歳の頃に比べれば雲泥《うんでい》の差だ。コットンに染《し》みこませた美容液を叩《たた》き込みながら、今まさに零歳児の世話をしている涼子の事を思い出す。近々また涼子を誘って食事でもしよう。そう思いながら、夫の文章を読んでいた時の事を思い出した。私はあの文書を読みながら、人の部屋に設置された盗撮カメラの映像を見ているような不安と緊張と罪悪感を覚えていた。ドリーズの動画で涼子が見ているのであろう一弥を観察している時にも、そういう緊張感がある。私はそうして人の秘部を見るとその人の事が好きになる。人を好きになりたいから、人を覗《のぞ》き見たいのかもしれない。この世の中には、この世に生きる全《すべ》ての人には、自分には理解出来ない原理があるのだと思う事でのみ、私はこの世とこの世に生きる全ての人を許せるような気がするのだ。

　寝室に戻って充電器に差していた携帯を取り上げると、時間を確認した。今日はゆっくり支度出来るなと思いながらローテーブルに立てた鏡に向かうと、輪が不思議そうに私を見つめているのに気がついた。

「なあに？」

「電話しゅるの？」

「しないよ。時間見ただけ」

「しょっかあ」

　時間って知ってるの？　と言うと、輪は黙ったまま数回頷《うなず》いた。そうなんだ、と顔を緩ませて輪の頬を撫《な》で、ファンデーションのパフを顔に滑らせる。輪には時間という概念がないせいか、数ヶ月前の出来事を昨日起こった事のように話したり、五分前の事を遠い過去の事のように話したりする。確か、私が時計を読めるようになったのは、幼稚園の年中くらいだったように思う。きっとあと三年くらいは、彼女は時間という概念の外側で生きるのだ。

「りんちゃんも時間買って」

　テレビを見ていた輪が突然私の方に向き直って言った。思わず笑って、買えるかなあと言うと、輪は「時間買って」「時間たい」と繰り返して泣き始めた。欲しいと言うものをほとんど買い与えてきたせいか、輪は何でも買えると思っている節がある。

「分かった分かった。今度買ってあげる。今日は時間屋さんお休みだから、また今度ね」

輪は頷いて涙を拭《ぬぐ》うと、ぐずぐずと鼻をすすってテレビを見始めた。子どもだましとはよく言ったものだ。私は輪と話している時にだけ、「相手は私の言葉を私の伝えたい意味とは別の意味に受け取っているのではないか」という疑いを抱かない。その疑いが挟まれない人間関係は、疑いが挟まれる人間関係に比べて純度は高いが、濃縮五倍のめんつゆを飲み干すように胸焼けのするものでもある。

ドリーズに輪を送り、近くのカフェに向かっている途中、道路を挟んで向こう側の歩道に涼子の姿を見つけた。私は一瞬手を挙げかけて黙ったまま立ち止まり、その場から涼子をじっと見送った。今月の初めに涼子とドリーズで再会してから、数回二人でランチに行った。この間は運動会で初めて涼子の旦那《だんな》を見た。一弥を挟んで旦那と並ぶ涼子は、過不足ない家庭を持つ主婦に見えた。しかしその印象に反して、ドリーズのカメラはストーカーのように一弥を追い続けている。零歳児クラスと一歳児クラスを見渡せる「カメラ1」は、一弥が預けられている間、ほとんど涼子に独占されているのだ。彼女の事をもっとよく知りたいという気持ちと、遠くから眺めていたいという気持ちがある。私は涼子とかつての高校時代のような関係に戻る事を警戒していた。私はもう涼子を見失いたくないのだ。

チキンベーグルとラズベリーソーダを載せたトレーを持って、テラス席に座った。ノートを開き、左手でベーグルからチキンとチーズを抜き取って口に運びながら、右手でノートに「涼子」と書きつける。万年筆のたっぷりとしたインクがじっとりと紙に染みこんでいく。

「倹約、貯蓄、夫に死亡保険、子どもに学資保険、三十代前半までにマンション購入が夢。幸福を目的に生きている。現実的なものを幸福と交換していく生き方。等価交換の価値観。彼女にとってスロットのコインは一枚二十円であり、それ以上でも以下でもない。これだけの事をしたら、これだけの見返りが戻ってくると信じている。気弱な性格故その要求に応《こた》えがちな夫の性質が、彼女の等価交換の価値観を増強している。赤ん坊にその価値観を適用出来ないため、育児に多大なストレスを感じている」

そこまで書くと次のページに「五月」と書いた。

「ストーリーで世界を把握しようとする性質。自分の過去をありがちなドラマ的ストーリーに当てはめて考える傾向。男にだらしなかった下層階級の母に対する憎しみと、いじめられっ子だった自分へのコンプレックスを糧《かて》に成り上がったが、子どもが出来た事でコンプレックスが薄れ仕事への意欲喪失（?）。劇場型の夫と内気な娘とヒステリーの母親が、彼女のストーリーを構成する重要なキャラクターとして上手《うま》く機能している。『悲劇のヒロインの挫折《ざせつ》と再生』彼女はこのテーマを永遠に演じ続ける」

そこまで書いて万年筆のキャップを嵌《は》めた。こうして人を安易にカテゴライズして悦に入る私の姿は、人の目にどれほど気持ちの悪いものに映るだろう。自己嫌悪《けんお》を感じた次の瞬間には、小説家なんてそんなものだ、そもそも人間なんて建て前と体裁を取り払えば誰だって気持ち悪いものだ、裸になるってそんなに恥ずかしいか？ という自己欺瞞《ぎまん》と卑《いや》しい露悪趣味がこういう事をする自分を肯定してしまう。恥ずかしいに決まってるじゃないか！ 小説家である事を印籠《いんろう》のように掲げるな！ お前は小説家になった事でその恥ずかしい性質を社会に許容されてしまった悲劇の動物だ！ 裸になるってそんなに恥ずかしいか？ なんてよく言えたものだ！ チキンを全て食べてしまうと、私はベーグルを脇《わき》の草むらに放った。すぐに雀《すずめ》がやって来て、パンをついばみ始める。くさくさした気持ちで雀を踏みつぶしてやろうかと思っていると、大きなカラスが上空から物凄《ものすご》い勢いで飛んで来た。声を上げそうになるのを抑え、わっと顔を伏せようとした瞬間、カラスはパンをついばんでいた雀を一匹咥《くわ》えて流れるように飛び去った。散り散りに飛んでいった雀たちが、様子を窺《うかが》いながら一匹、また一匹と戻ってくる。私はあの、一匹だけ捕まってしまった雀だ。つつましく恥部を晒《さら》して人のおこぼれで飢えを凌《しの》ぎ、最後には強大な敵に呆気《あっけ》なく食われてなくなる。

一度舌打ちをすると、私はバッグの中からピルケースを取り出し、ツリーを一粒飲み込んだ。ミカに紹介されたヘッドショップから大量にツリーを購入して以来、ツリーは私の日常に溶け込み今や自分の体の一部のようにさえ感じられる。耐性から回復までのインターバルが短いせいで常用が止まらないのだ。明日は飲まない、私はツリーを飲むたび固く心に誓う。そして「十二時を過ぎたら明日、ではなく朝起きたら明日、だ」とか「そもそも今日とか明日って何？」などと適当に屁理屈《へりくつ》をこねくり回しては結局すぐに飲んでしまう。初めて飲んだ時物足りないと感じたその効き方は、百五十錠もある、という状況の中では「いくら飲んでも依存しない」「いくら飲んでもなくならない」という矛盾した二つの安心感を産んだ。

パソコンを開いて溜《た》まっていたメールに返信を書き始めた頃、隣のテーブルに座った学生二人が学祭か何かの話を始めた。「俺はやっぱりおにぎりでいきたいんだよ」熱血な感じの男の子がそう言って憤《いきどお》りを露《あら》わにした。「何でたこ焼きじゃないんだ何で焼きそばじゃないんだって皆言うんだろ？　でもおにぎりの何がいけないわけ？」。

一方的に話されている男の子は「はあ」と繰り返しながらへこへこしている。私はそのおにぎりに固執する男の子が気持ち悪くて憎くて憎くて堪《たま》らなくて憎すぎるあまり好きになっておにぎりでいい！　と言いたい衝動に駆られた。煙草《たばこ》で口を塞《ふさ》ぐと、私は奥歯を嚙《か》みしめ首を竦《すく》めたまま あっという間に全ての返信を書き終えた。

髪が薄くなったような気がするんだよ。窓ガラスに映る自分の生え際《ぎわ》を見つめて言う央太に、ふうんと呟《つぶや》いて煙草に火を付けた。ピクルスをつまみ、ラッパのような形をしたグラスを注意深く持ち上げる。

「そんな気がしない？」

「いつも言ってる」

「違うよ。この数ヶ月の間にものすごく薄くなったんだよ」

「二ヶ月に一回は全く同じセリフ言ってるよ」

「違うんだよ今回は本当に薄くなったんだよ」

央太のおでこを見つめて、そこが特にいつもと違った印象を与えない事を確認して、「別に何ともないよ」と答えても、央太は難しい顔で窓ガラスを見つめていた。

「私この間何とかって民族のドキュメンタリー見たの」

「へえ。何？　ヤノマミとか？」

「ううん。ヤノマミじゃなくて。忘れちゃったけど、何とかって民族。英語の番組でよく分からなかったんだけど、今でも生贄《いけにえ》の儀式があって、結構凄惨《せいさん》なシーンがあって、まあモザイクかかってたけど」

「人が殺されるシーンがあるの？」

「ううん。撮影クルーは儀式には参加出来なくて、儀式後の様子を撮ってたの。残酷な動画探し続けてたら行き着いただけなんだけど」

「ふうん。どこの国の？」

「分かんない。それでね、その民族の酋長《しゅうちょう》が禿《は》げてたの」

「そうなの？」

「うん。前に央太、乞食《こじき》は禿げないって言ってたでしょ？　洗わないから禿げないんだって。洗うから禿げるんだって」

「うん。実際乞食に禿げてる人っていないんだよ」

「でも酋長は洗ってないんだよ。干ばつ地帯だったし。でも禿げてたの」

　そうか洗わなくても禿げるのか、と独りごちる央太にもう一度「全然禿げてないよ」と声を掛けると、私はマッシュポテトに手を伸ばした。ソーセージ、ロールキャベツ、牛フィレステーキ、次々と出てくるドイツ料理はどれも美味《おい》しく、ロールキャベツを数口食べた所でお腹《なか》が一杯になった。フィレ肉を一口食べると、私はビールで口の中に残るソースの味を流し込んだ。互いに最近の仕事について話しながら、昼過ぎに飲んだツリーがいつの間にか完全に抜けている事に気がついた。いらっしゃいませという声に顔を上げると、一組のカップルが入ってきた所だった。

「川島さんと秋吉さんがずっと下らない話してて、もうほんと苛々《いらいら》してさ。幸田さんがトイレ行った時にそろそろ仕事の話をって言ったら、何こいつ興ざめな事言ってんの、みたいな顔するんだよ」

央太が憎々しげな口調で、一昨日の打合せに関してそう零《こぼ》した。私はちらっとカップルの女の後ろ姿を見やった。

「それで、幸田さんは満足そうだったの？」

「幸田さんはまあ満足そうだったね。結局誰も真面目《まじめ》な話なんかしたくないんだよ。打合せっていうのはそうやって皆でわいわいネタ出し合って盛り上がればいいって思ってんだよ」

私も編集者との打合せでまともな話する事少ないよ、そう話している途中、振り返ったカップルの女と目が合った。ブスだ。私はその女に対して結論を出すと、央太に向き直った。女は女を見るとまず自分よりブスか美人かを気にする生き物だ。そしてどこか一つでも外見に自分より劣った点を見出せなければ、その相手とは決して仲良くなれない。例えば五月は圧倒的な美人だけれど、私は彼女を自分とは他ジャンルの女だと思っているから仲良くなれるのだ。私はエンターテインメント、五月はアート、みたいに区別して。

「俺さあ」

「うん」

「昔バイトしてた会社で、普通の男が一年かけて乞食になっていくとこ見た事があるんだよ」

「会社からその男を見てたって事？　それとも会社にいた男が乞食になっていったって事？」

「会社の近くの高架下に乞食のたまり場があって、窓から見てたんだよ。最初はスーツ着た普通のおじさんだったんだけど、一年後にはどこから見ても乞食、って感じになってて」

「髪も髭《ひげ》もぼーぼーって感じ？」

「髭は剃《そ》ってたと思うけど、最後はもう誰が見ても乞食って感じになってたんだよ」

「その人、今もそこにいるの？」

「分かんないな。もういないんじゃない？　十年以上前の事だし」

「央太は、その人の事見ながら、その人に自己投影してたの？」

「いや、そんな事はないけど。でも何か、ドキュメンタリー番組見てるみたいでさ」

ふと、最近行きつけの喫茶店に入った新人店員の事を思い出した。気弱そうでありながら、強烈なヘテロ臭のする爽《さわ》やかな青年だ。胸の谷間や太ももに彼の視線を感じると、彼を性的にリードしている自分が目に浮かぶ。それまで自分の中に微塵《みじん》も存在しなかった人格が、歳《とし》を重ねるにつれ次々現れてくるのには驚かされる。仕事でも、ちらほらと自分より年下の編集者や作家が出始めている。そういう人たちと打合せをする時、私はある種の先輩的な顔や話し方をしなければならないのだ。自分にそんなキャラクターが芽生え始めた事が遺憾《いかん》で仕方ない。自分は永遠の後輩、永遠の妹、永遠の下層階級だと思っていた。状況と年齢と立場で、人は気づかぬ内に立ち位置を底上げされてしまうのだ。その悲しみたるや想像を絶する。

「今日泊まってかない？」

「いや、今日は精算があるから会社戻らなきゃいけないんだ」

「浮気？」

「違うよ。疑うんなら会社に電話すればいい」

央太はうんざりしたように笑って言った。カウンターの向こうの掛け時計を見やって、そろそろ行こうかと言うと、央太はもうこんな時間かと呟いて、最後に一本と言って煙草を咥《くわ》えた。

ねえおうちゃん。やっぱり泊まって行かない？　自分が珍しくわがままを言っている理由がよく分からなかった。タクシーを停めようという所でそう言われた央太は、軽く迷惑そうな色を顔に滲《にじ》ませどうかしたのと眉《まゆ》を上げた。

「何か辛《つら》い事でもあるの？　輪ちゃんと上手くいってないとか」

「輪とは仲良くやってるよ。何か寂しい時があるんだよ」

違う。寂しい気持ちなんて少しもない。央太を困らせるために言ったのか、寂しいという嘘《うそ》の気持ちをアピールするために言ったのか、どこか深層では浮気を疑っているのか、ただ人肌恋しくて一緒にいる時間を引き延ばしたいのか。どんな目的の上で発された言葉なのか全く分からない。

「寂しいんだ？」

「よく分かんない。違うかも」

「土曜日明後日じゃん。すぐだよ」

そうだねと言って、央太の停めたタクシーに乗り込み、窓の外に向かって手を振った。ドリーズのビルに到着すると、一階のトイレでドイツ料理を吐いてからエレベーターに乗り込んだ。四階で降りると、ガラスの自動ドアの向こうから輪が走り寄ってくるのが見えた。満面の笑みで、向こう側からばんばんとガラス戸を叩《たた》いている。離れて離れて、とジェスチャーをすると輪は笑顔のまま数歩下がった。先生がタッチスイッチを押して開いたドアをすり抜け、輪は私に抱きついた。最後の一人だったようで、保育士も二人しかいない。以前は保育園を延長する事に罪悪感を抱いたけれど、最後の方になると先生がほとんど付きっきりで遊んでくれ、好きなおもちゃで遊べるためか、いつもよりご機嫌な事が多い。案の定、輪は「かえらなーい」と私の手をすり抜け、さっきまで遊んでいたという大きなボールを追いかけ始めた。

家に帰って寝かしつけを終えると、ペットボトルのコーラを飲みながらダイニングテーブルで連載小説の推敲《すいこう》を始めた。推敲を六回繰り返した原稿はもう既にどう直すべきか分からなくなっている。原稿に零れたコーラを足元に落ちていたバスタオルで拭《ぬぐ》った。昨日は確信を持って「素晴らしい」と思えた原稿が、今日は少しも面白いと思えない。原稿を書き上げてから締切まで、いつもこうして一喜一憂してばかりだ。つまらない原稿は全く頭に入らず、一枚板のテーブルに走る細い亀裂《きれつ》にボールペンをなぞらせていると、電話が鳴った。

「ユカさん？」

「うん。オギちゃん？」

「うん。今何してた？　話していい？」

「いいよ。今推敲してたとこ」

「連載の？」

「そう」

「邪魔した？」

「平気」

「俺は執筆してた」

「何の？」

「コラム。何か最近虚《むな》しくなるんだよ。一人で本とレコードに囲まれた部屋でパソコンに向かってると。歳《とし》かな」

「外で書けばいいのに。短いものだったら携帯で書いてもいいんだし。ライブやった直後とかだったらすごいものが書けるんじゃない？」

「うーん、俺は割と切り替えが必要なんだよ。はいこっからザックのオギちゃん。こっからミタラス。打合せの時は荻窪ですみたいな。そういうとこ分けてないとぐちゃぐちゃになっちゃうんだよ。ユカさんもそういうとこあるでしょ？　チャンネルっつーか」

「あるにはあるけど、私の場合仕事は文筆だけだから。オギちゃんみたいに色んな事やってると、ちょっとそういう回路が違うんだろうね」

「色んな人形使い分けて腹話術やって、ピエロみたいに皆沸かせてる感じがして、何か時々馬鹿馬鹿《ばかばか》しくなるんだよ。例えば今俺に彼女がいたらその彼女に全部の俺を見ててもらえるけどさ、俺一人で色んな役やって、家に帰っても一人、って何か最近クるんだよ」

　オギちゃんは央太と同い年だ。もし央太が結婚をしておらず、子どももいなかったら、三十半ばを迎えた彼は一体どんな生活を送っていただろう。

「自分に対するコントロール感覚がないんじゃない？　あれもやりたいこれもやりたいで増やしてきた仕事をコントロールしてると思ってたのに、気づいたら仕事にコントロールされてるような気がして、自分はこれまで何をやってきたのかって考えちゃうみたいな。何か私、ありきたりな事言ってる？」

「いいんだ。ありきたりな悩みだから。まあただ単に彼女がいたらなあって思うんだよ最近。俺もまあ、日和《ひよ》ったな」

「マリリン・マンソンはよぼよぼのおじいちゃんになってもライブでメンバーにフェラさせるかな」

「フェラさせないだろうね」

「寄る年波に抗《あらが》い過ぎてもね」

「ユカさんってそういうさばけてる人だったっけ？」

「私、二十代に入ってから、色々必然的なあれこれで変化を受け入れざるを得ない事ばっかりだったから、そういう自分を肯定しないとやってられないのかも」

「もっと無邪気に自己肯定しなよ」

「無邪気なつもりだけど」

「作家ってひねくれてんな」

かつてなく、オギちゃんが近い存在に思えた。私は、オギちゃんを近しい存在に感じつつも、その近さを見て見ぬ振りするような付き合い方をしてきた。私は彼を近しい人と認識する事に抵抗を感じているのだ。それが彼の麻薬依存体質を敬遠しての事なのか、同じ文筆業である事への嫌悪《けんお》なのか、無邪気に単純に生きたいという自分自身の虚実ないまぜになった願望を阻害《そがい》する者であると無意識的に警戒しての事なのか、よく分からない。

私たちは三十分ほど話をして、来週のCLOSERのイベント日に合わせて食事の約束をしてから電話を切った。

「最近ゲームが楽しくない」。結婚したばかりの頃、央太がそう話した事があった。RPGゲームがストーリーを介して提示する難解なパズルや戦闘を繰り返し、苛々したり喜んだりしていると、自分が猿回しの猿として作り手側にコントロールされているような気がするのだと彼は説明した。自分のコントロール感覚を他人に奪われる苛立ちは私にも理解出来た。私は自分の意志に反する現象を自己の喪失として忌《い》み嫌い、ハイになりたい時はハイに、鬱《うつ》になりたい時は鬱に、泣きたい時に泣き笑いたい時に笑う、という自分の意志と現実を結びつけるために薬やドラッグ、小説や音楽やショッピングなどの助けを借り、なりふり構わず努力を続けてきた。央太はゲームの話で私の同意を得ると、宗教の例を挙げた。ボスを倒す事、ゲームをクリアする事、神に近づく事、神に許され天国に行く事、を幸福としそれを目的としたシステムに自らを組み込むのは間違っていると言うのだ。私は疑問を抱いた。ゲームをやる事、宗教に入る事を自分自身で選択しているとしたら、それはコントロールされる事を選択しているると言えるのではないか。猿回しの猿が自分から志願して猿回っているのだとしたら、そこでコントロール感覚を喪失する理由はないのではないか。そもそもあなたは一時的なルサンチマンを求めてゲームをやっていたのではないか。という私の反論に、央太はもちろんそうだけどと前置きをした上で、でも俺は自分が猿回しの猿になっていると気づいてしまった時点で、もう猿回しの猿になりたいとは思えなくなってしまったんだと言った。次に彼は抗鬱剤の例を挙げ、「幸せになる薬があったとして、人はそれを飲むべきだろうか」と聞いた。私の返答を待たず、彼は「飲むべきではない」と断言した。私は自分の幸せも感動も怒りも喜びも悲しみも、全《すべ》て自分でコントロール出来るのだと全能感を持つ事で、それまであちこちに飛散していた自分自身を拾い集める事に成功したと思っていた。飛散した自分を飛散したまま放置する事は怠慢だと思っていた。私は抗鬱剤を飲むという選択は自分自身で自分をコントロールする事だと思っていたのに対し、彼は抗鬱剤を飲むという事は外から与えられた選択であり自分自身のそれではないと言った。「誇りある人は幸せになる薬を飲まない」。央太の発した結論が、私からコントロール感覚を奪った。

　央太とその話をして以来、私は自分自身に対するコントロール感覚に対して、それまでよりも無頓着《むとんちゃく》になっていった。自分の中には理解出来ない自分がいて、自分の中にはコントロール出来ない自分がいる、そう思うと気が楽になった。人の中には魔界がある。私はそう思う事にした。今の私にとって、小説を書く事と摂食障害、そしてツリーが魔界だ。小説を書く意味を考え始めたら、私は魔界を隠蔽《いんぺい》するため小説を書く自分を殺してしまうだろう。摂食障害の理由を考え始めたら、私は魔界を隠蔽するため摂食障害を克服してしまうだろう。ツリーも同じだ。つまり私は小説を書き食べ物を吐いたり断食《だんじき》したりツリーを飲んだりという事で、自分の中の魔界を存続させている。きっと私は、ツリーの常用を本気で止《や》めようとは思っていないのだ。

私はツリーにコントロールされているのか、それともツリーを飲み自分をコントロールしているのか、或《ある》いはツリーを斡旋《あっせん》したミカにコントロールされているのか、いやまたは、私にミカを紹介したオギちゃんにコントロールされているのか、だとしたらオギちゃんを産んだ母親に、もっと言えばオギちゃんの祖先に、それなら人間の起源に、それともこの世界に。思考回路が自分にとって都合のいい形に、ぶつぶつと途切れていくのが分かった。原稿をクリップで留めると、私はコーラを持って寝室に向かった。

化粧の仕上げに真っ赤なリップを塗り、白い生地に赤いラインが映えた背中空きナース服に袖《そで》を通した。鏡に向かってどこまで屈《かが》むと横乳が見えるか確認する。アメリカで買った物だけに、若干サイズが合っていない。パテントのベルトをぐっと締めると、襟を立て、聴診器を首にかけ、仕上げにジャケットを羽織った。赤いニーハイタイツが目立つけれど、前を閉めれば外を歩けないほどではない。

「おしまい？」

輪の言葉に頷《うなず》いて鏡から振り返ると、おしまい、と笑った。針金の入った矢印形の尻尾《しっぽ》と、カチューシャの黒い角はぴんと上を向き、きっとした一重瞼《まぶた》の輪は本物のデビルに見える。輪の手を取り、私はヴィトンの真っ赤なバッグを持って家を出た。タワーマンションの真ん中を貫くエレベーターに乗り込むと、乗り合わせたおばさんが輪を見て笑った。

「今日ハロウィーンでしたっけ」

「そうなんです。これからパーティで」

「可愛《かわい》いわねえ」

輪はにやっと笑い、渡した時から片時も離さないフォーク形の槍《やり》をおばさんに向けた。止めなさい、と槍を取り上げると、輪は怒って「やだりんちゃんのー！」と喚《わめ》き始めた。

「こんな可愛い男の子に刺されるなら嬉《うれ》しいわ」

おばさんの言葉に笑いながらエレベーターを降り、マンションの前でタクシーを停めた。輪を隣に座らせ、片手でピルケースを取り出しツリーを一粒飲み込む。輪が保育園で覚えてきたハロウィーンの歌を一緒に歌いながら、ピルケースにデパスとハルシオンが入っている事を確認した。二駅隣の駅前で涼子の姿を見つけ手を振る。涼子は黒いサテンのワンピースを、一弥はドクロ柄のロンパースと、大きなドクロマークの入ったよだれかけをつけている。

「かずちゃん可愛い。涼子は魔女?」

「そう。帽子は中」

涼子は大きなバッグを指さして言った。ユカは? という言葉にジャケットを開いて見せると、涼子は大袈裟《おおげさ》に苦笑してみせた。

「それって旦那《だんな》さんの趣味?」

「旦那が好きなのはバニーガール。涼子の旦那は?」

「私そういうの絶対無理だから」

そう言う涼子は随分と明るく見える。精神的に余裕が出てきたのだろうかと思った次の瞬間、いやでも今日もドリーズの動画には一弥が映っていたと思い出す。子どもをあやしながら子どもと自分の身支度をするのが如何《いか》に大変かと愚痴をこぼし合っていると、タクシーは麻布の高層マンションに到着した。

パーティ開始から三十分が経過したマンションの一室には、それぞれ思い思いに仮装した二十人ほどの人々が集っていた。ドラキュラや白雪姫、ラムちゃんやシザーハンズのエドワードなど、その念と気合いの入れようにはさすがセレブのお遊び、と思わせるものがある。出迎えてくれたつけ鼻をつけた魔女姿のリカさんに注射器を向けて「採血しまーす」と言うとリカさんは調子良く「やだー」と叫んだ。同じ魔女姿の涼子を、お仲間ですか？　と茶化してから紹介して、渡されたシャンパンを飲んでいると、「ユカー」と手を振る五月がリビングの奥に見えた。輪は尋常ではない格好の大人たちにびっくりしているのか、人口密度にやられているのか、動揺しているようだった。輪は動揺している時、思考回路を遮断して自閉する傾向がある。輪は泣いたり話したりという解決方法ではなく、ただじっと口を真一文字に結び、虚空《こくう》を睨《にら》み付け傍からは「毅然《きぜん》としている」風に見えるようなやり方で平静を保とうと努力するのだ。動揺を全く押し隠さず、うわーんと声を上げ母親の胸に顔を押しつけている一弥が可愛らしい。

「五月超きれい！」

五月は立ち上がると、そう？　と笑って斜めにポーズをとって見せた。襟の高い真っ赤なチャイナドレスはオーダーメイドだろうか、ぴったりと長身の五月に張り付き、絞りきったモデル体型を浮き彫りにしている。すごーい、と隣で涼子が歓声を上げる。

「ユカもめちゃくちゃエロいよ」

「他に取り柄ないからね。弥生ちゃんは？」

「あ、あっちでリカさんの娘さんが子ども見てくれてるの。もし離れても平気そうなら二人も子ども遊ばせときなよ」

子どもたちの声が聞こえるリビングの隣の部屋を覗《のぞ》くと、十五畳程の部屋で十数人の子どもが遊んでいた。室内用の滑り台やジャングルジム、風船やお絵かきスペースまで用意されている。ママ、パパ友を中心にやるから是非子連れで、とは言われていたけれど、ここまで対応してくれるとは思っていなかった。すごーい、と私が声を上げると同時に、輪は私の手を振りほどいて走り出した。お絵かきスペースに用意されたプーさんのシールを目ざとく見つけたようで、それを手に取ると同時に貼《は》る紙を探し始めた。セパレートのチャイナ服を着た弥生ちゃんが輪を見つけ、りんちゃん！と笑顔で駆け寄った。さすがにモデルの子だ。輪と一学年違いとは思えない背の高さとプロポーションで、ぱきっと着こなされたチャイナ服も幸福そうだ。中学生くらいの女の子と、前にインタビューの際に同行していた「moda」編集部の女の子が、シールに夢中で弥生ちゃんを無視している輪の様子に笑いながら、「見てますよ」と声を掛けてくれた。あの女の子がリカさんの娘かと思いながら、じゃあよろしくお願いしますと答えると、私は子どもスペースから離れた。

「リカさん、子どもいるって知らなかった」

「私も最初知った時びっくりしたの。シングルだって言ってたから、子どもいないって思い込んでて」

「あんな大きい子がいるなんて。あのくらいになると、もうシッターとかいらないのかな？」

「あの子がシッターしてるわけだからね」

五月はそう言って笑った。

「リカさん、あの子が三歳の時に離婚して、それからずっと一人で育ててきたんだって」

「さすがリカさん。でも大変だっただろうね」

「ね。想像するだけで恐ろしい」

「まあ、実質今私は一人で育ててるわけだけど。でも、五月も母子家庭だったんだよね？」

「そうだけど、うちの母親はずっと男探してたし、実際結婚してくれる男が現れたらあっという間に結婚したからね。二人の子どもと三人で生きていく覚悟なんてなかったんじゃないかな」

「五月は男がいなくても平気でしょ？」

「そう見える？」

五月は自嘲《じちょう》的に笑って言った。彼女には「強くならなければならない」「一人で生きていける女にならなければならない」という強迫観念に近い意志とそうなれない自分に対する自責の念が感じられる。子どもより男を中心に生きてきた母親を憎んでいるのだろうか。五月がモデルとしてデビューし、仕事が忙しくなってきた頃、彼女の母親はよく自殺を仄《ほの》めかして失踪《しっそう》したという。「橋が見える」とか「工場がいっぱいある」などと電話で伝えられるヒントを元に、五月は姉と何度も母親探しに奔走したと話していた。その頃義父とうまくいっていなかった母親は、社会的に認められ始めた娘に依存の矛先を向けたのだろうと五月は分析していた。そういう分析をしながら母親に見切りをつけない所など、いかにも二時間ドラマ的なストーリーに絡《から》め取られている感じがする。

「駄目だわ。絶対入らない」

涼子が一弥を抱っこしたまま戻ってきた。一弥は母親の胸に顔を押しつけしくしくと泣いている。

「びっくりしちゃうよね。変な人ばっかりだもんね」

五月が一弥を覗き込んで言う。授乳出来る所があるかと聞く涼子を、パウダールームがあるからと五月が連れて行った。リビングと客間を開け放し、半立食の形で飲み食いしている人たちの中には、雑誌でよく見かけるモデルや女優の姿もある。全く華やかな世界だ。何かのパテが載ったカナッペを食べながら低い窓枠に腰かけ、外を見る。二十八階の高層マンションの一室からは、美しい夜景と東京タワーが拝める。もしゃもしゃとカナッペを噛《か》み砕きながら下を見つめていると、自分が顔面からどんどん降下していき地面すれすれの所で足に巻き付くゴムがぴんと張ってびよんと上に跳ね上がるバンジージャンプの映像が浮かぶ。じくじくと背骨が熱い。私は体を縮めて出来る限り背骨を丸めた。

「土岐田さん」

見上げると、タキシードを着た長身の男が立っていた。見覚えはあるけれど名前が出てくる兆《きざ》しはない。

「クルーズの取材の時担当させてもらった奥田です」

「ああ、まつげくれたよね」

そうですそうです、と笑って彼は隣に腰かけた。作家にヘアメイクがつくのは、テレビとファッション誌に出る時くらいだ。頼りない記憶ではありながら、随分と細かい事にまで気の回る人で、やっぱヘアメイクは女より男だなと思ったのを覚えている。

「土岐田さんが子ども連れてるの見てびっくりしました。子ども産んでも全然変わらないですね」

「いや、多分色々変わったはず」

「うちも、今十一ヶ月の子どもがいるんです」

柔らかな口調と細やかな気配りから完全にゲイだと思い込んでいた私は、おめでとうと大袈裟に言い、男の子？　女の子？　と取り繕うように聞いた。

「男の子です。今向こうで妻と遊んでます。土岐田さん、本出すペース変わってないですよね？　育児しながら執筆って大変じゃないですか？」

「もう地べた這《は》いつくばって書いてるよ。奥田さんは？」

「うちは、奥さんが仕事復帰しないって言い始めてて、家の事はやってくれてるんであれですけど。でもやっぱり大変です」

「育児してる？」

「まだまだです。でも、週の半分はお風呂《ふろ》入れてますよ。寝かしつけもやってます」

「ほんとに？　すごい。零歳でそこまでやってるんだったら満点でしょ」

「事務所に入ってるから、多少の融通はきくんで、仕事ちょっとセーブしてもらってるんです」

「偉い。鑑《かがみ》だね。奥さんが羨《うらや》ましい」

「でもやっぱりストレス溜《た》まるみたいで、たまにヒステリーになって大変ですけどね」

「まあ、ヒステリーは女にとって年に数回の祭りみたいなもんだから」

「前に、俺のばあちゃんが言ってたんです。女の人って時々わーってなるけど、ほんとは甘えたいだけなのよ、って」

「いい話」

「それ聞いてから、修行だと思ってうんうんって流すようにしてるんです」

　にっこりと微笑みを浮かべ、シャンパンをぐっと飲み干した。何か飲みます？　と立ち上がって聞く奥田さんに「じゃあコーラを」と言うと、私は外に向き直った。ぽろぽろと一気に零《こぼ》れ始めた涙を、指先で拭《ぬぐ》った。何故《なぜ》こんなに感動しているのだろうと思いながら顔を上げると、窓にナースキャップをつけた自分が映って、私は涙を止めた。奥田さんに声を掛けられ振り向くと、コーラを渡されると同時に紹介された。

「うちの奥さんです」

初めまして、と微笑む彼女は、茶色い髪をすっきりとアップにまとめ、小さなティアラをつけ白いドレスを着ている。童顔で小柄な彼女は、子どもがいるようには見えない。

「シンデレラだ」

私が声を上げると、恥ずかしい、と呟《つぶや》いて彼女は顔を俯《うつむ》けた。そっかだから奥田さんタキシードなんだ、と言うと奥田さんも恥ずかしそうに笑った。百八十越えのモデル体型の奥田さんと、百五十台前半であろう小柄な奥さんが、妊娠出産を経て助け合いながら零歳児の育児をしているのだと思うと、この世界には私の見えない所で何千何万もの奇跡が生じているのだという気になる。彼女のティアラがきらきらと光り輝き、その輝きが太陽のように強烈で私は灼熱《しゃくねつ》の砂漠に放り出されたような枯渇《こかつ》を感じた。

「二人ともすごく綺麗《きれい》。チビちゃんは？　靴のコスプレとかじゃないよね？」

「息子はタキシード柄のロンパースで」

王子様が二人かあ、と言うと、彼らは顔を見合わせて笑った。後で子ども紹介してねと手を振りながら、激しい高揚に胸がどきどきと痛む。私はシンデレラの仮装をした奥田さんの奥さんに乗り移ったかのようだった。強烈な幸福感に体がはじけ飛びそうだ。

「お腹一杯になってちょっと機嫌良くなったみたい」

パラパラ漫画のように次から次へと色々な事が起こる。頭がパンクしそうだ。

「ほんとだ。笑ってる」

さっきまでと打って変わって、一弥はにこにこと興味津々《しんしん》な様子で周りの人を眺めている。涼子は一弥を指して「ちょっとトイレ行きたいんだけど、抱っこしててもらっていい？」と聞いた。いいけど泣かない？　と言いながら立ち上がり一弥を受け取る。一瞬不思議そうな顔をしたけれど、一弥はすっと私の腕の中に収まった。男の子はごつごつしていると言うけれど、やっぱり小さい子はふわふわしている。むちむちとした手足が、私の腕の中で不自由そうに動く。可愛《かわい》くて仕方ない。かずちゃんかずちゃん、と歌うように呼びかけると、にこっと笑って小さな目が私を捉える。ママはトーイレーだよ、歌いながらお腹《なか》をこちょこちょするときゃっきゃと声を上げた。私は自分が彼の母親であったらと想像して激しい高揚を感じる。首筋に息を吹きかけると、一弥は身をよじって笑った。高い高い、と持ち上げかけて、自分が今ツリーを飲んでいる事と尋常ではない幸福感に包まれているのを思い出して思いとどまる。赤ん坊とは何て可愛いのだろう。自分が子どもを産むまで子どもが可愛いと思えた事など一度もなく、輪が産まれた後も赤ん坊の内は「何て面倒な生き物なんだ」と苛立《いらだ》っていたにも拘わらず、輪に赤ん坊よりも子どもという言葉が相応《ふさわ》しくなってからは他人の赤ん坊がどうしようもなく可愛く見える。

「ごめん、ありがとう」

戻ってきた涼子が一弥を抱き上げると、我が子を取り上げられたような寂しさが募った。

十時を回った頃、眠くてぐずり始めた子どもの親が次々に帰り始めた。そろそろ輪も眠いだろうと思って見に行くと、プレイスペースの隅に敷かれた布団《ふとん》で既に眠っていた。おままごとをしながらうとうとしてたんで布団に寝かせました、と言うリカさんの娘に色々ありがとうと言うと、リビングに戻ってすっかりデザート系の景色に様変わりしたテーブルから大きなイチゴを摘んで頬張った。五月から紹介されたモデルのリナちゃんから紹介されたマイという女の子がトイレから戻ってきたのを見つけ、私は彼女の腰かけた窓際《ぎわ》のソファに向かった。

「チビちゃんはまだ眠くなさそう？」

「ああ、さっき見たらまだ元気に遊んでて。うち、いつも寝かせるの遅いんで」

そうなんだと言いながら隣に腰かけ、乾杯と言って彼女のワイングラスにコーラの缶をぶつけた。

「マイちゃんって、子ども保育園に入れてるんだよね？」

「入れてますよ。入れなきゃ仕事出来ないです」

男の人が興奮しちゃうから大きな声じゃ言えませんけど、とリナちゃんが彼女をAV女優だと明かした時、彼女は恥ずかしそうに笑いながらも何かしらの尊厳を絶対に手放すまいという強い意志を感じさせる目で私と五月を見つめていた。

保育園のあるあるネタを話して笑い合っていると、彼女は警戒の色を薄め、子どもに対する苛立ちや子どもが出来たせいで被《こうむ》る事となった不利益を口にし始めた。思うように仕事が出来ない事、もっと夫に子どもの面倒を見て欲しいという苛立ち、保育園に預ける事や夫に預けて夜飲みに行く事を咎《とが》める両親への憤り。とにかく今は子どもと離れたくてしょうがない。彼女はそう締めくくって眉間《みけん》に皺《しわ》を寄せた。

「私もそうだった。一分でも一メートルでも離れたかった」

「でもそういう事言うと、皆私の事鬼母だみたいな目で見てくるんです」

「育児未経験者は子どもと母性に幻想を抱いてるだけ、経験者は、私は歯を食いしばってがんばったのに、って自己肯定したいだけだよ」

「そう言ってもらえると気が楽になる」

彼女はワインをぐいぐいと飲みながら、子どもが出来た時に引退を決意した事、実際に出産した後、やっぱりAV女優を辞められないと思い直した事、子どもが出来るまでは仕事をバカにしていたが、自分が心からこの仕事を必要としていたのだと気づいた事、産後に復帰した途端人気が出始め単体を張れるようになった事などを話した。

「私さ、ずっと小説書いてると小説が嫌いになる時があるんだけど、マイちゃん男が嫌になる事ってない？」

「馬鹿馬鹿しい気持ちになる事はあるかな」

「馬鹿馬鹿しい、ね」

「どんな男見ても、私のじゃないにしてもどうせチンコ晒《さら》してAVで抜いてんだろって思う。もっと言えば、どんな女見ても、お前の彼氏旦那《だんな》は私たちAV嬢で抜いてんだぞって、皆見下せるっていうか」

私は笑って、それは最強、と彼女の肩を叩《たた》いた。愉快で爽快だった。もっと彼女の本音が聞きたかった。

「何かすごい性格悪い事言ってますね私」

「ねえねえ、じゃあエロゲーとかやってる男ってどう思う？」

「エロゲーやってる男は私の中で男じゃないっていうか人間じゃないからノーカウント」

エロゲーオタクが、現実の女より2Dの女の方が優れてる、と言うのの逆バージョンだ。よく言った、と声を上げ、私は彼女のグラスにワインを注《つ》いだ。理解出来ないものはとりあえず否定、という人たちを私は否定しない。理解出来ないものをとりあえず肯定しようとする人たちは偽善者だし、それは肯定を装った否定だ。AV嬢がオタクに対して肯定的だったら、私は世の中の全《すべ》てが信じられなくなるだろう。

子どもが泣き始め、もう帰らなきゃと言うマイちゃんとアドレス交換をして、今度ランチねと手を振ると、テラスのガーデンテーブルにいた五月と涼子に合流した。涼子は酒嫌い、五月は明日撮影、私はツリーとの併用を避けていたため、三人揃《そろ》ってコーラの缶をぶつけた。

「ねえユカ、私さっき輪ちゃんに月取ってって言われたよ」

「つき？」

涼子は五月に向かって首を傾《かし》げた。あれあれ、と私は月を指さした。満月に近い真っ白な月は、トンネルの出口のように真っ暗な空を照らしている。

「何それ。かわいい」

「輪、月見ると欲しいって言うのよ。だから私手伸ばして取ろうとして、あれっ取れないなあ、って演技する事にしてるの。名月を取ってくれろと泣く子かな、って俳句あるじゃん。本当に言うんだなあって思ってさ」

「取れないよって言ったら泣きそうな顔するから慌《あわ》てたよ」

「五月は背が高いから取れると思ったんじゃない？」

「そんなデカ女みたいに言わないでよー。でも、弥生って段々ああいう事言わなくなってきてるから、やっぱりちっちゃい子っていいなあって感動したなあ。女の子って何であんなにすぐ大人みたいになっちゃうんだろうね」

「ずっとああいうバカな事言ってて欲しいもんだわ」

「ユカはいいね。育児楽しんでて」

「楽しんでないよ。苦しんでるよ。今私シングルマザーみたいなもんだぜ？」

「ユカみたいなお母さんになりたいよ。育児に苦しまない母親に」

苦しんでるって言ってんじゃん、と言っても五月は笑ってはいはいと流すだけだった。

「五月さんも、育児に苦しんでるようには見えないけど」

「それを言ったら、涼子ちゃんはすごく幸せそう」

そんな事ない、と強い口調で涼子が反発する。今でも一晩に二回は夜泣きするし、離乳食も嫌いだわ母乳は止められないわ保育園の送り迎えは大変だわベビーカー乗ってくれないわ腰痛も出るわ旦那は鈍感で育児に非協力的だわ、とおどけたようにまくし立てる。

「でもさ、弥生が三歳過ぎた辺りから、赤ちゃん見ると堪《たま》らなく幸せな気持ちになるの。赤ちゃんを抱っこしてるお母さんたちが、本当に幸せそうで羨ましくて」

「五月は二人目欲しいとか思う？」

うーんと唸《うな》って、思ってはいるけどと言葉を濁した。夫との不仲を愚痴っていた人にかける質問としては無神経過ぎたかもしれないと思い、五月は仕事大変だもんねと言うと、まあねと弱々しく笑った。

「私は二人目は三歳差がいいな」

涼子が晴れやかな声で言う。一瞬にして、ドリーズのあの動画を見ているのは涼子ではないのではないかという疑いが浮上する。育児に疲れ果てているにも拘《かか》わらず病的に子どもを監視し続ける母親、というイメージを彼女の晴れやかな言葉が覆《くつがえ》した。

「でもセックス嫌なんでしょ？」

「涼子ちゃんセックス嫌なの？」

「子どもが出来てからはもう触らないで、って感じで。胸も張ってるし、毎日毎日疲れ切ってるし」

「でもヤんなきゃ出来ないわけじゃん。それはいいの？　我慢するの？」

「子作りは別だよ」

涼子の気持ちがよく分からない。旦那とはヤりたくないけど子作りのためならいい。育児は大変だし辛《つら》いけど、二人目は三歳差で生みたい。旦那の事を馬鹿《ばか》にしながら、旦那と別れる事は全く考えていない。彼女には矛盾や破綻《はたん》があるように見えるけれど、きっと彼女の中では何の矛盾も破綻もないのだろう。

「ユカは？　二人目考えてないの？」

「あ、むり。輪で手が一杯。とてもとても。ゴムはつけてないけど」

今出来たら困る。オギちゃんと遊ぶようになってからはずっとそう思ってきた。子作りは少なくとも薬の常用を止《や》めてからだ。つまり私は二人目を作るという決断と共に薬を断つという決断も迫られるという事であって、二つともそう潔《いさぎよ》く踏み切れる類《たぐい》の内容ではない。でも輪に手がかからなくなっていくにつれ、赤ん坊への欲求が高まっているのも事実だった。一人でいいと決めているわけではない。いつかもう一人くらい、とは思っている。でもそのいつかを決断する事は、輪と央太との三人での生活や、一人っ子である輪や、一人娘の母である自分を失うという事だ。私は輪を出産した時、初めて失ってしまったものの大きさに気づいて取り乱した。央太と二人だけの世界が崩壊して、圧倒的な存在として輪がその世界に君臨した。たった一人の大切な人であった央太が、二人の大切な人の内の一人になってしまったのだ。輪と共に退院したその日から、私は毎日何度も気絶するように眠ってはすぐに輪の泣き声で起こされ、そうして小間切れ睡眠を繰り返しながらオムツを替え授乳をし離乳食を作り抱っこをし掃除洗濯洗い物をした。こんなに過酷な生活を楽しめる人間がいるなどとは全く思えなかった。央太がもう少し家事育児を手伝ってくれればと思い続けて苛立っている内、私と央太の愛に満ちた世界は跡形もなくなった。央太が家事も育児も私と輪との生活も放棄して、週末婚という選択をした時から私たちの関係が一気に改善したというのも皮肉な話だ。今、私はもう辛いとか逃げたいとか、そういう事を考えない。育児が大変だと思う事がなくなった。輪に手がかからなくなってきた事もあるだろうが、大変でなくなった訳ではなく大変さに慣れたのだ。私はもう、子どもがいなかった頃の自分を思い出せない。あの頃に戻りたいという、あの頃という理想を失っただけだ。私は大きな世界を喪失した。かけがえのない、美しき甘い日々を失った。今輪が死んだとしても、輪を捨てたとしても、私はもうあの世界を取り戻す事は出来ない。一度でも神の存在を受け入れてしまった人間は、神のいる世界と神のいない世界のどちらかでしか生きられない。神の存在を知らなかった頃の自分には二度と戻れないのだ。

「今、見た？」

顔を上げて言うと、五月と涼子は「なに？」と辺りを見渡した。

「今、ピカッて光ったよね？」

「え？　雷？」

涼子の不思議そうな声に、全然気づかなかった、と五月が同調する。目を瞑った僅《わず》かな間に、瞼《まぶた》の外で閃光《せんこう》が走ったのだ。私は二人の言葉に答えず黙ったままゴロゴロと音がするのを待った。音は鳴らなかった。

「光っても音が聞こえない事もあるからね」

さらっと言う五月と、飲み過ぎじゃないのー？　と呆《あき》れたように言う涼子。二人の言葉がくぐもって聞こえる事に違和感を覚えた次の瞬間、激しい風の音が聞こえて辺りを見渡した。体はどこも風を感じない。耳鳴りだ。現実感覚が薄れていっているのが分かる。

「ちょっと寝不足かも」

「どうする？ 泊まってく？ リカさん、子ども部屋で子どもと一緒に寝れるようにしてくれるって言ってたよ」

「あ、今日は帰るわ。明日早い時間に打合せがあるんだ。涼子は？」

「ユカが帰るなら私も」

「私はもうダウン。泊まってくわ」

テラスからリビングに戻ると、今度は食事会ね、という五月の言葉にうんうんと頷く。五月が一番忙しいんだから、都合の良い日程メールしてよと言うと、分かった、と笑顔を見せた。残り僅かとなった客の相手をしていたリカさんにタクシーを呼んでもらうと、眠ったままの輪を抱っこしてマンションを出た。ずっと一弥を抱っこしていた涼子は、タクシーに乗り込むなりぐったりした様子で疲れたと一言零《こぼ》した。

「ほんと、片時も離れなかったね」

うんという言葉に覇気がない。大丈夫？ と声を掛けると大丈夫、と素っ気ない言葉が返ってきた。私は輪の頭を肩に載せると、体中を弛緩《しかん》させて目を瞑った。

いつの間にか寝入ってしまったようで、運転手の「この辺りですか？」という言葉で目を開けると、「そこを右に入った所で降ろしてください」という涼子の声が聞こえた。

「あ、もう着いた？」

お先にね、と言って涼子が札を差し出した。

「いいよ。どうせ帰り道だし」

「行きも出してもらったから」

いいよと言いかけて、涼子の眼光が妙に鋭い事に気づいて、黙ったまま三枚の千円札を受け取った。タクシーが停まると、じゃあねという言葉に固い笑みを添え、涼子はタクシーを降りた。ドアが閉まり、最終目的地を確認する運転手と二、三言葉を交わすと、私は走り出したタクシーの中から振り返った。涼子のあの態度は何だったのだろう。そしてあの雷は。一向に治まる気配のない耳鳴りの中、私は座り直すとじっと口を閉じフロントガラスの向こうを見つめた。ジャケットのポケットから携帯を取り出すと、天気予報のサイトにアクセスした。位置情報を確認した後、注意報警報は出ていませんという文字と、太陽マークが浮き上がった。

「ここはどう行きますか？」

運転手の言葉に顔を上げ、「真《ま》っ直《す》ぐ行って、次の次の信号を左へ」と答えた時、うーんと声を上げて輪が目を開けた。寝ぼけているのか、頭をぐらぐらさせながら辺りを見渡している。

「寝てていいよ」

輪はやだっ、と声を上げ、りんちゃん起きるよ、と言い張った。マンションの正面玄関前でタクシーから降りると、輪は本当に「歩く」と言い張って私の腕から降りた。眠気で足元のふらつく輪と歌を歌いながら階段を登り切り、マンション内に入る。鍵《かぎ》を差し込んでオートロックのドアを開け、エントランスを走り回る輪に「おいで」と声を掛けたけれど輪は返事をせず、壺《つぼ》に飾られたサルスベリの木と真っ赤な花に手を伸ばしている。倒れちゃうよ、触らないで、という声に振り返り、にやっと笑って輪は赤い花に向かって背伸びをした。止めなさい、と声を上げて歩み寄ると、輪はきゃーっと声を上げて私から逃げた。小さな体がたたたっとスニーカーの音を立てて閉まりかけていた自動ドアに向かう。追いかけて輪の腕を摑《つか》もうと伸ばした私の手が空を摑んだ。

「だめっ」

大声を上げた瞬間輪はドアの脇《わき》にばしんと両手をつき、次の瞬間人感センサーに反応して再び開き始めたドアに左手を巻き込まれた。私が短い悲鳴を上げてドアに飛びついたと同時に輪のぎゃーっという泣き声が大理石のエントランスに響き渡る。異常事態に気づいた自動ドアは、人を挟まないように設定されているのか、再び開く力が加わって輪の手は再びがくんと手首まで巻き込まれた。右手で輪の手を引っ張り、左手でドアを押し戻しながら隙間《すきま》を広げようと手前に引く。助けてと声を上げかけた瞬間、大丈夫ですかっ？　と輪の泣き声を聞きつけた警備員が管理人室のカウンターから顔を出した。「助けてくださいっ」という言葉が輪の泣き声にかき消される。警備員がカウンターから出てくる前に、がくっという感触と共に輪の手が外れた。肩で息をしながら、ぎゃんぎゃん泣き喚《わめ》く輪の手を取って手の平と甲を確認する。赤くなっていたけれど、骨折している様子はない。

「大丈夫ですか」

駆け寄ってきた警備員に大丈夫ですとため息混じりに言う。心臓がばくばくと脈打ち、頭がくらくらしている。

「すみません、急に走り出して、ここのガラスに手をついた所を巻き込まれてしまって」

「管理人室に簡易的な救急箱はあるんですが、手当てして行かれますか？」

「いえ、家で手当てしますので。すみませんでした」

一応管理会社に事故として報告しますのでと部屋番号を聞かれ、２２０１号室ですと答えると、泣き喚く輪を抱っこしたまま再び謝って自動ドアをくぐった。まるで夢の中にいるようだった。体中が強烈な緊張と興奮で、浮遊しているかのように重力を感じない。床にビーズクッションを敷き詰められたかのように足元が揺らいでいる。五分も経《た》っていないのに、どういう経緯でどういう事になったのか、細かく思い出せなかった。脳裏に蘇《よみがえ》る事故のシーンはスローモーションのようにゆっくりと頭の中で再現され、所々途切れたように抜け落ちている箇所がある。

「見せてごらん。大丈夫？ 痛い？」

「痛い。痛いっ。冷たいのするっ」

輪は左手を右手で包み込み、怒りと驚きを隠さずわんわん泣き続けている。家に入るとどっと体が重たくなり、私は玄関先で輪を降ろして冷凍庫から取り出したアイスノンをバンダナで包むと輪の左手に押しつけた。泣きやんだものの、輪はぐすぐすとしゃくり上げ肩を震わせている。明日の朝病院に連れて行くべきだろうか。左手の甲はさっきよりも腫《は》れが増している。じぶんで、と言う輪にアイスノンを渡し、その場にへたり込むように座ると、輪に向き合ったまま両手で自分の頭を抱え込んだ。

「ドアが動いてる時は近づいちゃ駄目だよ」

輪は鼻をすすりながらこくこくと頷き、いつの間にか左手ではなく右手にアイスノンを押しつけている。ふっと軽く息を吐くと、寝ようかと言って輪の肩を叩《たた》いた。

輪を寝かしつけると、冷蔵庫からミネラルウォーターを取り出した。五百ミリリットルを一気に半分ほど飲み、一本煙草《たばこ》を吸ってから残りを飲み干した。事故の原因に直接関係があったのかは分からない。でも輪と一緒にいる時にツリーを飲むのは止めるべきだと思った。自分の中に根付いた恐怖を分散したくて、誰かにさっきの事故を伝えたいと思ったけれど、もう深夜の二時を回っていた。央太は起きているはずだった。そして、央太は深夜二時に電話を掛けた所で迷惑がらないだろうと分かっていた。でも私は電話を掛けなかった。ふと痛みに気づいて手を目の前に持ち上げると、左手の指の第二関節付近を中心に赤く腫れ上がっていた。ドアを押し戻そうとした時に私も挟み込まれる形になったのだろう。輪と同じ場所に出来た打撲痕《こん》を見つめながら、私は突然悲しみに襲われびくびくと体を震わせた。ぼろぼろと落ちる涙を拭《ぬぐ》わず、左手を拳《こぶし》にして目の前のローテーブルに叩きつけた。たこなぐりだぜっと声を上げて更に数回殴りつける。打撲の痕は更に腫れ上がり、赤黒い内出血が浮き上がった。明日、輪が私の手を見たら、「手を挟んだのは自分じゃなかったか」と肌寒い混乱を引き起こすのではないだろうか。突然、フラッシュを焚《た》かれたかのように感じて顔を上げる。窓の外で、瞬《またた》く間にいくつもの雷が空をぶった切るように落ちてくるのが見えた。力強く太い閃光が枝分かれして地上へ向かい、地響きのような音をたてる。立ち上がってカーテンが全開になった一面の窓の前に立つと、ざーっと雨音がしてあっという間に窓が一面雨に濡《ぬ》れた。今自分の見ているものは現実だろうか。私は興奮のせいで忘れていた耳鳴りに気づいた。強風のようなゴーっという音が脳に直接語りかけてくる。強風と雷と激しい雨音。嵐《あらし》が街も私もめちゃくちゃに破壊する。明日の朝、街は、私は、同じようにそこにあるだろうか。嵐の中に佇《たたず》む私は突然何がどうなっても良いという気になってバッグからピルケースをつかみ取るとパチンと蓋《ふた》を開け入っていた五個ほどのツリーを全《すべ》て手の平に出すと口に押しつけ一気に飲み込んだ。次にハルシオンのアルミ包装を破って一つ一つ口に入れていく。ハルシオンを三つ飲み込みデパスに手を伸ばし掛けた瞬間「何がどうなっても良いはずがない」と呆気《あっけ》なく気持ちが覆り、ピルケースを放り出すとトイレに入り、便座を上げ便器の上で喉《のど》の奥に人指し指と中指を突っ込んだ。ごりごりと喉の粘膜を押し嘔吐《おうと》を促す。水で薄まったコーラの味がしたと思った次の瞬間、薬の苦い味が口の中に広がる。溶けそこなった薬がぽちぽちと音をたてて数個便器に落ちた。胃がひっくり返りそうなほど何度も嘔吐《えず》くと、私は床にへたり込み、便器の周りをぐるっと囲むように体を曲げて目を閉じた。

涼子

泣き喚《わめ》く一弥に馬乗りになり、両手を脚で挟み込む。鼻吸い器の先端を一弥の鼻の穴に差し込みチューブを咥《くわ》え、一気に吸い込むとずずずっという音と共に鼻水がタンクの中に移動した。もう片方の鼻の穴からも吸引して、脚の力を緩めて解放すると、一弥は抗議するような泣き声を上げハイハイで私から離れた。鼻吸い器を使い始めてまだ数日だというのに、一弥は鼻吸い器を見ただけで逃げ出すようになってしまった。

保育園に通い始めて一ヶ月、二回目の風邪だった。保育時間は当初の五時間から一時間ずつ増やし、今では七時間の契約にしているが、それに比例して一弥の通院回数が増加しているのは明らかだった。治るまで保育園には行かせない方がいい、他の子にうつしてしまうかもしれないし、風邪に加えて他の病気までもらってきたらどうするんだ。浩太の主張は正しいかもしれない。でも保育園ではほとんどの子が鼻水を出している。やっと完治させて連れて行ったとしても、またすぐに風邪をもらってくる可能性は高い。浩太は、私が働いていない事に負い目を感じているため、強くは反論出来ないと知っていて保育園を休ませろと言っているのではないだろうか。浩太がいる時に、一弥が咳《せき》をしたり鼻水を垂らしているとどきっとする。保育園批判、保育園に子供を預ける私批判が始まるのではないかと、私は浩太を盗み見て身構える。保育園を利用する口実が必要だ。仕事があるから、という口実が。一弥が二度目の風邪をひいてから、私は本格的に自宅周辺にあるバイト募集中の張り紙を見比べるようになった。

一弥が機嫌を取り戻し、テレビの前に戻って遊び始めた時、充電器に差していた携帯が鳴った。「五月と三人で食事の件だけど、五、七、十三日のどこか空いてる？お泊まり前提な感じで」。ユカからだった。三人で食事しようと提案された時は盛り上がったけれど、今それほどの熱はない。ハロウィーンパーティの時、はっきりと自覚した。私と彼女たちの間には大きな壁がある。あの高級マンションの中で、私一人が激しい疎外感《そがいかん》を抱いていた事にユカは気づいていない。私はユカと五月さん以外の知り合いがいないというのに、ユカは自分の知り合いと話してばかりでほとんど私をほったらかしにして、五月さんの方が気を遣って私の相手をしてくれていた。元々無神経だとは思っていたけれど、ここまでとは思わなかった。ユカと再会してから、彼女に付き合ってネイルサロンとスパとショッピングに行った。スパや食事は奢《おご》ってくれたけれど、これいいよこれもいいよと次々勧めてくるボディケア用品や洋服を断り切れず、封印していたクレジットカードを使う羽目になった。十個百円の卵パックを求めて遠くのスーパーに通っていた私が、百五十グラムのボディクリームに六千八百円。卵三個分ほどの量のボディクリームで卵六百八十個の金が消えた。馬鹿《ばか》みたいだ。今度一緒に美容室行こうよ、痛んでるとこ切ってトリートメントしてもらうだけで全然違うよ、子どもと一緒だとお風呂《ふろ》ゆっくり入れないじゃない？　脱毛するとむだ毛の処理しなくていいから楽だよ、私の行ってるとこ紹介で入ると二人とも割引になるんだけどどう？　涼子はもっと大人っぽい服の方がいいんじゃない？　クロエとかケンゾーとか似合うと思うよ。ユカはそうして無神経な善意を押しつけて私を追い詰めていく。

先月の保育料は六万円を超えた。人のせいにするつもりはないけれど、ユカの「延長すればいいじゃん」という言葉が免罪符となって躊躇《ためら》いが薄れているのは事実だ。長い時間預けているわけでもないのに六万円を超える保育料にはさすがに閉口した。

明細書を何度も見返した挙げ句、浩太には金額を言い出せず、ダイニングの戸棚から出産祝いを引っ張り出し振り込みに行った。赤ん坊の誕生を祝うお金で、母親がその赤ん坊と離れる時間を買うとは、皮肉な話だ。

子持ちの専業主婦である私に夜の予定などある訳がない。五日も七日も十三日もいつでも空いてますよ、そう返信してしまいたい気持ちを抑え、「だったら7日がいいかな」と返信した。送信しましたというメッセージが出た瞬間、強烈な憂鬱《ゆううつ》が襲った。私は行きたくないのだ。食事会に行きたくないのだ。ユカの虚《うつ》ろな目が頭に浮かぶ。「今、見た？」と言うユカは明らかにラリっていた。

知り合った頃から、ユカは薬を乱用していた。抗鬱剤や眠剤などの処方薬から、MDMAやマリファナなどのドラッグまで、常に多種類の薬を持ち歩いていた。薬の使用や入手方法について、何で、どうして、どうやって、という問いにユカが答えた事はなかった。ユカは薬とドラッグについて、恐らく高校一年の時彼氏の次に多くの時間を共にした私に対しても口を閉ざしていたのだ。そうして私の干渉を拒んでいたにも拘《かか》わらず、クラブに行くとユカは必ず私にMDMAを手渡した。飲んだふりをする時もあったし、本当に飲んだ時もあった。このままユカと一緒にいたら自分は駄目になる。そう思った一因はドラッグだったはずだ。ドラッグをやっている時、ユカはさほど普段と変わらないように見えた。でもよく言っていたのだ。彼女はラリっている時、しょっちゅう「光ってる」「光ったよね？」「私光ってる？」などとしつこく光るだの光がどうのと話していたのだ。

ハロウィーンパーティの時にユカが空を見上げて発した言葉は、フラッシュバックのように私に過去の記憶を見せた。ユカがドラッグをやるタイプの子だという事は覚えていた。でも私はユカとの決裂のきっかけとなった出来事を、その時ようやく思い出した。

高一の冬だった。私たちはMDMAが抜けきらないままクラブを出て、駅の近くで始発を待とうと歩いている途中、三人の男達にナンパされた。いかにも遊び人風な外見に懸念《けねん》を示した私のアイコンタクトをあからさまに無視して、ユカは一人の男と手を繋《つな》いで私の先を歩いた。公園で飲みゲームを続け、安物のウィスキーをたらふく飲まされ、自分が立てなくなっている事に気づいた頃、ユカはトイレに行くと言ってその場を離れた。ふらつくユカに、一人の男が付き添った。それから数分後、空が明るみ始めた繁華街の外れに、ユカの大声が響いた。何を言っているか聞き取れないほどの激しい罵声《ばせい》が数十秒続いた後、元々そんな声はなかったかのように、静かな空気が戻った。ユカはそれっきり戻ってこなかった。私は残っていた二人の男にマワされ、意識を取り戻した時公園の草むらに寝ていた。はっとしてバッグを探して、財布と財布の中身を確認して、その後携帯を確認した。近くの公衆トイレで息んで精液を出してから、激しい二日酔いに顔を歪《ゆが》めたまま、私は帰路についた。

次の日電話を掛けてきたユカは、あの男がトイレで襲ってきたから拒否って帰った、と話し、「涼は？　ヤッた？」と聞いた。私は「ヤッたよ」と答えて、しばらく下らない話をしてから電話を切った。あれが決定的だったのだ。えーヤッたの？　どっちと？　両方？　と明るく聞くユカが、私には受け入れられなかった。私を置いていったユカを責める気はなかったけれど、少なくとも私はユカの渡したMDMAで前後不覚になり、ユカがついて行ったから仕方なくナンパについて行き、ユカが上手《うま》い事を言って一気を拒んでいたせいで、その分私が飲まされる羽目になったのだ。はっきりとしたきっかけとして自覚していた訳ではない。でも私は明らかにあれ以降、徐々にユカを避けるようになっていった。ユカもきっと気づいていたはずだ。でもユカはあの日の事についてそれ以上何の言及もしなかった。ヤッた？　ヤッた。という言葉で、彼女の中では完結したのだ。あの時ユカと距離を取った事が間違っていたとは思わない。じゃあ今私がユカと付き合っているのは何なのだろう。ユカが未《いま》だにドラッグを止めていないと分かった上で、それでも食事会に行く理由とは何だろう。あの時、私はユカを拒絶する事が出来た。でも今、救いのない状況で、私はユカを必要としてしまっているのかもしれない。そしてユカは、そういう私の状況につけ込んでいるのかもしれない。被害妄想が過ぎているだろうか。私は大きく息を吐いて携帯を充電器に戻した。

深夜、一弥の泣き声で目を覚まし、起き上がって胸を出し、吸い付かれた瞬間嫌な予感がした。一弥のおでこに手をあてると、確かにいつもより熱い。下半身から焦《あせ》りがこみ上げてくる。明日は保育園に預けられないかもしれない。乳をふくませたまま立ち上がり、ダイニングの戸棚から体温計を取り出しベッドに戻った。脇《わき》の下に無理矢理押し込むと、一弥は体温計を外そうともがき、とうとう乳首を口から離し泣き叫んだ。浩太は起きない。一ミリも動かずに眠っている。一弥をあやすふりをしながら軽く蹴《け》ると、浩太はもぞもぞと寝返りを打ち私に背を向けた。騙《だま》しだまし一弥の腕を押さえつけていると、体温計が鳴った。38・5℃。熱を出したのは二回目で、前回は37℃前半までしか上がらなかった。保育園の規則では、38℃を超える発熱がある時は預かれない事になっている。どうしたら良い。どうしたら。悩みながら、どうせ一弥を預けても、私は動画に映る一弥を見続けているだけだと思い至る。仕事をする訳でも何か生産的な事をする訳でもない。自分は空っぽなのだと気づいた私は、力尽きたように反対側の胸を出し、一弥に差し出した。

二日保育園を休ませた。三日目の朝、一弥の熱は37・4℃まで下がっていた。今にも爆発しそうな爆弾を抱えているような緊張感だった。私はこの爆弾を保育園に預け、逃げるようにして帰宅するだろう。今日はこの爆弾を抱えてはらはらし続けなくて良いんだ、そう思うとじわっと胸が熱くなった。まだ眠っている一弥の脇の下から体温計をゆっくり抜き取り、私は先にベッドを出た。

「おはよう」

「ああ、起きたの。一弥どう？」

「三十七度一分」

「そう。じゃあ今日もお休みだね」

「七度一分だよ？」

「だって、ちゃんと熱下がってないじゃない」

「三十八度以下だったら預けられる事になってるけど」

信じられないと言わんばかりに、浩太は口を開けたまま私を見つめた。

「風邪を引いてる子を預けるの、可哀想《かわいそう》だと思わないの？」

私は黙り込んだ。この人は何を言っているのだろう。

「一弥はまだ十ヶ月だよ？　この間一緒に見たじゃない、急性脳症のドキュメンタリー。一弥が取り返しのつかない事になってもいいの？　子どもはあっという間に熱が上がっちゃうんだよ？　保育士が一弥の変化に気づけると思う？」

　頼るものは何もない。

「一弥を守れるのは涼子だけなんだよ。それは涼子だけに与えられた特権なんだよ」

　ここは奈落《ならく》の底だ。

「今週いっぱいは休ませた方がいいよ」

　私は今日も一弥と離れられない。地獄という特権を与えられ喜べと言われている。涙も出ない。一昨日行った小児科の先生も、熱が下がりきるまで保育園には行かせるなと言った。彼らは「保育園に行かせるな」の一言で済むが、私はその一言で一日中一弥に付きっきりになって看病、育児をしなければならないのだ。小児科の先生は保育園に預けていると話した時明らかに私に軽蔑《けいべつ》の目を向けた。先月、保健所で予防接種を受けた時も、保育園という言葉を発した瞬間医者と看護婦が私を白い目で見た。働く母親がこんなに増えた世の中でも、こんなにも保育園に無理解な人が多いのだ。

彼らはそうして母親に罪悪感を植え付ける。浩太も医者も世間も、お前は駄目な母親だとレッテルを貼《は》る。

体中が絞られた形でからからに乾ききったぼろ雑巾《ぞうきん》のようだった。腕は筋肉痛。手首は腱鞘炎《けんしょうえん》。腰も軋《きし》んでいる。寝不足と過労で足がふらふらする。体が疲れきっていてご飯が食べられない。ご飯が食べられないせいで母乳の出が悪く一弥の機嫌が悪くなる。泣き止《や》ませるために抱っこをする。筋肉痛も腱鞘炎も腰痛も悪化する。ご飯が食べられないどころか何も食べていないのに吐き気がする。永遠にこのスパイラルが続くような気がした。砂のように崩れ落ちる自分の身体《からだ》が頭に浮かぶ。私は育児マシーンではない。私は一弥の餌《えさ》やりマシーンではない。一弥を生かすためだけに存在しているのではない。私だって生きている。人としての尊厳が欲しい。僅《わず》かな尊厳が欲しい。

浩太を送り出すと、目を覚ました一弥にご飯を食べさせ、化粧もせず一弥をスリングに入れ家を出た。大通りで乗ったタクシーにドリーズ近くの交差点の名前を伝える。カーナビには8：15と出ている。契約は九時からだったけれどもうそんな事はどうでも良かった。四十五分ぶんの延長料金、千五百円で一人の時間が買えるのだ。体温の欄に三十六度九分、と嘘《うそ》を書いた連絡帳を渡し、「何かあったらご連絡ください」と言い残して逃げるようにドリーズを出た。建物を出た瞬間浮かび上がりそうなほど体が軽くなった。そうだ私は今、自分の体に溶けていた九キロの肉の塊を切り離したのだ。足が地面を踏み歩いていると思った。私は久しぶりに蘇《よみがえ》った現実感に沸き立つ喜びを抑えきれず、帰り道の途中カフェに寄ってモーニングを食べた。美味《おい》しかった。生きていると思った。私は生きている。その実感が私の存在を強化しているようだった。自分には何でも出来るような気がした。今私は育児以外の事なら何でも出来る。でも私は育児が出来ないという一点のみで堕落した女という烙印《らくいん》を押される。堕落した女でいい。皆から罵倒され否定されてもいい。味方はいない。私は一人で生きている。手を差し伸べてくれる人はいない。結論が出るとすっきりした。誰かの理解や支えがなくとも私は一人で生きていける。そう思った。

帰宅すると、パソコンをローテーブルに置きドリーズの動画を開いた。一弥は元気そうだ。保育士に抱っこされにこにこ笑っておもちゃで遊んでいる。ほら見ろ。何でもない。大丈夫じゃないか。私以外の人が見ていても、一弥は何不自由なく育っていく。私がいなくたって、私が死んでしまったって、一弥は死なない。きちんと育っていく。私と一弥は別人だ。

昼過ぎ、冷凍のからあげを四つ食べ終えた頃、電話が鳴った。私は携帯に浮かび上がった「浩太」という名前を見て動揺した。一弥は昼寝してると言えばいいんだと、無理に気持ちを落ち着かせ通話ボタンを押す。

「もしもし？」

「もしもし？　一弥は？」

「うん、今お昼寝してる」

「ドリーズに預けてるだろ」

凍てつくような恐怖が襲った。

「動画見たら一弥がいたぞ」

「浩太が会社行った後、六度台まで下がったの。だからちょっと預けたの」

涼子「今お昼寝してるって嘘ついたのは何なんだ」

「ドリーズでお昼寝してるって事だよ。私だって動画見てたんだから」

「今週は行かせない方がいいって言っただろ。涼子はいつもそうやって嘘ついてるのか？　いつも俺に嘘ついてこういう事してるのか？」

いつになく荒々しい口調に、私は次第に冷めていく。浩太は敵だ。私から自由と尊厳を奪う敵だ。

「うるさいっ！」

私は大声を上げた。そもそも何で動画なんて見てるの私の事信用してないって事なの私は行かせないって言ったんだからそれを信じていれば見ないはずじゃない私は浩太が帰ってきた後にきちんと熱が下がった事も一弥が元気だった事も説明しようと思ってた浩太が私を信用しないせいで全《すべ》てが駄目になるそもそも電話の第一声で一弥は？って何なのドリーズにいるの知ってるなら何でドリーズにいるんだって最初から聞けばいいじゃない浩太のやり方は汚いよ私を陥《おとしい》れるような言い方をして嘘つき呼ばわりするなんてひどいよ浩太は卑劣だよ。言葉を挟ませずにそう言い切ると電話を切った。どっと涙が溢《あふ》れた。悔しさのあまり金切り声を上げ、ドリーズのカメラの操作権を取得してお昼寝をしている一弥の顔を映しズームの＋ボタンを連打した。画面一杯に広がった一弥の顔を撫《な》でる。携帯が鳴っている。私は無視してパソコンの中の一弥に愛してると叫んだ。愛してる。こんなにも愛してるのにみんな私を批判する。私の何がいけないんだ。私の何が悪いんだ。精一杯努力してるのに！　私はパソコンを閉じ、顔を洗いに行った。冷たい水で涙と鼻水を流すと、腫《は》れた目を擦《こす》らないようにタオルを押しつける。凶暴な動物が体の中で暴れているようだ。必死に取り押さえようとするが途中で力尽きる。ぎゃーっ。声を上げ叫ぶ。背中が壁に当たった。洗面所が揺れた気がした。どしんどしんと床を踏む。凶暴な動物は動きを止めない。壁にぶつかり足が壁を蹴りピンボールのように洗面所中を飛び跳ねぶつかり続ける。動物が動きを止めた時、私は体中に痛みを感じながらへたり込んだ。おでこを強く床に押しつけ、床に向かって呻《うめ》きを上げる。誰か助けて！　言葉にならない言葉が叫びとなって口から漏れた。何で私はこんな世界に生きているんだ。この世界への入り口はどこにあったのか。いつ誰がどうやって私をこの世界の入り口に誘ったのか。私は一度でもこんな世界を望んだ事はなかったはずだ。這《は》うようにしてダイニングに戻ると、携帯を開いた。着信履歴には浩太からの着信の間にドリーズからの着信が入っていた。

「ドリーズルームの矢田です。かずちゃんが午睡の途中でひどく泣き始めたので、熱を測ったら37・8℃ありました。ご連絡頂ければと思います」留守電にそう入っていた。矢田さんの声の向こうに、狂ったような一弥の泣き声が響いていた。私は発信ボタンを押した。

「もしもし、中山一弥の母ですが」

「ご連絡ありがとうございます。矢田です。かずちゃん、午睡前は機嫌が良かったんですが、午睡中に突然わっと声を上げて泣き始めまして、三十八度近い熱だったのでご連絡させて頂きました。早めにお迎えに来られそうですか？」

「多分……一時間から一時間半でお迎えに行けると思います」

「そうですか。すみませんがよろしくお願い致します」

電話を切ると、私はその場にうずくまった。自由が欲しくて一弥を保育園に入れた。でも自由は手に入らなかった。自由を手に入れる自由を、私は出産したその瞬間に失ってしまったのかもしれない。もう二度と私が自由を手に入れる事はないのかもしれない。

あと一時間したら、支度を始めよう。時計を確認すると私は考えるのを止め、一言ごめんとだけ打ったメールを浩太に送信した。

えっ、中耳炎？　電話の向こうでユカが間の抜けた声を上げた。

「そうなの。ものすごい泣き方してて、おかしいなとは思ってたんだけど、昨日起きたら耳だれが出てて」

「あー、うちも零歳の頃こじらせたよ。耳だれ出て、抗生物質飲ませて、良くなったと思って抗生物質切った途端にまた耳だれ、みたいな感じで三ヶ月くらい続いた。耳鼻科は何て言ってんの？　抗生物質出された？」

「うん。今飲ませてる。とりあえず、二日に一回くらい鼻水と耳だれの吸引に来てくださいって」

「うちも三ヶ月週二ペースで通ったぜ？　あのさあ、素人《しろうと》考えだけど抗生物質長めに飲ませた方がいいよ。ちょっとでも膿《うみ》が残ってる状態で抗生物質切るとまた二、三日で膿が溜《た》まって鼓膜破れちゃうから。長めに飲ませて一回できちんと完治させた方がいいと思う。繰り返すと癖になっちゃうっていうし」

「輪ちゃんは？　今でも中耳炎になる？」

「うちはもう耳痛いって自分で言えるから、そしたらそっこーで耳鼻科行って鼓膜破れる前に抗生物質で叩《たた》くようにしてる。でももう半年くらいなってないよ」

「それで、保育園ってどうしてた？　耳だれ出てる間って、預けていいの？」

「預けてたよ。別に中耳炎だと預かれないっていう規則はないみたいだし。細菌感染だから他の子にうつる可能性は出るかもしれないけど、もう仕方ないよねそれは。まあでも、今は穴開いてて痛くない状態なんでしょ？」

「そうなんだけど、すぐ塞《ふさ》がっちゃうんでしょ？　塞がった時まだ赤かったら鼓膜切るって言われたんだけど、どうなの？　痛くないのあれって？」

「痛がるけど、やった方がいいと思うよ。腫れてる時、すごい泣くでしょ。一瞬痛い思いさせて、あと楽に過ごした方が子どもにとっても親にとってもいいと思う。それにさ、会陰《えいん》切開と同じで、自然に破れるより切った方が早く綺麗《きれい》に治るんだってよ」

一通り中耳炎のアドバイスを聞いた後で、そんなわけでちょっと七日は無理かもと言うと、かずちゃんが大丈夫そうならうちは構わないよとユカは言った。

「五月にも意見聞いてみるわ。中耳炎くらいでそんな過敏になる事ないよ。旦那《だんな》とかうるさく言う？」

「言う。もう保育園辞めさせた方がいいんじゃないかとまで言ってる」

「そうなんだ。確かに喋《しゃべ》れない赤ん坊が痛がってる姿って見てて辛《つら》いけど、三歳までの記憶なんてなくなるんだから、気にしない方がいいよ」

またメールするねと言うユカにありがとと返した。電話を切って、随分と気が楽になっているのに気づく。三ヶ月中耳炎をこじらせたという話は恐怖だったけれど、切羽詰まっている時にあのがさつさに触れると心が穏やかになる。でも彼女との間に横たわるある種の理解を、浩太と共有する事は出来ないだろう。三歳までの記憶なんてなくなるんだからと言えば、本気で言ってるのかと浩太は目を見開くだろう。いい気なものだ。自分は病院にも連れて行かず薬も飲ませず看病もせず「こんなに小さい子が苦しんでいるのを見るのは辛い」と眉《まゆ》をハの字にしていれば良いのだから。週に二回も三回も病院へ連れて行き毎回一時間近く待たされ泣き喚《わめ》く一弥を抱っこして汗だくになって診察を受け更に薬局で再び二十分以上待たされて薬をもらいへとへとになって帰宅して家事をして泣き喚く一弥を押さえつけ鼻水を吸い取ったり薬を飲ませたりしなければならないこの大変さを理解していない浩太に、一体どんな発言権があると言うのだろう。

抗生物質を飲み続け、耳だれも鼻水も止まったため保育園に預け始めたら再び鼻水を出し始めた。そんな矢先の食事会だった。本人はさほど辛そうではなかったけれど、抗生物質のせいで便がゆるくなっている事や、鼻吸い器を持ち歩かなければならない事や、あれこれと気を遣わなければならないであろう事が憂鬱《ゆううつ》だった。

運動会の時にちらっと会って、ユカにあまり良い印象を持たなかった浩太は、ユカの所に泊まりに行く、と話すと顔を曇らせた。でも、五月さんも来ると言うと途端にそうか良かったなと表情を変えた。浩太は芸能系の話に弱い。外で芸能人を見かけた時などいつまでもしつこくその話をする。浩太のそういう所に、ガキっぽいとか、俗っぽいとかいう軽蔑《けいべつ》ではなく、生理的な嫌悪《けんお》に近いものを感じる。

ユカの家は高層タワーマンションの二十二階だった。前に、賃貸で3LDKだと言っていた。きっと家賃は三十万を超えるだろう。五月さんはきっと、ユカ以上に高い家に住んでいるはずだ。家賃十万のコーポミナガワで精一杯、むしろ貯金を切り崩して生活を維持している状況を思い出すと、やっぱり自分が場違いな気がして足が重かった。

「いらっしゃーい。すぐ分かった？　場所」

「うん、大丈夫……ねえ何か、ユカ黒くない？」

「ああ、最近日サロ行ってて」

「黒すぎない？　ヴィクトリア・ベッカムみたいだけど」

「うんまあ、これ以上は焼かないよ」

　ユカは目を合わせず、あまりそこに触れて欲しくないといった態度で言った。本人もここまで焼くつもりではなかったのかもしれない。

「何かあったの？　突然こんなに黒くするなんて」

「ううん、別に。何となく、強くなりたいなーって思って」

「強くなると黒くなるは違くない？」

「でもほら、アフリカの女の人とか強そうに見えるじゃない」

　まあ見えるけどと言いながら靴を脱いだ。ユカの褐色の細い四肢は木の枝のように見える。ハロウィーンパーティの時には色白肌だったのに、この短期間でここまで焼いているという事に何か病的なものを感じる。高校生の頃、一緒に日サロに通っていた時もここまでは黒くなかったはずだ。

リビングに上がると、五月さんが子供たちと遊んでいた。飾り気のない部屋の中で、子どものおもちゃだけが色鮮やかだった。壁紙とカーテンは白、ソファもローテーブルもテレビ台も本棚も全て黒。ダイニングテーブルのみがダークブラウンで、木目を晒《さら》した一枚板のものだった。

「あ、涼子ちゃんかずちゃんこんにちはー」

五月さんはにっこりと笑って手を振った。弥生ちゃんと輪ちゃんはおままごとセットの周りでせっせとお料理ごっこをして、五月さんに次々と料理を出してはきゃっきゃとはしゃいでいる。スリングから降ろすと、一弥は一気におもちゃ箱に向かってハイハイし、大量のおもちゃのせいで閉まらない蓋《ふた》の隙間《すきま》からおもちゃを引っ張り出そうとしている。

「りんちゃんのー」

輪ちゃんがおもちゃ箱に向かって走り出した。かずちゃんにおもちゃ貸してあげなさい、というユカの言葉に「はーい」と返事をして、輪ちゃんはおもちゃ箱から次々におもちゃを取り出し一弥に渡した。一弥はきゃーっと歓声を上げ、おもちゃを鷲《わし》づかみにして囓《かじ》り始める。

「かわいーねえ」

輪ちゃんがそう言って一弥の両頰を人指し指でつっき、そのまぐっと顔を寄せ、一弥にキスをした。一弥はびっくりしたのか、うー、と声を上げきょろきょろと辺りを見渡している。

「止めなさい。かずちゃん嫌がってるでしょ」

「あ、大丈夫だよ」

べたべたしている輪ちゃんに気づいた弥生ちゃんが一弥に近づき、後ろから抱きしめた。

「弥生も赤ちゃんだーい好き」

かずちゃんていうのよ、とキッチンからユカが言う。シャンパンでいい？　と聞かれうんいいよと声を上げ、私は子どもたちの脇《わき》に座り込んだ。

「やっぱり赤ちゃんは可愛《かわい》いわー」

五月さんが穏やかな表情で言った。切れ長の目を細め、小さな顔を緩ませている五月さんは、見ていてどきどきするほど美しい。

「大変じゃなかったですか？　このくらいの頃」

「大変だった。でも何か、本当に忘れちゃうんだね大変だった事って。初めての子どもだし、分からない事だらけでどうしようどうしようって思ってる間に赤ちゃんの時期が終わっちゃった気がする。もっと手抜いて気楽に赤ちゃんとの生活楽しめば良かったなあって今は思うな。多分私、赤ちゃんの可愛さいっぱい見逃してきたと思う」

二人目になれば、もっと気を抜いて楽に育児が出来るのだろうか。今一人目の赤ん坊を育てている私には、今まさに全てが切羽詰まっていてそこまで見渡す事は出来ない。二人目は三歳差でという願いだって潰《つい》えそうなほどに、一子どもとの生活に疲弊している。一弥が双子だったらと思うとぞっとする。双子だったら、もうとっくに逃げ出していたかもしれない。じゃあ何で私は二人目が欲しいのだろう。私はなにかイメージで、二人目が欲しいと思っているだけなのではないだろうか。

「五月さんは、辛くなかったですか？　逃げたいとか、苛々《いらいら》するとか、そういう事なかったですか？」

「あったよ。変な話、虐待《ぎゃくたい》する親とか、殺しちゃう親とか、気持ち分かるって思った」

当たり前だよこれは育児という名の拷問《ごうもん》だからね、そう言ってユカがシャンパンを手渡した。五月ちょっといーい？　と言われた五月さんがキッチンに向かう。つかまり立ちをしていた一弥に輪ちゃんが勢いよく抱きつき、一弥が転びかけたため私は慌《あわ》てて手で支えた。大丈夫？　痛かった？　と弥生ちゃんが一弥を覗《のぞ》き込む。やっぱり女の子は優しい。私は、二人の小さな女の子が我が子を可愛がり、面倒を見たがっている姿に胸が震える思いがした。こんなに小さな女の子にだって母性があるのだ。赤ちゃんを可愛いと感じる本能があるのだ。私は何故《なぜ》一弥に対してこういう本能的な愛情や優しさを持てないのだろう。母親だからこうしなきゃいけない、あれしなきゃいけない、という動機でしか一弥に関わる事が出来ないのだろう。

「あ、涼ちゃんちょっとテーブルの上かたしといてもらえる？」

キッチンでハムを盛りつけているユカがそう言ってテーブルを指差した。私は立ち上がり、新聞と手紙類をまとめてローテーブルに移動させた。封書にはグッチやクロエ、出版社や新聞社のロゴがプリントされている。ユカにはユカの生活があって、ユカの仕事があって、それらにはユカでなければならない理由がある。結婚したばかりの頃は専業主婦になりたいと思っていた。でも今、ユカや五月さんの特権的な仕事が羨《うらや》ましくて仕方ない。開いた大判の封筒の上に出ていた二冊の「Maxx」を手に取って表紙を見ていると、ハムの盛り合わせを持ってきたユカが「それいる？」と聞いた。

「いいの？」

「うん。二冊あるから」

「ユカ、マックスに何か書いてるの?」

「その号だけね。結婚特集にエッセー書いたの。下らないから読まなくていいよ」

えー面白かったよーと五月さんがキッチンから声を上げた。駄目男は何故駄目なのか。トレーを持ってきた五月さんがそう言いながら人指し指を立て、私もこういうぶった切り系のエッセイ書けるようになりたいなー、と続ける。

「ぶった切ってないよ。私のエッセーは愛だよ」

「五月さんもエッセイとか書くんだ?」

「うん、最近ファッション誌でエッセイの連載始めたの。ただの身辺雑記だけどね」

ねえ五月の持ってきてくれたカルパッチョってもう味ついてる? オリーブオイルとか足す? 味ついてるけど、バルサミコとかあったらかけると美味《おい》しいかも。バルサミコなんてないようちは庶民家庭だぜ。そう言って笑い合いながら、二人は再びキッチンに戻った。何か手伝う事ある? と聞くと子どもたち見てて、と言われ、私は子どもたちの中に座り込んでおままごとの相手をした。喋《しゃべ》れる子との距離感が摑《つか》めない。相手がどんな言葉を知っていてどんな言葉を知らないのか分からないため、話しづらいのだ。でも輪ちゃんと弥生ちゃんを見ていると、いつか一弥もこうして私と言葉を交わす日が来るのだと希望が持てた。私の今の苦しみは、一弥が口をきけない事が大きな原因となっているはずだ。一弥が話せるようになれば、育児のストレスは軽減するに違いない。

テーブルにはハムとチーズの盛り合わせやカルパッチョ、ローストビーフやサラダやナポリタンスパゲッティが並んだ。

「すごい。美味しそう」

「ほとんど伊勢丹の出来合いだけどね。カルパッチョとローストビーフは五月の手作りだから美味いはず。ナポリタンは子ども用ね。別に大人も食べていいけど」

「何かごめんね、私だけ何も持って来なくて」

いいのいいの、子どもの看病してる時に飯の事なんて考えたら気が狂うから、とユカが言う。五月さんも大きく頷《うなず》いて「うちも忙しい時は冷凍ばっかりだよ」と言った。やっぱりワインの一本でも持って来るべきだった。

「あれ、五月さんシャンパンは？」

「ああ、私ちょっと体調悪いからお酒控えてるの」

五月さんはペリエの瓶を上げて言った。そう言えばこの間のパーティの時も五月さんはお酒を飲んでいなかった。妊娠してるんじゃないか。一瞬そう思って、その疑惑を補強する要素が他にないか観察する。お腹《なか》はすっきりと引っ込み、爪《つめ》はパールホワイトの無地、顔色や顔つきにも変化は見られず、つわりに苦しんでいる風にも見えない。思い過ごしか。私は観察を止め、一弥《かずや》の皿にナポリタンを取り分けた。

しまったカルボナーラにするんだった！　子どもたちの強烈な食べ散らかしを見てユカが言う。木目テーブルの僅《わず》かな亀裂《きれつ》にスパゲッティを詰め込んで遊んでいた輪ちゃんは服を全取っ替え、ほとんど手づかみで食べていた一弥も持ってきていた服に着替えさせた。さすがに、弥生ちゃんはしっかりと零《こぼ》さずに食べている。三歳になればあんな風になるんだろうかと思ったけれど、きっと五月さんがきちんと躾《しつ》けているに違いない。モデルという職業から、遊んでいる印象を持っていたけれど、五月さんは保育園で見るどんな母親よりも育児熱心に見える。弥生ちゃんのしっかりとした言葉使いや、礼儀正しさにもそれが表れている。モデルの子どもだからと、世間に馬鹿《ばか》にされないようにというプレッシャーもあるのかもしれない。

子どもたちにあれこれ邪魔をされながら、私たちは育児の話を中心にあらゆる話をした。仕事、保育園、ママ友、シングルマザー、子ども手当、出産、ファッション、生活の知恵、お題はいくらでもあった。三人が三人とも話したい事と聞きたい事を交互に繰り出し、子どもたちのうるささもあって常に賑《にぎ》やかだった。育児とは、賑やかな所でするものだ。例えばどちらかの両親と同居したり、弟妹が出来たりすれば、このどん詰まりの孤独感は薄らぐのだろうか。それはそれで耐え難い孤独がありそうだけれど、とにかく密室育児をやってみて思うのは、育児には必ず誰かの助けが必要だという事だ。

十時過ぎ、ユカが既にうとうとしていた輪ちゃんを子ども部屋に連れて行き、その後五月さんが弥生ちゃんの寝かしつけを済ませると、私は最後に腕の中で眠り始めた一弥を置きに行った。暗い子ども部屋には、所狭しとぬいぐるみや人形の家や車の大型遊具などが置かれている。空いていた小さな布団《ふとん》に一弥と一緒に横になり、少しずつ腕を外していく。一弥がはっとしてうわーんと声を上げると、隣の布団でもぞもぞと輪ちゃんが動き、私は慌てて乳房を出し一弥に押しつけた。乳首を口に含むと、一弥は数分でくたっと眠りについた。足音一つ立てないよう静かに部屋を出て、ドアを閉めた瞬間ほっと全身から力が抜けた。眠ってくれなかったらどうしようと、今日ここに来る前から心配だったのだ。リビングに戻ると、私に気づいたユカがやっと静かに飲めるねとワインを持ち上げた。

「ねえ、いつか三人ともシングルマザーになったら皆で一緒に住まない？」

白ワインを一本、ほとんど一人で空けてしまったユカがそう言った。

「いいね。誰か一人が見てれば他の二人は遊びに行けるし」

「一人がフリー、一人が子ども担当、一人が家事担当で一日ずつ交替制にするっていうのは？」

五月さんがそう言うと、ユカは「家事は家事代行に頼んじゃわない？」と不平を口にした。

「家事代行週何回呼べば全く家事しなくて済むかな」

「うちは週一で事足りてるよ」

「ユカは料理しないから洗い物出ないしね」

「そんな事ないよコップとかは洗ってるよ。でもさあ、考えてみればシッターも一人いればいいわけじゃん？　たまにそうやってまとめて見てもらって、三人で飲みに行ったりもしたいよね」

いいねいいねと口を揃《そろ》えて盛り上がった後、誰が一番最初に離婚するかなあ、と五月さんが遠い目で言った。

「うーん、うちは別居だけど一応上手《うま》くいってるからなあ。セックスレスじゃないし」

「私はとりあえず経済的にある程度自立しないと離婚出来ないなあ」

「じゃあ私かな」

冗談とも本気ともつかない口調で五月さんが言った。五月さんから、どことなく寂しげな空気が発されているような気がして言葉に詰まった。

「なに、五月離婚するの？」

「ううん、そうじゃないけど。何となく、私が一番しそうだなって思って」

分かんないよ、どんな夫婦でも急転直下であっという間に離婚したりするからね、ユカは茶化すように言って自分の周りの離婚経験者たちの話を始めた。

「編集者なんて結婚経験者の半分以上は離婚経験者だよ。離婚してない人はかなりの確率で不倫してるし。ほんと鬼畜だぜ編集者っつーのは」

「私の周りもほんと離婚率高いよ。モデルとか女優とかって結構平気なんだよね。家庭がなくなっても事務所って居場所があるし、皆ちやほやしてくれるし。彼氏とか旦《だん》那《な》に固執する理由がないっていうか。そう言えば、二人って結婚何年目？」

「私はまだ二年目です。結婚してすぐ妊娠しちゃって。もうちょっと新婚生活楽しみたかったなあ」

「私は六年目」

一瞬流しかけてぎょっとする。え、ユカって結婚六年目なのと聞くとそうだよと眉《まゆ》を上げてユカは言った。

「って事は、十代の頃に結婚したの？」

「ぎりぎり十代だった」

高校の頃から、こういう女は早く結婚するだろうとは思っていたけれど、十代の内に結婚していたとは思わなかった。

「五月は？」

「うちは出来婚だったからまだ四年目。でもやっぱり、一緒に暮らした事もない人といきなり結婚して子ども産むって無理あるわ。新婚生活なんてなかったもん」

「二人で暮らしてる間にある程度旦那調教しておいた方が、子ども出来た後楽だしね」

ユカは調教したの？と聞くと手と首を同時に振りながら「いやいや」と言う。

「私はもうただただひたすら恋愛してたって記憶しかない。調教とか思いもつかなかった。だからこんな事になってるんだと思う」

「駄目じゃん。でも、浩太ってもっと家庭に協力的な人かと思ってたんだけどな。結婚したら全然家事しないし、育児も手伝わないし。騙《だま》された、って感じ」

妊娠中、私は浩太と一緒に可愛《かわい》い赤ん坊を育てていくつもりだった。生まれてみて初めて、彼の子どもに対する姿勢を見て、私は落胆した。浩太はあくまでも子どもは母親の責任で育てるべきという考え方で、帰宅後疲れていない時だけ一弥を可愛がって、泣き始めたらほったらかしてテレビを見始める。それでいて、誰々は一度もオムツを替えた事がないって言ってた、誰々は沐浴《もくよく》って言葉も知らなかった、と自分の父親や会社の先輩の例を挙げ「俺は風呂《ふろ》に入れた事もあるし、オムツも替えられる。他の男たちよりずっと育児を手伝ってる」と自分が家庭に献身的であると言い張る。

二本目のワインが空になった頃、ふわっ、ふわっ、ふわーっ、と一弥の声が聞こえた。やばいやばい、と呟《つぶや》きながら子ども部屋に駆け込み、一弥を抱き上げすぐに乳首を咥《くわ》えさせた。輪ちゃんと弥生ちゃんはぐっすりと眠っている。早く眠って欲しい一心で、添い乳にしてトントンと背中を叩《たた》く。一弥はいつもと違う場所に戸惑っているのか、時々きょろきょろと辺りを見渡している。横になったまま乳を吸われている内、体中が弛緩《しかん》していくのが分かった。久しぶりに飲んだアルコールのせいだろうか。いけないいけないと思いながら瞼《まぶた》が閉じていく。

気がつくと、ぬいぐるみの山に半身を突っ込み、一弥に背を向けて寝ていた。慌《あわ》てて上半身を起こすと、カーテンの向こうが僅かに明るんでいるのが分かる。もう四時、いや五時くらいだろうか。お腹を出して大の字になっている一弥に布団を掛けると、私はそっと部屋を抜け出た。話し声は聞こえない。二人ももう眠ってしまったのだろうか。リビングのドアを開ける前に、ぱちぱちと音が聞こえた。薄く開いた隙間《すきま》を僅かに広げると、眼鏡を掛けたユカがダイニングテーブルでノートパソコンを打っているのが見えた。物凄《ものすご》い勢いでブラインドタッチをして、瞬《まばた》きもせず画面を見つめている。急ぎの仕事でもあったのだろうか。適当に打っているのではないかと思うくらい高速でキーを打ち続けるユカがあまりに異様に見えて、声を掛けるべきか掛けないべきか迷っていると、不意にぱちぱちという音が止まった。このまま子ども部屋に戻って寝ようかと思っていた私は、ユカが顔を上げ私を目で捉《とら》えた瞬間足が竦《すく》む思いがした。見てはいけないものを見てしまったような気がして、思わず言葉に詰まる。

「あ、起きた？」

「ごめん、邪魔しちゃった？」

「ううん。大丈夫。仕事じゃないから」

「そうなの？　何かすごい速いんだね打つの」

恐る恐る、ゆっくりとリビングに足を踏み入れた。

「打つって、これ？」

キーを指さすユカにうんと頷く。

「そうなのかな。あんまり人の打ってるとこ見ないから分かんないけど。何か飲む？　そうそう、デザートワインがあるんだけどちょっと飲む？」

ユカがそう言いながらパソコンを閉じるのを見て、私はおずおずとダイニングテーブルについた。小振りなワイングラスを持ってきたユカは半分ほどまでワインを注ぎ、乾杯、とグラスを上げた。さっきまで一心不乱にキーを打っていたとは思えない、穏やかな表情だった。

「五月さん寝ちゃった？」

「うん。四時過ぎくらいにダウンして、今寝室で寝てる。昨日早朝から撮影であんまり寝てなかったんだって」

「私もすっかり寝込んじゃったよ。慢性的な睡眠不足だから、いつも寝かしつけで寝ちゃうの」

「うちは零歳の頃が一番よく寝てくれたけどなあ」

「ほんとに？」

「うん。三ヶ月から一歳くらいまで夜九時から朝九時まで寝てくれてた。今じゃ九時間くらいしか寝ないもん」

信じられない。私は産後半年までほぼ一時間おきくらいに起こされ授乳をしていた。

今も一晩に二度は夜泣きをする。やっぱ一緒に寝てるから夜泣きすんのかなあと言うと、それもあると思うよー、とユカは煙草《たばこ》の煙を吐き出しながら怠《だる》そうに言った。

「一緒に寝ると子どもも親も熟睡出来ないっていうし。モニターつけとけば泣き声聞こえるし、ベビーベッド入れときゃ心配ないし、そろそろ別寝でもいいんじゃない？」

「ユカは何で別々に寝る事にしたの？　私皆添い寝するものだと思ってた」

「私は皆別々に寝るものだと思ってたの。旦那と二人で寝る時間大切にしたかったし。私好きな男以外の人間とべたべたすんの嫌なんだよね」

母親にそんな風に言われる輪ちゃんが可哀想《かわいそう》に思えた。赤ちゃんと別々の部屋で寝るなど、考えられない。皆今にも死んでしまいそうな小さな赤ちゃんが心配だから、一緒に寝るのだ。

「添い寝するのってアジア圏の国だけなんだって。家屋とか家具の違いのせいもあったんだろうけど。育児事情なんて文化で全然変わってくるんだし、楽なやり方選んだ方が得だよ。添い寝は突然死症候群の原因の一つだっていうしね。まあ産んだ以上世話はするけど、振り回されるのは最低限にしたいじゃん」

「ユカって、輪ちゃんの事好きなの？」

「好きだよ。愛してるよ。輪が死んだら生きていけないよ」

ユカの言う愛が分からない。きっと私の愛とユカの愛は違う物を指している。マックの募金箱を見て泣いていたユカの姿が思い出される。「輪が死んだら生きていけない」。彼女の言葉に、マックの募金箱を見て泣くという行為に通じるものを感じる。

「ユカ、ヤクやってるでしょ」

「は？」

「この間ハロウィーンパーティの時ヤクやってたでしょ」

「やってないよ。十代の頃に、結婚する前にもう止《や》めてた」

ユカのこのしれっとした態度に、私は高校の頃何度も苛々《いらいら》させられた。ユカは何も変わらない。結婚しても子どもが出来ても何にも変わらずに自分を維持させている。私はこんなに変わったのに。こんなにも色々な物を捨てたのに。ユカは何も捨てていない。ドラッグさえ止めない。子どもと一緒に寝る事さえ拒む。どんな状況に身を置いても絶対に自分を曲げようとしない。この苛立ちは何かに似ていると思って、浩太に対する苛立ちだと気がついた。私は、子どもに適応しない親、適応出来ない親が腹立たしくて仕方ないのだ。それはきっと、私が子どもに適応しなきゃと強く思いながらも出来ない自分自身を激しく責めているからだ。

「やってたら何だっていうの？」

　炎のように怒りが湧《わ》く。別にと言って、私は黙り込んだ。ワイングラスを持ち上げ甘ったるいデザートワインをぐっと喉《のど》に押し込む。

「でもユカがヤクをやる事で傷つく人がいるかもしれない」

　何それ。ユカは薄ら笑いを浮かべて嘲《あざけ》るように言った。

「私そういうのおかしいと思うけど。例えば自傷する人とか死にたいとか言う人に対してそういう事言う人いるよね？　あなたが自分を傷つける事で親が傷つくとか、そういう事言う人。でもおかしいと思わない？　その人はその人の悩みの中でその人なりの答えを出しているのに、どうして他人が傷つくの？　人は誰かの所有物じゃないよね。悲しいなら分かるよ。ショックを受ける、っていうのも分かる。間違ってると思って助言をするのも分かる。でも傷つくなんてあり得ない」

　まくし立てるユカの言葉を聞きながら、ショックを受けると傷つくの違いは何だろうと思う。

「私とユカが遊ばなくなったのって、何でだったか覚えてる？」

「あれでしょ、涼子がナンパしてきた男たちと青姦《あおかん》したからでしょ」

「覚えてたの」

「私記憶力はいいから」

私は黙り込んだ。私はユカに対して、この事を上手《うま》く話す事が出来ない。だからこそあの時も、「ヤッた？」「ヤッた」という言葉で終わったのだ。自分が傷ついた事を、私はユカに対してどんな言葉で伝えて良いのか分からなかった。ユカは傷つくという事の意味が分からないのだ。そんな人に自分がいかに傷ついたかを説明して何になるだろう。

「あの時涼子は、私が涼子を残してあの場を去った事に傷ついた。次の日私が電話でへらへらしてた事にも傷ついた」

ユカは今もラリっているのだろうか。濃いメイクを落とさないまま眼鏡を掛け私が傷ついた事を断罪するかのように話す黒いユカは気違いじみて見える。

「そうだよね？」

「そうだよ。傷ついたよ。あの時もうユカとは仲良く出来ないって思った。だって私二人にマワされたんだよ？ ヤクと酒でもう全然歩けなくて、逃げる事も出来なかった」

「あの時バツを飲んだのも酒を飲んだのも涼子の意志でしょ。私はバツをあげただけで強要した覚えはないし、ナンパしてきた男たちも涼子を押さえつけて北京ダックみたいにパイプかませて飲ませてたわけじゃない」

「でも飲まない事なんて出来ない状況だった。私が傷ついた事をユカに責められる理由はないよ。私はユカを信用してた。だからユカが助けにも来なくて一人で帰った事とか、次の日ヤッた？　って軽く聞いてきた事に傷ついた」

「そもそも何で私が助けに来ると思ったの？　何で私が涼子と一緒になってマワされた事を悲しむと思ったの？」

気分が悪い。もうユカとは話したくなかった。頭がおかしくなりそうだ。

「はいはい。飲んだ私が馬鹿《ばか》でした。マワされた私が馬鹿でした」

「これは真面目《まじめ》な話だよ。涼子はあの男たちにヤられる事にそこまで強い抵抗は感じてなかったはずだよ。でなかったら酒なんて飲まなかったはずだよ。ある程度色んな事に適当な気持ちになってなければバッだって飲まなかったはずだよ。あの男たちは涼子が本気で抵抗していればヤらなかったはずだよ。私にはあの男たちはそこまで悪質な人間には見えなかった。ねえ涼子はどうして傷ついたの？　ほんとに傷ついたの？　涼子は傷つきたかったんじゃないの？　あの時、これは傷つくいい機会だと思って傷ついてみせたんじゃないの？　涼子にはそういう所があるよね。自分がされたいと思ってる事をされたくないされたくないって言い張って、自分からされに行ってわざと傷ついてみせるみたいな所」

真面目な話だよと言うがユカがどれだけ真面目なのか私には分からない。顔つきは穏やかで、彼女は心地よさそうでもある。ユカの言葉と態度が乖離《かいり》しているような場面をこれまでにも何度か見た事があって、それは一様に私を苛立たせてきた。

「訳分かんない。ラリってんの？　私そんな事した事ないよ。考えた事もない。私はただ単に、ほんとに単に、ユカの仕打ちに傷ついたんだよ」

「じゃあ涼子は本当に、あの時の私の言動に幻滅して私から距離を取ったの？　私の事を嫌いになったの？」

「嫌いになったっていうか、うんざりしたって言った方がいいのかもしれないけど」

「私が中退した後、涼子が私の事を擁護してたって聞いたよ。ミヤとかモッチに対して、私のこと擁護したって」

口を噤《つぐ》んでじっとテーブルの木目を見つめる。忘れていた記憶が僅《わず》かに蘇《よみがえ》った。「ヤリマン」「露出狂」「○○の彼氏獲《と》った」ユカが中退したという噂《うわさ》が広まりきった頃、そう陰口を叩《たた》いて盛り上がっていた級友たちに対し、確かに私は「ユカの事知らないくせに」と吐き捨て、「ユカはそんな子じゃない」と擁護した。ユカの最低な所を直視し続け最終的にユカを拒絶したのに、私はユカを馬鹿にする彼女たちが許せなかったのだ。

「人の事よく知りもしないくせに陰口叩いてる子たちがムカついたんだよ」

「涼子は私の事も自分の事も、なにか勘違いしてるんじゃない？　私のあの時の行動が信頼を失わせるような類《たぐい》の関係性を私たちは本当に築いてた？　私は、自分は傷つけるつもりも悪意もなかったのに他人が傷つくという事が現実にあり得るとは思えない。私は今でも、あの時涼子を傷つけたとも思わないし、涼子が傷ついたとも思ってない。傷ついたと思うのであれば、それは涼子が何か間違った価値観を持ち出してるからじゃないかと思う」

「どっちが間違ってるとかそういうのおかしいと思う。私は単にユカの価値観についていけなくなったんだよ。マワされる友達を見捨てて帰っても傷つけたと思わないユカのその価値観に、私は元々違和感を持ってた。ずっとユカとはもう無理だもう無理だって思いながら付き合ってた。それが決定的になったのがあの時の事だったってだけだよ。ユカの価値観が私の価値観と違うのは最初から分かってた。ユカみたいな女が目新しくて、興味で近づいて、最後にはやっぱついていけないって思ってユカから距離を取った。単にそういう事じゃない？」

「私は涼子と価値観を共有すべきだと思ってた。涼子が私を間違ってると思うのなら、私の価値観がそういう価値観である理由を説明しなければならないと思ってた」

「ちょっと待って。訳分かんないよ。私たちって友達でしょ。恋人とかそういうんじゃないでしょ。何でそんな話になるの。価値観の共有とか、そういうんじゃなくて、私は友達って、もっと普通に仲良く付き合える人の事だと思うけど」

「私は涼子と本気で付き合ってた。でも涼子はそんな堅苦しいの嫌だと思ってた。気楽に付き合いたいと思ってた。気楽でありながら、センチメンタルだけは共有出来るっていう都合の良い友達を求めてた。私たちは友達っていうものに全く違う種類の幻想を抱いてたんだろうね」

ユカの言う本気って何だ。堅苦しい関係を拒んだのはユカだったはずだ。ユカの本気は私の考える本気じゃない。私はユカといると強烈な疎外感《そがいかん》を抱く。向こうに私を拒絶しようという意志があるわけでもない。それなのに私たちはここまで分かり合えないし、理論が理解出来たとしても本当の意味で分かり合う事は一生ないだろう。人と人との関係の限界を目の当《まあ》たりにしているような気持ちになる。

「つまりヒトラーがレームと一緒に第三帝国を築き上げようって野望を抱いていたら、レームはヒトラーとビリヤードとかダーツをして遊んでたいと思ってたみたいな事だよ。それでレームはお前何でダーツやんねーんだよ、第三帝国とか中二な事言ってんじゃねえよダーツやんねーんだったらもういいよってキレてヒトラーと縁切ったみたいな事だよ」

ユカの例え話は昔から不愉快だった。小さな声でそう言うと、ユカははっと息を吐き出して笑った。

「安心してよ。私も大人になったから」

だからお前の好きな友達キャラ演じてやるよ、そう続くかと思ったけれど、ユカは黙り込んで煙草《たばこ》に火を点《つ》けた。やっぱり駄目だと思った。私たちは一緒にいて意味のある組み合わせではないのだ。

「もうちょっと寝るわ。私」

「どうする？　もう一組布団《ふとん》あるから寝室で寝てもいいし、ソファでもいいし」

「いいよ。一弥と一緒に寝る」

「布団小さくない？」

大丈夫と言うと私は立ち上がって子ども部屋に向かった。途中、キッチンが目に入って足が止まる。ぐちゃぐちゃに置かれた皿やグラス、食べ残しは干《ひ》からび、皿にこびりついているのが分かる。

「ごめん、朝起きたら洗い物とか片付け手伝うから」

「いいよいいよ。明日家事代行来るから、そのままで」

そうと呟きリビングを出て子ども部屋に入ると、弥生ちゃんと輪ちゃんが重なり合うようにして眠っていた。一弥の隣に横になり、目を瞑った。体は痺《しび》れたように疲れているのに、黒板に爪《つめ》を立て端から端まで走り回っているような不快さが消えず、体の緊張が解けない。閉じた瞼《まぶた》の裏で、濃い褐色の肌をしたユカが一心不乱にパソコンを打っている。


一弥の泣き声で目を覚ました時、既に子ども部屋に輪ちゃんと弥生ちゃんは見あたらなかった。その場で母乳を飲ませてからリビングに行くと、五月さんと弥生ちゃんがテーブルについていた。

「おはよう。よく寝れた？」

「久しぶりにぐっすり眠れました。あの、ユカは？」

「輪ちゃんがどうしてもお風呂に入るってぐずり始めたから、今入れてる。ご飯食べるでしょ？　用意するね」

五月さんはそう言ってキッチンに向かった。

「え、いいです自分で適当に食べます」

「いいよいいよ。座ってて。コーヒーでいい？」

はいと答えて、私は一弥を抱っこしたままテーブルについた。弥生ちゃんおはよう、と言うと弥生ちゃんは少し恥ずかしそうにおはよう、と言ってはにかんだ。ケチャップをかけたスクランブルエッグをフォークで突き刺し、小さな口で僅かずつ食べ進み、時折コップからこくっこくっと音をたててお茶を飲む。三歳でこんなにしっかりするのかと感心しながら「食べるの上手だね」と言うと、弥生ちゃんは「弥生もうお姉ちゃんだから。こぼさないんだよ」と言う。コーヒーと温め直したスクランブルエッグ、トーストに昨日の残りのハムやサラダを持ってきた五月さんにありがとうございますと言うと、母乳でお腹が一杯の一弥を遊ばせておき、三人で向き合って朝ご飯を食べ始めた。

「五月さんが作ったんですか？」

「うん。ユカ、子どもには魚肉ソーセージ渡しときゃいいとか言うから、作るよって言ったの。って言ってもほとんど昨日の残りだけど」

「大丈夫なんですかね。ユカ、ロクにご飯作ってないみたいだし、何かちょっと愛情が薄いっていうか、あんなんでいいのかなって、私なんか思っちゃうんですけど」

「育児は、適当なら適当なほどいいと思うよ。理想が高すぎるとストレス溜《た》まっちゃうじゃない？　予定通りにいかなかったりするともう駄目だって思っちゃったり」

まあそうですけどと言いながら、ヤクをやりながら育児するのは適当過ぎるだろうと思う。

「私、ユカといると楽なんだよね。噂話とか陰口とか言わないし、正直だし。家族とかモデル仲間とも違って、ほんと普通の友達って感じで付き合える」

コーヒーの入ったマグカップを置いて、スクランブルエッグを頰張った。ふわふわしていて、油の嫌な味もしない。何かコツがあるのだろうか。

「ユカはそんな子じゃないですよ」

「そんな子じゃないって？」

「何て言ったら良いのか分からないけど、あんまりユカの事信用しない方がいいですよ」

「それって、何で？」

「ユカは、普通に付き合う分には良いんですけど、一歩間違うとあっという間に関係が破綻《はたん》するんです」

「間違うって？」

五月さんの表情が真剣で、何と言ったら良いのかどんどん分からなくなっていく。

「何ていうか、つまりユカのあるゾーンに踏み込むと、消費されちゃうみたいな事です。疲れて、疲れ果てて、最後にはこっちが諦《あきら》めちゃう、みたいな」

「それは、彼女が作家だから？」

五月さんの言葉に、何か腑《ふ》に落ちたような気がした時、輪ちゃんのはしゃぐ声が聞こえて私は口を噤んだ。ばたばたと音がして、裸の輪ちゃんがリビングに駆け込んできた。それを追いかけてユカが「待てっ」と走り込んでくる。げらげらと笑う輪ちゃんを捕まえ、オムツを穿《は》かせるユカを、私と五月さんは笑って見つめた。でももうそこに、昨日の夜三人でいた時のような暖かみを感じられないような気がしたのは、私だけだっただろうか。

五月さんの車で、ドリーズまで送ってもらう事になった。ユカは悪いんだけどと前置きをしてから、結局あの後仕事してて徹夜になっちゃったからめっちゃ眠くて、輪送ってもらえない？　と五月に頼んだ。昨夜私に仕事じゃないと言ったのが嘘《うそ》だったのか、それとも今のが嘘なのか、追及してもユカはしれっと言い逃れるのだろう。五月がいいよと言うと、ユカはドリーズに電話を掛けて五月が送りに行く旨《むね》を伝えた。輪ちゃんは事態を飲み込めているのかいないのか、じっと押し黙って連絡帳に記入するユカを見つめている。ペンを走らせているユカが、頭に乗った雪を落とそうとするかのように一度頭を振ったのを見た瞬間、私は何となく、ああユカは今もヤクをやってるんだと思った。じゃあ行ってらっしゃいと手を振るユカを見て、とうとう輪ちゃんはユカが一緒に来ない事を悟ったのか眉間《みけん》に皺《しわ》を寄せ泣き出しそうな表情を見せたけれど、やっちゃんママとドリーズ行っといでと言われると無表情になって家を出た。最低な母親だ。そう思った。じゃあまたねと手を振るユカに、私は目を合わせないまま背を向けた。

車に乗った輪ちゃんは、弥生ちゃんと嚙《か》み合わない会話をして笑っていたけれど、どことなく元気がないように見えた。一番小さいからとチャイルドシートに座らせてもらった一弥は、動けないのが嫌なのかぐずぐずと半泣き状態だ。後部席で三人の子どもを見ながら、唐突にこの子たちにとっての幸せは何なのだろうという疑問が湧《わ》いた。この子たちは幸せなのだろうか。私たち大人の考える幸せは、この子たちにとっても幸せだろうか。私たち大人の考える不幸は、この子たちにとっても不幸だろうか。

駐車場から歩いてドリーズの入り口までできた所で、抱っこしている一弥の耳から耳だれが出ている事に気がついた。ぎょっとして一瞬歩みが止まった。再発したのだ。鼻水は出ていたけれど、大泣きする事もなかったから油断していた。寝ている間に鼓膜が破れたのだろうか。弥生ちゃんと輪ちゃんと手を繫《つな》いで後から歩いてくる五月さんにばれないように、カーディガンの袖《そで》でさっと耳だれを拭《ぬぐ》った。ここまで来て、一弥を連れて家に帰るのは嫌だった。五人でエレベーターに乗り込みドリーズに入ると、私は再び一弥の耳だれをぐっと奥まで拭《ふ》き取り、耳だれで汚れた袖を折り返した。

五月さんと別れて電車で家に帰ると、パソコンでドリーズの動画を開き、一歳児クラスを映し出した。そしてカメラがゼロ歳児クラスに向かうと操作権を取得し一歳児クラスに戻し続けた。耳だれや鼻水を拭かれている所などを動画で浩太に見られたら、また喧嘩《けんか》になる。私はユカを愛情の薄い母親だと軽蔑《けいべつ》して輪ちゃんが可哀想《かわいそう》だと思いながら、自分が愛情の薄い母親と思われるのが嫌でこんな工作をしているのだ。一弥も輪ちゃんも同じなのかもしれない。母親に十二分に愛されていないという点では、同じなのかもしれない。

十一時半を過ぎ、そろそろ浩太の休み時間になると思って見張りを強化し始めた時、電話が掛かってきた。緊張しながら手に取ると、ドリーズという名前が出ていた。耳だれがばれたのだろうか。私は電話を無視してカメラをゼロ歳児クラスに向けた。一弥はいない。授乳室でミルクを飲んでいるのか、それともオムツ替えだろうか。現実の全《すべ》てから目を逸《そ》らしたかった。パソコンから離れると、私はユカにもらったMaxxを開いた。コート特集やブーツ特集をじっくりと見つめる。二十代前半向けの雑誌のせいか、あまり欲しいと思える物がない。カルチャーコーナーの手前に結婚特集を見つけてユカのページを探した。見開きのエッセイにはユカがにっこりと笑っている大きな写真が載っている。

「結婚に適した男は、母親か女きょうだいから愛情をもって突き放された事のある男、あるいは年上の女に性的な手ほどきを受けた事のある男だ。結婚に適さない男は、一人っ子で母親から溺愛《できあい》、あるいは拒絶され、年下の女を相手に横暴なセックスしかした事のない男だ。そういう男は老人と呼ばれる歳《とし》になるまで、他人に優しさを持つ事が出来ない。優しさと感じるそれは、自己愛の一端でしかない。優しいと感じた次の瞬間には、他の女かテレビを見ているだろう。」

書き出し部分を読んで苦笑が零《こぼ》れた。五月が面白かったよと言った気持ちが分かる。ユカの書く改行の少ない悪趣味な小説よりも、こういう身近なエッセイの方が読んでいてずっと面白い。ぱらぱらとMaxxを読み終えると、ドリーズに電話を掛けた。一弥は耳だれを出しており、お昼ご飯前と後に一度ずつ吐いたという。今からお迎えに行きますと答えると、私はソファに寝転んだ。じっと目を瞑ってこのまま眠ってしまいたいと思いながら、私は次の瞬間には支度を始めるだろうと分かっている。十二時前にお迎えに行くと、幼児クラス以外の子たちは皆お昼寝をしていた。ゼロ歳児クラスに行くと、一弥を抱っこした矢田さんが「早めのお迎えありがとうございます」と頭を下げた。

「どうですか」

「二回吐いてからは、ちょっと機嫌が悪いだけで変わりないです。でも耳だれが結構出ていて」

すみませんでした、ありがとうございます、そう言うと私は荷物をまとめて一弥をスリングに入れドリーズを出た。電車に乗って家の最寄《もよ》り駅で降りると、中休み直前だった駅前の耳鼻科に駆け込み、五十分待って鼻水と耳だれを吸引してもらい、調剤薬局で抗生物質と喉《のど》と鼻の薬と吐き気止めの薬をもらって帰宅した。嘔吐《おうと》性の風邪が流行《はや》ってるからそれだろうという耳鼻科の先生の言葉を信じて、小児科は見送る事にした。一弥に薬を飲ませるとどっと疲れが出て、ぐずる一弥を胸に抱いたままソファに横になった。顔のすぐ近くでぎゃんぎゃん泣き声を上げる一弥に苛立《いらだ》ちが募っていく。一弥をダイニングのカーペットに置くと、私は寝室に入った。子どもに苛々した時は一度距離を取るのが良いと、この間保育園で配布していた虐待《ぎゃくたい》防止に関するリーフレットに書いてあった。私は、一弥の目の前で叫び声を上げ壁を殴りつけるという虐待まがいの事をしてしまった時から、いつか自分が虐待をしてしまうのではないかという恐怖を抱き続けていた。ベッドにごろっと横になり目を閉じていると、一弥の泣き声がどんどん近くなってくる。来るな。来るな。私の虚《むな》しい願いはどこにも届かず、寝室のドアに一弥の手が鈍く当たる音がする。上手《うま》く叩《たた》く事が出来ないのか、頼りないもたれるような音を聞き続ける事が出来ず、私は一弥に当たらないよう僅《わず》かにドアを開けた。一弥はつかまり立ちをしていたようで、その僅かな開きでバランスを崩し尻餅《しりもち》をついた。火の点いたようにびゃーっと泣き声がして、私は俯《うつむ》いたまましゃがみ込み手を伸ばした。一弥を抱き上げとんとんと背中を叩く。一弥は泣き止《や》まない。泣き声が叫び声に変わっていく。昼寝をしていないため眠いのだろう。ゆらゆら揺らすと、一弥は暴れて嫌がった。再びダイニングに一弥を置き、トイレに入った。トイレの便座に座り両手に顔面を押しつける。涙が出た。腕ががくがくしている。昨日の泊まりと今日のばたばたで体が疲れ切っている。これ以上抱っこは出来ない。親指を咥《くわ》え強く嚙《か》んだ。再び一弥の声が近くなる。ドアを叩かれる前に私はトイレを出て一弥を視界に入れないようにダイニングを通って物置と化している四畳半の部屋の押入に入りふすまを閉めた。真っ暗な押入の中、体育座りをして耳を塞《ふさ》いだ。殺人鬼に追われているようだった。一弥の泣き声が恐ろしくて仕方ない。来ないで。来ないで。殺さないで。怯《おび》え、縮こまり、再び一弥の泣き声が近づいているのに気づいた瞬間どきっと心臓が痛む。お願いだからそのままそこで眠ってくれ。そこで泣き疲れて眠りについてくれ。でも泣き声も私の恐怖も高まるばかりだった。ぼろぼろと涙を流しながら押入の戸を開けると、一弥が畳の上で吐瀉物《としゃぶつ》に塗《まみ》れて泣き喚《わめ》いていた。雑巾《ぞうきん》と除菌ティッシュで吐瀉物を片付けると、シャワーを浴びさせるため一弥の汚れた服を脱がせた。一弥は泣き止まない。恐らくさっき飲ませた薬も吐いてしまっただろう。口をへの字に固め、私は黙々と一弥を洗った。一弥はお風呂《ふろ》用のベビーチェアにすっぽりとお尻を挟まれる形で座り、ぎゃんぎゃん泣きながら洗う私の手から逃れようと必死になっている。手を振り払われた瞬間、シャワーが手から落ち私の顔と胸元が濡《ぬ》れた。頭にがつんと殴られたような衝撃が走り、シャワーのつまみをぐっと捻《ひね》って水の勢いを最大にすると一弥の顔に向けた。一瞬にして一弥の泣き声が消えた。体中を快感が包んだ。私はこの快感を得るためにわざとあんなにも苦しんでいたのではないか。キレて一弥を虐待するために、キレる理由を作ったのではないか。私はわざと一弥に追いかけ回されたのではないか、わざと吐かせたのではないか、わざとシャワーを振り払われたのではないか。シャワーの勢いに頭をのけぞらせ、一弥は手足をばたつかせごぼごぼと口元から音をさせている。一瞬「ぐっ」という一弥の声が聞こえた。死んでしまう。私はシャワーをバスタブの中に投げると顔中を濡らしげぼげぼと水を吐く一弥を抱きしめた。大声を上げて咳《せ》き込む一弥を抱き上げる。一弥を力一杯抱きしめ、プラスチック張りのお風呂場の中で飛び跳ねた。シャワーのお湯が勢いよくバスタブを走り排水溝に流れ落ちていく。生後半年まで、私は一弥のおもちゃやスプーンや湯冷ましを飲ませるための哺乳《ほにゅう》瓶、一弥の口に入るものを全て消毒していた。今は水道水を強制的に飲ませ、自分の狂乱に付き合わせている。母親に殺されかけ叫ばれ抱き上げられ飛び跳ねられている一弥は、幸せだろうか。不幸だろうか。

「どうしよう。私一弥の事虐待してるのかもしれない」

「かもしれないって何？　何したの？」

大量の水を飲みぐったりとした一弥を寝かしつけ、私が電話を掛けたのはユカだった。浩太でも母親でもなくユカだった。虐待していると知っても私を軽蔑《けいべつ》しない人は、ユカしかいなかった。

「このままじゃ殺しちゃうかもしれない」

「かずちゃんは今どうしてるの？」

「今寝たところ」

「どこか怪我《けが》とかしてる？」

「してない」

「私も何度も何度も殺してやろうかと思ったよ。ほんと育児は辛《つら》かったし今でも辛いよ。でも駄目だよ。そこで終わらせちゃ駄目だよ。絶望こそが起爆剤なんだよ。絶望する事でのみ人は起爆出来るんだよ」

「お願い。意味分かんない事言わないで」

「起爆は絶望した人にだけ可能な自己治癒なんだよ。子どもとか幻想としての母性を恐れて攻撃に走るのは良くないよ。攻撃は常に弱者の逃げ道で、そんな事をしても必ず負ける。涼子が今すべき事は攻撃じゃなくて起爆だよ。涼子はそうする事でしか救われない」

ユカは頭がおかしいんだ。話が通じない。ユカは何事にも傷つかない、傷つけられないのだ。たとえ彼女が夫を亡《な》くしたとしても、輪ちゃんを亡くしたとしても、彼女は絶望して例の起爆をするのだろう。輪が死んだら生きていけないよとユカは言った。でも彼女はそう思ってみようとしているだけなんじゃないだろうか。ユカは変わってしまった。元々変な女だったけれどこんなに話が通じない人間ではなかった。きっとユカは「小説を書く自分」というフィルターを通して世界を見ているせいで、現実から離れた世界を生きるようになってしまったのだ。彼女は本当の絶望も本当の恐怖も本当の愛も知らない。彼女は現実をゲームのように生き、ゲーム内で本当の幸も不幸も放棄して生きている。二次元の世界に耽溺《たんでき》しているオタクに対するのと同じような嫌悪感《けんおかん》が湧く。ユカは現実を生きていない。そういう安全な場所から現実を生きる人たちを批評して、下界に住む奴《やつ》らは馬鹿《ばか》ばっかりだと嘲《あざけ》っている。何でそんな事に傷ついてんの？　何でそんな事に苦しんでんの？　笑って上から見下ろしそこから降りようとしない。どんなに手を伸ばしても届かない所に彼女は生きている。そして、階段もエレベーターもないのにこっちにおいでよと手を振るのだ。

もう大丈夫落ち着いたから。そう言って電話を切ると、私は寝室に戻って一弥の隣に寝転がった。まだ髪の毛の湿る一弥があまりに静かで、息をしているかどうか口元に手をかざして確認する。小さな吐息が私の手を温めた。小さな口と鼻を両手で塞《ふさ》ぎ、ばたつく一弥に馬乗りになって藻掻《もが》き苦しむ姿を見つめながら一弥を殺していく想像をする。私は立ち上がり、洋服箪笥《だんす》の上の小物入れの中から「虐待を防ぐために」と書かれたリーフレットを取り出した。子どもの虐待とは、というページに「子どもがつらい思いをしていれば虐待です」「親も苦しんでいるはず。一緒に考えましょう」「子育ては社会の課題。地域で子育てを応援しましょう」とあり、児童相談所の電話番号が印刷されている。私はリーフレットを畳むと小物入れに戻した。その場に座り込んで床に顔を押しつける。こんなに孤独だった事があっただろうか。ダイニングに行くとパソコンを立ち上げGoogleのトップ画面を表示させた。助けて助けて助けてと呟《つぶや》きながら「たすけて」と打ち込んで検索ボタンを押す。お門違いなページしかヒットしない。私を助けるものはインターネットにもない。携帯にもない。家庭にもない。自分の中にもない。多分そんなものは存在しない。

五月

妊娠？　すっきりとした一重の目が見開き、私を捉《とら》えた。彼はしばらく深刻そうな表情を浮かべた後に、どうしたい？　と聞いた。堕《お》ろしたくはない。自分の情けない言葉にひどい自己嫌悪《けんお》を感じた次の瞬間、待澤は私の手を握った。

一週間前、病院で妊娠を確定された日、私はその足で待澤との待ち合わせに向かい、昼でもいいからという、関係が始まって以来初の突然の呼び出しを受けたにも拘《かか》わらず、レストランで落ち合ってから二十分以上何の疑問も口にしない待澤の察しの悪さに諦《あきら》めて、自分から妊娠の事実を告げた。手を握られたまま、これまでの経緯を一通り話すと、待澤はここじゃ落ち着かないねと言って部屋を取りに行った。私たちは部屋に移動すると一度セックスをして、裸でベッドに寝転んだまま、これからについて話し合った。

給料が少ない事、今後、自分が非常勤から常勤に昇格する可能性が低い事、予備校の仕事を増やしていくかもしれないという事、今の私の生活を維持させていくには、私の収入に頼らざるを得ないであろう事を、待澤は私に打ち明けた。分かってると思うけどと前置きしてから、今の旦那《だんな》の稼ぎとは比べものになんないぜ、と続けた待澤は、特に今の仕事や収入を恥じる様子もなく、淡々としているように見えた。

レストラン経営の夫を捨て非常勤講師と結婚。週刊誌に書かれる最悪の見出しを想像しながら、もしも私との事が全《すべ》て公《おおやけ》になれば、大学を辞めなければならなくなるかもしれないと話した。不倫と妊娠の事実が週刊誌に書かれれば、その可能性は高い。どうせ腰かけだよと待澤は笑ったけれど、話しながら私はどこかで、待澤と結婚するという事に違和感を抱いていた。モデルを始めて以来、同じ業界の人や、この仕事をしていて知り合う人とばかり付き合ってきたせいで、生活レベルに大きな差のある人とは付き合った事がなかった。自分がバイトを掛け持ちする非常勤講師と結婚するという事に、不安とまではいかなくても、どういう生活になるんだろうという悶々《もんもん》とした思いがあった。でも元々、私は今の生活レベルにこだわっているわけじゃない。正直な所、四十万を超える今のマンションの家賃には疑問を抱き続けてきた。亮のセレブ志向に合わせていただけで、私自身がそういうものにこだわっているわけではない。むしろ私には、待澤との現実的な生活の方が適しているような気もした。

「弥生ちゃんはさ」

「うん」

「どうなのかな。いきなり知らない男がお父さんになるって」

「最初は人見知りすると思うけど、子どもって自分と遊んでくれる人なら誰とでも仲良くなれるし、適応能力はあるから大丈夫だと思うよ」

待澤は、育児と家事は出来る限り手伝うと話し、保育園の送りは毎日出来るよと言った。結婚したら、土日は三人で公園に行こうな、それで、夜は俺が作るから三人で飯食おう。待澤の言葉に振り向いて、私はまじまじとその顔を見つめた。待澤に対して、家庭の不満を話した事はほとんどなかったけれど、公園で両親と一緒にいる子どもを見ると涙が出る、と日曜の夜電話で話した事があったのを、私は思い出した。何で私には手に入らなかったんだろう、後に続いて出てきそうな言葉を、待澤に何かを強要しているように聞こえるかもしれないと押しとどめ、すぐに無理に明るい声を出して話題を変えたのだった。

待澤がそれまでの性的な存在から、家庭的な存在に変化し始めている事に戸惑いを感じながら、そうして空想混じりの話を続けて、私たちは笑い合った。待澤は同棲《どうせい》をした事がない、結婚も、子どもを持った事もない。待澤が考えている以上に子どもとの生活は過酷だし、二人の子どもとの生活は私にも想像がつかない、同棲も結婚もした事のない自分が、突然二人の子持ちになって三人の人と共同生活する、っていう事についてよく考えて欲しい、まだ猶予《ゆうよ》はあるから、一週間考えて。私は最後にそう言うと、弥生のお迎えに行くため先に部屋を出た。

待澤は三日後に私を呼び出し、産んで欲しいと言った。待澤の腕の中で、私は我が子の未来に安堵《あんど》した。でも同時に、諦めに似た罪悪感が心に芽生えた。

サングラス、ジーンズにハイカットスニーカー。いつものラフな格好に包んだ体が自然と縮こまった。出張所にいる全ての人が私を見ているような気がする。やっぱり誰かに頼んだ方が良かっただろうかと思いつつも引き返せず窓口に近づくと、中年の女性職員が顔を上げた。

「すみません、離婚届を頂きたいんですが」

「あ、はいはい」

必要以上に軽く答える職員が、顔を引きつらせているような気がした。激しい鼓動の中で「二枚ください」と付け加えた。職員は、二枚の離婚届を区のマークの入ったクリアファイルに挟み手渡した。

「それと、前夫の姓を使い続ける場合って、何か申請が必要なんでしょうか」

「ああ、はいはい。離婚の際に称していた氏を称する届、というのがあります」

ずいぶん直接的な名前の届だなと思いながら、差し出されたA4サイズの届をクリアファイルに挟んだ。こんな安っぽい紙への記入で、私のこれからの姓が決まるのだと思うと不思議な気持ちだった。離婚してから半年間、女性は再婚出来ないため、僅《わず》かな期間森山姓に戻り、また待澤姓になるのは諸々《もろもろ》の手続きも含めて面倒だと判断して、待澤と結婚するまで柏岡姓でいようと決めていた。仕事は旧姓で続けていたため、病院や役所くらいでしか呼ばれなかったけれど、いざ柏岡という姓を失うのだと思うと、名残惜しい気持ちにもなる。そして保育園で弥生の名字が変わる事にも、私は抵抗があった。私自身、子供の頃親の離婚と再婚でころころと名字が変わったのが嫌だった記憶があるのだ。あなたのお名前は？　と聞くと「柏岡弥生ちゃんです！」と答える娘に、遠からぬ未来新しい名字を覚えさせなければならないのが、今から憂鬱《ゆううつ》だった。

離婚後半年女性が結婚出来ないのは、離婚した際に妊娠していた場合、父親を法律的に確定させるため、という理由らしいけれど、私の場合妊娠していて父親が誰であるかも分かっているのだから、途方もなく意味のない話だ。

　離婚届を手に入れて出張所を出た私は、車に乗り込んでファイルをバッグに突っ込んだ。離婚届に記入して、夫に離婚したいと申し出る、ある程度二人の話がまとまった所で事務所に相談、夫と事務所の意見を聞いた上で弁護士に依頼、弁護士を通して協議を進め公正証書を作ったら、離婚届を提出。思い描くそのプランが実現するまでには、想像出来ないほど長く険しい道のりが待っているような気がした。プライドの高い亮は、離婚しないと言い張ったりはしないはずだ。弥生に関しても執着しない。むしろ自分が養育するのは不可能だと言うだろう。でも不倫と妊娠の事実を告げたら、感情の激しやすい彼は何をするか分からない。だとしたら、離婚したい旨《むね》を話し様子を見て、不倫と妊娠に関しては事務所の人か弁護士が同席している時に話した方が良いかもしれない。でも離婚したいと切り出せば、亮だってさすがに理由くらいは聞くに違いない。その時、私は誤魔化す事が出来るだろうか。夫に離婚の意向を伝えるのが先か、事務所に相談するのが先か、弁護士に依頼するのが先か。弁護士を頼むにしても、モデルや芸能人などのケースを受け持っている人を事務所に紹介してもらった方が良いのか。事務所に嘘《うそ》をつくことも考慮に入れ、全く関係のない弁護士に依頼した方が良いのか。判断を間違ったら大変な事になるという焦《あせ》り、激しいつわりが始まる前に色々片付けておきたいという焦りから、考えれば考えるほどどうしたら良いのか分からなくなっていく。

子供を産むと決めた時、私は亮に妊娠の事実を告げずに離婚する道を考えていた。でも離婚の専門書を読み、離婚後三百日問題を知って、それが不可能であると気がついた。離婚後三百日以内に生まれた子供は、自動的に前夫の戸籍に入る。この法律のせいで、前夫の戸籍に入ってしまう事を懸念《けねん》し母親が出生届を出さず、結果的に子供が無戸籍になってしまうケースが増えているというのだ。そんな馬鹿な話って、と思いネット上を調べ回ったけれど、別居や離婚調停中であったとしても婚姻中に他の男の子供を妊娠するなんて何という馬鹿《ばか》女！　という罵倒《ばとう》ばかりがヒットしてうんざりするだけだった。専門書を読みあさった挙げ句、離婚後に懐胎した子供が早産で三百日以内に生まれてしまった場合などを除いて、前夫の協力なしにこの問題を解決する事は現状ではほとんど不可能だと理解した。亮の子供として出生届を出したあと亮に嫡出《ちゃくしゅつ》否認の調停を家裁に申し立ててもらう、あるいは私が親子関係不存在確認の調停を家裁に申し立てる。今の所考えられる解決策はその二つしかなく、親子関係不存在確認を申し立てる場合でも、ＤＮＡ鑑定などで亮の協力が必要だった。とにかく、今は穏便に亮の協力を得る事が最優先だった。でももし私が出生届を出してそのまま何も言わなければ、その子供は戸籍上亮の実子という事になる。そうなったら亮だって困るはずだ。

離婚後三百日問題について調べながら、不思議な気持ちになった。自分が今、不倫相手の子どもを妊娠するという、最も卑劣な女が引き起こすとされている類《たぐい》の状況に身を置いているという事に、実感が湧《わ》かなかった。私は何の悪意も、何の企《たくら》みも、何の作意もなく、ただひたすら必死に生きてきただけだ。もしもこの事実が表沙汰《おもてざた》になったら、週刊誌は私を卑劣な淫乱《いんらん》不倫モデルとして世間に晒《さら》すだろう。でも不倫相手の子どもを妊娠するという状況に至るまでのプロセスに、私の亮に対する愛情があったり、亮の拒絶に傷つき続けてきた日々があったり、亮と築いてきた家庭に対する執着があったり、毎日のように流してきた涙があったり、藁《わら》にもすがる気持ちで待澤に相談した夜があったり、待澤の事が好きだった十代の頃と同じようなノスタルジックな恋愛感情の再燃があったりという事実を、誰が理解するだろう。こんな結果を求めていたわけじゃない。私は不倫を選択した事も、妊娠を選択した事も、夫との離婚を選択した事もない。選択肢はいつもなかった。常に一つしか道はなかった。それでも週刊誌に書かれれば、私は卑劣な不倫モデルだ。

帰宅した私はリビングのダイニングテーブルに向かって離婚届を広げた。証人は誰に頼もう。真っ先に、ユカの顔を思い浮かべた。あとは誰がいいだろう。ふと、待澤の顔が浮かぶ。離婚届の証人に不倫相手の名前があるというシュールな状況を、私は受け入れられそうにない。「柏岡亮」「柏岡五月」と名前を書き込み、生年月日、住所、本籍、子どもの名前などを記入していく。ボールペンを走らせていると、こんがらがった糸がするっとほどけていくように、亮と離婚するという事の意味が柔らかくなって私の頭の中に染《し》みこんでいった。これまで離婚する離婚すると思いながら全く実感が湧かなかったそれが、ようやく事実として現実に現れ、自分の四分の三ほどが失われたように空っぽな気持ちになった。肩が震え涙が溢《あふ》れた。入籍を終え、安定期の内にと慌《あわ》てて行ったフランスのハネムーン、弥生が生後半年の頃に行った沖縄旅行、弥生が一歳の頃に行ったハワイ、弥生が二歳の頃に行ったニューヨーク。それぞれの亮の姿がスライドショーのように頭に蘇《よみがえ》る。亮の仕事のせいでいつも強行スケジュールだったけれど、旅行中、亮は東京での生活や仕事から解放されたようににこにこして、いつもより優しかった。妊娠中、仕事に行く前に私の夕飯を作り置きしてくれた亮、お腹《なか》が大きくなりこむらがえりを繰り返すたび足をさすってくれた亮、徹夜明けで一緒に両親学級に出てくれた亮、陣痛中ずっと腰をさすってくれていた亮、弥生が誕生するその瞬間わなわなと震える私の手を握ってくれていた亮、毎晩深夜に帰宅するとベビーベッドで眠る弥生をじっと眺め続けていた亮、弥生が初めてパパと言った時、涙を浮かべながらビデオカメラを探しに行った亮。ついこの間まで、私たちは愛情に満ちていたような気がする。レゴで作ったお城に一つの硬球が投げ込まれたように、一瞬でばらばらと、それは崩れ落ちてしまった。硬球を投げたのは私か、亮か。それとも誰の感情にも依拠しない、ただの運命か。自分でも全く予想していなかった虚無感に涙を流しながら、私は昨日の夜ユカに言われた事を思い出した。

昨日の夜、ユカと涼子ちゃんと食事をして、子どもたちと涼子ちゃんが眠ってしまった後、私はユカに妊娠の事実を打ち明けた。望んで作ったわけではなく、不倫相手の子どもであると告白しても、ユカはにこにこしておめでとうと繰り返した。話し始めると止まらず、実は夫とやり直していけるんじゃないかと思い始めた矢先の妊娠だった事、でもお腹の子が弥生と何歳差になるとか、女の子かな男の子かなと考え始めると堕胎したくない気持ちが先行してしまった事、不倫相手が産んで欲しいと言ってくれた事、彼は育児にも家事にも協力的で、幸せな家庭を築けそうだという事、でもこれから事務所と夫に対して上手《うま》く立ち回らないと全てが破綻《はたん》してしまうであろう事、そういう点に於いて不倫相手はあまり役に立ちそうにないという事、でもとにかく子どもが出来た以上前に進むしかなくて、進むための材料は全て揃《そろ》ってしまったという事、でもあまりにも色々な事がくるくると展開して、現実の状況に気持ちが追いついて行かないという事。今の気持ちを全てぶちまけた。

「五月は旦那《だんな》さんの事がまだ好きなの？」

ユカは一通り話を聞いた後、そう聞いた。一瞬どう答えて良いのか分からなくなって表情を曇らせた後、私は首を捻《ひね》った。

「分からない。夫との間には、複雑な事情とか弥生の事とか、これまで二人で歩んできた過去とか、拒絶され続けた事で、憎しみに近い感情を抱いてきた経緯とか色々あって、夫に対する気持ちがこういうものだって、一言じゃ言えない」

「多分、五月も旦那さんも、本心では離婚したいとは思ってないんじゃないかな。二人とも別れたくないのに、別れる事になっちゃう事って、本当にあるんだね」

今出来るベストな判断をして、その判断を元に前に進もうとしている私にとって、ユカの言葉はあまり気分の良いものではなかった。そもそも、何故《なぜ》ユカに亮の気持ちが分かるのだという疑問も湧いた。私はもうずっと、半年以上、亮は私との結婚生活に全く執着していない、別れたがっている、私から離婚を切り出すのを待っているのかもしれないと悩み続けてきたのだ。

「でもきっと、今五月が求めてる幸せは、その新しい彼としか築き上げる事の出来ない幸せなんだね」

それは、今私が求めているのは恋愛の成就《じょうじゅ》ではなく、家庭の充足であるという事なんだろうか。独り言のようにそう言い切ったユカが納得したような表情でいたため、私はそれ以上何も聞かなかった。でも私は本当に嬉《うれ》しいよ、五月の二人目の子どもとして産まれてくる子は本当に幸せだよ、大変な事はいっぱいあるだろうけど、五月の未来は約束されてる。ユカの祝福の言葉はじわっと胸に染み、私は満たされた気持ちでユカのベッドで眠った。

ユカと話して前向きな気持ちになった私は、離婚届を取りに行き、離婚届に記入し、ユカの言葉が正しかった事を知った。好きだという言葉では表現出来ない。でも私の中には亮に対する情なのか執着なのか未練なのか分からないけれど、何か割り切れない強烈な思いがあるのは間違いなかった。離婚届に記入しただけでこんな感情の爆発が起こるなんて、予想もしていなかっただけに動揺は大きかった。

もし、待澤が堕《お》ろしてくれと言っていたら、私は全く違う道を歩んでいただろう。でももし待澤が堕ろしてくれと言うような男であったとしたら、そもそも私は待澤と不倫関係にならなかったはずで、妊娠が分かった時点で、私はこうなる事をどこかで予期していたはずだった。離婚届をクリアファイルに挟んで寝室のチェストにしまい、ベッドに横になった。ベッド脇《わき》に置いてあったジェルのアイマスクを目に押し当てながら、ふっと、お腹に視線をやり、手を当てた。考える事が多すぎて、お腹の子ども自体についてはなかなか深く考える余裕がない。手の平をお腹に滑らすと、そこに胎児がいるという事が不思議に思えてきた。外はばたばたしています、あなたが生まれるまでにあなたを迎える状況を整えておくから、安心して育ってください。子宮に根を張った胎嚢《たいのう》を思うと、一刻も早く子どもの顔を見たくて仕方なくなってくる。性別が分かるようになるのは、四ヶ月後くらいだろうか。名前は何にしよう。予定日は七月だから、文月、文子、文人、文哉。そう考えながら、弥生の時も予定日が三月だったから弥生にしようと思いながら、実際には予定日を大幅に過ぎ、四月に生まれてしまったのを思い出す。結局胎児の時から呼びかけ続けてきた事もあって弥生に決めたけれど、また同じような事になるかもしれない。お腹の子供について考えている内、離婚への絶望感が薄れている事に気がついた。

　寝過ごして、三十分延長してしまった保育園にお迎えに行くと、弥生は私を見つけてママっと声を上げ、自分が読んでいた絵本を見せてくれた。

「ねえママ弥生これ大好きなの。犬のジロウちゃんのお話でね、ジロウちゃんが迷子になっちゃうの。えーん、ってするのよ」

そうなの？　と覗《のぞ》き込み、弥生の頭を撫《な》でる。自分が妊娠したと分かってから、弥生が可愛《かわい》くて仕方ない。女性ホルモンのせいか分からないけれど、とにかく弥生のやる事なす事可愛く見える。

弥生を後部席のチャイルドシートに座らせベルトを締めると、運転席に座った。大型バスに乗ってます、切符を順に渡してね、おとなりへ、はいっ、おとなりへ、はいっ。歌い始めた弥生に声を合わせ、二人で歌った。近く、これが三人になり、四人になるのだ。約束された未来は、言葉に出来ないほど輝かしいものに思えた。

先週来た時ははち切れそうなほど張り詰めた気持ちでいたのに比べて、今回は晴れやかな気持ちでいた。

「どうされるか、決まりましたか」

「やっぱり、産もうと思います」

前回受診した際、中絶も視野に入れていると話したせいか、先生は私の来た早さから堕胎を選択したと思っていたらしく、ほっとしたような笑顔を見せた。弥生の時も妊娠の確定をしてもらったこの個人病院は、先生も看護婦も穏やかで、アットホームな雰囲気が気に入っていた。出産を取り扱っていたら、弥生はここで産んでいたかもしれない。

「そうですか。体調はどうですか？」

「まだつわりもそんなにひどくなくて体調は良いんですけど、昨日の夕方頃僅《わず》かに出血があったんです。出血と言っても、茶色いおりものが下着についている程度だったんですけど」

まあ大丈夫だろうと思いながらも気になってインターネットで調べてみると、妊娠初期の出血はすぐに受診した方がいいという記述が多かったため、慌てて予約を取った。

「そうですか、ちょっと診てみましょう」

パンツにつく程度の出血で受診するなんて、心配性だと笑われるんじゃないかと思っていたけれど、先生は真剣な表情でそう言って診察台を指した。カーテンで仕切られた脱衣スペースで下着を取ると、スカートをまくり上げて診察台に座った。

「筋腫《きんしゅ》の事もあるので、何か変だなと思ったらこうして迷わず受診してくださいね」

「ええ、でも筋腫自体は妊娠に差し障《さわ》りのない場所にあるんですよね？」

「漿膜下筋腫《しょうまくかきんしゅ》なので、基本的には全くと言って良いほど影響はありませんが、やはり筋腫は妊娠の邪魔者ではあります。心配し過ぎてストレスになってしまうのは良くありませんが、小さなリスクを抱えている事は覚えておいてください」

分かりましたと言うと、先生はじゃあちょっと診てみましょう、と言ってエコーを挿入した。固い感触に、腰に力が入った。中でエコーが何度か向きを変え、胎嚢を探しているのが分かった。カーテンが開くと、画面の真ん中にはこの間と同じように黒い丸が映し出されていた。

「柏岡さん」

「はい」

「ここが胎嚢なんですが、まだ赤ちゃんが見えません。週数的には、もう見えても良い頃なんですが」

「そう、なんですか」

「それと、この週数だと、胎嚢が一週間で三倍くらいの大きさになっていて良いはずなんですが、前回から倍くらいの大きさにしかなっていません」

「それは、つまり……」

一度診察室に戻ってお話しましょう、という言葉を聞き、事態が自分の予想した方向へ流れていないのを知った。診察台を下りて下着をつけ、まあ大丈夫だろう、大丈夫なはず、と思いながら診察室のドアを開け先生の前に座った。緊張で、バッグの持ち手を摑《つか》む手に力が籠《こ》もった。

「これが前回の写真、それで、これが今の写真です。十一ミリなので、前回の五ミリから倍くらいにしかなっていません。まだ何とも言えませんが、流産の可能性がありますす」

「どのくらいの可能性でですか？」

「経験上、五割から六割の可能性で、流産です」

体中に鳥肌が立ち、息が浅くなっていくのを感じた。こんなに高い可能性で流産を示唆《しさ》されるなんて、思ってもいなかった。一気に涙がこみ上げてきて、目から涙が零《こぼ》れそうになるのを僅かに顔を上向けて堪える。ヒステリックになったら、先生は気を遣って言うべき事を言えないかもしれない。私は静かに息を吸い込み、唾《つば》を飲み込んだ。

「もちろんまだ分かりません。小さいとはいえ、大きくなってはいるので。初期に中々大きくならない事はたまにあります。その後きちんと育つ可能性も、五割程度はあるという事です」

「流産か、そうでないかは、いつ頃分かりますか？」

「来週、一週間後くらいにまた来てください。恐らく一、二週間の内に大丈夫そうか、無理そうか分かると思います。その前にまた出血や痛みがあれば来てください。ちょっと、日曜を挟んでしまうので心配ですけど、日曜に何か異変があったら、救急病院に行ってください」

「例えば、もしこのまま少しずつ育っていったとして、赤ちゃんに何らかの障害が残る可能性はありますか？」

「はっきりとした事は言えませんが、もし胎児自体に重大な問題があった場合、大きくならずに流産になる可能性の方が高いです」

「そうですか。流産になった場合、自然に流れてしまうんでしょうか？」

「基本的には、流産の時は流産になると分かった時点で出来るだけ早く手術した方がいいです。自然に流れてしまう事もありますが、その場合とても痛いです」

「とても……」

「はい。自然に流れた場合でも、子宮の中に残留物があれば掻爬《そうは》手術が必要になるので、基本的には流産になったら早めに手術をした方が良いと思います」

「分かりました」

「出来るだけ安静にしていてください。仕事もあるでしょうし、お子さんもいらっしゃるので難しいかもしれませんが、極力仕事をセーブして、旦那さんに手助けしてもらって、可能な範囲で横になっていてください」

夫には話せない。事務所にも話せない。私は分かりましたと言って、診察室を出た。待合室に戻ってソファに腰かけ、まだ事態が飲み込めないまま、膝頭《ひざがしら》を見つめる。そういう不幸が今自分の身に降りかかっているのだという事実が、夢のように感じられた。流産の可能性を全く考えなかったわけではない。待澤が産んでくれと言った時も、一・五割程度の妊娠は流産するからその可能性も考えなきゃいけないと、私は待澤に話した。でも私は、第二子を出産するというストーリーに、疑いを抱いていなかった。私はどこかで、そういう不幸は私を避けて通るはずと思い込んでいた。筋腫があると分かった時も、私はその自分の想像力の及ばなさに愕然《がくぜん》とした。生理のある女性の三分の一が筋腫を持ち、全ての妊娠の一・五割は流産という結果を迎える。今の私の状況は、さほど特異な状況ではないはずだ。冷静に冷静にと思っていたけれど、支払いをし次回の予約を入れ、産婦人科と同じ並びにあるカフェに入ってカフェオレを飲んでいると、肩の力が抜けて涙が出た。待澤に伝えなきゃと思いながら、中々携帯を手に取る気になれなかった。それでもカフェに入って一時間も経《た》った頃、私は待澤にメールを打った。胎児が見えない事、胎嚢があまり大きくなっていない事、五割の確率で流産になると言われた事、来週もう一度診察に行き、その時に大きくなっていなければほぼ稽留《けいりゅう》流産が確定するという事を、待澤が分からないであろう胎嚢や稽留流産などの言葉を簡単に説明しつつ打ち込んだ。十分が経った頃、返信が来た。私の事を心配しているようだった。もしもお腹《なか》の子が駄目だったら、その分今いる子どもを大切にしていこうという内容だった。仕事が終わったら電話すると、最後に書いてあった。私は、自分がさほど待澤の助けを必要としていない事に気がついた。自分一人で背負い込むのは耐え難かったけれど、今は夫も待澤も誰も私の支えにはならないだろうと思った。私は誰よりも、弥生に会いたかった。一刻も早く、弥生に会いたいと思っていた。弥生が愛《いと》おしくて仕方なかった。弥生の存在は奇跡だと思った。出産した時に感じた奇跡を、お腹の子を失うかもしれないと思った瞬間、再び強く実感した。弥生が私のお腹の中で育ち、子宮から出てきて、どんどんと大きくなり、私にまとわりついたりいたずらをしたり、怒ったり泣いたりしているのは奇跡だ。子どもを育てるという事は、奇跡に立ち会うという事なんだ。そう思いつくや否《いな》や、両手に顔を押しつけ、声を殺して肩を震わせた。

その夜、待澤は電話を掛けてきた。五月が辛《つら》い時、そばに居てやれないのが辛い。

今日一晩、ベッドの中で抱きしめてあげられたらって思うよ。ドラマのような待澤の言葉は、一時的に私を温かい気持ちにさせたけれど、でもここに待澤がいて一晩抱き合ったとしても、私はさほど救われないだろうと思った。むしろ、一人でゆっくり考えたいのにと思ったかもしれなかった。今、私は誰の助けも必要としていない。どうして、いつ、私はこんなに一人になってしまったのだろう。

やよいー、と声を掛けると、はーい、と間延びした返事が届いた。

「お着替えも自分で出来る？」

「出来るよ。弥生お着替え出来るんだよ。れいこ先生がすごいねって褒めたんだよ」

「じゃあお着替えもしてくださーい。あとバッグの準備もね」

はーいという声を聞きながら薄くのばしたファンデーションの上に筆を滑らせた。アイブローと口紅だけを塗った顔はいつもと何も変わらない。流産しかかっている女の顔には見えない。化粧品をしまうと、保育園の連絡帳と財布、携帯をバッグに放り込んだ。

「ママ見てっ」

子供部屋から走ってきた弥生が、弾むような声でそう言った。上下の組み合わせはあまり良くなかったけれど、シャツもスカートも後ろ前が合っているし、靴下もきちんと履けていた。偉いね、やっちゃんすごい。大きな声でそう言うと、弥生は勢いよく私に抱きついた。どしんという衝撃に腰が引けた。

「弥生、ママちょっとお腹痛いから、気をつけてね」

「お腹痛いの？」

弥生は心配そうな顔をして私を見上げた。ちょっとねと言って頭を撫《な》でると、弥生は私を見上げ「弥生髪の毛二つに結びたい」と両手を耳の後ろの辺りでグーにした。はいはいと笑ってブラシとゴムを用意し、私は弥生の髪を結い始めた。二歳を過ぎた頃から、この髪を結うという行為は、私と弥生の関係の中で重要なコミュニケーションになっている。不思議と、私が苛々《いらいら》している時や、疲れている時、弥生は髪結んで、と上目遣いで頼まないのだ。靴を履かせていると、亮の部屋から物音が聞こえて、こんな時間に起きてるなんて珍しいなと思っていると、ドアの開く音がした。

「おはよう」

「ああ、もう出るとこ？」

「うん、もう行く」

弥生がパパっと声を上げ、亮に向かって駆け出した。亮は脇《わき》の下に手を入れ、弥生を抱き上げた。声を上げて喜ぶ弥生と、穏やかな表情で弥生を見つめる亮を見上げた。この二人を私が引き離すんだと思った。離婚する際、亮は弥生との定期的な面会を要求するだろうか。それとも、私の実の父のように、二度と会わないという決断を下すのだろうか。

「俺も行くよ」

ほんとに？　と言いながら、ふっと冷たくなっていた所にお湯を掛けられたような、ひりつくような温かさを感じた。本当は、いつ流産が始まるか分からない状態で亮と出かけるのは億劫《おっくう》だった。でも私は、久しぶりに亮と二人で弥生を送りに行けるのが嬉《うれ》しくて、三人で家を出た。

保育園の前の道で車を停めると、俺が行くよと言って亮はチャイルドシートのベルトを外した。連絡帳を渡すと、弥生は行ってきます、バイバイ、と言って車を降り、亮と手を繋《つな》いで坂を上って行った。二人を見送ると、私は携帯を取り出し電話を掛けた。

「もしもし」

「こんにちは。すみません、今日何時でも良いので予約を取りたいんですが」

「すみません、今日は全て予約で埋まっておりまして」

「あの、流産するかもしれないと言われていて、今朝も出血があったんです。出来るだけ早く診ていただきたいんですが」

「分かりました。では……一時頃ではいかがでしょうか」

「大丈夫です。じゃあ一時に」

電話を切ると、はっとため息をついて携帯を閉じた。もう駄目かもしれない。流れてしまうのかもしれない。流産かもしれないと言われて三日、トイレに入る時は毎回どきどきしていた。下着に血が付いていたら。トイレットペーパーに血がついていたら。そうして綱渡りのような気持ちでトイレに入っていた私は今朝、とうとう綱から落ちた。色がよく見えるようにと穿《は》いていた白い下着の真ん中に、前回よりも濃い茶色の血がついているのを見た瞬間、胸に衝撃が走った。胸を押さえ、大きく息を吸って吐いて、量と色を確認した後、私は用を足してトイレを出た。

亮が一緒に来ると言わなかったら、タクシーで送り、そのままタクシーで家に帰るつもりだった。今にも破裂しそうな水風船を抱えているような気持ちだった。今この瞬間、股《また》からどっと血が流れ始めたらどうしよう。亮の前で流産が始まってしまったら、私は痛みに歯を食いしばりながら、妊娠の事実を告げるのだろうか。

「土曜って、子供少ないんだな」

　助手席に乗り込んできた亮は、そう言いながらシートを後方にスライドさせた。

「そうだね。でも土曜は合同保育だから、赤ちゃんとか年上のお兄ちゃんお姉ちゃんと遊べて楽しいみたいよ」

「ふうん。どっか、コーヒーでも飲みに行く？」

　うんと言って、私は車のサイドブレーキを外した。あのほら、家の近くのテラスの店にしようぜ、亮は座席に深く腰かけ直しながらそう言った。弥生が一歳になり、ドリーズで一時保育を始めた頃、私たちはよくこうして、弥生を送った後二人でブランチをしたり、コーヒーを飲みに行ったりしていた。信号待ちの間、話している途中で亮の頭に白髪《しらが》を一本見つけた。三十八になった亮は、確かに出会った頃よりも老《ふ》けている。五年間この人と一緒に居た。四年間この人と暮らした。それはとても重要な事のように思えた。

「白髪」

「うそ。どこ？」

　バックミラーを覗《のぞ》き込む亮の耳に近い生え際《ぎわ》を指さすと、亮は一本白髪を引き抜いたようだった。

「こないださ、髭《ひげ》に一本白髪があってさ。もうびっくりしたよ」

「でも、白髪交じりの髭って格好いいよね」

「まだ三十代だぜ？　白髪交じりの髭なんて普通五十過ぎてからだろ」

話しながらパーキングに車を停め、私たちはカフェに入った。ご飯を食べていなかった亮はオープンサンドとコーヒーを頼み、私はキウイのスムージーを頼んだ。かつて一緒に来ていた頃も、亮はいつも同じメニューを頼んでいた。テラス席に座って話していると、懐《なつ》かしい思いがする。私は、私たちの間に何の問題もなかった頃に戻ったかのような錯覚に陥った。今まさに子宮が他の男の子を孕《はら》みその子が死にかけているかもしれない時、私は夫と話をして穏やかな気持ちになっていた。諸行無常の響きあり。ふとそんな言葉が頭に浮かんだ。弱い生き物は死に絶え、弱い種は絶滅し、弱い細胞は流れる。そういう自然の摂理に直面している私は、じっと、心が動かないのを実感していた。子ども自身の力でも、自分の力でも、どうにもならないのだ、そう思うと、私は今一人の人の終わりゆく運命という荘厳《そうごん》なものに触れているような気がして、感情が沈黙しただ静粛な気持ちになる。

私と亮は二時間以上話していた。時折、一瞬にしてこの平和な時間が崩壊するような類《たぐい》の亮の苛立《いらだ》ちに怯《おび》えもしたけれど、何とか普通の会話が成立していた。互いにぎこちないながらも、二時間喧嘩《けんか》にならなかったという事実は、少なくとも一ヶ月前からは信じられないような快挙だった。病院の予約を入れていなければ、私は亮が帰る、あるいはどこかに行く、と主張するまで亮に付き合っていたはずだった。

「今日は、これから何か予定あるの？」

「ああ、三時に仕入れ先行くんだ」

「そうなんだ。私、一時に病院行く事になってて」

ああ、そう。亮はそう言って、腕時計を見やった。

「俺は一回家戻るわ。歩いていくからいいよ」

何の病院かと聞かれたら、歯医者と答えるつもりだった。でも亮は聞かなかった。席を立ち、私たちは店を出た所で別れた。一度だけ振り返った。離婚届を突きつけ、不倫と妊娠の事実を告げ、嫡出否認《ちゃくしゅつ》をしてもらうはずの人に対して、私は一体何をしているのだろう。何故《なぜ》一緒に食事をして、世間話をしていられたのだろう。不思議だった。例えば私は彼と食事をして世間話をした後に「じゃあこれ」と離婚届を差し出せただろうか。出来ないはずだ。それは、子供が流れかけているからだろうか。いや、子供が流れかけていなくとも、私は夫に誘われたら一緒にカフェに行っただろうし、彼が席を立つまで彼と話していたはずだ。結局私は、子供が出来た、じゃあ離婚しなきゃ、という流れに乗っているだけなのだ。私の気持ち、ではない。私は私の状況の中で、するべき事と、出来る事の狭間で、多大な妥協をしながら選択肢のない選択を続けているだけなのだ。離婚が私自身の純粋な意志であれば、明日離婚を言い出そうとしている時に夫とカフェに行って笑って話など出来ないはずだ。

「今朝、茶色がかった血が出ました。とろっとした感じで、この間よりも量が多かったです」

診察台に乗る前から、もう駄目なような気がしていた。弥生を妊娠している間、不正出血は一度もなかった。おしるしもなかった。出産予定日を過ぎ、子宮口を開くためのバルーンを入れるまで、一滴も出血しなかった。普通だと思っていたあの妊娠が、今は随分と遠く儚《はかな》いものに思える。尿蛋白《たんぱく》がダブル+になっても、貧血になっても、つわりで吐いても、転んでも、弥生はびくともしなかった。予定日を二週間過ぎても、しっかりと私の子宮に根を張っていた。

「柏岡さん。見てください」

エコーを入れられてすぐ、カーテンが開いた。

「ここです。三日前から、ほとんど大きくなっていません。やっぱり流産だと思います」

きっともうだめだ。頭の中ではそう思っていたはずなのに、先生の言葉に震えるほど動揺していた。胎児の見えない黒い胎嚢《たいのう》を見つめながら私はふと、十年以上前の、中絶の直前の診察を思い出した。数時間後に私の子宮から掻《か》き出される胎児が、超音波の画面の中でどくんどくんと脈打ち、くるくると動いていた。そうだった、あの時は胎児も、心拍も確認されていたんだ。その思い出した内容に関して、どんな感想を抱いて良いのか分からず、私は呆然《ぼうぜん》としたまま下がった診察台から降り、下着をつけた。診察室に戻って先生と向き合い、大きくなっていない胎嚢を写したエコー写真を見つめる。

「胎児も見えません。胎嚢も大きくなってない。恐らく、ここから育っていく可能性はかなり低いです。育たないのであれば、細胞はどんどん劣化していきます。そういう古い細胞があると、子宮にも良くありません。出来るだけ、早い内の手術をお勧めします」

先生は穏やかな口調で、易しい言葉を選びながら、伝えるべき情報を私に伝えていく。

「分かりました。あの、手術は大体何時から何時までかかるんでしょうか？」

「朝、十時くらいに来てもらって、夕方の五時くらいに帰れる形になります」

手帳を出し、来週、再来週のスケジュールを確認する。

「術後は、どれくらい安静にしていた方が良いんでしょうか」

「そうですね、二、三日は仕事を休んで頂きたい所です。それで二週間くらいは無理のない生活を心がけて頂きたいですね」

「そうですか。一番早く手術出来る日はいつになりますか？」

「来週水曜になります」

来週は火曜と木曜に撮影が入っている。

「あの、金曜は無理ですか？」

「金曜は別の手術の予定が入ってしまっていて……」

「そうですか。じゃあ、ちょっと一度スケジュールを変えられないか確認してみます。もしスケジュールが変更出来たら、水曜にお願いしたいんですが」

「分かりました。空けておきます。分かりましたら早めにご連絡ください。流れてしまうのを防ぐために張り止めのお薬と、感染予防に抗生物質を出しておきますね」

「あの、もう望みはないと思って良いんですよね」

「そうですね。七週でこの大きさでは、まず無理です。胎児も見えていませんし」

「分かりました」

別室で看護婦から手術についての説明を受け、手術の書類と処方箋《せん》をもらって病院を出て歩いていると、涙が溢《あふ》れた。もう諦《あきら》めるしかない。お腹《なか》が空洞になったようだった。まだいる。でももう育たない。赤ちゃんの細胞はどんどん劣化し、私の子宮を蝕《むしば》んでいく。手術するしかない。分かっている。でもどうして。先生は、たまたま弱い細胞がくっついただけだろうと言っていた。一人出産している事と、筋腫の位置や大きさを見る限り、胎児側の原因だろうと。全《すべ》ての妊娠の一割以上に起こる事だ。子だくさんの人なら一度や二度は流産を経験しているとも聞く。普通の事だし、自然淘《とう》汰《た》だ。頭では理性的に考えられても、考えている事とは裏腹に体中に動揺が広がっていく。

調剤薬局で薬を待ちながら、帰りに近くのカフェに寄って行こうかと考えて、一瞬の後にそんな体じゃないんだと思い出した。家に帰って、弥生のお迎えの時間まで静かに過ごそう。お腹の子と過ごせる時間は限られている。ずっと、自分自身の状況や待澤や夫との関係について考えを巡らせてばかりで、お腹の子の事を考えられなかった。流産がほぼ確定した今、私はやっと、顔を見る事なく別れるであろう我が子に向き合えるような気がした。

駐車場に戻る途中、ケーキ屋が目に入って、足が止まった。甘い匂《にお》いにお腹が疼《うず》く。

私はまだ妊娠しているのだ。熱っぽいし、疲れやすいし、眠いし、いつもよりお腹が空《す》く。でも少しずつその症状が弱まっているのも感じていた。

家に帰ると、リビングに夫がいた。濡《ぬ》れた髪をタオルで拭《ふ》きながら、ソファで雑誌を読んでいた。

「ただいま。もういないかと思った」

「おかえり。早かったね」

「だって、病院だもん。さっき言わなかった?」

「ああ、言ってたね。それ何?」

「ケーキ。食べる?」

「ケーキ? 食べる」

多めに買っておいて良かったと思いながら、ベリータルトとフランボワーズのムースをお皿に出した。二人でぺろっと食べきると、私たちは去年の友達の結婚式での、ケーキ入刀の失敗談を話して笑い合った。亮は結局、時間ぎりぎりまで家にいて、そろそろ行くわと少し慌《あわ》てた様子で出かけて行った。一人になってすぐ、ドリーズに電話を掛けた。今日、出来れば夕飯をお願いしたいんですがと言うと、保育士は調理師に確認を取ってから、大丈夫ですよと答えた。夕飯は六時からという事で、七時まで延長もお願いして電話を切った。出来るだけ、安静にしていたかった。痛みはない。出血も、下着につく程度だ。でも私のお腹に根を張り踏ん張っている赤ちゃんに苦しい思いをさせたくなかった。センチメンタルだろうか。でも母がセンチメンタルにならなかったら、誰がセンチメンタルになるというのだろう。次に浜中さんに電話を掛けた。その電話には出ず、しばらくして掛け直してきた浜中さんは、珍しいなあ電話掛けてくるなんて、と何故か上機嫌に言った。

「来週木曜の撮影の事でちょっと相談したい事があって」

「うん」

「悪いんだけど、その日の撮影、日程変えてもらいたくて」

「え？　何、どうして？」

「実は不正出血と下腹部痛が続いてて、筋腫《きんしゅ》の事もあるから一度内視鏡検査をって先生に言われてて」

「大丈夫か？　それで、検査が来週木曜？」

「うん、そこが一番早く検査出来る日で」

「そうか、ちょっとネクストに聞いてみるよ。日帰りで出来るの？」

「うん。でも前後は出来るだけ安静にしたいから、水曜から金曜を避けて入れてもらえると助かる」

「付き添いは必要か？」

「大丈夫。お母さんに来てもらう」

「病院は？」

「聖星総合病院」

「そうか。分かった。調整してもらうよ。でも出血の事とか、もっと早く話してもらわないと困るよ。こうして直前になって迷惑掛けられるより、早め早めに言ってもらった方がこっちも対策とりやすいだろ」

「ごめん。ちょっと、ナイーブな話でもあるから」

「そりゃそうだけど」

「悪いんだけど、この事お母さんくらいにしか話してないから、ツダちゃんとか、社長とかには言わないで欲しい」

「とりあえず、今の段階では言わないよ。でも何か、重大な病気が分かったりしたら真っ先に教えるんだぞ」

うん、と明るい声を出して、電話を切った。親戚《しんせき》の危篤《きとく》とか、葬式などよりも、実際の理由に近い嘘《うそ》の方がバレにくいと、融通の利《き》かない事務所に所属し続ける中で学んできた。病院に電話を掛けると、水曜に手術をお願いしますと伝え、更に母親に電話を掛け、来週の木曜私の病院に付き合う事になってるから、と口止めをお願いした。十代の頃から私の嘘に付き合わされてきた母親は、珍しいね、と笑っただけで、理由は聞かなかった。ヒステリックだったりがさつだったり、面倒な所はあるけれど、何故か子供の悪事には寛容な母の存在が、どこかで心の支えになっているのを感じた。

ベッドに横になると、私は待澤にメールを打ち始めた。今朝また出血があって、もう駄目だろうと言われた事、来週の水曜に手術の予定である事を書いて送信した。今日は土曜日だ。待澤は今、卓球に行っている。メールが返ってくるのは、多分夜だろう。今まさに、仲の良い同僚たちと卓球をしている待澤を思うと、本当に私は一人きりだという気持ちになった。私はお腹の子に関して、一人で決着をつけなければならない。一度目は中絶、二度目は出産、三度目は流産。それぞれ別々の経緯を辿《たど》った妊娠だったけれど、そのどれもが、誰にも頼らず自分自身で乗り越えるべきものだった。少なくとも私は、三度の妊娠と、それぞれの結果を受け、その都度自分の人生が大きく変化したのを実感している。

暗い部屋の中、お腹に手を当てていると宇宙にいるような気持ちになった。無重力の中で宙ぶらりんになって、揺れているようだった。今、死にかけている、あるいはもう死んでいる胎児と私が一体化したと思った。

一時間も経《た》たない内に、私は待澤からのメールで目を覚ました。「そうか。残念だけど、仕方ないね。水曜、もし五月が嫌じゃなかったら付き添いたい。駄目かな？こういう時、一緒にいてやれないのが辛《つら》い。手術の前に一度会えない？」

私は返信を打たず、携帯を枕《まくら》の下に入れるとまた眠りについた。

弥生をお迎えに行き、帰宅した後も、私はソファで横になっていた。ちょっとお腹痛いからね、と言うと弥生は心配そうな顔をして、「大丈夫？　痛い？」と何度も覗《のぞ》き込んできた。私に乗ってきたり、体当たりをしたりという激しい遊びはせず、弥生は大人しくおままごとをして、「はいご飯」「はいお茶」「はいデザート」「はいお薬」と次から次にお皿や食べ物の玩具《おもちゃ》を持ってきてくれた。ちょっとお腹痛いから、今日はお風呂《ふろ》なしでいい？　と聞くと、泣き出しそうな表情で「弥生お風呂入らない」と答えた。お風呂に入れない事ではなく、私に元気がない事が、彼女は辛いのだろうと分かった。

寝かしつけをしている時、弥生は何度も「ママ抱っこ」と両手を伸ばしてきた。お腹を庇《かば》いながら、私は求められるだけ抱きしめた。横になったまま抱きしめていると、弥生のふっくらとした太ももがお腹に触れた。弥生がお姉さんになり、妹か弟の世話を焼いて得意げになっている姿が思い浮かぶ。私を取られたように感じてわがままを言ったり甘えたりしている姿も。弥生がお姉さんになった所を見たかった。弥生をお姉さんにさせてあげたかった。暗闇《くらやみ》の中、小さな体を抱いて、私は赤ちゃんと弥生が戯《たわむ》れているビジョンを頭からフェードアウトさせていった。

夜の十時過ぎ、待澤から電話が掛かってきたけれど、私は迷う事なく無視した。しばらくするとメールが入ってきて、話したいとあった。「今は一人で考えたい。明日またメール入れるね」。それだけ打ち込んで送信すると携帯をバッグに放り込んだ。私は今、待澤を全く必要としていなかった。相手が夫だったら、私は言葉を尽くしただろう。流産に関して考えてきた事、自分の中での感情の変化、喪失感、そこから見えてくる新しい世界、それぞれ時間をかけて話しただろう。私は、夫に分かってもらいたいというよりも、分かってもらわなければならないという気持ちになったはずだ。それは唯《ただ》単に一緒に暮らしているからとか、そうでなければ都合が悪いとか、そういう理由だけではないはずだ。私にはなにか、どんなに言葉を尽くしても、待澤には絶対に私の気持ちや考えが正確には理解出来ないだろうという確信があるのだ。それはもしかしたら、共に我が子の誕生を目の当たりにし、育てていくという共同作業を経る事でしか培えない関係性があるという事なのかもしれない。もちろん、結婚をして一緒に生活をしていく中で、そういう関係性は築いていけるはずだ。でも今、子供を持った事も育児をした事も結婚をした事もない待澤が、私の気持ちをどれだけ誤解なく理解してくれるだろう。きっと待澤は私に同情し、私を慰めようとし、抱きしめ、どうにか私の傷を癒《いや》そうとするはずだ。でも私はそんなものを求めていない。彼が私を慰めようとすればするほど、私は自分が彼を好きな気持ちを見失ってしまうような気がした。携帯はまたすぐにメールの受信を告げたけれど、私はなかなか見る気になれない。

手術前々日、私はいつものホテルのレストランではなく、以前住んでいたマンションの近くにある、和風創作料理店の個室にランチの予約を取った。多少のリスクを冒せば、これまでだって色々な所に来れたはずだった。でも私はリスクを冒さず毎回同じレストラン同じホテルに予約を取った。それはある意味、強制的なマンネリであったのかもしれない。私の方から、待澤とどこかに行くための努力をするべきだったのかもしれない。自分から食事や旅行に誘う事など出来ない状況に、待澤は置かれていたのだから。

ここでどっと流産が始まったら大変だ。そう思って、個室に入る前にトイレの場所を確認しておいた。待澤からは、十分くらい遅れるとメールが入っていた。手持ちぶさたで、携帯を取り出すとデータのアイコンをタッチして、「Yayoi」というフォルダを開いた。弥生の写真をスライドさせ一枚一枚見つめていると、数時間前まで一緒にいたはずの弥生がもう随分と遠い存在に思える。移動中や、撮影の合間に、私はこうして弥生の画像を見つめる。気持ちが落ち着くとか、がんばろうと思えるとか、そういう事はないし、日常生活で最も多くの時間を共に過ごしている人を、一緒にいない間も見てしまうというのは不思議な事ではあるけれど、何故《なぜ》か見てしまう。それはただ単に、可愛《かわい》いからだろう。可愛い猫がここにいたら、きっとじっと見つめてしまうのと同じように、可愛いものはいつも人の視線を奪う。どうやっても、私にとって最も可愛い人は、男でも自分でもなく弥生なのだ。突然、画面が切り替わって着信を表示した。夫からだった。一度辺りを見渡してから通話ボタンを押した。今から食事でもどう、なんていう電話だったらどうしよう。今どこにいると聞かれたら、何と言おう。色々考えながらもしもしと言うと、さっき松川さんの奥さんから電話が来て、五月からホームパーティの返事が来ないって言ってたぞ、と亮は苛立《いらだ》ち混じりにまくし立てた。俺はその日行けないから、とだけ言って私の返事も聞かず、亮は電話を切った。松川さんの奥さんに電話を掛ける気になれず、私は再び弥生の画像をスライドさせ始めた。

「ごめん待った？」

　待ち合わせ時間を十五分過ぎ、待澤が爽《さわ》やかな笑顔を浮かべて個室に入ってきて向かいに腰を下ろした瞬間、やっぱり会っておいて良かったと思った。絶対に会いたい、会っておきたいという気持ちと同時に、会うべきじゃないんじゃないかという疑いが消えなかった。でも待澤の姿を見た瞬間、私は愛《いと》おしさと安堵《あんど》に包まれた。前は、夫と居るときは待澤の事を考え、待澤といる時は夫の事を考えていた。でも妊娠が分かってからは、目の前にいる人が全《すべ》てのように見える。今私の目の前にいて、今私の体に触れる可能性のある人以外は、ほとんど無意味な存在に感じられる。今日待澤と別れたら、きっと私は待澤の姿が見えなくなった瞬間、次に待澤と会うのが億劫《おっくう》になっているだろう。

　泣くかもと思ったけれど、待澤と話しながら、私は一度も泣かなかった。軽い食事を終え、隣に座って手を握って待澤に寄りかかっても、私は泣かなかった。待澤は、流産しても結婚するという前提で話していた。子供が駄目になったから結婚しない、と言うようなタイプでない事は分かっていたけれど、流産がほぼ確定した今、私は夫とやり直していく道を考え始めていた。そして同時に、同じくらい待澤との新しい生活を心待ちにしてもいた。幸せになろうねと言う待澤に、私は微笑《ほほえ》んで頷《うなず》いた。でも手術をした後、私は夫に離婚を言い出せるだろうか。妊娠が分かって、待澤に結婚しようと言われ、やっと離婚を決意しても尚、私は言い出すのを躊躇《ちゅうちょ》していた。手術をして、待澤の子がお腹《なか》から消えたら、もっと言い出せなくなるだろう。でもだからといって、まただらだらと不倫を継続させていくのだろうか。問題は私に結論を出すだけの意志がない事だ。私が、誰かの流れに身を委《ゆだ》ねる事でしか決定出来ない事だ。

「水曜日、いいよ。忙しいんでしょ？」

「もしかしたら、気が変わるかもしれないだろ。やっぱ来て、ってなった時、行けるようにしておこうと思って」

待澤は、既に水曜は休講にしたと話していた。それを聞いた瞬間、私は彼が頼もしいと感じると共に、そこまでされてもという気になった。お前は、自分をどれだけのものだと思っているんだというような気にもなった。私はあなたの子を妊娠しただけであって、まだ産まれていない以上あなたは私の子供の父親じゃない、そんな傲慢《ごうまん》な思いがあるのだろうか。彼はお腹の子の父親なのだから、私と同じように子供の死を悲しむ権利がある、私はそう思えない。それに、彼は私の悲しみをどうにかしようと思っているだけであって、子供自体についてはそこまで考えを及ばせていないはずだ。彼はお腹の子を見た事もなければ、触れた事もないし、私の口頭で妊娠の事実を知っただけだ。全てが私の狂言である可能性も、彼は未《いま》だに抱えているのだ。

「そうかもしれないけど、分かんないな、一人の方が気楽なのかも」

「そう思ったら、そう言ってくれればいい。子供の事は、仕方ないんだろうけど、五月が心配なんだよ。自棄《やけ》になっちゃったりするんじゃないかって。五月が、強いタイプの女じゃないって事は、分かってるから」

ああと思った。彼は、昔の私の姿を拭《ぬぐ》いきれていないのだ。確かに私は十代の頃、精神的に弱いタイプの女だった。恋愛にのめり込んで仕事をドタキャンする事もあったし、嫌な事があるとすぐに逃げだして、いつも母親や事務所に尻《しり》ぬぐいをしてもらっていた。でも私は今、一児の母だ。待澤は、女が母になる事の意味を分かっていない。例えば私に子供が居なかったとしたら、子供が出来た事を待澤と同じように喜び、子供が駄目になりそうな事を待澤と同じように悲しめたかもしれない。でも今、私は待澤の言葉に違和感を抱いてしまう。私は、自棄にならないのではない。もう自棄になれないのだ。弥生という存在が、もう私を錯乱や自殺へは向かわせてくれないのだ。

「何か、波があって、ああもう駄目だ死にたいって気持ちになる時と、まあ仕方ないよねって気持ちになる時とあって、今は割と仕方ないって思えてる。まあ、駄目かも駄目かも、って思ってて、駄目ですって言われたから、少しずつ生殺しされていった苦しみもあったけど、突然駄目ですって言われるよりは心構えが出来てたのかも。当日とか、術後にぶれる事もあると思うけど、でも乗り越えるしかないからね」

言いながら、私は自分の話す言葉以上に自分が落ち着いているのを知る。自分の中で起こる感情の爆発とか雪崩《なだれ》みたいなものも、この歳《とし》になると自分で何とか出来てしまうもので、大泣きしても激怒しても、一日経《た》てば大抵受け入れられてしまうという、そういう人間になった事を感慨深く思った。誰かに話したり、誰かを責めたり、誰かにすがりついたり、誰かを怒鳴りつけたり、そういう事をしなくても自分の中で静かに苦しんで悲しんで、しばらくすれば何となく受け入れられている。十代で中絶をした時、私は本当に気が狂ったと思った。彼氏も家族も巻き込んで、大変な迷惑を掛けたし、自分自身も本気で何度も死ぬと思った。でも今、私は自分一人で子供の流産を受け入れる事が出来ている。もし私に子供がいなかったら、私はもっと絶望的な気持ちになっていたかもしれない。でも子供がいて、出産の苦しみも喜びも知っていて、育児の大変さも知っている。子供という現実を経験していく中で、私は自分自身が崩壊するような感情を失っていったのだろう。昔は、皆に迷惑を掛けた。多分どこかで、迷惑を掛けて当然だと思っていた。過剰な自己愛、私を利用しようとする大人たちへの苛立《いらだ》ち、破滅的に生きたいという願望と、そういう私を受け入れ責任を取ってくれる人がいるという安心感、そういうものに溺《おぼ》れて、私は好き勝手に生きていた。でも今、私は自分自身の問題を他人に転嫁《てんか》出来ない。なんて悲しい事だろう。今、私は私の責任の下でのみ、私として存在し得る。

「そうだ、これ書いてもらえない？」

私はバッグの中から手術の同意書を出した。全身麻酔のため、家族による同意が必要だった。

「ああ。いいけど、俺の名前じゃ駄目なんだよね？」

「うん。家族じゃないと駄目なの。だから父親の名前を書いて、電話番号は待澤のを書いてくれない？」

夫の名前を書いてもらうのは抵抗があった。私は、紙ナプキンにもう一年以上会っていない継父の名前を書いて待澤に差し出した。

「もし手術中に何か問題が起きたら、待澤に連絡がいくからね」

「大丈夫なんだよね？ そんな大変な手術じゃないんだよね？」

じゃない？」


「大丈夫大丈夫。まあ多分、この手術内容以外の事をするためには、同意が必要なんじゃない？」

「そっか。何か、心配だな」

大丈夫だよと言うと、本当に自分が、手術に関してそこまで思い悩んでいないのだと思えた。私は、何だかんだ言って、割と平気なのだ。手術までの間に一度か二度は驚くような感情の波に晒《さら》されるだろうと思っていた。でもそこまで大きな波はなく、私は落ち着いていた。若い頃の中絶のショックが、イメージとして強く残っていたせいかもしれない。私は拍子抜けするほど自然に、流産を受け入れていた。でももし、夫の子の流産だったとしたらどうだったのだろう。もっと悲しかっただろうか。夫には、涙を見せただろうか。慰めを強要しただろうか。

手術までは私服で過ごしてもらうと言われていたため、コットンのトップスとシルクジャージーの柔らかいスウェットパンツを着て、対のパーカーを羽織った。夜用のナプキン、眼鏡、手術の同意書、待ち時間のために一応文庫本も用意し、いつもつけている結婚指輪とネックレスは外してポーチに入れた。起きた時、寝ぼけたまま水やお茶を飲んでしまうんじゃないかと心配だったけれど、何も口にしないまま、私は支度を終えた。昨日の残りを使ってアサリの酒蒸しの卵とじと、玄米、味噌《みそ》汁《しる》と漬け物を用意すると、弥生を起こして食卓に座らせた。いつも、弥生の食べ残しをぱくっと食べてしまう癖を思い出して、私は食卓から離れて弥生の持ち物を支度した。昨日、母親に保育園のお迎えを頼めないかと電話したけれど、こういう時に限って友達と食事に行くからと断られた。さすがに術後その足で弥生をお迎えに行くのは辛《つら》いだろうと、最後の手段でハナちゃんに「急で申し訳ないんだけど」と電話を掛けると、お迎えから寝かしつけまでだったらぎりぎり何とか、と承諾してくれた。

「ママー」

ごちそうさまをして、お皿を下げ終えた弥生が、ソファに座る私の足元にやって来た。

「どうしたの？」

「ママにごろんってしたいんだよー」

弥生は甘えた声を出して、私の太ももに顔を押しつけた。おいで、と手を伸ばすと弥生はソファに上り、ごろんと寝そべって私の膝《ひざ》に頭を載せた。二人になるはずだった子供。弟か妹が出来るはずだった弥生。新しいパパが来て、子供が産まれ、四人になるはずだった家族。二人の新しい家族を迎える時、私と弥生は互いに協力し合い支え合う心強いパートナーとなっただろう。リビングを見渡して、最後に私を見上げる弥生の顔をじっと見つめる。

「ママ、まだお腹痛い？」

「うーん、ちょっとね」

弥生が体を起こし、手を伸ばしてきたのを見て腰が引けた。子どもは、突然物凄《ものすご》い力で突進してきたりぶつかってきたりする事があるのだ。びくりとしつつも逃げずにいると、弥生は私のお腹に手を当て、ゆっくりとさすり始めた。

「ママ、良い子良い子」

レースのフラットカーテンを通して、細長い光が差し込むリビング。フラッシュが焚《た》かれたように眩《まばゆ》く温かいリビング。ママ、大丈夫だからね。弥生の声がふんわりと私を包む。ありがとう、そう言って弥生の頭に手を載せる。私を見上げた弥生の目が、分娩《ぶんべん》台の上で初めてその体を胸に抱いた時眩《まぶ》しそうな表情で微《かす》かに開いた瞼《まぶた》から覗《のぞ》いたその目と同じであるのだと思い出し、強烈な喜びが襲った。

「ママ病院行く？」

「行くよ。すぐに元気になるからね。そしたらまた遊ぼうね。一緒に公園行こうね」

やったあと声を上げて笑う弥生を抱きしめ、時計を見上げた。十時に病院に行き、十二時過ぎに手術開始、多分私は三時間くらい麻酔で眠って、起きてしばらく回復を待ち、夕方診察を受けて病院を出るだろう。さっき、待澤からメールが入っていた。病院の最寄《もよ》り駅にいるから、もし会いたくなったら電話してとあった。弥生を保育園に送った後、私は待澤に会うだろう。私たちは車か、あるいはどこか人気の少ない喫茶店かで向き合い、待澤は優しい言葉を口にし私のお腹に手を当てたりするかもしれない。そして私はその姿を見て冷め、同時に救いを感じるだろう。診察台で子宮口を開くためラミナリアを挿入された後、個室で手術を待ちながら、私は多分、夫の事を思うはずだ。まだ家で寝ているはずの、亮の事を頭に思い浮かべるはずだ。声を聞きたいと思うかもしれない。電話を掛けたいと思うかもしれない。何気ないメールを入れようと、メールを打ってみたりするかもしれない。でも私は亮に電話も掛けないし、メールも入れないはずだ。待澤にも、電話もメールもしないはずだ。私はその時、そういうあれこれを考え尽くした挙げ句、神聖な気持ちでこれから剝離《はくり》される子供との残された時間を過ごすはずだ。お腹に手を当て、深呼吸をし、胎児と自分が繫《つな》がっているのを深く実感するだろう。

　弥生を強く抱きしめながら、私はそうしてこれからの今日一日に思いを馳《は》せた。全《すべ》てが愛《いと》おしかった。陽の光も窓から覗く青い空もいつものリビングも、腕の中の弥生もまだ眠っているであろう亮も私を待っている待澤も、失うものも、失わないものも、全てがかつてなく、輝いていた。清々《すがすが》しかった。我が子を失う日、私は幸せだった。こんなにも心が穏やかな日は、生まれて初めてかもしれないと思うほどだった。

ユカ

20minという表示を確認してスタートボタンを押す。パキンパキンという音と共に青白い光が点灯し、ゴーッと唸《うな》りをあげてファンが回り始め、私は手に持っていたゴーグルを瞼《まぶた》に乗せた。棺桶《かんおけ》のような狭苦しいマシンの中、焼きたい欲求が満たされ、解放感に近い安堵《あんど》が身に染《し》みていく。焼きすぎだ。自分でも分かっている。涼子にはヴィクトリア・ベッカムみたいだと言われたし、央太はそれ以上は絶対に焼くなと珍しく強い口調で言ったし、ここ一週間の間に打合せをした二人の編集者は、言及はしなかったものの出会い頭に明らかに引いていた。何故《なぜ》私は、三日にあげず日サロに通い続けてしまうのか。ここ二週間、私は異様なペースでギャル化している。ネイルもパステルカラーベースにフルーツやケーキのデコデザインを選び、美容室では目一杯ハイライトを入れ、もう五年リピートしていたつけまつげムラキアイラッシュバリューパックVP—3ミディアムロングを、読モ上がりタレントプロデュースのばさばさ度マックスのものに替えた。そうなるともう止まらず、そうか私に足りなかったのはこれだったのかと声高に叫ぶように、109やアルタなどのギャル系ショップで服を買い漁《あさ》った。原色、ミニスカ、ショーパン、もこもこ、露出、ファー、安っぽければ安っぽいほど堪《たま》らなかった。きっとずっと、私は安っぽさを求めていたのだ。夫と出会うまで、私はずっとギャルだった。夫に助言され、取材を受ける時だけはハイブランドの服を着るようになり、いつの間にか普段もハイブランドの服で過ごすようになっていた。今の私には、そういうこれまでの自分とは全くの別人になる必要が、つまり安っぽい自分を偽らず飾らずそのまま世間に提示する必要があるのだ。肌は黒く髪は金、デコネイルにギャル服につけまはばさばさで口紅はMACのミス、今私は、居心地の悪い私から居心地の良い私へと脱皮し続けているのだ。

肌がじりじりと火照《ほて》り、噴きだした汗が背中に向かって流れていく。オイルの安っぽい匂《にお》いが充満した湿気の多いマシン内に、少しずつ私の腐った魂が蒸発していく。私はこのマシンに入るたび生まれ変わる。パソコンのソフトが定期的にバージョンアップしていくように、私もまたこうして機械の中で黒くなりパワーアップしては新しい自分と出会うのだ。

シャワーを浴び、軽く化粧をしてサロンを出るとタクシーに乗り込んだ。いやあ黒いねえ、と大きな声で笑う運転手に頑《かたく》なに無表情を貫き行き先を告げ目を瞑る。私にとって「私が黒い」という事が非常にナーバスな問題である事に無理解な人を責める権利はないが、へらへら笑って「そうっすか？」とは言えなかった。マンションに到着し、エレベーターの中で鏡を見ると、そこにはいわゆる私の把握している「私」はおらず、カブトムシのような「私」がいた。

帰宅すると、クローゼットの中からハート形の風船とポンプを取り出し、リビングで膨らませ始めた。一個、二個、三個、と白とピンクの風船を交互に膨らませている内、軽いトランス状態に陥っていくのが分かる。私は単純作業を繰り返していると、どんどん気持ち良くなっていってどんどん止《や》められなくなっていくのだ。百個入りと書いてある大袋を見て、私は百個膨らませてしまうのだろうかと不安になる。明日は輪の誕生日だ。キティちゃんの浮くバルーンは明日ガスの入った状態で届く事になっている。ケーキは近くのホテルに八号のホールケーキを予約してある。明日の夜、この家には五月と弥生ちゃん、涼子と一弥がやって来て、輪の誕生日パーティをする事になっている。今日は風船は私の部屋に隠しておいて、輪が寝た後にリビングに持ってくる、そしてバースデーバナーとモールを飾り付け、私からの誕生日プレゼントである室内用ジャングルジムと滑り台を組み立て、リビングの一角にセットする。明日は、まず朝起きてきた輪をこの飾り付けとプレゼントで喜ばせてから保育園に送り、輪が保育園に行っている間に料理の仕込みをし、いつもより一時間早い夕方六時にお迎えに行き、その頃同じくお迎えに来る五月や涼子たちと皆でマンションへ帰り、料理を完成させパーティを始める。央太は明日重要な打合せがあるため、明後日土曜にケーキとプレゼントを持って行くと言っていた。誕生日当日に央太が来れないのは残念だけれど、どうせ輪に月日の感覚はないし、当人はパーティが二倍になったと喜ぶだろう。土曜日は保育園はお休みにして、私がお弁当を作り、三人でピクニックに行く予定だ。冷蔵庫の中には既に、明日の料理と土曜日のお弁当の材料がスタンバイしている。私は普段料理をしない分、いざ作るとなるといつも張り切り過ぎてしまう。

明日のメニューはラタトゥイユ、魚介のトマトクリームパスタ、チキンの丸焼き、ローストビーフサラダ、季節野菜の冷製スープ、デザートはケーキとチーズの盛り合わせだ。三ヶ月以上空っぽになっていたマリアージュフレールのアールグレイインペリアルとマルコポーロも昨日やっと購入した。妊娠中の五月のために、ノンアルコール、ノンカフェインのドリンクも揃《そろ》えた。明後日のお弁当のメニューはタコさんウィンナー、唐揚げ、ポテトフライ、サンドイッチ、おにぎり、フルーツの盛り合わせだ。サンドイッチはローストビーフサンド、ツナサンド、タマゴサンド、おにぎりは梅とおかかと焼きたらこだ。明日明後日のために、冷蔵庫まで新調したくなるほど食料品を買い込んだ。五月の胎内で育ち続けている胎児を思う。私の作った料理が、五月のお腹《なか》の子供の身になっていくのだと思うと、不思議な気持ちだった。今、五月のお腹の中に、五月の不倫相手の子どもがいる。それもまた、不思議だった。この間電車に乗った時、優先席の前に立っていると窓に張られたマタニティマークが目に入った。そしてそのマークに「おなかに赤ちゃんがいます」と書かれているのを見た瞬間、涙が溢《あふ》れて止まらなくなった。何故か分からない。でも今、五月のお腹の中に赤ちゃんがいる、五月のお腹の中で赤ちゃんが育っている、五月と繋《つな》がった、もう一つの命があるのだと思うと私はあまりの嬉《うれ》しさに涙がとめどなく流れ出して止まらないのだ。きっと五月は離婚しないだろう。五月は夫に相談して、夫に付き添われて中絶しに行く。或《ある》いは、夫に黙ったまま中絶して不倫相手とも夫とも別れず関係を続けていく。それが私の予想だった。五月には、家族とはこうでなきゃいけない、妻とは、夫とは、子どもとは、こうであるべきだという強い思い込みがある。だから彼女は先へ進めない。いや、進まない事が彼女の望みなのだ。前進よりも後退よりも、停滞を望む彼女が、私には理解出来ない。だから私は、彼女に強い愛情と軽蔑《けいべつ》を感じている。彼女が不倫相手の子どもを妊娠したと話した夜、私は強い感銘のようなものを感じ、五月が寝た後、そして次の日もずっと小説を書いていた。不倫をしているような雰囲気は感じ取っていたけれど、私の予想よりも遥《はる》かにドラマチックでありながら現実的な展開を見せ始めた五月の人生が爽快《そうかい》でならなかった。もしも私の予想に反して彼女が出産に至れば、物語は更に加速度を増すだろう。そうなったら私はどれだけ創作意欲を掻《か》き立てられるだろう。そしてどれだけ、慈愛に満ちるだろう。

積み上がった風船が五十を超え、ポンプをピストンさせ続ける腕ががくがくし始めた頃、携帯のバイブ音に気づいて手を止めた。液晶には小南裕也と出ている。嫌な予感がした。普段はメールで用件を入れてくる編集者が電話を掛けてくる時は、大抵嫌な知らせか嫌な仕事の依頼だ。

「もしもし」

「あ、こんにちは。海陽出版の小南です」

「お久しぶりです」

「お久しぶりです。お元気ですか？」

「ああ、はい。どうしたんですか？」

「いやあそれが、実は今日はちょっとお伝えしたい事がありまして」

「何でしょう？」

「実は僕、単行本の編集長に」

「え？」

「なる事に」

「小南さんが単行本の編集長に？」

「そうなんです」

　驚きと戸惑いが相まってため息が零《こぼ》れた次の瞬間、理性が「おめでとうございます」と私の口を動かした。

「いやあ、おめでたくないですよ」

「いや、おめでたいですよ」

「僕は何か、気楽に仕事してたかったんですけどね」

「担当は、変わられるんですよね？」

　声が裏返ったり言い間違えたりしないよう気をつけてその一言を発すると、そうなんですよという小南さんの言葉が聞こえて、私はお腹の辺りに違和感を覚えた。

「残念なんですけど、小説海陽で新しい担当を決めさせて頂くので、今度ご紹介させて頂ければと思ってます」

「そうですか。どんな人か、楽しみにしてます」

「僕より優秀な編集者に引き継ぐんで、よろしくお願いします」

デビューから六年、何人の編集者が担当となり、何人の編集者が担当を外れていったろう。どんなに頻繁に食事をして朝まで飲み明かして小説について幾千幾万もの言葉を尽くして語り合ったとしても、異動すればさようならだ。担当を外れても親交が続く作家と編集者もいるというが、今の所私にそういう編集者は一人もいない。特に小南さんが自分にとって重要な編集者であるという認識はなかったけれど、それでもまがりなりにも私は小説海陽に短編を十編以上寄稿してきたし、それらをまとめた単行本も二冊出している。それに小南さんは、一年に一度のペースでくるくると担当が替わる小説誌もある中で、五年近く私の担当をしていたのだ。来月にでも引き継ぎを兼ねてお食事をと言う小南さんに、ぜひぜひと明るい声を出して電話を切ると、私はソファに置いてあったポンプを手にとって、再びソファに放った。床に座り込み、じっと天井を見上げる。虚無感が、どっと雨のように降ってきた。小南さんと仕事をするという事は海陽社と仕事をするという事であり、私に拒否する権利はなく、出来るのは「小南さんが担当を外れるなら海陽社では書かない」という抗議だけだ。でも私が海陽社の小説誌に寄稿しなくなったとしても、海陽社には何のデメリットもなく、ただ単に私が小説を発表する場を一つ失うだけだ。私は一方的に受け入れざるを得ない要求をされ、受け入れた。それだけの事だ。悲しかった。少なくとも小説のやり取りを、それも二冊単行本化するだけの量の原稿をやり取りした編集者が、もう私の小説に直接関係しなくなる。それは本当に悲しい事だ。もうこの人と共に小説を生み出す事は出来ない。小南さんとそれほど密にやり取りをした記憶はなかったけれど、長い年月、私たちは断続的に打合せをし、食事をし、小説について話し合い、小説をやり取りし、脱稿してきたのだ。小南さんが私の担当を降りる事に葛藤《かっとう》があったのかどうか、私に知る由《よし》はない。彼がどんなに自然に「残念です」と言おうが、私はその言葉を信じないだろう。

　私は別に、小南さんに捨てられた訳ではない。そもそも私と彼はそれほど強い絆《きずな》を持っていなかったはずだ。しかし圧倒的な虚無感が私を襲う。胸が空洞になったようだった。小南さんは象徴でしかない。段ボールの空きスペースに詰められたエアークッションのように、私の空洞を紛らわしていた物ものの中の一つが外れ、その他諸々の詰め物が崩れた事で、空洞が存在感を持っただけだ。不思議だ。幼い頃から私を苛《さいな》んでいた虚無感は、輪が埋めてくれるものと思っていた。輪を出産した時、輪との関係性の中で私は圧倒的な自己肯定感を持ち、それ以上の自己肯定を求めずに済むと思っていた。でもそれは空白を埋めなかった。私はどこまでいっても、私の小説を未来《みらい》永劫完璧《えいごうかんぺき》に完全に完膚無きまでに認めてくれる人がいない限り満たされはしないのだと、とうとう自覚した。私は平面型テレビだ。何かを映し出すテレビでしかない。何も映らないテレビががらくたであるように、私は外部からの肯定を求めて番組を映し出し続けるのみで、映らなくなったら誰も見向きもしない。私は完膚無きまでに無力だ。私自身と、私の流す番組は繋がっているように見えるが、実際には大きな断絶がある。私は、自分と自分の書く小説との間に、自分でも意外なほどの距離を感じているのだ。それが、私の書く小説を褒められても、私が素直には喜べない所以《ゆえん》だ。私がいなければ書かれなかった小説。しかしそれは、私が書く前から存在していた精神の物理的な投影であって、いたこが無力感を抱くことがあるかどうか知らないが、あるとしたらその感覚に近いのかもしれない。テレビがアフリカの雄カバの戦いを映し出すその時、テレビが雄カバの戦いを流しているのではなく、雄カバこそがテレビに戦いを流させているのだ。私の書く小説に私が転写されているのではなく、私が小説に転写されているのだ。私は卑小で無力な存在だ。私一人では人っ子一人振り向かせる事の出来ないテレビだ。だから誰かに、その手で触れてもらいたかっただけだ。番組ではなく番組を流すテレビに、触れてもらいたかっただけだ。番組を流せなければがらくたでしかないテレビに手を触れてもらいたかった。私はただのテレビではないと、私は私であると、ただ存在しているだけでいいと言って欲しい。いやもしも私の存在がなくなったとしても、私という概念を愛してくれる人が欲しいのだ。私はそういう無理難題を現実に付加している。だから私は愛されない。誰からも愛されない。私の言う愛は、この世に存在しない。だから私は誰からも愛されない。そして愛されなくても私は絶望しない。これが私が天涯孤独である理由だ。


どうしたのいきなりと言いながら向かいの席に座ったと同時に、央太は顔をしかめ、また焼いた？と聞いた。そうなの焼いたのと言うと、央太は更に眉間《みけん》の皺《しわ》を深くし、もう止めなよと呆《あき》れたように言った。

「で、どうしたのいきなり」

店員にコーヒーを注文すると、央太はさてと、というように聞いた。

「別にどうもしないよ。いつも普通に食事とかするじゃない」

「いつもは、もう少し前に連絡するでしょ。今会社に向かってるなんていきなり言われても、俺が打合せ中とかだったらどうしたの？」

「ここか、ドトールで待ってた」

央太は、突然予定を狂わされたせいか、それとも私がまた黒くなっているせいか、分からないけれどとにかく苛立《いらだ》っていた。央太の苛立ちが、私の不安を煽《あお》る。私は、央太に歓迎されていないという事実が不安で仕方なかった。

「二十歳くらいならともかく、もう二十五なんだし、肌は焼かない方がいいし髪は黒い方がいいよ。少なくともその方が男にはモテるよ」

「おうちゃんは私が他の男たちにモテてもいいの？」

「一般論の話だよ。九十%以上の日本人男性は髪が黒い方が好きなんだよ」

「ファッションも髪型もメイクも話し方も話題も、私は最も多くの男に好まれる形を分かってる。それを分かった上で、私は肌を焼いてこんなファッションをしてこんなメイクをしてるの」

「そう。まあ、自己主張の強い女は、歳《とし》をとるにつれてどんどん男の好みと正反対の外見になっていくものだよ」

「おうちゃんは私が会いに来たのに何で嬉《うれ》しくないの？」

「何でって、何で突然って思うでしょ普通」

「何か、私に来て欲しくない理由でもあったの？」

「何もないよ。でも何か、抜き打ちテストみたいで感じ悪いじゃない」

私は、自分が突然夫に会いに行くという行為が抜き打ちテストと称される事にひどい侮蔑《ぶべつ》を感じた。自分が愛情故《ゆえ》にとった行為を、抜き打ちテストと言われるなんて思ってもみなかった。

「央太だって突然来たりするじゃない。いきなり電話掛けてきて、これから帰るわとか言うじゃない。それは抜き打ちテストなの？」

「そんなんじゃないよ。何々を取りに行くとか、次の日どこどこの打合せに直行するからとか、いつも理由があっての事でしょ」

「そういう下らない理由は合法で、央太に会いたいからっていう私の理由は罪だって言うの？」

そんな事言ってない、と呟《つぶや》き、央太は顔を曇らせた。なにか、央太の態度がいつもと違うような気がして、不安が増長していくのが分かった。私はいつもそうだ。一度不安になると、他の更に不安になる要素を探しまくり、どん詰まりまで自分を追い込み自分も相手も地獄に突き落としてしまう。

「そう言えば、一昨日の夜私が電話掛けた時、一回も鳴らずに留守電に切り替わったんだけど、あれはどうして？」

「何それ」

「いつもは五回くらいコールが鳴ってから留守電に切り替わるのに、この間はワンコールもせずに留守電に切り替わった」

「電波が届かなかったんじゃないの？」

「電波がない時は回線を探してるような間があってから留守電に切り替わるけど、この間は掛けてすぐに留守電に切り替わった。そんな事は今までなかった」

「そんな事言われたって分からないよ。それに一昨日は松岡さんと飲んでたって言ったじゃない。それにあの後ちゃんと電話掛け直したじゃない。何でそんな言いがかりつけられなきゃいけないんだよ」

隣のテーブルに座るサラリーマンが迷惑そうに私たちを見やった。

「言いがかりじゃない。私はいつもと違う事の理由を聞いてるだけ」

「何か、携帯会社の方でルールが変わったんじゃない？　信じられないなら、今松岡さんに電話掛けてみればいいじゃない。それか、店に電話して一昨日閉店までいた客について聞いてみればいいよ。松岡さんが常連のお店だから、すぐ分かるよ」

「そんな事したくない」

「じゃあもう変な言いがかりつけないでくれよ。何で俺の言う事を信じないんだよ」

「私央太の部屋に行きたい」

立ち上がった私を見上げて、央太は信じられないといった表情を浮かべた。

「何でそんな顔するの？　妻が夫の部屋に行くのってそんなに変な事？」

「何だよ止《や》めてくれよ。どうしたんだよ」

「なに、女でも囲ってるの？　それとも女の物があるから連れて行けないの？」

「そんな事ないよ。何度も言うけど浮気なんてしてないって」

「じゃあ連れてってよ」

「嫌だよ。そんな脅迫されて部屋見せるみたいな事出来ない」

怒りで目や口から火が出そうだった。燃える動物の屍《しかばね》を放り出すようにして、私は声を荒げた。

「どうして見せられないのやましい事がないなら絶対に見せられるはず私を安心させてくれるはずどうして見せられないの！」

　店中の人が私たちを一瞥《いちべつ》して、すぐに向き直った。

「落ち着いてくれよ。分かったよ。部屋に行くのはいいけど、汚いからちょっとだけ片付けさせてよ」

「その間に女隠すのか！」

央太は私の言葉を無視して伝票を持ち、カウンターに向かった。私はバッグを手に取ると先に店を出て、央太が逃げないようにガラス戸から央太の姿を見つめていた。

「会社の人に見られたらどうするんだよ。会社の裏の喫茶店だよ？」

「央太が部屋を見せるのを拒否らなければあんな声出さなかった」

歩いて三分ほどで、央太の住むマンスリーマンションに到着した。これまでにも、デートの前や食事の後に、私は二度ほど央太の部屋に立ち寄った事があったけれど、こんな風に、疑心の中で煮えくり返るはらわたをまき散らしながら央太のマンションに向かうのは初めてだった。エントランスで鍵《かぎ》を回しオートロックを解除する央太の姿に、私は突然悲しくなって肩を震わせた。央太が別の部屋の鍵を持っている。央太が私と別の家に住んでいる。央太が私と離れる事を望んでいる。ずっと知っていた事なのに突然その事実が耐え難くなる。私はこれまで、央太が私にしている事を見て見ぬ振りをしてきただけなのかもしれない。私はずっと、悲しかったのかもしれない。でも央太が私と離れる事を望んでいるという現実を直視出来なくて、自分を可哀想《かわいそう》な女だと思いたくなくて、別居してもいいという結論を自ら出しているように、自分を演出していたのかもしれない。

「ちょっと待っててよ、ちょっと中片付けるから、ここで女が出て行かないように見張ってればいいでしょ」

　央太は、部屋の前まで来るとそう言って、鍵を差し込んだ。ドアを押し開けた央太の背中にどんと体当たりをする。前のめりになった央太の脇《わき》をすり抜けると、私は洗面所やキッチンのある廊下を通って部屋に入った。点《つ》けっぱなしの電気と備え付けの簡素な家具のおかげで、ワンルームの部屋はすっきりと見渡せた。布団《ふとん》をめくって女物の下着がないか、ゴミ箱をかき回して使用済みのコンドームが入ってないか、クローゼットを開けて女が隠れていないか確認して、更に私は床に散乱したＡＶのパッケージやエロ本やゲームソフトや服を蹴散《けち》らした。小さなデスクの脇のチェストを開けると、本や雑誌の隙間《すきま》に写真が挟んであるのを見つけて私は発狂しそうなほどの緊張の中で手に取った。十枚ほどの写真は、夫と数人の同僚を写しているだけだった。

「雪田さんの送別会の時の写真だよ」

「てめえふざけんなよ妻と子供家に残して優雅に一人暮らししてオナニーばっかしてんじゃねえよふざけんな惨《みじ》めで汚ねえ育児とか家事とかばっかり人に押しつけてエロ本とかＡＶとかばっか見てんじゃねえよたまにはガキのウンコ拭《ふ》き取ってみろ生ゴミの処理してみろガキ風呂《ふろ》に入れてみろトイレトレーニングしてみろこのクソ野郎ふざけんなっ」

央太は、怒っているのか悲しんでいるのかよく分からない表情で黙ったまま私を見つめている。体がわなわなと震え、涙が溢《あふ》れた。私は本当は、央太が輪の誕生日当日に家に帰れないと言った事に、あまりに強烈過ぎて自分では認識出来ない程の悲しみを感じていたのかもしれない。

「黙って見てんじゃねえよ何とか言えふざけんなこのクソエロ親父《おやじ》私の自由を奪うな私に何でも押しつけんなふざけんな人がどんな思いで育児してんのか知ってんのか毎日毎日送り迎えして毎朝毎朝六時とか七時に起こされる苦しみ知ってんのかてめえだけ優雅に午後出勤してんじゃねえよふざけんなっもう嫌だ帰って来い別居なんて絶対にゆるさねえ一刻も早く帰って来い明日引っ越し屋依頼するから帰って来い私の不幸をお前も半分請け負うべきだお前の好き勝手になんかさせねえぞお前の精子が輪を作ったんだお前が中出ししたから輪が出来たんだお前の意志で作ったんだお前だけ一抜けなんてゆるさねえだったら輪をどっか施設にでも捨てて来い何でもかんでもきたねえ事惨めな事やりたくない事次から次に押しつけんじゃねえ私はお前のママじゃねえんだぞお前の垂れ流したクソ始末する係じゃねえんだぞ文句があんなら住み込みのベビーシッター雇うくらいの金払えくそ野郎オナニーばっかしてんじゃねえぞゲームやって本読んで優雅な生活してんじゃねえぞこのくそ野郎っ」

明日の誕生日会、そして明後日のピクニック、などの予定が、知らず知らずの内にプレッシャー、ストレスになっていたのだろうか。いや違う。私はもうずっと前から、多分輪を出産した頃から、ずっとプレッシャーやストレスに蝕《むしば》まれ穴あきチーズのようにすかすかになっていたのだ。何故《なぜ》か分からない。でも何故か、今この瞬間チーズは潰《つぶ》れた。

「いやだいやだいやだいやだいやだっ！　いやだーー！」

叫び声が狭いワンルームに反響する。喉《のど》が焼けるように痛い。座り込んだまま足をがんがんと床に叩《たた》きつけ、央太の物ものを蹴飛ばし蹴散らし踏みつけていく。手に触れる物を次から次へベッドや壁に向かって投げた。

「いやだっ！」

央太は何も言わずに私を見ている。

「いやだーーーーっ！」

私はAVのパッケージを開けDVDを引っぺがすようにして取り出し嚙《か》みついた。チューペットを齧《かじ》るようにがしがしとDVDに歯を食い込ませる。「爆乳淫乱《いんらん》少女」というタイトルが目に入って私は大声でそのタイトルを音読する。別のパッケージには、「巨乳素人《しろうと》ナンパ」と書いてあって私はそれも音読する。「爆乳巨乳爆乳巨乳爆乳

巨乳爆乳巨乳爆乳巨乳爆乳巨乳」と大声で連呼する。ＤＶＤを取り出すとデスクの上にあったハサミで読み取り面をぎたぎたに切りつけた。

「妻子置いてって巨乳爆乳でオナニー三昧《ざんまい》かよいい身分だな」

私はもう、自分が自分の手に負えない事を悟った。危険を察知したのか、央太が私の肩を信じられないような力で摑《つか》み、もう片方の手からハサミを奪った。ハサミなんていらねえよ死ぬんだったらこっから飛び降りてやるっ！　それとも殺されんじゃねえかって心配してんのか？　斬《き》りつけられてから取り上げろよ女々しい奴《やつ》！　私は絶叫した。

「じゃあ、俺はもう会社戻るから」

帰れ帰れこの部屋はめちゃくちゃにしてお返ししてやるよこの部屋は私から電話して解約しといてやるよお前の荷物全部窓から捨ててやるからなＡＶは全部玄関のドアに貼《は》り付けといてやるよ！　一息でそう言った私は大きく息を吸い込むと今自分に出せる最大の声で絶叫し、再び服や本を壁に向かって投げつけた。壊れたロボットのように手足をばたつかせ転げるように暴れ回る。もう誰も私を止められない。私も、央太も、どんな人も止められない。私はこのまま自殺するような気がした。でも、央太が出て行きバタンとドアの閉じる音がすると、私は脱力して本や服が散らばるベッドに倒れ込んだ。上がった息が落ち着いた頃、ユニットバスに行き排水溝の蓋《ふた》を開いた。黒髪と垢《あか》が絡《から》まった汚物には、女のものと思われる髪はなかった。私は化粧を直すとマンションを出てタクシーに乗り込んだ。興奮と緊張が冷めやらず、体が宙に浮いているようだった。体中がびくびくしていて今にもチビりそうだった。目を閉じて車の揺れに身を委《ゆだ》ねていると、建物一つ見あたらない林道を走っているような気になった。どくどくと、体中が脈打つ。奥歯を噛みしめた。今日私は、ツリーを飲んだだろうか。日サロに行く前の事がもう思い出せない。今朝どんな風にして目覚め、どんな風にして今このタクシーに至ったのか、はっきりと思い出せない。何故か頭の中で、輪が好きでよく見ているＮＨＫの教育番組のオープニングソングがエンドレスで流れている。興奮の中目を閉じ無心で爪《つめ》をぱちぱち鳴らし続けていると突然信号どうしますか、と問われ、私は顔を上げ辺りを見渡した。そこを右に曲がって、次の交差点をまた右に曲がってください。そう言うと視線を落とし、私は左手の人指し指に乗った３Ｄのショートケーキに右手の親指の爪を滑らせた。では何故。一体何故。その疑問が頭を反《はん》芻《すう》する。浮気をしていないなら何故、央太は私と離れて暮らす事を望むのか。私はもうとうに、央太が別居を切り出した時からその答えを知っているような気がするのだが、その答えは何故か今一言も言葉にならない。

ドリーズで再会した輪は、何となく私の子ではないような気がした。央太との関係が悪くなると、いつも私は輪が可愛《かわい》く見えなくなり、輪に対して何かしらの断絶を感じるようになる。頭ではそうするべきと分かっていても、子供を独立した一個人として認識する事は、親にとって常に難しい問題だ。彼女がいつか、一人で身の回りの事が出来、自身にまつわる様々な決断を自分で下せるようになれば、私は彼女を一個人として認識する事が出来るのだろうか。でもその時、私は彼女を我が子として認識出来るだろうか。彼女が独立し日常生活を一人で送れるようになった頃、私と彼女との間に、どんな繋《つな》がりが残るだろう。かつて生活の世話をしていた、されていた、というウェットな思い出しか残らないのではないだろうか。

輪との間に埋めようのない距離を感じながら、私は輪をお風呂に入れ寝かしつけた。明日のため徹底的に部屋を片付け、バナーとモールを吊《つる》し、あちこちに風船をくりつけ、更にリビングの一角を風船の海にし、窓際《まどぎわ》に室内用ジャングルジムを設置する。飾り付けを始めて一時間半が過ぎやるべき作業を終えてしまうと、私はリビングの真ん中に立ちピンクを基調に飾り付けられた部屋を見渡し、目眩《めまい》に襲われた。やる事がなくなった途端、考えたくない事ばかりが頭に浮かぶ。私が日サロに通ってしまう事、小南さんが私の担当を外れた事、央太の前で取り乱した事、今全《すべ》てが憂鬱《ゆううつ》である事。

私はツリーを二粒飲み込むと、ベッドにあぐらをかき頭から布団を被《かぶ》った。

私は真っ暗な央太の部屋に立ちつくしている。半年前央太がトランクに荷物を詰めてここを出て行ってから、クローゼットと本棚は半分ほど空いている。黒いブラインド、ダークブラウンのデスク、ハーマン・ミラーの椅子《いす》。デスクの上で煌々《こうこう》と光を放つ僅《わず》かな隙間に指を差し入れ、私は央太のノートパソコンを開いた。青白い光に一瞬目を細めてから、屈《かが》んで画面を覗《のぞ》き込む。大きな画像が映し出され私はそれが何なのかすぐには分からず眉間《みけん》に皺《しわ》を寄せた。それは小さな無毛の女性器だった。幼女とも言えないほどの小さな女性器で、しばらく見つめた後私はそれが輪の性器だと気づく。性器は画面から少しずつ盛り上がり、私は戸惑いながらデスクに置いてあったペーパーナイフを左手で握り、右の親指と人指し指で小陰唇《しょういんしん》を広げ丸い刃先を膣《ちつ》に沈めていく。鋭く光るペーパーナイフをずぶずぶと受け入れていく輪の性器を見つめながら、言いようのない恐怖に震える。輪の性器の周りが強烈に発光し始め、私はナイフを握ったまま目を瞑る。何もない真っ白な世界で、手の感触だけが生々しく伝わってくる。子宮口に到達したのかナイフに柔らかい手応《てごた》えが走った。緊張のあまり膝《ひざ》ががくがくして崩れ落ちてしまいそうだった。ナイフの取っ手の先をとんと手の平で突く。ぶすりという感触と共に更に強烈な光が私を焼き尽くすように包みぎりぎりと食いしばる歯がりっと嫌な音をたてた。ママー！　と声がする。産声《うぶごえ》のような細く高い声で、ママー！　と呼ぶ声がする。その声がこの真っ白な世界で発せられているのか、それとも央太の部屋から聞こえているのか、それとも央太の部屋に来る前の世界から聞こえているのか、分からなかった。真っ白な世界を手探りで、輪を探す。もう二度と輪に会えないと知っている私は、必死に声を張り上げ輪の名前を呼ぶ。この世に私をママと呼ぶ人は、あの子しかいないのだ。輪しかいないのだ。

吐き気と頭痛で目を覚ますと、私はベッドから這《は》い出てパソコンを開けた。朝の日課のメールチェックをするものの、央太からのメールは入っていない。当然だ。私は昨日取り乱したし、自分からメールも入れなかった。リビングから物音がして、パソコンを閉じると歓声が聞こえた。うわあ！　という声に思わず顔が緩む。

「おはよう」

既にピンクの風船を大事そうに抱えていた輪は振り返り、ふうしぇん！　と声を上げた。

「お誕生日おめでとう」

「りんちゃんおたんぞーび？」

「そうだよ。二歳になったんだよ。輪ちゃんのお誕生日だから、ママがお部屋綺麗《きれい》にしたの」

「ハッピバースデー？」

「そうだよ。夜は弥生ちゃんと一弥が来るから、皆でパーティするんだよ。ケーキも食べようね」

うんっと声を上げ、輪はジャングルジムと滑り台に向かって走り出した。昨日の断絶が嘘《うそ》のように、私は輪に強くシンクロした。私の予想通りに動き、予想通りの反応を見せる輪は、やはり私の子供だった。急激に輪が愛《いと》おしく、離してはならないような気がして、私は輪が滑り台を滑るのを隣で何十分も見つめていた。

「りん」

「うん」

「今日、朝ご飯お店で食べようか」

「お店？　いいよっ！」

私は手早く化粧をして白いニットワンピースに着替えた。白い服を着ると肌の黒さが目立ち、私は鏡を見つめてうんざりすると同時に恍惚《こうこつ》とした後、輪の支度を始めた。オムツを替え上着を着せ靴下と靴を履かせる。輪が可愛い。輪が愛おしい。それが全てで、それだけが私の幸福だと思った。今日はベビーカーじゃなくて歩いて行こうかと言うと輪は顔を輝かせ、手つなぐ！　と私に手を伸ばした。

近くのホテルに向かって歩きながら、輪はマンホールやガードレールの汚れや木や草や葉っぱや石や花や駐車場の鎖や自販機やお店の店頭に出ている置物や虫や蟻《あり》や通り過ぎる犬やゴミに群がるカラスに気を取られたりちょっかいを出したり怖がったりあれ何と聞いたり触ったりポケットに入れたり鑑賞したりして、私は輪が立ち止まるたび黙って一緒に立ち止まった。輪がアスファルトの隙間《すきま》から顔を出す雑草を引き抜きせっせとポケットに詰め込んでいる間、私はドリーズに電話を掛けた。

「もしもし。大槻輪の母ですが」

「おはようございます。山崎です」

「おはようございます。今日なんですが、お休みにさせたいと思いまして」

「どこか、体調を崩されましたか？」

「いえ、誕生日なので、今日一日くらいお休みさせようかと」

「あ、そうでしたね。二歳、おめでとうございます。ではまた明日お待ちしております」

電話を切ると、私は大きな達成感に浸り、輪を見下ろした。忙しい忙しいと、生後半年で保育園に預け始めてから、ほとんど平日の日中は一緒に過ごしてこなかった。締切が迫っているにも拘《かか》わらず半分も書けていない連載の原稿が心残りだったけれど、今日は全てを輪に捧《ささ》げようと思った。

ホテルのラウンジでアメリカンブレックファストを頼むと、輪は興奮したようにラウンジ中のあれこれをあれ何これ何と指さして聞いた。かりかりのベーコンとオムレツ、サラダに三種のパン。まだ吐き気の抜けない私はほとんど食べず、ベーコンや卵を輪の食べられる大きさに切り分け続けた。丸パンにかじりつく輪に、ジャムつける？　バターは？　と聞き、オレンジジュースが空になったらおかわりは？　と聞いた。輪は私の質問に概《おおむ》ね「うん」と答えた。輪の誕生日という輝かしき朝に、私は満足していた。輪が二歳。輪が生まれて二年が経《た》った。そう思うと感慨深かった。輪は卵やベーコンを存分に食べるとごちそうさまと言ってフォークを置き、クロワッサンにかぶりついた。過度の偏食で、いつもアロエヨーグルトと納豆ばかり食べている輪が、しっかりと食事をしている姿は見ていて清々しい。

「ママ、ほーくえんは？」

「ほーくえんは、今日は行かないよ」

不思議そうな顔で私を見上げる輪に、私は手を電話のように耳に当てて見せた。

「さっきお電話して、お休みしますって、マリ先生に言ったの」

「ほーくえん、行く」

私は言葉に詰まり、輪と見つめ合った。自分の表情が、悲しげに崩れていくのが分かる。

「りんちゃんほーくえん行く！」

一重のきりっとした目と、薄い唇から発せられる細く力強い声が、真剣に主張していた。私は口を開けたまま、何と言って良いのか分からず、一度視線を手元に落としてから「じゃあママ、やっぱり行きます、ってほーくえんにお電話するね」と言った。輪は真剣な表情のまま頷《うなず》き、私は自分の卑俗さを知る。担当編集者が担当を外れ、央太が私を拒絶した。だから私は、最も弱く最も判断力のない輪に一方的で身勝手な思いを押しつけ輪の自由を奪おうとしたのだ。やっぱり行かせますとドリーズに電話をすると、私は輪と手を繋《つな》いで家に帰り、園の荷物を用意して、ベビーカーを押してドリーズまで歩いた。今日の夜はパーティだからね、ケーキ食べようね。そう言うと輪はうんっと元気な返事をして私に手を振った。連絡帳忘れましたと言う私を覗き込んで、山崎先生が大丈夫ですか？と聞く。

「え？」

「ちょっと顔色が悪いような……」

大丈夫ですちょっと寝不足でと言うと、私はもう振り返りもしない輪の背中に行ってきますと声を掛け保育園を出た。ビルの入り口に立つ警備員に「失礼します」と挨拶《あいさつ》したが、彼は男の人に話しかけられていて私の声に気づかないようだった。「僕の気持ちを書いたので読んでください」警備員と通りすがりの男の会話にしては奇妙な台詞《せりふ》だなと思って振り返ると、男はノートのようなものを警備員に差し出していた。警備員はにやつきながらも明らかに困惑しており、私は一体何が起きているのか把握出来ないまま、それでもその不審な男に顔を見られるのが嫌で目を逸《そ》らした。警備員は白髪交じりの五十代と思しきおじさんで、特に格好良くはない。男の方は、恐らく三十前後、小太りでオタクっぽい服装とリュック。二人ともゲイやバイといった洒落《しゃれ》た雰囲気はない。あの警備員が、あの男が自殺しようとしている時、或《ある》いはあの男が何か困っているのを助け、男は感謝の気持ちを伝えるべくノートに謝辞を書き記し持ってきた。という線はどうだろう。私は何となく納得のいかない気持ちを抱えたまま、悶々《もんもん》と歩いた。私の想像は次第にあの男の変態的な自慰行為に変わり、次に刃物を持ってドリーズに押し入るあの男の血走った目へと変化していった。保育士たちは、どこまで子供を庇《かば》うだろう。あの人は真っ先に子供を置いて逃げるだろう。あの人は子供を庇って刺されるかもしれない。逃げ足の遅い小さな子どもたちが次々に惨殺《ざんさつ》されていく。訳が分からないままきょとんと事態を見つめている輪の細い首を鋭利な刃がえぐる。一撃では絶命せず、声にならない声を上げる輪は男の靴に踏みつけられ、顔を切りつけられる。めためたに切り裂かれた小さな顔は、凄惨《せいさん》な現場を見慣れた警察官でさえ顔を背けるほどだった。

さっきのホテルに戻ってケーキ屋で予約伝票を渡すと、店員が大きな箱を持って来て蓋《ふた》を開けた。二段の薄ピンクのショートケーキは、側面にパステルの黄色や青や緑で花や葉が描かれており、芸術的な美しさだった。プレートには「Happy Birthday RIN」と書かれている。子供たちにぐちゃぐちゃにされる様子を思いつつ八千円強のお金を払うと、私は帰路を歩みながらツリーを二粒飲み込んだ。

郵便受けに不在票が入っているのを見つけ管理人室に宅急便を取りに行くと、巨大な箱を出されあああそうかバルーンかと思い出した。台車使いますかと聞かれたけれど、薄い紙で出来た巨大な箱は面白いほど軽く、私はケーキの箱をその箱に載せ、ゆっくりと慎重に部屋に向かった。玄関で蓋を開けると、バルーンがふわりと飛び出した。キティちゃんが一つ、ハートが二つ、星が一つ、ハッピーバースデーと書かれた丸い透明なバルーンの中には小さなハートの風船がいくつも入っている。キティを見ると軽く発狂する輪は、これを見たら失神するかもしれない。私はバルーンをリビングを入ってすぐの所に置き、向きを整えた。

さっき手早く済ませた化粧にがっつりと上乗せし、髪を巻く。巻いた髪をアップにすると、私は携帯を手に取り青田さんにメールを打った。「すみません、五回目の原稿の件でご相談です。先月末から体調が悪く原稿が難航しており、更に親戚《しんせき》の急死と水疱瘡《みずぼうそう》にかかった子供の看病が重なり、締切に間に合うかどうか微妙な所です。もし出来れば次号を休載にさせて頂きたいのですが、ご検討頂けますでしょうか」私の精神状態を考えれば、今休載にするのは命取りな気もした。一度休載にしてしまったら、私はもう二度とあの小説の続きを書けないような気がした。でももう書けない。締切には間に合わない。絶対無理だ。私は何かを諦《あきら》めるように送信ボタンを押し、送信しましたというメッセージを確認して携帯を放った。もう後戻りは出来ない。そんな気持ちになった次の瞬間、私は何故《なぜ》休載にしてもらおうと思ったのか、その動機すらよく分からなくなった。

しばらく返信を待っていたけれど、編集長の確認を取ってから連絡してくるだろうと思い直し、パーティの料理の下ごしらえを始めた。ラタトゥイユと、チキンの丸焼きの中に入れるスタッフィング、そして冷製スープを仕込んでいく。とんとんとんとんと軽快な包丁の音が響く。野菜室の中には、上段に入らなかったチキンが一匹丸ごと入れてあって、私は薄肌色のそれを上からじっと見つめてから野菜室を閉じた。材料を切り分け終えた頃、リビングのコンポで流していたハッピーハードコアのコンピレーションアルバムが終わり、小休止もかねて再生ボタンを押しに行った。再び高速の音楽が鳴り始めると私は寝室のデスクの上にあるペン立ての中から二つのビニール袋を取りだした。この間、CLOSERのパーティの時、パーティだから大量に仕入れたと話すオギちゃんに買わせてと言って破格の値段で買ったＭＤＭＡとコカインだった。私はコカインを持ってリビングに戻り、財布からカードを出してテーブルの上で粉を刻み、丸めかけたお札が汚れているのに気づいて、キッチンにあったストローを短く切った。二筋を左右の穴から吸い込み、鼻の入り口についた粉をつまみ歯茎に擦り込む。ストローをとんとんとテーブルにぶつけて粉を落とし、吸い損なった粉とまとめて吸おうとした時、木目テーブルの僅《わず》かな亀裂《きれつ》に粉が挟まっているのに気づいてそちらにストローを向ける。思い切り吸い込むものの、粉は中々吸い上がらず亀裂の中で震えるばかりで、私は躍起になって再び大きく吸い込む。鼻水の出始めていた鼻がずーっと音を立てた。その時、音楽の僅かな切れ間にガーッ、という大きな音が聞こえて、私は鼻にストローを突っ込んだままはっとして振り返った。カーテンが全開になったガラス窓を、ゴンドラから手を伸ばして掃除している二人の男の内の一人がじっと私を見ていた。ストローを手に中腰のまま、私は呆然《ぼうぜん》と口を開け彼を見つめる。左右に移動するゴンドラの中からばたん、ばたん、と音をたててスクイジーを窓に滑らせ、男たちはまたガーッという音と共に下へ下がっていった。どうしよう。焦《あせ》りが胸に渦巻き、次に言葉となって口から出た。口止めのためにあの男を誘って寝る自分の姿を想像している内、私は体が勝手に動き出すような衝動に駆られ部屋中を歩き回った。どんどんコカインが溶けじわじわと私の意識を緊張させていくのが分かる。帰宅前に飲んだツリーとコカインが溶け合う。私は廊下の壁にぶつかりながら央太の部屋に行き、央太のデスクにパソコンが載っていないのを確認した後、自分の部屋に戻ってベッドの上でパソコンを開いた。強烈な光を浴び、私は昇天するだろうと思った。でもそこに映るのはつまらないメールが並んだメールボックスで、私はインターネットに接続させた後無修正動画を配信するサイトに飛んだ。無修正動画の中で女性器が揺れる。背面騎乗で揺れる男性器をくわえ込んだ女性器のアップを見ながら、私はベッド脇《わき》に落ちている電マを手に取りスイッチを入れた。どきどきした。コカインのせいかAVのせいか、一人目が射精して、二人目が射精して、シチュエーションが変わっても私は絶頂に達しない。電マがどんどん熱くなり、私は持ち手をどんどんコードの方へと下げていく。一本目を途中で止めレイプもののAVを再生すると、女が二人の男から何度も激しく平手打ちをされ真っ赤に腫《は》れ上がっていくお尻《しり》と胸と顔をじっとりと撮っているシーンから始まった。内容が過激過ぎやしないだろうか。私はそのAVの内容に不信感を抱きながら音量を上げた。腹を蹴《け》られ嘔吐《おうと》する女。乱暴に掻《か》き混ぜられた膣口は真っ赤に爛《ただ》れている。激しいイラマチオをされ再び嘔吐《えず》く女。嘔吐いて性器を吐き出すたび殴られ、殴られるたび何度も謝る女。すみませんすみません私が悪いんですすみません何でもします許してください何でもしますから。女は自分で自分の顔を殴り始める。女の顔は真っ赤に腫れ上がり、瞼《まぶた》が切れ、口から血を流し、ボクシングでKOされた選手のようだ。唾《つば》を吐きかけられ小便をかけられ女は何度もありがとうございますと言う。気持ち悪いんだよっ、という言葉と共に頭を蹴られた女は、頭から垂れた血に塗《まみ》れすみませんすみませんと再び謝り始める。抜けないのは私の性器のせいではないこんなAVで抜けるはずがない。私はおかしくない。私は鬼畜じゃない。頭の中で言い訳をしていると、バシンッ！と大きな音がしてびくりと飛び上がると同時に電マを放り投げた。どきどきしながら上半身を起こし、布団《ふとん》の中で発火しそうなほど熱を帯びていた電マを見ると、取っ手部分に大きな亀裂が走っていた。まだブーブー音をたてて振動するそれのコンセントを抜くと、部屋がしんとした。いつの間にか、AVも終わっていた。私はじっと閉じられた遮光カーテンを見つめ、次に俯《うつむ》いた。電マを床に投げ落とすと、マウスを壁に投げつけた。壊れたマウスの破片がいくつか私の体に跳ね返った。パソコンの画面は真っ暗だった。自分で電源を切ったのか、それとも最初から起動などしていなかったのか。パソコンを静かに閉じると、デスクに戻した。濡《ぬ》れた性器をティッシュで拭き、MDMAとコカインをバッグの内ポケットに入れ肩に掛けた。キッチンを通り過ぎる時ゴーッという換気扇の音が大きくなって、玄関に近づくにつれ小さくなっていく。もう一度央太の部屋を覗《のぞ》いたけれど、デスクの上に央太のパソコンはない。私は慌《あわ》てて靴を履き家を出た。エレベーターに乗り込み、鏡と監視カメラを見ないよう俯いたまま1のボタンを押し、誰も乗り込んで来ない事を祈りながら一階にたどり着くと外に飛び出した。タクシーに乗りたかったけれど人に顔を見られるのが恐かった。私は行く当てもないまま隣駅まで歩き、逃げるようにして店員と話さなくていい自動受け付けと自動精算機のあるインターネットカフェに入った。小上がりの個室に入ると、倒れるように横になった。隣の隣か、隣の隣の隣か分からないけれど、カップルがいちゃつく声がする。バッグの中をまさぐって、いつか買って使わないまま入れっぱなしになっていた耳栓を探すが、勘違いだったのか出したのか捨てたのか、耳栓はない。ふと顔を上げると青い画面に数個のアイコンを表示する備え付けのパソコンがあって、私はぞっとすると同時に右下に目をやり今が五時半である事を知る。輪を送って帰宅したのが十一時ぐらい、化粧とコテに一時間、その後一時間か二時間料理をしていたとしても、私は三時間以上AVを見ていた事になる。いや、家からここまでに予想以上の時間がかかったのだろうか。ついさっきの記憶が、昨日や一昨日の記憶とごっちゃになっているようだった。もうとっくにコカインは抜けているはずなのに何故こんなにも取り乱しているのか。私はもう、元の私には戻れないような気がして、そんな気がした途端更なる混乱に襲われた。でも元の私とは何だろう。あの窓の清掃員にコカインを吸っているのを見られる前の私、央太の前で取り乱す前の私、あるいは尋常ではないペースで日サロに通いつめる前の私、それとも輪を生む前の私、央太と出会う前の私。どれも正解の気がして、耐え難い思いがする。私は、どんな自分に戻りたいのだろう。そもそも、戻りたい自分がこの世に存在した事があっただろうか。薄暗く狭い個室の天井を見上げ、私は自分の過去を思い出そうとするものの、何が本当の記憶で何が改竄《かいざん》された記憶で何が妄想で何が現実で何が私にとっての事実で何が他人にとっての事実なのか分からない。このカオスと酩酊《めいてい》は、明日には消えてなくなっているのだろうか。私はじっと、個室の隅で体育座りをした。保育園には六時にお迎えに行くと言った。それは、五月と涼子が子供をお迎えに来る時間でもあって、私は涼子と五月と子供を連れて五月の車に乗り六人でマンションへ移動する予定だった。明日は午前中に央太がやって来て、輪と私と三人でピクニックに行く予定だった。そして明後日日曜日はもらったたくさんのプレゼントで輪をゆっくり遊ばせ、私と央太はDVDを観《み》たりこの一週間の話をしたりする予定だった。そして月曜になれば央太は帰り、輪は保育園に行き、私は締切を延ばしてもらった原稿を書き進める予定だった。輪の誕生日というイベントは、そうして過ぎていく予定だった。私は、その予定をめちゃくちゃにするために、全《すべ》てここまで用意してきたような気がした。レシピ本を見ながら決めたメニューも、モールやバナーや風船などの飾り付けも、予約したケーキやバルーンも、ピクニックのために買った新しいレジャーシートやお弁当箱やバスケットも、全て私の絶望のために私がお膳立《ぜんだ》てした物のような気がした。全ては、私の望み通りにいったのかもしれない。央太との喧嘩《けんか》、輪からの拒絶、清掃員の視線、錯乱、逃亡。全ては私が仕組み、私が望んだ事だったのかもしれない。パソコンの右下を見つめる。六時を迎えようとしていた。崩壊が始まった。私の全てが壊れる日が来た。この日のために、私は輪を生んだのかもしれなかった。この日のために、私は央太と出会ったのかもしれなかった。全てこの日のために、私は生きてきたのかもしれなかった。体育座りのまま手を伸ばし、バッグの中からMDMAを二粒取り出すと唾液《だえき》で飲み込んだ。目を瞑って膝《ひざ》に顔を押しつける。これからどうして良いのか分からなかった。目的は絶望か。いや絶望の先には希望がある。絶望して初めて、人は起爆出来る。私は、自分の信念を貫ぬこうと固く目を閉じた。やがて、携帯のバイブ音が聞こえ始めた。断続的に、何度も携帯が鳴る。保育園からだろうか。五月と涼子だろうか。それとも、保育園から連絡を受けた央太だろうか。

八時を過ぎた頃ネットカフェを出て、二駅分の距離を歩いて新宿に到着した時には九時半を過ぎていた。膝ががくがくして奥歯ががちりと強く嚙《か》み合って、体中がひりひりとしていた。時折、ジェットコースターに乗っているような突発的な浮遊感が襲い、そのたびしゃがみ込みそうになる。ロータリーやゲームセンターで煙草《たばこ》を吸ってうろうろと歩き回り、十一時を過ぎた頃CLOSERに向かった。いつもオギちゃんと来ていた私は、初めてドア代を払って入店しバッグをロッカーに入れた。毎週金曜はオギちゃんが回す日だったけれど、オギちゃんはまだ来ていないようだった。見覚えのある人達にも声を掛けず、カウンターでコーラを買うと隅っこのソファに腰かけた。爆音光線歓声の中、一人黙ってコーラを飲む。私にすっぽかされた五月と涼子。私に放棄された輪。私に迷惑をかけられた央太。皆はどうしているだろうか。面倒見のいい五月は輪を預かると言うかもしれないが、ドリーズは保護者に確認を取らないまま他人に子供を預けたりはしないはずだ。ではやはり央太が重要な打合せをキャンセルしてお迎えに行くのだろうか。食いしばった歯が動かない。尻ポケットでまた携帯が振動する。ソファの上に体育座りをして震えながら、我が家の冷蔵庫の中にあるはずの生の鶏を思う。内臓をくり抜かれた空っぽのお腹《なか》にスタッフィングを詰められ丸焼きになるはずだった鶏を思う。パーティ料理の主役になるはずだった鶏を思う。皆に食べられるはずだった鶏を思う。今も冷蔵庫で凍えるあの空っぽの鶏こそが、この世で最も不憫《ふびん》な生き物のように感じられた。

「ユーカ？」

　黙ったまま顔を上げ、私は自分の目の前に立っているのがミカだと知る。

「久しぶり。俺最近ずっとアメリカ行っててさ。オギと一緒？」

「ミカ」

「どうしたの元気なさそうだね」

「ミカは薬剤師だったって聞いたけど」

「ああ。昔ね。でも薬剤師の資格とって薬局で少し働いてすぐ辞めちゃったんだ」

「ツリーは、何系の薬なの？」

「ユーカ、すごい顔色だよどうしたの？」

こわいっ！ 怒りに震えるような声が喉《のど》の奥から地響きのように空気へ伝わっていった。私は誰かを怒鳴りつけるように叫んでいた。「こわいっ！ こわい！ こわいよ！」目を見開き絶叫してミカの腕を掴《つか》む。どうしたのどうしたのユーカ僕の事見てごらん僕の目はよく見ると緑がかってるんだよ。ミカの声に僅《わず》かずつ顔を上げる。涙がぼろぼろと流れてこわいこわいこわいと、私は口だけで呟《つぶや》き続ける。そして依然、私は何が恐いのか分からない。

「ユーカは、自分に利益を与える人間と付き合うべきだ」

ミカの言葉に、訳も分からずうんうんと頷《うなず》き続ける。

「ユーカはもっと他人から自由になるべきだ」

黙り込み、私は静かに激しく胸を上下させる。

「ユーカはどうしてそんなに不自由を望むの？ 他人から解放されなければユーカは一生自由になれないよ。いつも何かを我慢して、たまにこうして錯乱する。これを続けていくだけだよ」

私を覗き込んで言うミカが、恐ろしくなっていく。この人は何のために、こんな事を言っているのだろう。何のために、私を説得しているのだろう。

「あれ？　ユカさん？」

オギちゃんの声が聞こえ、振り返った途端力が抜けてその場にへたり込んだ。

「ユカさんどうしたの？」

頭を振っているとミカとオギちゃんが何か言い合っているのが聞こえた。言い争っている風でも、冷静に話している風でもなかった。いいよお前が回せよと声がして、私はオギちゃんに腕を引かれて立ち上がった。何故《なぜ》か掴まれた腕から言いようのない悪寒《おかん》が走って、私は手を振りほどいた。お前ユカさんに何か回しただろとオギちゃんの声がする。ユーカが買うって言ったんだよユーカの意志だよとミカが答える。でも彼らの声が、現実から聞こえている声なのか分からない。高熱が出ているように足元がふらつく。体中が熱かった。脱水症状を起こしているのかもしれないと慌《あわ》ててコーラを手に取り一気に飲み干した。私に何のドラッグを渡したのか聞くオギちゃんと言わないミカが次第に声を荒げ始める。オギちゃんかミカか、分からないけれどどちらかが置いたのであろうジントニックをテーブルから持ち上げるとそれも一気に飲み干した。一歩後ずさると、気持ちが良くなって、もう一歩後ずさるともっと気持ちが良くなった。私は彼らに背を向け歩き出した。思うように手が動かず中々差さらない鍵を両手で押し込みロッカーからバッグを出すと、私はCLOSERを飛び出した。

足を踏み出せば踏み出すほど、頭の中のもやが晴れていく。過去の記憶、過去の思い、過去の苦悩、私はこれまで封印してきた物ものが、十年ぶりに稼働《かどう》したメリーゴーランドのように軋《きし》みながら回り始めるのを感じた。

かつて央太が批判した抗鬱剤《こううつざい》を、央太に出会う前の私は常用していた。セロトニンの再取り込みを阻害《そがい》し、より多くのセロトニンをシナプスに留めておく、という新型抗鬱剤SSRIの仕組みを知った時、私は身体《からだ》のみでなく精神をも自分自身でコントロールが可能なのだと知り、一国の王となったようなコントロール感覚に酔いしれた。同じような仕組みでありながら、セロトニンを閉じこめておくだけでなくセロトニンそのものの量を増やすと言われているMDMAの効用を知った時もまた、私は全能感に酔いしれた。SSRIとMDMAによって、私はいつでも鬱を克服出来る。自分自身の意志によって脳内にセロトニンを漂わせておく事が出来る。鬱になる選択すら自分自身で下せる。私はその時初めて、自分の人生は自分のものなのだと思う事が出来た。そう思う事で、私は強い自信と力を持つ事が出来た。しかし、央太は抗鬱剤を「飲むべきではない」と言った。抗鬱剤を飲むという選択は自身を「コントロールしている」のではなくより強大なものに「コントロールされている」のだと言った。央太の言葉に、私は確かにある種の救いを感じた。自分自身の中にコントロール出来ない部分が存在するのだと認める事で、全てをコントロールする事は不可能であると認める事で、私は楽になった。だがそう思った瞬間私はある種のコントロール感覚を喪失した。そしてそれを喪失した事で不安定になった部分を、央太という、夫という揺らがない存在に依託した。私は、央太の言葉でコントロール感覚を剥奪《はくだつ》された事によって外部に依託しなければならなくなった事物の七割を、央太に依託したのだ。しかし七割の内の三・五割ほどは彼が唯一無二《ゆいいつむに》の存在でなければ依託出来ない類《たぐい》のもので、恐らく別居を始める直前に夫から送りつけられた、私が永遠に知り得ないはずの夫のモノローグを読んだ瞬間、私は彼を唯一無二の存在として受け入れる事が出来なくなったのだろう。そうして彼が唯一無二の存在ではなくなり、三・五が依託先から追い出され宙ぶらりんになっていた頃、担当編集者が私をオギちゃんのライブに誘った。私はオギちゃんに出会い、彼の唯一無二性に触れ、傾倒し、その三・五を少しずつ依託していった。私は、夫に依託出来なくなった三・五をオギちゃんに依託する事で、再び足場を固めたのだ。もし今夫がオギちゃんとの関係を知り、もう二度と会うなと言ったとしたら、私は二度とオギちゃんに会わないだろう。でも依託先を失った三・五は、人であれ物であれ思想であれ、結局また私にとってある種の唯一無二性を持つ何ものかに依託しなければならないのだ。

オギちゃんの登場によって、私は再びある種の安定を手に入れたが、恋愛関係でない私たちを結びつける大きな要素はドラッグだった。私はオギちゃんからドラッグをもらって飲むという行為を続ける事で、オギちゃんとの関係を保つと同時に私自身の依託している部分もまた保っていたのだ。しかし私はミカからツリーを買った。その時、オギちゃんを通さずにドラッグをやるという選択肢を持った事で、私は図らずもオギちゃんとの関係性を一方的に変容させてしまったのだ。ぐにゃりと変化したその関係性は、次第に私を蝕《むしば》んでいった。私は少しずつツリーを乱用し始め、いつしか私の三・五はオギちゃんのコントロール下を離れていった。今回、私の三・五は、私自身の魔の手によって依託先を失ったのだ。いやしかし、考えてみれば央太だって私を拒絶したわけではない。央太の文章を読み、私が一方的に依託を諦《あきら》めたのだ。夫のせいと言うか、ミカのせいと言うか、オギちゃんのせいと言うか、自分のせいと言うかは、裁量一つだ。私の三・五は、二度依託先を失った。でもそもそも、その三・五は、央太の言葉によって姿を現した魔物である。それまで自分自身を必死に統合しコントロールしていた時には大人しく息を潜めていた魔物である。私はまた、自分で自身を統合しコントロールしていた頃に戻るべきなのかもしれない。依託先を失い魔物が弱っている今、魔物を檻《おり》に閉じこめ自分自身を統制可能な世界へと、導いていくべきなのかもしれない。でもそれは、私の中から小説を抹殺するという事に等しいような気がした。

さっきいたネットカフェに戻ると、今度はワード、エクセル導入のリクライニングソファの個室に入室した。薄い金属板のドアを閉じると、椅子《いす》に座りワードの文書ファイルを開き、勢いよくキーボードを叩《たた》き始めた。私の魔物は小躍りし、文章はどんどんと行数を増やしていく。確かに私は、央太にコントロール感覚、全能感を奪われた時から、空母のような存在となった。何かを受け入れ、何かを送り出す事によってのみその存在に意味が付随する、空母のような存在に。だからこそ私は、央太にコントロール感覚と全能感を奪われ不安定になって以来、死ぬ気で小説を書いてきた。小説を書くしかないのだと、私は過剰に自分に言い聞かせていた。疲れ切ったと思っていた。もううんざりだと思っていた。もう書きたくないと思っていた。もう空母ではなく、卑小な、一撃で墜落する戦闘機でいいと思っていた。でも私は、央太にもオギちゃんにも輪にも託せない魔物より強大な敵と対峙《たいじ》する時、小説以外の手段を持っていないのだ。

もしも央太と出会わなかったら、私はどんな風に生きていただろう。そう考えずにはいられない。輪の成長や家庭の充足といった現実の幸福が、私の実存的な問題の解決には全く結びつかないという不幸な性質は、央太によって押しつけられた、あるいは増長させられたものであると、私はどこかでそう感じている。五月も涼子も、幸せになる事を目的に生きている。現実的な幸せを求めて生きている。でも私の総合的な目的は現実的な幸せではない。私はマタニティマークや、マックの募金箱を見て泣くけれど、それは「これで泣く人間」に対する強烈な憧《あこが》れと劣等感によって流れる涙だ。私も物語に生きたかった。五月や涼子のように、物語の中で生きたかった。幸せになりたい。幸せになりたい。私は幸せになりたい。でも私の求める幸せは、一生手に入らない。私の求める愛も幸福も充足も、全て小説の中にしかないからだ。私が小説を書き続けるのは幸福を追い求めるからで、小説を書かなくなった時が、幸福を諦めた時なのだ。

お昼の十二時を過ぎていた。バッグを持つ手に力が入る。タクシーに乗り込むと、窓から暖かい日差しが差し込み私の太ももを照らす。マンションのエレベーターに乗り込んだ瞬間、私はまだ心の準備が出来ていない事に気がついた。心の準備をしなきゃしなきゃと思いながらも足は勝手に動き、私は鍵《かぎ》を回してドアを開けた。靴のままリビングに入ると、ママー、と声を上げ輪はソファを飛び降り、走り寄って私の足にしがみついた。ふと振り返ると、キッチンにはザルやボウルやカットされた野菜や包丁がそのままの形で残っている。たった一日なのに、野菜の表面は干《ひ》からびて見える。ママーと声を上げて私に手を伸ばす輪を抱き上げると、輪はぐずぐずと泣き出した。輪の涙を見るのは一週間ぶりくらいの気がして、そう思った瞬間ああこの子は成長してるんだ日に日に泣かなくなり身の回りの事を自分で出来るようになり言葉を覚え大きくなっているんだという実感が湧《わ》いて、私はえも言われぬ感動に浸った。央太はソファの端に腰かけ、手元の本に視線を落としたまま ちらりとも私を見ようとしない。怒っているのだろう。泣いてしがみつく輪を抱えたまま、私はソファの反対の端に腰かけた。輪が私の胸に顔を埋めているせいか、央太はアンパンマンのＤＶＤを止めてニュースにチャンネルを合わせた。女性を刺殺して逃げていた殺人犯が捕まったというニュースが、生中継の映像と共に流れていた。指名手配の写真が何度も映し出される。若いその男の顔に、私は何故《なぜ》か惹《ひ》かれた。以前から、この人の写真を見るたびに、私はこういう気持ちになっていたのだ。次の瞬間、私は初恋の人を思い出した。彼は、私の初恋の人に似ていた。指名手配犯も初恋の人も、左右非対称で片側が崩れているような顔立ちだ。私はそういう男の顔が好きだった。しかし左右非対称の顔の男は、何故か皆己の中に気持ちの悪いものを持っていて、いつも私に不利益をもたらすのだ。ふとミカの顔を思い出した。ミカは左右対称の顔だ。右側を左側に転写したように、美しく対称的な顔だ。私はふと隣を見る。じっとテレビを見つめる央太の顔は、僅《わず》かに左側が歪《ゆが》んでいる。オギちゃんの顔を思い出す。オギちゃんの目は、右が一重、左が二重だ。私は、自分に不利益をもたらす二人の男性を、最も近くに置いているのかもしれない。輪の頭を撫《な》でると、頼りない髪の毛が汗で湿っていた。

「じゃあ、三人でピクニックに行こうか」

　明るい声で何かを断ち切るようにそう言うと、うんっ、という輪のしゃぼんだまのように儚《はかな》く軽快な声が響いた。私の顔には笑みが張り付いて、もう永遠に剝《は》がれないのではないだろうかと思うほど、それは強固な笑顔だった。

涼子

耳だれと鼻水を垂らす我が子を見ていると、この子の体内は腐敗し、この黄色くねばつく液体が頭から指の先まで詰まっているのではないかという気になる。嫌がって泣き喚《わめ》く一弥の耳だれを綿棒で拭《ぬぐ》い、臭《にお》いを嗅《か》いでみたい衝動に駆られつつ、キッチンの蓋《ふた》付きゴミ箱に放り投げた。もう何度目だろう。抗生物質と咳《せき》と鼻の薬を飲ませ、良くなったと思って抗生物質を中断すると二、三日で再び耳だれが出て、また抗生物質を処方される。ユカは完全に膿《うみ》がなくなるまで抗生物質を与え続けた方がいいと言っていたけれど、医者は一週間以上赤ちゃんに抗生物質を飲ませるのは、と渋って処方しようとしない。浩太は自分が病院に連れて行った事など一度もないくせに、病院を替えるべきじゃないか、抗生物質をやめるべきじゃないか、いや抗生物質をもっと長く与えるべきじゃないかと私のやる事なす事に文句をつける。一弥が常に鼻水を出し中耳炎を繰り返しているせいで、完璧《かんぺき》にたてたはずの予防接種のスケジュールも狂いまくっている。今手元にある予防接種票は三種混合が二枚とポリオが一枚、任意でもヒブワクチンを二回と、これからの季節に備えてインフルエンザも打ちたいと思っているのに、このままでは近々風疹《ふうしん》麻疹《ましん》混合の予防接種票も届き、接種スケジュールは更に混迷を極めるだろう。インターネットで情報を収集し、汚い空気が良くないとあれば実家に頼んで空気清浄機を送ってもらい、車通りの少ない道を選んで歩き、細菌が良くないとあれば帰宅時はもちろん数時間おきに一弥の手を洗い消毒し、横になったまま飲み物を飲むのが良くないとあれば添い乳を止め寝る時も夜泣きの時も縦抱っこで飲ませ、飲み終えてから五分ほどは横にさせないようにした。煙草《たばこ》が良くないと知った時は、浩太がよく一緒に営業回りをしている吉村さんが吸っているのを思い出し、吉村さんが車で煙草を吸う時は必ず窓を開けてくれと懇願した。浩太は鼻で笑い、私が本気で言っているのだと分かると目を丸くした。保育園を休ませろだの病院を替えろだのと文句を垂れるばかりでお前は窓を開ける事も出来ないのかとカッとして、私は激昂《げきこう》し浩太をなじった。吉村さんが煙草を吸っているせいで一弥が中耳炎になるなんてあり得ないと言い張りながらも、「とにかく一弥が完治するまでは」という私の強い要請によって、吉村さんと一緒に営業回りをした日は帰宅後ダイニングに上がる前にシャワーを浴びてもらう事になった。

朝一で訪れた耳鼻科の待合室には既に十人以上の患者がいて、診察券を出してから四十五分が過ぎ、いい加減機嫌の悪い一弥をあやすのも抱っこするのももう限界という頃、携帯が鳴った。昨日の夜、私が送ったメールへの返信だった。「年末進行で、もうばたばた。来月中旬辺りまで時間取れなさそう」文末には悲しげな顔文字がついている。輪ちゃんの誕生日以来、ユカは明らかによそよそしくなった。突然の当日ドタキャン、連絡も何もなしのドタキャンだ。そんな事をする時点で正気でないのは確かだけれど、ほんとごめんねーという調子の良い声で始まった「十年来の友達が突然自殺を匂《にお》わせるようなメールを入れてきてそのまま失踪《しっそう》しちゃって、友達の旦那《だんな》と探し回ってたの。色んな人に電話掛けまくったから充電は切れちゃうし、見つかったは見つかったんだけど手首ざっくりいってて病院に連れて行ったり色々その後のケアしてる内にもう次の日のお昼になってて」という言い訳を一度は信じたものの、ユカのけろっとした表情を見ている内に疑心が強まり、その理由を伝えるためだけに誘ったかのように、ベーグルを残し中の具だけを食べ終えるとあっさり「じゃあ私締切前だからそろそろ」と席を立ち、もうパーティやらないのと聞く私に「ああ悪いんだけど無しにするわ」と言い、だったらこれ、と渡した輪ちゃんへのプレゼントを「ありがとー。何か色々ごめんね」とへらへら笑って受け取りカフェを出て行く背中を見つめながら、私はユカの口にしたドタキャンの理由が全《すべ》て嘘《うそ》であると確信した。そもそも、ユカが友達の失踪や自殺を、奨励する事はあっても止めるなんて事はあり得ない。でも私はユカに対して「ムカつく」という気持ちにはならなかった。無責任なユカに対して、私はこれまでずっとムカついてきたけれど、今回に限っては同情に近い感情を抱いた。きっと、彼女が口にしたドタキャンの理由は、彼女自身も「信じてもらおう」という気で話したものではないはずだ。ユカが本気で嘘をつこうと思ったら、話の内容はともかくとして、少なくともあんな態度では話さないはずだ。体裁としてドタキャンの理由なるものを伝えはするけれど、それは嘘である事を前提とした上での体裁であって、これ以上この件に関して一切言及しないで欲しいという意思表示であるかのような、そんな気がしたのだ。あのドタキャン騒動から一夜明けた土曜日、ユカから送られた「昨日は本当にごめんね。事情は今度ゆっくり話すね」というメールにも、週末を挟んで月曜カフェで落ち合い理由を聞いた時にも、私はこれまで一度もユカに感じた事のなかった悲壮感を目の当《ま》たりにした気がした。軽い口調もへらへらとした表情もむしろ痛々しく、あちこちに激しくぶつかった末、潰《つぶ》れも壊れもせず帰還したピンボールのようにくたびれた印象を受けた。だから私は、そろそろ落ち着いただろうかという打診も兼ねて昨日、「また今度三人で食事でもしない？」と当たり障《さわ》りのないメールを送ったのだ。

　ドタキャンされた日、確かに私は苛立《いらだ》っていた。まただ、ユカがまたやりやがった、そんな気持ちでいた。心配そうにユカに電話を掛け続け、家に行ってみようか、輪ちゃんを引き取ってうちで待ってようかと提案する五月さんに、私は素直な気持ちで同意出来なかった。約束の時間から一時間経《た》った頃、五月さんは副園長の芦谷先生に今日は六人で食事をする予定だったんですと事情を説明し、輪ちゃんを引き取らせてくれないかと頼んだ。もちろん本人も予想していたのだろうが、保護者の方の承諾なしには無理ですと断られ、仕方なく私たちは自分の子だけを引き取る事にした。一歳児クラスを通ってゼロ歳児クラスにお迎えに行く私を、輪ちゃんが見つめていた。話しかけないでと思ったけれど、輪ちゃんは一弥をスリングに入れて立ち上がった私を見上げ、「パーティーは？」と聞いた。ママがお迎えに来たらパーティしようね、と笑いかけ、まだ何か物言いたげな輪ちゃんに背を向けてクラスを出た。入り口で五月さんを待っていると、五月さんはわざわざ自分から一歳児クラスに赴き、何やら輪ちゃんと話しているようだった。戻ってきた五月さんに何て言ったんですかと聞くと、

「ママは後で来るからねって。今日パーティが出来なくてもまた今度皆でパーティしようね、って」と悲しげに言った。よその子供を見て、あんなに切ない気持ちになるのは初めてだった。タッチドアを開けてドリーズを出る際、振り返ると輪ちゃんが私たちをじっと見つめていた。柵《さく》に手を掛け、帰っていく私たちをじっと見ていた。思わず涙がこみ上げた。五月さんも同じ気持ちだったのか、眉間《みけん》と鼻に皺《しわ》を寄せていた。プレゼントで膨らんだ、私と五月さんのバッグが虚《むな》しかった。もしかしたら何か勘違いしてるだけかもしれないからと、五月さんはドリーズの近くのカフェで待っていようと提案した。「いくら何でも、朝まで保育園に置き去りなんて事はあり得ないでしょ」と五月さんは笑っていたが、八時を過ぎても九時を過ぎてもユカと連絡はつかず、ドリーズに電話を掛けても「お母様もお父様も電話に出ないんです」と途方に暮れた様子だった。とうとう十時を回ってカフェが閉店準備を始めた頃、窓の外に見覚えのあるベビーカーを見つけて私は声を上げた。

「輪ちゃん」

慌《あわ》ててカフェを出て声を掛けると、輪ちゃんは泣いていたせいか、それとも眠いせいか分からないけれど赤く腫《は》れぼったい目を私に向けた。今日がお誕生日で、お母さんと友達らにお祝いをしてもらうはずだった、美味《おい》しい料理とケーキを食べるはずだった、たくさんプレゼントをもらうはずだった輪ちゃんは、無表情で私を見つめた。ベビーカーを押していたユカの旦那さんに会釈《えしゃく》すると、後ろから追いかけて来た五月が輪ちゃんに駆け寄ってその手を取った。

「今日、パーティをやる予定だったんですよね？」

旦那さんの言葉に、そうなんですと五月が答えた。

「ずっと連絡がつかなくて、心配だったので近くで待っていようという事になって」

「すみませんでした。連絡が取れ次第すぐに連絡を入れるように言います」

「何か、あったんでしょうか。事故とか、事件とかに巻き込まれた可能性は……」

「大丈夫だと思います。彼女は、割とこういう事をするタイプの人間なので」

じゃあ、と言って彼は軽く頭を下げ、再びベビーカーを押して歩き始めた。身を乗り出して私たちを振り返る輪ちゃんに「また今度パーティしようね」と五月が声を掛けた。その時、赤い目の輪ちゃんが僅《わず》かに微笑《ほほえ》んだのを、私は見逃さなかった。輪ちゃん笑いましたよねと聞くと、五月さんはうんと頷《うなず》いた。輪ちゃんが無事に保護者に引き取られた事に安心したものの、ユカの旦那の態度が腑《ふ》に落ちず、私は悶々《もんもん》とした気持ちでいた。割とこういう事をするタイプの人間なので。という言葉は確かにそうだ。私だってユカのドタキャンに「またやりやがった」という気持ちでいた。でも自分の夫が、自分の最も近くにいる人が、「そういうタイプの人間」として自分を認識しているという事に、ユカはどんな思いでいるのだろう。ユカと仲が良かった高校一年の頃、いつかユカが突然行方不明になったり、前触れもなく自殺するかもしれないという予感めいたものを感じた事があった。でも今、私は輪ちゃんがある日突然死んでしまうのではないかという、数倍後味の悪い予感を胸に抱いていた。大人びた顔立ちで無表情を決め込む彼女は、ある日突然保護者の怠慢などが原因で、事件や事故に巻き込まれ、音もなく消えてしまうような気がした。

カフェに戻ると、既に眠りこけソファに置かれていた一弥を「見といて」と頼まれた弥生ちゃんがしっかりと一弥の手を握ったまま「輪ちゃんは？」と大きな声を上げた。輪ちゃんはパパとお家に帰るんだって。だからパーティはまた今度ね。と穏やかな表情で言う五月さんに、弥生ちゃんは大きく頷いた。さっきまで「ユカはひどい母親だ」「輪ちゃんが可哀想《かわいそう》だ」という私の嘆きを聞いていたせいか、弥生ちゃんはどことなく安心したような表情を見せていた。言葉の全てを理解している訳ではないのだろうが、私たちを包む不穏な空気を、弥生ちゃんも肌で感じていたのだろう。弥生ちゃんは、顔はそんなに似ていないけれど、性格は五月さんにそっくりだ。皆に優しく、思いやりがあって、三歳なのに大人のような気遣いもする。苦しんでいる人、悲しんでいる人と一緒になって苦しみ、悲しむような、心の優しい女の子になるだろう。近くのイタリアンレストランで軽く食事をした後、五月さんの車で家まで送ってもらった。別れ際《ぎわ》、子供たちが眠っている後部席を一瞥《いちべつ》してから、五月さんはこう言った。「もしも今回の事が、ユカが故意に引き起こした事態であったとしても、今日の事で一番傷ついてるのはユカかもしれない。ムカつく気持ちは分かるけど、ユカを責めるような事はしない方がいいと思う」。ムカつく気持ちはもうなかった。輪ちゃんも、ユカも、ユカの旦那さんも、ただただ不憫《ふびん》だった。一弥を抱いて帰宅した私は、何の取り柄もない統一感に欠けた部屋を見渡し、胸の奥に仄《ほの》明るいものを感じた。私は幸せだ。少なくともユカよりは恵まれている。そう思った。

一弥くん。中山一弥くん。名前を呼ばれてはっと顔を上げると、私は返信を打ち始めていた携帯をバッグに放り込み、一弥を抱き上げ診察室に入った。額にドーナツ型の鏡をつけた先生は、私と一弥に気づくと「あこんにちは」と微笑んだ。その表情に「またか」というううんざりしたものが感じられる。

「今朝、また耳だれが出ました」

「そうですか。えっと、三日前に抗生物質を切ったんですよね。じゃあ今日も抗生物質を出しますんで、とりあえず三日飲ませてみてください」

一弥を抱いたまま診察台に座ると、もうすっかり慣れきった流れ作業のように、私は一弥の足を両足で挟み、抱きしめるように両腕を抱え込んだ。身動きが取れなくなり泣き喚《わめ》く一弥の頭を「綺麗《きれい》にしてもらおうねー」と看護婦が甘ったるい声を出しながら二人がかりで押さえつける。先生が吸引器に細い金属のノズルを付け、一弥の左耳の耳だれを吸引し始めた。痛い！　とこちらが顔を背けたくなるほど奥までノズルを突っ込んで吸引すると、次に反対側の耳を覗《のぞ》き込んだ。

「うーん、こっちも赤いね」

言いながら、次はノズルをゴムのチューブに付け替え、先生は一弥の鼻水を吸引し始めた。吸引されている間一弥は声を詰まらせ、チューブが抜かれるとギャーッと身もだえして大声を上げた。

「喉《のど》も赤いね。多分、治りかけた時に保育園で菌をもらってきちゃったんだろうね」

先生は一弥の耳に点耳薬を垂らし丸い脱脂綿を詰めると「はいお終《しま》い」と微笑んだ。

「あの、中耳炎って、普通こんなに長引くものなんでしょうか」

「うーん、ちょっと長いね。二週間くらいだっけ」

「もう三週間で、耳だれは四回目です」

「とにかく新しい風邪をもらわないようにする事、鼻水が出てる時は吸引。また明後日か明明後日にもう一度診せてください。鼓膜が塞《ふさ》がってもまだ腫れてたら切りましょう」

はあと頷くと、「じゃあネブライザーやってってください」と言われ、私は診察台から立ち上がった。ぎゃんぎゃんと泣き喚く一弥を抱きかかえ、吸入器を口元に当てようとするものの、一弥は顔を振って嫌がるばかりで、ほとんど吸入出来たとは思えなかった。待合室で処方箋《せん》を待ちながら、私は荒野に一人取り残されたような気持ちでいた。浩太も医者も、本気で一弥の中耳炎の治癒を祈ってはいない。浩太は無責任に私や医者を批判するばかりだし、医者はヒステリックな親にクレームをつけさせないだけの診察と処方をする事が目的であって、本気で一弥を中耳炎地獄から救いだそうとはしていない。自分の子どもが一弥と同じ状況に置かれた時、彼はあんな態度で治療しないはずだ。恐ろしかった。私は、一人で一弥の中耳炎の責任を持たなければならない。中耳炎が治らないのも、治るのも、全て私のせいなのだ。孤立無援だった。立ち向かおうという気持ちには全くなれなかった。まるで、一弥の本当の母親は他にいて、私はその母親の代理で病院に通い薬を飲ませ鼻水を取っているかのような、そんな気持ちだった。真っ向からこの現実に向かい合おうとすると、「逃げたい」「助けて」という逃避の言葉が先に浮かぶのだ。私の責任じゃない！　私は一弥の中耳炎の当事者ではない！　そう思わないと正気を保てなかった。

調剤薬局に行くと、五人ほどの客の中にお腹《なか》の大きな妊婦がいた。お腹の張り止めでも処方してもらったのだろうかと、文庫本を読んでいる彼女を横目で見つめながら、一弥が泣き出さないように抱っこをしてうろうろと店内を歩き回っていた。あんたのその余裕しゃくしゃくな生活も、お腹の子が生まれれば即終了だ。そんな意地の悪い気持ちになる。筋肉がちぎれそうな左腕に、ぐっと体を伸ばした一弥のせいで強い負荷がかかる。いたっ、と顔を顰《しか》めた時、文庫本から顔を上げた妊婦が一弥を見て微笑んだ。あっ、あーっ、と声を上げ、一弥も笑顔で手を伸ばしている。二人が笑顔で見つめ合う姿を見て、私は胸を鷲《わし》づかみにされたようにはっとした。妊婦と赤ん坊が微笑み合う様子には、他を圧倒する力があった。まるで、彼女こそが一弥のお母さんであるかのような、そんな気がした。

　五月さんの姿が脳裏に蘇《よみがえ》る。五月さんは妊娠してるんじゃないかという疑いは、少し前から抱いていた。この間、輪ちゃんの誕生日の日に食事をした時、最近体の調子が悪くてと言いながら五月さんが一瞬お腹を触ったのを見た瞬間、ああきっと妊娠してるんだと思った。私は僅かに心が温まるのを感じたけれど、次の瞬間激しい怒りと悲しみに、顔を歪《ゆが》めた。夫婦仲が悪いと愚痴をこぼしていたのに、寝室も別だと言っていたのに、何で妊娠してるんだという理不尽な怒りが湧《わ》いた。自分でも戸惑うくらい、私は妊娠したと思しき五月さんに嫉妬心《しっとしん》を抱いていた。例えば、ユカが妊娠したと言っても、私は何の怒りも感じないだろう。セックス好きのゴム嫌いなイメージのあるユカには、いつ妊娠してもおかしくないだろうという思いがどこかにあるのだ。でも五月さんは節操のないタイプではないし、計画的に人生を考えている人だという印象があって、つまりどこかで、私は五月さんに同族意識を持っていたのかもしれない。そしてまだ次は考えていない、と二人目に後ろ向きと思われた五月さんが、計画的なのか事故的にか分からないけれど妊娠したのかもしれないと思うと、とにかく私は激しく恨めしい気持ちになった。処女を捨てないと言い張っていた友達が、ある日突然自分よりも先に初体験を済ませたような、そんな気持ちに近いのだろうか。そこまで考えた所で、馬鹿馬鹿《ばかばか》しくなって思わず笑みがこぼれた。確かに私は瞬間的に激しい怒りと嫉妬心に打ち震えたけれど、それから数分もしない内にその怒りも嫉妬心もほとんど思い出せなくなっていたのだ。妊娠したのと報告されたらどんなに幸せな気持ちになるだろうとわくわくさえした。でも確かに、嫉妬心が燃えさかる音を、その時私は聞いたのだ。

薬をもらい、保育園に行くため駅に向かって歩き始めると、一気に気分が軽やかになった。保育園に着けば私は自由になる。病院や調剤薬局で待たされるのと違って、自分が歩けば歩いた分保育園に近づき、抱っこすれば抱っこした分残りの抱っこ時間が減る、という事は素晴らしい幸福だ。もしも「あと三十分抱っこすれば寝る」とか「あと四十分我慢すれば泣き止《や》む」と分かっていれば、私は全くストレスなく育児が出来るだろう。いつ終わるか分からない。一分後かもしれないし一時間後かもしれないし五時間後かもしれない。永遠に終わらない事はないと分かってはいても、その先の見えなさに、私は怯《おび》え、逃げ出したくなってしまうのだ。

一弥の泣き声に頭を上げる。時計を光らせると1：27と出ている。中耳炎のせいか風邪のせいか、ここしばらく夜泣きが多い。ひどい時は一晩に五度も乳首を貪《むさぼ》られた。大量に母乳を出しているからか、私もこの三週間で二度乳腺炎《にゅうせんえん》になって、一度は38・7℃の熱を出し、もう一度は自分で絞りまくり安全ピンで詰まった乳口をほじくって無理矢理開通させたが、乳首にかさぶたが出来て二日ほどは母乳を飲まれるたびひどい痛みに悩まされた。

ほとんど目を開けられず、手探りで一弥に乳首を咥《くわ》えさせる。一弥はぐずぐず言いながらこくんこくんと母乳を飲み始めたものの、突然焼き印を押されたような痛みが走り、ぎゃっと声を上げて一弥を引き離した。痛いっ！　怒鳴りつけると、一弥を一度大きく揺さぶった。揺さぶられっこ症候群という言葉が頭を過ぎるが、眠い頭と痛みで冷静になれない。揺さぶられ、乳首を奪われ、ぎゃんぎゃんと泣き喚く一弥の声に顔をしかめながら、私は嚙《か》まれた左乳首を覗《のぞ》き込んだ。一昨日も強く嚙まれ、やっと痛みがひいてきた所だったのに、また傷になってしまうかもしれない。夜泣きの時は、ぐずりながら母乳を飲むためよくこうして乳首を嚙まれるが、ここ数日頻度が高すぎる。生えそろったばかりの小さな前歯は、授乳中の敏感な乳首に致命傷を与えるには充分過ぎる武器だ。痛みで一気に噴き出した汗と動悸《どうき》と怒りに震えながらそっと左の乳房をキャミソールに入れると、ずきずきと痛みが走った。もう母乳をあげる気にはなれず、私は泣き喚く一弥を抱きかかえ、キッチンでミルクを作った。マグマグからミルクを飲み干す一弥を見ながら、それでも母乳をあげなければ胸が張って痛くなり再び乳腺炎になるんだという卑屈な気持ちになる。何故《なぜ》こうも、母と子は共依存的なのだろう。こんなにも私に痛く辛《つら》い思いをさせる一弥だけれど、一弥を失えば私は破滅だ。精神的にも、肉体的にも、私は一弥なしでは生きていけないのだ。本当は、一弥が二百ccのミルクを飲み干すと、マグマグを分解して洗い桶《おけ》に入れた。

マグマグはお茶や水を入れるものであって、ミルクやジュースなどの濃度や糖度の高い飲み物は衛生上入れてはいけないのだ。私は、マグマグに菌が繁殖していく様子を想像し、その菌が一弥の口から体中に広がっていくイメージを思い浮かべた。私はもう、一弥の幸せや健康を、素直な気持ちでは祈れない。一弥が健康を損ねれば損ねただけ、自分の負担が増えるという意味でしか、一弥の病気を受け止められない。リビングの充電器にささったままの携帯を光らせると、浩太からメールが入っていた。

「吉村と渡辺と少し飲んでから帰る」。どうせ飲みに行っているんだろうとは思っていたけれど、メールを見てしまったせいで怒りが湧き目が冴《さ》えた。だっ、だっ、と手を伸ばして抱っこを懇願する一弥を抱き上げると、左手で抱えたまま右手で冷蔵庫の中を漁《あさ》った。もういつ開けたのかも思い出せない芋焼酎《じょうちゅう》を取り出すと、ロックグラスに半分ほど注いで一気に飲み干した。元の味は思い出せないが、何となく冷蔵庫に長年入っていた味がして、吐き気がする。もう一度グラスに半分注ぐと、一弥が手を伸ばしてあっあっと声を上げ始め、私は苛立《いらだ》ち紛れにグラスを一弥の口元に押しつけた。強烈な匂《にお》いに顔をしかめ、一弥はわーんと声を上げて泣き始めた。私はそれを飲み干すと、ボトルを冷蔵庫に戻してグラスを洗い桶に入れてベッドに戻った。虚《むな》しかった。今浩太は同僚と仕事の愚痴や嫁の愚痴や子どもの可愛《かわい》さなんかを話しながら美味《おい》しい酒を飲んでいるのだろう。私は吐きそうなほど眠い中子どもに乳首を嚙まれミルクを作り暗いキッチンで冷蔵庫臭い酒を一気飲みして、数時間後に再び起こされるのであろう予感にうんざりしながらベッドに舞い戻っているにも拘《かか》わらず、浩太は何ものにも邪魔されず何ものにも抑圧されず何ものにも自由を奪われずに楽しいお酒を飲んでいるのだ。一弥は、十分ほどぐずぐず泣いた後眠りについた。私もまた、いつの間にか目を閉じていた。

朝までの間に計三回夜泣きで起こされた。三度目に起こされた時、二度目に起きた時にはいなかった浩太が、酒臭い寝息を吐きながらベッドの端で眠っていた。二度目が三時、三度目が四時半だったから、その間に帰ってきたのだろう。夜嚙まれた時は気づかなかったけれど、顔を洗うついでに洗面所で胸を出して見ると、左の乳頭の下に、やすりで削られたような荒い傷跡がついていた。二度目に起きた時と三度目に起きた時、右だけを飲ませたせいで、左の乳房の方が明らかに大きく張っている。保育園に送ったら搾乳《さくにゅう》しようと思いながら、私は顔を洗い始めた。

一弥を保育園に送った帰り、不意に実家に行ってみようかと思いついた。駅から母親に電話を掛けると、私はケーキを買って実家に向かった。

家の中がいつもより散らかっているような気がして、お茶煎《い》れるね、と言う母親の後ろで、ぐるりとリビングを見渡した。高かったのよーと以前母親が自慢していたバルマンのトレンチコートが床に落ち、踏みつけられたのかしわしわになっている。キッチンに立ってぞっとした。流しに食べ残しのこびりついたお皿が大量に詰め込まれ、今にも虫が湧《わ》きそうな、いやちょっと皿を動かせば小蠅《こばえ》や蛆《うじ》が顔を出しそうなほどだった。

「何これ」

「光が来なくなったのよ」

「自分でやればいいじゃない」

「忙しくってね。ここんとこ家事は光に頼りきっちゃってたし、光がうち辞めたから、そのせいで仕事も倍増して」

「叔母さん、何で辞めたの」

「あとお母さん、お父さんと離婚するから」

は？という間抜けな声に、母親は答えずポットに水を入れた。生き残っているお皿がなかったため、仕方なくあまり汚れていなかったお皿を二枚洗って、フォークと一緒にテーブルに出す。

「何で？」

「あんたも修司も所帯持ったわけだし、別に迷惑かかんないでしょ」

「迷惑だって言ってるんじゃなくて、何でかって聞いてるの」

母親はいつもこうして話を脱線させていって、最後には風が吹けば桶屋《おけ》が云々《うんぬん》というような筋違いの結論しか出さない。

「光と浮気してたのよ。あの人。だから追い出したの。そしたらアパート借りて光と一緒に住み始めたのよ。もう何か、笑っちゃうわ」

母親の背中を見つめながら、ケーキの箱に貼《は》られたシールを撫《な》でる。叔母の白い顔が頭に浮かぶ。躁鬱《そううつ》のブタ女と、父親がセックスをした。表情が険しくなっていくのが自分でも分かった。でも今自分が立つべきポジションは、きっと叔母を激しく憎んでいるであろう母を客観的に眺められる場所であるような気がして、父親に対する嫌《けん》悪《お》を私は敢《あ》えて口にしなかった。

「でも安心して。この家はくれるって言うし、多分慰謝料ももらえるし、お母さんもすぐに新しい恋人見つけるから。会社が軌道に乗ってる時で良かったわ」

何と言って良いのか分からず、しばらく黙り込んでからケーキの箱を開け、ふうんと頷《うなず》いた。お母さん何食べる？　と聞くと、母親はキッチンから身を乗り出して箱の中を見つめ、ブルーベリータルト、と答えた。ブルーベリータルトとショートケーキをお皿に出し、残りは冷蔵庫に入れた。

「離婚した後、お父さんとお母さんが死んだら、私とお兄ちゃんには両方の遺産を相続する権利があるのかな」

別に興味もないのに、私は何故かそんな事を聞いていた。

「知らないわよそんな事。お父さんは離婚ですっからかんになるかもしれないし、お母さんの遺産は会社の運営にあてるかもしれないわよ。嫌ね、親の離婚話聞いてまずお金の話なんて」

「ああ、ごめん。何かでも、現実味がないっていうか、夢の話聞いてるみたいなんだけど」

「初めてじゃないのよ。あの人たち、あなたたちがまだ小さい頃にも浮気してたの」

私はお茶が出てくるのを待たずにショートケーキのフィルムを剝《は》がすとフォークを突き刺した。

「お父さんは、あなたたちが小さかった頃、あなたたちも裏切ったのよ。あなたたちの叔母と浮気をして、私たち家族を欺いたのよ」

「何で、浮気を知ったのに叔母さんが家に出入りするのを許したの？」

「浮気がばれてから数年間は、光はこの家に来なかったわ。覚えてない？　三年くらいかしら、一度も来なかったわよ。でも、あの子鬱病になったでしょ？　何だか可哀《かわい》想《そう》になっちゃって、光も充弘さんと結婚したし、もう大丈夫だろうって情をかけたら少しずつまた家に来るようになっちゃって。でも二人がまた関係を持ち始めたのは、本当にごく最近の事なのよ。あなたたちが出て行った後の事だから。だから、今回は別にあなたたちを欺《あざむ》いたわけではないの」

　そもそも、父親が私が子どもの頃に浮気をしていたのが、私や兄に対する欺きであったと言えるのだろうか。母親が何故か、前回は家族を欺き、今回は母親のみを欺いたのだという所に妙なこだわりを持っているのが、気味悪かった。

「多分お父さんからも話がいくと思うけど、そうね、来年初めにも離婚は成立すると思うわ。相続やら何やらの話は、今度弁護士に聞いとくから」

　そう。と呟《つぶや》くと、イチゴを頬張った。酸味が強くて、甘みが足りない。私は、イチゴの酸味とぱさぱさの生クリームと母親の話のせいで、日常が歪《ゆが》んでいくのを感じた。まるで夢でも見ているかのようだった。今にも、一弥の泣き声で目を覚ましそうだった。

「ねえ、私とかお兄ちゃんって、子どもの頃中耳炎やった？」

「中耳炎？　やってないと思うけど。かずちゃん、まだ中耳炎なの？」

「うん。何度も耳だれ出して耳鼻科通いしてる」

「可哀想にねえ。かずちゃん、体弱いのかしら。修司もほら、小学生の頃しょっちゅう寝込んでたじゃない？　毎週毎週病院に通って。ほら、あの子起立性調節障害だったから」

母がこの「起立性調節障害」という言葉を口にするたび、私はひどいムカつきを覚える。兄が頭痛や腹痛を訴えるたびヒステリックな様子で病院に連れて行き、いつも納得のいく診断をもらえず、溺愛《できあい》している兄を信じたい気持ちと「仮病ではないか」という疑念の間で常に苛立《いらだ》っていた母親は、隣町の藪《やぶ》医者にかかりこの「起立性調節障害」という病名をもらい、やっと納得したのだ。それからは鬼の首を取ったように、あるいは何かの免罪符のように「起立性調節障害」という言葉を乱用して、学校にもお父さんにも私にも「修司は起立性調節障害だから」と言い続けてきた。例えば「偏頭痛」とか「胃弱」などの言葉では彼女は納得出来なかったのだ。それらの言葉にはどことなく、怠け者の言い訳じみたニュアンスが含まれているからだ。彼女は、あまり有名な病名ではなく、でも何となく重病そうな響きを持つその病名に納得し、藪医者にすがったのだ。兄は本当に飲むべきなのかどうかも不明な頭痛薬や胃薬を飲み続けた。でも学校を休んだ兄がいつも布団《ふとん》の中で漫画を読んでいたのを、母親が買い物に出かけるとテレビゲームをやっていたのを私は知っている。多分、母親も知っていた。彼らはそれを暗黙の了解として、病弱な息子と、病弱な息子を看病する母という役を演じていたのだ。私は、彼らの茶番を目《ま》の当《あ》たりにするたびうんざりし続けてきた。

「あんまり過保護にし過ぎるのも良くないみたいよ。例えば出来るだけ薄着にさせたり、あんまり薬を飲ませないとか、大きくなったらラジオ体操とか行水とかさせてみたらいいんじゃない？」

私が中学の頃から「太った」と言えば食事中何度も「食べ過ぎじゃない？」と眉《まゆ》を顰《しか》め、「痩《や》せた」と言えば食事中何度も「もっと食べなさい」と言う母親だ。一弥に厚着させていれば「これじゃ暑いわよ」と文句を言い、薄着にさせていれば「これじゃ寒いわよ」と文句を言うに決まっている。実際、産褥期《さんじょくき》に実家に世話になった時も、一弥の寝ている部屋を暗くしていたら「暗いわよこれじゃ不安になるに決まってる」と言い、明かりを点《つ》けておいたら「明るいわよこれじゃ眩《まぶ》しいに決まってる」と文句をつけた。彼女は、とにかく何でもいいから、何か口出しせずにはいられないだけなのだ。

「薬を飲ませなきゃ鼓膜を切り続ける事になるのよ」

「鼓膜を？」

「鼓膜の奥の炎症を抑えるためには抗生物質が必要で、でなければ鼓膜が自然に破れるまで泣かせ続けるか鼓膜を切開して膿《うみ》を出すかしかないの。何も知らないくせに薬を飲ませるだの飲ませないだの口出ししないで」

まあ、と一言呟いて、母親は大袈裟《おおげさ》に眉を顰めた。

「可哀想にねえ。まだ零歳なのに。やっぱり、しばらく保育園休ませたら？」

休ませたら誰が面倒見ると思ってるんだという言葉を飲み込む。

「お母さんが仕事を辞めてかかりきりで育てた子どもは起立性調節障害で病弱だったわけでしょ？　私は保育園で色んな病気もらって、結果的に強い子になるっていう説を信じる」

あらそうと言って、母親はお茶を飲み干した。発熱続きで保育園を休ませる事も多く、毎晩三度も四度も夜泣きをされる日々に疲れ、出来る事なら実家を頼りたいと思っていた。きっと私は、今度一弥を預かってくれない？という一言を言うために今日ここに来たのだ。ようやく実家に行こうと思いついた自分の真意に気づいたけれど、とてもそんな事を言える雰囲気ではなかったし、私はやはりこの人には一弥を預けられない、こんな人には一弥を預けたくないと思っていた。結局、浩太にとっても医者にとっても母親にとっても、一弥の問題など所詮《しょせん》他人事でしかないからだ。「ああしたらこうしたら」と言うだけで一弥の苦しみを自分の問題としては受け止めていないのだ。それは母親、つまり私の責任であって、自分の責任ではないという立場から好き勝手に文句や意見を言っているだけなのだ。私は、誰かを頼りたいという気持ちこそが最も愚かで無意味な希求であったと知った。

何かあったら言いなさいよ、母親は最後にそう言ったけれど、「離婚が成立したら知らせるから」と続ける彼女に、一体何を言えるだろう。玄関まで見送りに来た母親が外の光を浴びた瞬間、その顔の青白さに気がついた。肉の落ちた頬の陰影すらも目の当たりにして、私は初めて夫に浮気された彼女に同情した。

帰り道、一歩ずつ足を踏み出すたび、父親に対する嫌悪感が募っていくのを感じた。私がこの世で最も気持ち悪いと感じる女と、父親がセックスをしていたと思うと、私の血までもが汚《けが》れたような気持ちになった。父親の店で働く気が、どんどんと失《う》せていく。叔母と一緒に暮らす父親と、つい数時間前まで叔母とセックスしていたかもしれない父親と、一緒に働きたくない。私は不動産屋の前に置かれていたフリーペーパーの求人誌を一冊抜き取り、ぱらぱらとめくりながらマンションに帰宅した。

これまでに三回面接を受けたけれど、子どもの風邪などで早引けなどが多くなるかもしれないと話したせいか、三回とも見事に落ちた。カラオケボックスやレストランではなく、スーパーやお総菜屋など、主婦向けのパートの方が受かりやすいのかもしれない。でも自分がスーパーのレジ打ちをする姿や、お総菜屋で三角巾《さんかくきん》を頭につけている様子など、想像もしたくないのが本音だった。そんな事を言っていられない状況なのは分かっている。このままでは、私は保育料で貯金を食いつぶしてしまう。一弥が一歳になる前に入ろうと思っていた学資保険だって、このままでは何年先になるか分からない。ドリーズは保育士も質が良いと思うし、綺麗《きれい》だし清潔だし、他のお母さんたちの感じも良いけれど、やはりこのまま通わせ続けるのは無理だった。四月入園の願書提出期間までにパートでもバイトでもとにかく働き先を見つけ、区役所に出願するつもりだった。もし認可保育園に入れれば、保育料は半分か、それ以下になるはずだ。最近の食卓はもやし料理と浩太の会社の冷凍食品ばかりだし、一ヶ月まともにショッピングにも行っていない。日に日に大きくなっていく一弥の服もぴちぴちになってきた。股《また》のホックが閉まらなくなったロンパースをシャツとして着せ続けていると、一弥までもがぼろぼろに使い古された惨《みじ》めな赤ん坊に見えてくる。半月前にリペアしたまま伸ばしっぱなしのネイルも、根本が五ミリ近く出ているし、右の人指し指と薬指にはひびが入っている。接着剤で補強し続けてきたけれど、いよいよ限界に近づいてきた。お金もなければ仕事もない。せめてどちらか一つでもあれば、私は全く違う気持ちでいただろう。例えばお金があればユカのように精神的に参っていたり荒《すさ》んでいたとしてもそれなりの生活が出来るし、仕事があれば五月さんのように旦那《だんな》さんとうまくいっていなかったとしても仕事と家庭の間でバランスを取れる。お金も仕事もない私には余裕が生まれる隙《すき》がない。どうして私だけ。という思いが拭《ぬぐ》えない。どうして私だけ、こんなに必死になってがむしゃらになって、惨めな思いをし続けなければならないのだろう。

どさっと倒れ込んだソファから体を起こせないまま部屋を見渡すと、壁に掛けられた正方形の写真立てが目に入った。一弥が生まれた頃に買ったものだ。縦横合わせて五枚の写真を入れられる大型のそれには、まだ結婚する前の私と浩太の写真、結婚式の写真、一弥が生まれた時の写真、一弥のお宮参りの写真、一弥と浩太と一緒に実家に帰った時に皆で撮った写真、とバランス良く私の周辺の人々がはめ込まれている。幸せそうに笑う人々が、じっとこっちを見つめている。写真の中の全《すべ》ての人が偽物《にせもの》に見える。何かのドラマを演じているような、いや、もっと質の悪い、例えば安っぽい結婚式場のパンフレットに出てくる偽物の家族、偽物の夫婦のように見える。あれは、かつて私が持っていた家庭なのだろうか。それとも、私が思い描いていた理想の家庭なのだろうか。でも今だって、この中山家にカメラを向ければ、それなりに幸せそうな三人家族の写真が撮れるのだ。家庭像なんて、そうして簡単に改竄《かいざん》され偽造され捏《ねつ》造《ぞう》されていくものなのかもしれない。現に、私が山岡家の娘だった頃のそれなりに幸せな思い出は、父親の不倫を知らされ、母親の落ちぶれた姿を見、金メッキが剝がれるように本当の姿を現し始めた。父親は幼い私を欺いていた。母親の言葉が、何故《なぜ》か今になって重くのしかかった。

バッグの中で携帯が鳴っていた。誰だろうと思う前に、もううんざりしている。私の携帯に、良い知らせは舞い込まない。携帯に背を向けるように体をよじった瞬間、ずきんと痛んだ胸にうっと声が漏れた。恐る恐る胸に触って、その痛みに顔を顰《しか》めた。何故こんなになるまで気づかなかったのだろう。左の胸にしこりのように固くなっている所があった。見ると、しこりの周辺は赤くなっている。乳頭に詰まりは見えない。自分で絞って詰まりを取るか、一弥に吸ってもらうしかない。一度出来た詰まりは、出来てしまった以上出すしかないのだ。情けない気持ちで、私は乳頭から乳首全体を揉《も》みほぐし、バスルームで母乳を絞った。乳房を刺激すればするほど母乳は作られ、詰まった乳腺《にゅうせん》の奥にある乳管洞が肥大し痛みが増す。でもこのまま絞らずアイスノンで冷やして母乳の製造を中止しても、現状維持するだけで詰まりは取れない。痛い部分を左手で押しながら、右手で乳頭を絞る。産後、看護婦さんが教えてくれたやり方だった。確かに、どろっとした黄色い母乳を出す乳腺が一つある。見るからに不味《まず》そうだ。上半身裸になって必死に胸を絞っている自分の姿が鏡に映っているのを見てぞっとする。出産以来、自分がそれまでとは全く別種の生き物に、それこそ母というグロテスクな生き物になってしまったような気になる事がある。ユカや五月さんに、そんなグロテスクさは感じない。もう少しすれば、せめて断乳をすれば、グロテスクさは薄れるのかもしれない。今、一弥の食料として一弥の世話係として一弥の生活と生命を一手に引き受け、一弥がいて初めて涼子、涼子がいて初めて一弥、というような関係性の中で、私はグロテスクな生き物として生きざるを得ないのだろう。

自分が妊娠するまで、私は妊婦を見ると恐ろしい気持ちになった。あの大きなお腹《なか》に赤ん坊が入っているんだと思った瞬間、反射的に「きもちわるっ」と呟いてしまった事もあった。でも面白い事に、自分が一度妊娠を乗り越えてしまうと、妊婦という生々しさにこの上ない幸福を見て取るのだから、人間というのは身勝手なものだ。私もきっと、断乳をしたら、授乳をしている母親を見て幸福な気持ちになったりするのだろう。この間私が五月さんが妊娠しているかもと思って嫉妬心《しっとしん》を抱いたように、胸にむしゃぶりつく小さな赤ん坊を抱く母親に、嫉妬すらするのかもしれない。
乳房の痛みと固さは、マッサージと搾乳で多少和らいだけれど、まだ詰まりが取れた感じはしなかった。私はアイスノンをミニタオルでくるみ、ブラジャーに挟んだ。重い腰を上げて携帯を取り出すと、留守電が入っていた。私の携帯に留守電を残すのは、ドリーズだけだ。思った通り、37・8℃ですと一弥の体温を伝える留守電を聞き終えると、私はドリーズに折り返した。

機嫌が悪かった。破れた鼓膜が閉じてしまったのかもしれない。大声で泣き喚《わめ》く一弥をスリングに入れ、私はドリーズを出た。背中に、保育士が練習をしているのか、途切れ途切れのピアノの音が届く。ジングルベルだった。そうかもう、クリスマスシーズンなんだ。そう言えば、昨日ニュースでツリーの点灯式の様子を流していた。あれは六本木ヒルズだっただろうか。結婚前、クリスマスシーズンになると私は浩太とよくイルミネーションを見に行った。私たちはそういう、模範的なカップルだった。恋人同士がするとされている事は、ほとんど経験してから結婚をした。お揃《そろ》いの指輪を買ったり、誕生日にはネックレスやブレスレットを買ってもらい、時にはカードや手紙のやり取りをして、年に一度か二度はディズニーランドに行き、喧嘩《けんか》をした時浩太が深夜に私の家まで謝りに来た事も、浮気を疑われて携帯を見せた事も、見せてもらった事も、お揃いのストラップも、お互いの名前を入れたメールアドレスも。私たちは幸せな恋愛を楽しんでいた。私は、浩太と幸せな家庭を築くはずだった。

だっだっ、と騒ぎながら私の肩を叩《たた》く一弥を見下ろす。スリングの圧迫と、歩く振動が胸に伝わって痛かった。少し前、零歳だか一歳だかの子どもを家に置きっぱなしにして、夫婦で出かけている間に子どもが布団《ふとん》で窒息死してしまったというニュースがあった。「子どもがいなかった頃みたいに、二人でデートをしたかった」という両親の言い分に、多くの人々が嚙《か》みついた。子どもが子どもを産んだ。責任感がなさすぎる。育てられないんだったら産むな。犯罪者となり、罵詈《ばり》雑言《ぞうごん》を浴びせられた彼らも、数年前は普通の恋人同士だったはずだ。誰からも責められる余地のない、幸せな恋人たちだったはずだ。数え切れないほどのデートを重ねて、絆《きずな》を深め、愛し合い、多かれ少なかれ妊娠を喜んだはずだ。育児に追われ二人の時間がなくなり、以前のような甘い時間もデートもセックスも思いやりもなくしかけた頃、前みたいに二人でデートをしたいと思ったのではないだろうか。預けられる場所もなく、ちょっとだけなら平気だと、いつも夜から朝までぐっすり寝ているから、その間なら大丈夫だろうと、数時間だけと思って出かけたのかもしれない。不安だったかもしれない。心配で気が気ではなく、予定よりも早く帰ったかもしれない。でも赤ん坊はベッドの中で一人苦しみ、一人で死んでいた。もがき苦しんだ様子を思わせる乱れた布団を見て、まだ温《ぬく》もりの残る、あるいはもう冷たくなっている赤ん坊を抱き上げて、彼らは何を思っただろう。私は彼らを責める事が出来ない。もし浩太が、「たまには、二人で出かけたいな」と言ったら、私は自分がどんな行動に出るか想像もつかないからだ。

買い物をして帰ろうと思っていたけれど、一弥がぐずっていたためそのまま帰宅した。私も、早く胸を吸ってもらいたかった。見ると、さっきよりも赤みは増し、触れると中に岩でも入っているかのようにがちがちになっている。家に帰った途端悪寒《おかん》が走り、がたがたと体が震え始めたのは、急激な発熱のせいだろう。私は、頭が朦朧《もうろう》としてずきずきと痛んでいくのを感じながら、体温計を手に取り一弥を抱き上げ左の乳首を吸わせた。コクコクと飲み始めた一弥の脇《わき》の下に体温計を挟む。まだ治りかけの傷としこりが、一弥の口の動きと共に痛み出した。ピピッという音を確認して引き抜くと、37・5℃と出ていた。38℃までは預かれる事になってるのにという苛立《いらだ》ちを感じながら、ぞわぞわと立っていく鳥肌を撫で、今度は自分の脇の下に体温計を挟んだ。すぐにピピっと鳴った体温計には38・1℃と出ている。発熱した一弥を迎えに行ったのに、私の方が発熱してる、という理不尽な状況に顔を引きつらせたまま体温計をケースに戻した。んーっ、顔を顰めた一弥を見てぎょっとすると同時に、胸に熱した油をかけられたような痛みが走った。ぎゃっと声を上げ一弥を勢いよく引き離す。叩《たた》きつけるようにして一弥をソファに置くと、痛いでしょっ！と大声で怒鳴りつけ一弥の脇をばすんと平手で叩いた。ソファが沈み込み、それと一緒に一弥がぐらっと揺れる。一弥は身もだえするように泣き声を上げ、嗚咽《おえつ》を漏らしている。私は、自分がじんわりとした快感に身を委《ゆだ》ねているのに気がついた。

「痛いでしょっ！」

自分でも発狂しそうになるほど大きな声で一弥の顔面から五センチの所まで顔を近づけ怒鳴りつける。

「噛むなっ！」

バンバンと一弥の両脇を叩きつける。

「分かったかー！」

怒鳴りつけ、叩きつける。ソファの上で揺れながら、一弥はわんわんと声を上げ涙を流すだけだった。分かりましたすみませんでしたもう噛みませんと、一弥が言うわけはないのだ。分かっているのに、私は満足のいく反応を見せない部下を上司が怒鳴りつけるように、怒りを募らせ声を高くしていく。一弥がソファに顔を押しつけようとするのを見て、私は一弥の両腕を摑《つか》んで投げるようにカーペットに降ろした。替えたばかりのソファカバーを鼻水で汚されるのが嫌だった。ティッシュで鼻水を拭《ぬぐ》うと、私は一弥を抱き上げ寝室のベッドの壁側に寝かせ、ダイニングに戻ってソファにごろっと横になった。一弥は泣き続けている。今私がこの家を出て行きそのまま数時間も放置したら、一弥はベッドで窒息するだろうか。恐る恐る胸を覗《のぞ》き込むと、乳首が何か変形しているように見える。上下から乳輪のきわ付近を嚙まれ、ロケット形のような、先の尖《とが》ったような形になっている。不味かった腹いせか、それとも単なるぐずりか分からないけれど、一弥への怒りは収まらない。もう何が何でも断乳だと意志を固めた私は、とにかくこの乳腺炎を治さなければと、内から外からひりひりと痛む左胸を見つめて舌打ちした。産院の母乳外来に行くか、それとも専門でやっている桶谷《おけたに》式に行くか、携帯で施術料金を調べていると、寝室の方から聞こえる泣き声が一瞬止まった。ちらっと寝室の方を見やる。またすぐに始まった泣き声の嵐《あらし》を無視して、私は携帯を操作し続けた。しばらくすると、一弥の泣き声に混じってドアを叩くような音がして、顔を上げた。閉まりきっていない寝室のドアが揺れていた。一弥は、今初めて、自分でベッドから降りたのだ。私はそう気づくや否《いな》や、ぐっと熱が上がったような気がして身を竦《すく》めた。私の逃げ場所は、日に日に狭くなっている。あと二ヶ月やそこらで、一弥は歩き出し、やがては自分でドアの開け閉めが出来るようになり、私の逃げ場所はなくなるのだ。逃げるためには、それこそ一弥をどこかに捨てるか、この家に放置して出ていくか、この間ユカがやったようにドリーズに預けたっきり蒸発するしかないのだ。首が据わった記念、寝返りした記念、お座りが出来た記念、初めて自分でソファに上った記念、とそれぞれ写真を撮ったりビデオを撮ったりして一弥の成長を祝ってきたのに、一弥が一人でベッドから降りられるようになった事を、私は全く喜べなかった。一弥はドアの隙間《すきま》からダイニングに出て、私を見つけると僅《わず》かに泣き声の音量を落とした。どきどきした。自分が一弥に何か危害を加えてしまうのではないかという恐怖と、一弥をめためたに殴りつけてやりたいという衝動に引き裂かれるようにして、私は凍り付いたままソファによじ登ろうとする一弥を黙って見ていた。このままでは駄目だと思った。距離を取らなければならないと思った。苛立ちと興奮を押し隠すように平静を装《よそお》って立ち上がると、キッチンに向かった。自分が虐待《ぎゃくたい》をしてしまうかもしれないと思った時は、一杯の水を飲むと良いと、どこかに書いてあった。人の怒りは持続しないため、少し時間を取って冷静になればキレなくて済むというのだ。私はポカリスエットをコップに注いで一気に飲み干した。私がいなくなった事に再び怒り、泣きながらこっちに向かってくる一弥を一瞥《いちべつ》し、流しの上の棚を開け甘い物を探す。チョコレートの大袋を見つけ、乳腺炎には甘いもの脂《あぶら》っぽいものが一番良くないと知りながらも誘惑に勝てず、一つ手に取って個包装を破ると口に入れた。一口サイズのチョコが舌を刺激し始めると、少しずつ気分が落ち着いていくような気がした。煙草《たばこ》もお酒も飲めず友達と飲みに行ったりカラオケに行ったりも出来ない私にとって、チョコは唯一《ゆいいつ》のストレス発散法と言っても良いかもしれない。振り返ると、一弥は私の手にしているチョコの袋に目を止め、あっあっあっあっ！　と激しく手を振っていた。最近、大人の食べている物を何でも食べたがる。無視して口の中に残ったチョコを注ぎ足したポカリで流し込む。二つめを食べながら、更に高くなっていく声に耐えきれず、食べている間だけでも泣かないでいてくれるのならという気持ちになって、一つチョコを取り出すと一センチ角ほどの大きさに割り、一弥の口に放り込んだ。これまで、一口もジャンクフードを与えてこなかったという自分の意地が崩れていくのを感じたけれど、次の瞬間にはそんな事どうでも良くなった。涙を止め、初めてのチョコの味に驚き酔いしれるような表情で味わっている一弥を見ながら、私は少しだけ心が和むのを感じた。チョコの袋を持ったままダイニングのソファに座り、ぼりぼりと三個目のチョコを噛み砕いていると、ハイハイで追ってきた一弥がもっともっととねだるように私の膝《ひざ》でつかまり立ちをして手を伸ばす。

「もうお終《しま》い。これは大人の食べ物」

一弥は私にチョコをくれる気がないのを悟り、狂ったように泣き喚いた。頭を振り体をばたつかせ、激しく抗議している。自分の目がつり上がっていくのが分かった。激しい眼光で泣き喚く一弥を睨《にら》みつける。ごろごろとカーペットに体を押しつけるようにして泣く一弥を見ていると、何と卑《いや》しい子だ、という嫌悪感《けんおかん》が体中を駆けめぐる。ムカムカして、私は足のつま先で一弥の脇腹をつついた。もういいよと一言呟くと、私はチョコの個包装を開け、また小さくした一欠片《ひとかけら》を指先でつまんで一弥に見せた。その途端泣き止んだ一弥は親鳥から餌《えさ》をもらう小鳥のように口でチョコを追うようにしてぱくんと口に入れた。ぐずぐずとしゃくりあげながら、一弥は口をもごもごと動かし、美味《おい》しいのか自分の両頬をぺちぺちと叩いた。

「それでお終いだからね」

吐き捨てると、私はまたチョコを頬張った。胸が痛い。今日乳腺炎になったのも、実家で食べたショートケーキが原因かもしれないのに、今チョコを食べたら悪化するだけだ。分かっているのに手が止まらない自分が、狂ったようにチョコを求める一弥と重なって、もう止めようと袋の口をくるくると丸めた。

「あっあっあっあー！」

一弥はまたソファでつかまり立ちをすると袋に向かって手を伸ばした。

「もうお終いって言ったでしょ」

言いながら、ウェットティッシュで一弥の汚れた口を拭《ふ》いた。

「お昼寝しようか」

注意を逸《そ》らそうと、キッチンのマグマグを指さして「お茶飲んでねんねしよう」と言う。一弥はもうもらえないと理解したのか全身で絶望を表現している。泣き声を無視して、私は一弥に背を向け麦茶を作り始めた。一弥が泣き始めると、空間が歪《ゆが》む。断末魔の叫びのような声で部屋中の空気がぎたぎたに切り裂かれ、目の前の映像がぐらっとぶれ、足元が不安定になり、次第に気持ちが不安になり、次に恐ろしくなり、遂に私は凶暴になる。うるさいって言ってるでしょ！　怒鳴りつけると、ソファでつかまり立ちしていた一弥を片手ではたいた。強い力を入れた訳ではなかったけれど、まだつかまり立ちしか出来ない一弥は派手に倒れた。

「食べたいんだったらいくらでも食べればいいっ」

チョコの袋を鷲《わし》づかみにすると、私は個包装を破りチョコを砕かずそのまま一弥の口に押し込んだ。手元が怒りと恐怖で震えている。がしっと大袋に手を入れると、大量にチョコを取り出し再び個包装を破く。食え食え食え食え食え食え食え。言いながら私は次々に袋を裂きチョコを取り出し一弥の口に詰め込んでいく。身をよじって逃げようとする一弥に馬乗りになって、嗚咽《おえつ》してチョコを吐き出そうとする一弥の口を手で押さえつける。押さえつけている右手の、薬指の爪《つめ》が割れているのに気づいて、体中が麻痺《まひ》していくのが分かった。左手でチョコを摑むと、私は包装を開けずにそのまま二つか三つ一弥の口に押し込み、吐き出そうとする一弥の口を再び右手で押さえつけた。んーんーと苦しげに顔を歪め、真っ赤にしている一弥を見て私は確かに「殺してしまう」と思った。感情に支配されて体が思うように動かないなんて事はあり得ない。体が勝手に動いてしまったなんて事はあり得ない。私は私の意志で、感情的でありながら冷静に、一弥を窒息死させようとしているのだ。私は涙を流しながらチョコで一杯になった一弥の口を押さえつけ、顔を真っ赤にしてもがき苦しむ一弥を見つめ、どこか恍惚《こうこつ》としている。きっと私は、ずっとこうしたかった。私を抑圧し苦しめ私の居場所と尊厳を奪うこの赤ん坊が、ずっと憎くて仕方なかったんだ。

「大っ嫌いだ！」

大声で言うとほっとした。

「一弥なんか大っ嫌いだ！」

大声で唾を飛ばしながら体内に巣くう憎しみを吐き出すように言うと、私は弾かれたように一弥から退いた。手にはチョコと一弥の涎《よだれ》がまじりあった茶色い液体がねっとりとついている。一弥は動いている。死んでいない。口の周りを真っ茶色にしてうめき声を上げている。排水溝が詰まるような音がして、すぐにごぼっと音をたてて一弥はチョコを吐き出した。嘔吐《えず》き始めると止まらなくなったのか、ごぼごぼとどんどんチョコを吐き出していく。仰向《あおむ》けの一弥の顔を伝ってチョコが一弥のシャツを濡《ぬ》らし、一弥の首筋を濡らし、一弥の髪を濡らし、祖母からもらったアイボリーのカーペットを汚した。苦しいのか一弥は横を向き、咳《せ》き込むようにして唾《つば》とチョコの混じった液体を吐いていく。胃の中のものまで吐き出しているのかもしれない。私はその様子を見つめながら、一度ぱんと破裂したように消えた怒りがまたふつふつと湧《わ》いていくのを感じた。嘔吐き続ける一弥に襲いかかるようにして座り込むと、一弥のズボンとオムツをひっぺがすように引き下ろす。途中で何度も引っかかり、私は人指し指の爪が折れた事にも気づく。一弥が下半身裸になると、自分の怒りを全《すべ》てそこに籠《こ》めるようにして右手を振り上げお尻《しり》に叩《たた》きつけた。ぱんと音がして、一弥はびくりと飛び上がり嗚咽混じりの悲鳴を上げた。

「バカっ！」

怒鳴りつけながらまた叩きつける。一弥の叫び声が上がる。

「死んじゃえ」

言った言葉に、自分が傷ついていた。私は一弥の死を願っている。ぼろぼろと涙が流れた。言ってしまったと思った。とうとう言ってしまったのだと思った。

「一弥なんか死ねっ。一弥なんか死んじゃえ！」

慟哭《どうこく》しながら一弥のお尻を叩き続ける。一弥は次第に声を上げなくなり、びくびくと震えるだけになった。膝頭に温かい感触が走り、見ると一弥がおしっこを漏らしていた。お尻は真っ赤に腫《は》れ上がり、睾丸《こうがん》の裏まで赤く腫れていた。膝から下をびしょびしょにして、私は立ち上がった。立ち上がったその勢いのまま一弥の腹を蹴《け》りつける。空気の抜けたサッカーボールのような感触が足に走る。一弥も空気の抜けたサッカーボールのように、どさっと音をたてて転がった。何度も何度も、蹴りつける。一弥が死ぬ。そう思いながら蹴り続けていた。私は一弥が死んでもいいと思っている。そう思うと、生まれて初めて感じる悲しみが襲った。悲しかった。私は我が子が死んでもいいと思い、殺そうとしている。その事実が、私に一弥の死ほどの悲しみを与えた。大声で泣き喚《わめ》きながら一弥を蹴る私は、もう泣きも動きもせず痙攣《けいれん》している一弥の、今にも永遠に閉じてしまいそうな虚《うつ》ろな目にどう映っているのだろう。それが一弥の見た最後の風景だとしたら、あまりにも可哀想《かわいそう》ではないか。そう思いついた瞬間、私は足を止め、立ちつくしたまま左右の袖《そで》でごしごしと涙を拭《ぬぐ》った。悲しくて悲しくて仕方なかった。でも誰も私の悲しみを認めないだろう。私の悲しみは、誰にも認められない。私はその場に崩れ落ちるとカーペットに顔を押しつけるようにして泣き喚いた。一弥の足が私の腕に当たった。一弥は動いていた。一弥は、死なないかもしれない。そう思うと、胸の中に「一弥が死なないのなら今度こそ優しい母親になろう」という気持ちと「駄目だ私は絶対にまた一弥を虐待してしまう」という思いが渦巻く。引き裂かれそうだった。このまま一弥と一緒にいたら、私も一弥も破滅だ。こんなに愛しているのに、私たちは一緒にいたら破滅する。涙と鼻水と涎とチョコで顔をぐちゃぐちゃにした一弥が、目だけで私を見つめた。びくびくと体をよじっている。痛いのだろう。チョコの甘い匂《にお》いを口からぜいぜいと吐き出しながら、疑問符に溢《あふ》れた瞳《ひとみ》で私を見つめる一弥に覆《おお》い被《かぶ》さると強く抱きしめた。一弥を私の肌で包み込みたいと思った。私の体温で一弥を温めたいと思った。一弥がお腹の中にいた時のように、一弥と一体化したかった。一弥と溶け合いたかった。自分が何故《なぜ》こんなに矛盾に満ちた気持ちになるのか分からない。混乱していた。一弥が愛《いと》おしいのに、一弥の顔を見ていると、私は狂ってしまう。

一弥はそのまま、ダイニングで息を引き取るかのように静かに眠りについた。一時間ほどして起き出した一弥の汚れた服を脱がせると、背中や腕や足に痣《あざ》が出来ていた。おでこから髪に隠れた頭皮にかけても、どこにぶつけたのか赤い痣が出来ている。ぐずぐずと泣きながら口の中を引っ掻《か》くような仕草を見せたため、お茶を飲ませてから覗《のぞ》いて見ると、口の中も二箇所ほど切っていた。お風呂《ふろ》に入れて体中を綺麗《きれい》に洗い、オムツを穿《は》かせ押入の中から引っ張り出した服を着せた。もらい物の一歳サイズの服で少し大きかったけれど、新しい服を着た一弥を見ていると何かが一新されたような気がした。一弥は、先ほどの惨劇を覚えているのかいないのか、時折痛みに顔を歪《ゆが》めて泣き喚くものの、私を怖がる様子もなく何度も抱っこをせがんだ。カーペットはバスルームで部分洗いをした。お湯で流し、中性洗剤で擦《こす》ると、チョコの染みは思ったよりも綺麗に取れた。

浩太は珍しく八時前に帰宅して、私たちは三人でご飯を食べた。浩太はどことなく、機嫌が良いように見えた。実家に行った事、両親が離婚するという事、乳腺炎《にゅうせんえん》になってしまった事、勢い良く世間話をしながら、私は浮遊感に囚《とら》われていた。熱のせいかもしれないけれど、今目の前にあるものが現実とは思えなかった。私と一弥はあの時カーペットの上で死に、今見ているこの現実らしきものは、天国で一弥が見ている夢なのではないだろうか。浩太の話す部長の失敗談に笑い声を上げる。一弥はスタイに落ちたご飯をスプーンで掬《すく》ってテーブルに広げている。今この瞬間、私たちは幸せな家族だった。写真の中にいるような、素敵な三人家族だった。明らかに、何かがおかしかった。

「一弥、風呂入れようか?」

食事を終えた浩太が、テレビを見ながらそう提案した瞬間、私は喜びに顔をほころばせそうになってから、慌《あわ》てて「いい」と言った。

「私たち、夕方に入っちゃったの。一弥まだ微熱あるし、私も乳腺炎だから、さっと入ってさっと出ちゃおうと思って」

「そうなんだ」

ありがとね、今度入れてね、と微笑《ほほえ》みながら、いつになったらあの痣が全《すべ》て消えるだろうと、私は一弥の服の下に隠れた青痣や赤味を帯びた腫れを思う。保育園も、しばらく行かせない方がいいかもしれない。そう思いつつ、保育園に預けなければ私はまた一弥を蹴り、殴り、今度こそ殺してしまうのではないかと思う。でも預ければ児童相談所に通報されるかもしれない。でもと、私は自分の中に明るい気持ちを見つける。私はもう二度と一弥を虐待《ぎゃくたい》しないような気がした。私が一弥を虐待する事など、あり得ないような気がした。この素敵な三人家族の中で、虐待という惨劇が起こるとは、もう思えなかった。

珍しく三人一緒にベッドに入り、二人が先に眠ってしまうと、しばらく暗闇《くらやみ》の中で天井を見つめ、頭上の時計が十二時過ぎを指しているのに気がついた頃、ベッドを抜け出した。お風呂場で胸を絞り、固い部分が小さくなっているのを確認する。黄色い母乳を飛ばす乳腺が、僅《わず》かに白っぽいものを浮かび上がらせている。これが詰まりだとしたら、あともう少しで開通するだろう。体温計で熱を測ると、37・7℃まで下がっていた。夜泣きの時、あるいは明日の朝の授乳で、もう詰まりは取れるかもしれない。

ブラジャーの中にアイスノンを挟むと、ジャケットを羽織って財布と携帯と鍵《かぎ》だけをポケットに入れて家を出た。久しぶりに、深夜のコンビニに出かけるつもりだった。少ないながらも、表にはまだ人通りがあった。まだ、現実が現実には見えない。私は何か、指針を見失ってしまったようだ。コンビニの前で立ち止まると、携帯を取りだした。少し迷った挙げ句、土岐田ユカという名前を表示させ、通話ボタンを押す。二度、三度、と呼び出し音が鳴り、もう寝てるよなと言い訳のように考えながら切るのボタンを押しかけた時、もしもしという声がした。

「あ、もしもし」

「珍しいね涼子から電話なんて」

「うん。あのさ」

「うん？」

　自分が何を言おうとしていたのか、そもそも何かを言うつもりがあったのか、分からなくなって言葉が続かず、携帯を握る手の力が弱くなった瞬間「かずちゃんは？」とユカの声がした。そうか私の虐待を明らかにではなくとも可能性として認知している人がここにいるのだと思った瞬間、涙が溢れ喉《のど》が詰まった。嗚咽が零《こぼ》れる。私は、自分が一弥と二人で隔離され、その隔離された場所で私の虐待は行われていると思っていた。でもそれを知っている人が、中山涼子が今どこかで虐待しているかもしれないと思っている人がこの世にいるのだという事実に、救われたような気持ちになった。

「かずちゃんは大丈夫？」

「大丈夫」

　絞り出すようにそう言うと、私はまた声を漏らしながら泣いた。大丈夫じゃない。一弥は母親の手で口にチョコを詰められ窒息死させられそうになった挙げ句尻を叩かれ蹴り上げられた。彼はまだ、自分の置かれた状況を理解していないだろう。恐怖や痛みという形でしか、今日の事件を感じ取っていないだろう。私がこれから数年間虐待せず育児を続ければ彼は今日の虐待の事を忘れるだろう。でも私は壊してはならないものを壊してしまった。それはもう元には戻らないのだ。私のせいで、今日一弥は、一生「虐待された人」であり続ける事になったのだ。自覚がなかろうが、周りに認知されなかろうが、その事実は永遠に変わらない。

「今、外なんだよね。行こうか？」

電話を耳に押し当てたまま、首を振る。いい、大丈夫、と呟《つぶや》くと、大きなため息が電話越しに聞こえた。ユカは今、何をしていたのだろう。

「何でこんな事になるのか分からない」

「こんな事って？」

「結婚も子どもも、全部望んでした事だったのに、全然幸せじゃない。結婚なんてしなきゃ良かった。子どもなんて産まなきゃ良かった」

言いながら、私は今の自分の気持ちを一ミリもユカに伝えられていないというもどかしい思いに駆られた。そもそも私は、子どもを虐待する自分自身を受け止めきれていないのだろう。だから、そんな私が虐待する自分自身について何か語ろうとしても、それが上手《うま》く形にならないのは当然の事なのかもしれない。

「私たちは社会的弱者と生活を共にしてる」

嫌悪感《けんおかん》が立ち上る。私はユカがこうして語り始めると、嫌気がさして馬鹿馬鹿《ばかばか》しくなって、はいはいと笑って流したくなる。

「例えば涼子が今、一弥を捨ててもいいですよ、戸籍も抹消します誰もあなたの事を責めません罪にも問われません、という特権を与えられたとしたら、涼子は一弥を捨てる?」

「捨てない。そんな事出来ない」

「じゃあもし、捨て子が日常的に行われ、罪に問われない国に生きているとしたら?」

「捨てないよ。捨てられない」

「涼子は捨てるよ」

「捨てないよ。私には一弥が必要なんだよ」

「私たちは常に、これが人間本来の形である、という画一的な価値観を押しつけられ、強要されている。その型からはみ出せばはみ出すほど、人は排除され叩かれる。涼子は今、その価値観からはみ出し、非人道的とされている感情を抱いてしまう自分自身に戸惑い、そういう自分を責めている。でも涼子の行為も感情も、自然なものだと私は思う。自然だから虐待してもいいとは言わないよ。涼子はそういう自分を否定するのでもなく肯定するのでもなく、社会的な倫理と自分自身の倫理の狭間で、両方の正当性を公平に吟味して、その中で自分がどういう立場に立つべきかもっと考えるべきだよ。涼子はまだ何も絶望する段には至ってない」

「私は、こんな自分でいたくない。弱者に暴力をふるっちゃいけないと思ってる。でも抑えられない」

「抑えられないなんて嘘《うそ》だよ。涼子は自分が虐待をしたくてしているという事を認めた方がいい」

　さっき一弥を虐待していた時の恍惚《こうこつ》と快感を思い出し、体が震えた。

「私たちは弱者と向き合う時、常に暴力の衝動に震えている。私たちには常に、弱者に対する暴力への衝動がある。でも暴力の衝動に身を任せて弱者を叩きのめしても、人は大概満たされない。例えば涼子が一弥を殺したとしよう。涼子は不幸だよ。このまま虐待しながら一弥の育児を続けていく、それもまた不幸だよ。虐待をせず虐待への衝動に打ち震えながら笑顔で育児を続けていく。それもまた不幸だ。じゃあ涼子が幸せになる道はどこにあると思う？」

「全てを捨てて、逃げ出す？」

「それで涼子は幸せになれる？」

「なれない」

「幸せの形は絶えず変化していくものだよ。これが幸せだと、何者かに押しつけられた虚像を拒絶して、一から自分でそれを構築していく事はそれほど難しい事ではないはずだよ」

分かっていた。ユカに悩みを打ち明けた所で、何の解決にもならない。ユカと私の価値観を擦り合わせて何か結論が得られるなどとは、もちろん思っていなかった。確かに私は、ユカと話しても何の解決も、結論も出せなかった。でも私は心の中でユカを羨《うらや》みつつ小馬鹿にして、僅かに苦笑していた。ユカは、私の陥っている状況をAと仮定して、その仮定を立証するために私を使っている。彼女の中で、私はAというゲームの登場人物で、ユカはそのAの世界観からはみ出した私に関しては無頓着《むとんちゃく》で否定的だ。ユカにとって重要なのはAというゲームであって私ではない。彼女は私を身代わりにしてAというゲームを楽しんでいるだけだ。きっとユカは、私だけでなく自分の周りにいる全ての人たちの不幸をゲームにし、食い物にしているのだろう。輪ちゃんや、旦那《だんな》さんの事も、身代わりにして利用しているのだろう。でも私は、清々《すがすが》しかった。私は、誰かにレッテルを貼ってもらいたかったのかもしれない。ユカの断定的な台詞《せりふ》を聞けば聞くほど、私は気が楽になっていた。

「ありがとう」

私はそう呟いた。ユカはまだ何か言い足りない様子ではあったけれど、とにかく何かあればまた電話してと言って、電話を切った。私はしゃがみ込んでいた体を起こすと、座り込んでいた駐車場の車止めから腰を上げ、コンビニに入って行った。


しんとしたダイニングに、あー、あっ、あっ、うー、と時折一弥の声が響く。赤ちゃん用の椅子《いす》に腰かけ、スタイを首に巻き、プラスチックのスプーンを不器用に動かして離乳食を頬張る一弥に背を向けたまま、私は冷え切った足を左手でさすりながら、右手で連絡帳に記入していた。ここに引っ越してきた時に実家からもらった小花柄のカーテンは、遮光でないため外の明るい日差しを部屋に通している。晴れても温度が上がらない季節になったのかと、ボールペンを走らせながら思った。「昨日、自宅の階段で転んでしまい、体とおでこに痣が出来てしまいました。病院でレントゲンを撮って検査をし、問題なしと言われましたが、何か変わった事がありましたらいつでもご連絡ください」連絡事項の欄にそう嘘を書くと、私はノートをバッグに入れた。何やら要求する素振りを見せる一弥に、はいはいと言ってマグマグを引き寄せる。ストローを咥《くわ》え、んっ、んっ、と喉を鳴らしてお茶を飲む一弥は、健康優良児に見える。中耳炎も、今の所小康状態を保っているようだ。離乳食もよく食べ、今朝は珍しく泣かずに起きた。

スリングに一弥を入れると、よっこいしょ、と無意識的に声を上げて立ち上がり、私は家を出た。電車に乗り込むと、いつもより少し時間が遅いせいか、車内はさほど混み合っておらず、私は誰にも触れる事なくドアの前に立った。

　駅から保育園までの五分ほどの道のりを歩きながら、寒いね、すごく寒いね、と風に体をすぼめながら一弥に同意を求める。あー。あっあっ。と、一弥は返事をするようにそう言った。

「今日は、一弥の好きな山崎先生はいるかな？」

あーっ。一弥は両手を伸ばして私の胸に触った。昨日の夜中、夜泣きをした一弥に飲んでもらっている際に乳管は開通したようで、今朝は熱も下がっていた。

「涼ちゃーん」

　顔を上げると、向こうからユカが歩いてくるのが見えた。輪ちゃんを乗せたベビーカーを押しながら、片手を振っている。おはよ、と声を上げたけれど、張りのないその声が届いたかどうか分からなかった。マックスマーラだろうか、キャメルのロングコートを羽織り、その下に幾何学模様のワンピースを覗《のぞ》かせ大ぶりのサングラスをかけたユカは、近づいてくるともう一度「おはよう」と言った。おはよう輪ちゃん、とベビーカーに向かって声をかけると、輪ちゃんは「おはよう」と私に元気よく挨拶《あいさつ》をしてから、スリングから輪ちゃんを見下ろす一弥に手を振った。

「かずちゃんおはよー。久しぶりー」

言いながらユカはサングラスをずらし、ん？　と眉《まゆ》を上げた。

「どうしたのこれ？」

ユカの指先は、一弥のおでこに向いていた。なに？　と一度惚《ぼ》けて見せてから、あと頷《うなず》いた。昨日あんな電話をした私に対して、敢《あ》えておでこの痣を指摘するユカに、私は本当の事を言えなかった。ユカが何を考えているのか分からず、不気味だった。

「階段で転んじゃったの。うち、エレベーターないから、三階なのにいつも階段で上り下りしてて。歩きたがるからスリングから降ろしたんだけど、ちょっと目を離した隙《すき》にころっといっちゃって」

「そうなんだ。一歳くらいの頃って、一日に一回は怪我《けが》するよね」

気をつけるんだよー、と言って、ユカは一弥の頰を撫《な》でた。一弥はきゃっきゃと声を上げてにこにこと笑いかけている。

「あ、いけない。私今日取材で、急いでるんだった」

ユカはそう言うと、「おさきー」と手を振って保育園へ続く坂道を上って行った。ベビーカーからちょこんと顔を出して振り返る輪ちゃんは、にこりともしないで、私の腕の中の一弥を見ているようだった。かっかっかっと十センチ以上ありそうなヒールで走るユカを見つめながら、私は自分の足が動かない事に気がついた。坂の下に立ちつくしたまま、固まってしまった足を訝《いぶか》しく見下ろす。ユカは、これから保育園に行き輪ちゃんを預けた後、園長先生か副園長に、私が虐待《ぎゃくたい》している事を話すような気がした。私は、ユカに一弥を取り上げられるような気がした。ユカに陥《おとしい》れられ、二人の男に輪姦《りんかん》された日の事を思い出す。あの日も肌寒い朝だった。私は一人公園で目覚め、自分の股間《こかん》が乾いた精液と土で汚れている事に気づいたのだ。「大嫌いだ！」私はその場でそう大声を上げてしまいそうになる。足下から何匹もの虫が顔に向かって這《は》い上がってくるようなおぞましい思いがして、私は両手で一弥を抱きしめた。気づくと私は、踵《きびす》を返し来た道を再び歩み始めていた。

帰りの電車は空《す》いていた。優先席の端に腰掛けた時初めて、自分が激しく興奮している事に気がついた。どきんどきんという鼓動が、一弥までをも規則的に揺らしている。一弥を抱く腕が、僅《わず》かたりとも緩められない。

帰宅して鍵《かぎ》を掛け、スリングから一弥を降ろすと、冷蔵庫からポカリスエットを取り出してペットボトルから一気に飲んだ。ペットボトルの口を離し、はあっと大きく息を吐くと、ぜいぜいと肩で息をした。シンク下の棚に手を掛けつかまり立ちをしている一弥が、私の様子を見つめたまま突然うわーんと声を上げて泣き始めた。昨日のあの惨劇を思い出したのかもしれない。台所に立つ私を見て、チョコを欲しがって窒息死させられそうになった時の事を思い出してしまったのかもしれない。止めてくれ止めてくれと祈りながら、私は一弥がぽろぽろと涙を流し、限界まで息を吸い込んだ後に「ぎゃーっ」と叫び声を上げる様子を見つめていた。目を見開き、私はずきずきと激しく痛む胸を押さえたまま、寝室に駆け込みドアを閉めた。一弥の泣き声がどんどん高くなっていく。ドアの前に呆然《ぼうぜん》と立ち尽くしたまま、私はドアが叩《たた》かれる音に震え、激しく泣きじゃくった。ばん、ばん、という音と、一弥の叫び声がぐるぐると螺旋《らせん》状に絡《から》み合って、脳天からぐるぐるとぶちこまれているようだった。止めてっ、と叫び声を上げる。止めてよっ、叫びながら、私はドアを叩き返した。ドアの向こうの一弥はその音に驚いたのか、更に激しく声を上げる。私はベッドに潜り込み布団《ふとん》を被《かぶ》った。分厚い羽毛布団を突き抜けて鼓膜を刺激する一弥の叫びと泣き声が、私の理性をどんどん奪っていく。

十分も経《た》っただろうか、ドアの外にはまだドアを叩き喉《のど》を嗄《か》らしても尚《なお》泣きわめいている一弥がいる。私はベッドから出ると、箪笥《たんす》の上の小物入れを開いた。「虐待を防ぐために」と書かれたリーフレットには、いくつも小さな皺《しわ》が走っている。ポケットから携帯を取り出し、開くとかちんと小さく音がした。児童相談所という文字の下にある電話番号の、一つめの数字「0」のボタンに指を乗せる。永遠に、私はその0を押せるような気がしなかった。一弥との別離を指すその「0」を自分の力で押す事は不可能だと思った。泣き、怒り、疲れ、ぐったりし、また泣き、怒り、疲れ果てた一弥が、それでも力を振り絞って泣き声を上げ、ドアの外で私を求めている。ドアを開けてくれと、自分の前に姿を見せてくれと、抱き上げてくれと、私を求めて声を張り上げている。ドアの外の一弥と一緒に、私も力を振り絞る。一生懸命、救いを求めて、力を振り絞る。木の棒のように固くなった親指がぎこちなく動き、0を押した。液晶に0が浮き上がったと同時に体中を襲った安堵《あんど》と絶望が膝《ひざ》を折り、私を跪《ひざまず》かせた。

五月

「かんたんレース編み」。表紙には生成の糸で編まれたベビードレスが写っている。お腹《なか》の子を産もうと決めてすぐの頃、注文した本だった。すっかり忘れていて、今日宅急便が届いた時も、開けるまで何が入っているのか分からなかった。今年初めに長女を出産したモデル仲間が、自分の編んだベビードレスをブログにアップしているのを見た時から、いずれ私も弥生にケープでも編んでみようかと思っていて、お腹の子を産んでくれと待澤に言われた時ふと、その画像を思い出したのだった。あのベビードレスって何か見て作ったの？　とメールで聞くと、彼女はこの「かんたんレース編み」という本を教えてくれた。注文したのが本だけで良かった。赤ちゃんが消え、お腹を空っぽにした私の元にかぎ針やレース糸が届いていたら、私はもっと虚《むな》しい思いをしただろう。

つい数週間前まで私は妊婦だったのに、もう妊娠というものが随分と遠い世界の事に感じられる。妊娠が分かってから流産の手術を受けるまで、ほんの僅《わず》かな期間だったけれど、私はその間激しい幸福感に、多少なりとも冷静さを失っていたのだろう。でなければ、何を差し置いてもまずしなければならない離婚手続きの前に、レース編みの本など注文しないはずだ。0〜24monthsと書かれた数字を見て、二歳になったばかりの輪ちゃんの姿が頭に浮かんだ。いつも男の子っぽい格好をしている輪ちゃんも、ピンクや白の手袋やポンポネットをつければ一気に女の子らしくなるだろう。図面を拡大すれば、弥生にケープも編めるかもしれない。でもその面倒臭いプロセスを思うだけで、気持ちは萎《な》えてしまう。こういう手間のかかる事をするためには、ある種の狂いが必要だ。私はもう、妊娠中のあの多幸感を失ってしまった。産後うつに近いものなのだろうか。流産の手術以来、女性ホルモンが激減したせいか、それとも流産への憂鬱《ゆううつ》な気持ち、あるいは不妊症かもしれないという不安のせいか、募るのは不能感ばかりで中々明るい気持ちになれずにいる。ファーストシューズやベスト、おくるみなどを写すカラーページをぱらぱらと捲《めく》った後、それを寝室のキャビネットの奥に仕舞った。

検診、行ったんだよね？　待澤の言葉に顔を上げ、その顔をまた俯《うつむ》けるようにして頷《うなず》くと、バジルの香る野菜スープをたっぷりと掬《すく》ったスプーンを口に入れた。

「問題なし。出血もほとんどないし、組織検査も問題なかったし、もうお風呂《ふろ》も入っていいし、セックスもしていいって」

わざと軽い口調で言って、僅かに微笑《ほほえ》んだ。

「お腹が痛いとか、そういう事もない？」

「うん。大丈夫。順調」

待澤を安心させるために、にっこりして見せる自分が情けなかった。流産をしたのは私なのに、何で私が待澤に気を遣わなければならないのだろう。何もなかったように、前と全く同じようにいかないのは分かっている。寝食を共にしている夫婦ならまだしも、私たちは二週間に一度程度しか会わない不倫相手で、そういう関係の中で、二人で流産を乗り越えるのは不可能なのかもしれない。手術の日、待澤は病院の近くまで来てくれたし、手術が終わるまで待っていてくれたし、そうしてくれる存在に救われたとも思ったけれど、私たちには、普通の夫婦やカップルが不幸を乗り越えるために費やす時間や言葉が圧倒的に足りていない。今日、このレストランで待澤を見つけた時も、私はどんな顔をして良いのか分からなかった。待澤に会うのは手術の日以来、二週間半ぶりだった。術後しばらくは体調が悪く、次の週は仕事で忙しかった。ジムもヨガもさぼってしまっている。雑誌の企画で紹介してもらった、個人レッスンもやっているピラティスの先生にも、連絡をしようしようと思いながら出来ていない。友達からの食事やパーティの誘いもほとんど断ってしまった。確かに私は忙しかったし、体調も悪かった。でもどうしても待澤に会いたいと望めば会えたはずだった。数時間だけでもと望めば、会えたはずだった。私は、一人で流産を受け入れる事に専念した。その方が早いと思った。待澤が流産をしたわけではない。流産の当事者は私だけなのだ。待澤と二人で歩調を合わせるよりも、自分一人で誰にも気を遣わず傷を舐《な》めていた方が治癒は早いに決まっている。結局、子宮にまつわる事は、女だけで済ませた方が手っ取り早いのだ。悲しみを理解してもらいたいとか、二人で乗り越えるとか、そういうのは今の私には非効率的過ぎる。私はもう、そういう次元で男と関わる事が出来ない。育児と仕事を両立させている内に、悲しみも苦しみも効率的に、合理的に処理するようになってしまった。現実的に考えても、仕事と育児を両立させながら、待澤と思いの丈をぶつけ合うようなコミュニケーションを取る時間も余裕もない。

「気持ち的には？」

「うん？」

「精神的には、落ち着いてる？」

「うん。大丈夫。もう平気」

言いながら、私はまるで弥生と向き合っているような気持ちになる。心配したり不安になっている弥生を、大丈夫だよ平気だよと宥《なだ》めるような、そんな気持ちだった。母になるとは、そういう事なのかもしれない。誰とも世界を共有せず、たった一人で生き、超然として他人の憂《うれ》いを和らげる、母とはそういう存在なのかもしれない。聖母マリアに象徴されるように、母とは最も満たされた存在であるように捉《とら》えられているけれど、本当は昔から、母なるものが誕生したその時から、母とは最も孤独な存在であったのかもしれない。

シナモンスティックでホットワインを掻《か》き混ぜると、匂《にお》いを嗅《か》いでからごくっと飲み込んだ。渋みや酸味やシナモンの香りが口の中に広がって、一口でぐっと体が温まった。

「お酒、久しぶり」

「控えてたの？」

「別にお酒くらいいいんだろうけど、一応、刺激物は避けてたの」

「そうなんだ」

「何か、ホットワイン飲むと、冬って感じがするよね」

うんうんと言いながら、湯気をたてるワインの表面をふうっと吹き、僅かずつ飲み進める待澤を見ながら、高校生の頃に見た待澤の姿を思い出した。マックだかモスだかのファーストフードに行った時、私は待澤が紅茶のティーバッグをカップから引き上げ、絞るようにプラスチックのスプーンに巻き付けてからトレーに置いたのを見て、強烈な愛おしさを感じた。私や他の友達らと話しながら、さらっとそういう律儀《りちぎ》とも神経質ともとれるような事をした待澤を見て、私は彼への気持ちを強めたのだ。何が琴線《いと》に触れたのか分からない。ただただ、私は待澤がティーバッグをそんな風に取り出す人だとは思っていなくて、だからその意外さやら何やらに、息が詰まるような情熱を募らせたのかもしれない。でも今、彼が紅茶のティーバッグをそうして引き上げたとしても、私がそうしてときめく事はないだろう。

まだ少し血出てるかも。待澤が指を入れてきた時、私は小さい声でそう言った。痛くない？ と聞く待澤に頷くと、ゆっくりと指が動き始めた。どきどきして、力が入った。昔、堕胎後に初めてセックスをした時も、私はこうしてどきどきしていて、行為の最中に強烈な痛みを感じて相手を押しのけた。待澤を押しのけたくなかった。優しくして、という言葉に待澤は頷いて、キスをした。いつも激しいセックスをする待澤に、こんな事を言わなければならない日がくるとは思っていなかった。不妊治療をして、何度も流産を繰り返す人も多いらしいけれど、もし再び流産をしたら、私はもうセックスを楽しめなくなってしまうだろうと思った。流産を恐れて、セックスまでをも恐れてしまうだろう。日常生活に支障をきたさない程度ではあっても、そう思うくらいには、私は自分の流産に傷ついていた。

「ゴム、持ってる?」

私の呟《つぶや》きに顔を上げ、つける? と待澤は聞いた。長く伸びた前髪の隙間《すきま》から待澤の申し訳なさそうな目が覗《のぞ》いて、私は怒りを感じた。二回生理を見送るまではまた流産する可能性が高いからきちんと避妊してくださいって言ってた、という医者の言葉をさっき伝えたばかりなのに、前回外出しで出来たという事は、今外出ししてもまた出来てしまうかもしれないのに、また私が流産に苦しむかもしれないのに。怒りで性欲が減退する前に、そうだよな、と言って待澤は顔を上げた。前に五月がくれたのが……と言いながら鞄《かばん》を漁《あさ》り、待澤は小さな箱を出して封を切った。随分と前にあげたものだ。セーフティーセックス推進キャンペーンのイベントに参加した際、大量にもらった物だった。それをあげた時、待澤は「俺ら使わないじゃん」と笑って「他の女としろって事？」と冗談を言いながら愛撫《あいぶ》を始め、生で挿入した。

「他の女とはしてないみたいだね」

俺には五月しかいないよ、そう呟いてゴムを手渡した待澤の腰元にかがんで被《かぶ》せながら、その言葉が皮肉めいた意味を含んでいる事に気がついた。ゆっくりと挿入した待澤が動くたび、恐怖心が疼《うず》いた。私にゴムをつけてくれと言わせた待澤への怒りも募った。自分の体は自分で守らなければならない。自分の子供は自分で守らなければならない。結局どうやったって、男には理解出来ない領域なのだ。それでも、待澤が入れてから五分も経《た》つと、私はそういうあれこれを忘れて久しぶりのセックスに大きく声を上げていた。

「やっぱり旦那《だんな》と、なんてないよな？」

待澤の言葉に、どきっとして振り返ったのは、セックスを終えて二人で煙草《たばこ》を吸っている時だった。

「ないよ」

裸でベッドに横になったまま、私は笑ってそう言った。もしかしたら待澤は「やっぱり旦那とやっていきたい」という言葉を期待していたのかもしれないと思ったけれど、待澤は何の作意も感じさせない微笑みを浮かべ、だったらいいんだけどと呟いた。

「何か、気持ちの切り替えが出来なくて」

「うん」

「赤ちゃんと、弥生と待澤と四人でやっていくんだって思ってたから、何となく状況を受け止めきれてないっていうか」

「うん。分かってる。ゆっくりでいいよ」

私は、またこのまま、待澤との不倫も亮との結婚生活も続けていくような気がした。ゆっくりでいいよと待澤が言っている内は、私は亮と離婚出来るような気がしなかった。でも待澤は、再び妊娠するという事態にでも陥らなければ、きっと離婚を促すような事は言わないだろう。柔らかい憂鬱が私を包んだ。このまま亮と生活をし、弥生を育て、待澤と不倫を続けていく。そう思うと憂鬱だった。待澤と不倫を始めて以来、「何のために」「いつまで」という疑問が芽生える事は多々あったけれど、流産するまで、私はその状況をさほど絶望的なものと感じてこなかった。でも今、私はこの将来性のない生活を、前と同じように続けていける気がしなかった。気持ちが傾きつつある事に、気づいていた。私はもう、亮と離婚する事を考えていない。私は亮とやり直したいと思っている。流産して、待澤と私を繋《つな》ぐ大きなものが一つ消えた時から、私はこれを機に待澤と別れた方が良いのではないかと思っていた。待澤と別れる事を、何度も想像した。でも私はいつものように待澤を誘い、いつものレストラン、いつものホテルに部屋を取り、前と同じようにセックスをしている。まだ失うのは恐いのだ。今また、亮と弥生と三人で閉塞《へいそく》した柏岡家に戻って、亮に邪険に扱われ、無視され、スキンシップもセックスも会話もない生活の中で、一日一日死に向かって生きていくのが恐いのだ。生活を共にする人は、共に生活をする事で死への恐怖を紛らわしてくれる人でなければならない。私は今、亮と一緒にいると自分の中に生よりも死を感じてしまうのだ。

亮との関係は、改善しつつあるように感じる。前のように、何日も全く話さないというような状態は脱した。でも待澤という支えを失い、私は冷静でいられるだろうか。亮との関係改善を急いで、再び関係が破綻《はたん》してしまうかもしれない。じゃあ、私は亮との関係が、昔と同じような良好な形に戻るまで待澤をはけ口として利用して、亮と良好な関係を再建出来た暁に、晴れてめでたく待澤を捨てるのだろうか。そんな事が出来るのだろうか。出来たとして、私はそれで本当に幸せなのだろうか。

朝の五時過ぎに帰宅すると、シッターのハナちゃんがリビングのソファで眠っていた。弥生を寝かしつけた後にやったのだろうか、部屋は綺麗《きれい》に片付けられ、洗濯乾燥機に入れっぱなしだった洗濯物も綺麗に畳んである。塩素臭いキッチンを見に行くと、そろそろ茶渋を綺麗にしなきゃと思っていた十枚ほどの白いお皿とコップが綺麗に漂白されて水切り台に置かれていた。起こそうか起こすまいか迷っていると、気配に気づいたのかハナちゃんはばさっとブランケットをはねのけるように飛び起き、はっ、と声を上げた。思わず笑って「おはよう」と言うと「ああびっくりしたあ」と顔を歪《ゆが》め、あー寝ちゃったーと情けない顔で笑った。

「寝る時は布団《ふとん》出していいって言ったでしょ。寒くなってきたし風邪ひいちゃうよ。今出すから、寝て行きなよ」

「あ、いいんですいいんです。本当は寝ちゃいけなかったんです」

明日はお休みなんで、家に帰って続きやります、と言ってハナちゃんはローテーブルに置かれたノートや筆記用具をまとめ始めた。院生と聞いた時は生ぬるい生活を送っている若者なんてと懸念《けねん》もあったけれど、実際に会ってみるととても真面目《まじめ》で、馴《な》れ合いを嫌い、子供には片付けの時間、お風呂《ふろ》の時間や寝る時間を厳守させ、子供の扱いも家事も手際《てぎわ》の良さはベテランベビーシッター並みだった。弥生も、それまでのシッターたちに比べて大分懐《なつ》いている。それまでシッターの名前を口にすると、私がいなくなるのだと気づいて泣き出したのに、ハナちゃんの名前を出すと「いつ来るの？」と笑顔を見せる。聞くと、専属のベビーシッターになって欲しいという声も多く、もう既に院生というよりもシッターになりつつあると言う。

「夜の八時にウンチが出ました。良便です。今日は頑張って自分でお尻を拭《ふ》けました」

「あら、すごい」

「お風呂の際は、洋服の脱着も自分でやって、体も自分で洗うと言ってがんばっていました。夕方、お絵描きをしてママの絵を描いたんですが、明日ママにあげると言って枕元《まくらもと》に置いて寝たので、きっと起きたら持ってくると思います」

ハナちゃんはマッシュルームカットの頭を撫《な》でつけながらはきはきとそう言った。

「そうそう、ママと公園行く約束したんだ、って嬉《うれ》しそうに言ってましたよ」

では、と言ってバッグを持って出ていこうとするハナちゃんに、ちょっと待ってと言ってキッチンに向かった。ハナちゃん甘い物大丈夫だよねと聞きながら、最近表参道にオープンしたばかりだという洋菓子店のマカロンの詰め合わせを差し出す。

「この間仕事相手から何箱ももらって。良かったら食べて」

いいんですかとにっこりと笑うハナちゃんに、またメールするねと手を振った。鍵《かぎ》を閉めると、しんとした玄関から一瞬夫の部屋の方を見つめる。もう寝ているのだろうか。物音は一切しない。でも、亮は私と話すのが億劫《おっくう》で、物音をたてないよう気をつけているだけかもしれない。私とのコミュニケーションを回避するために、彼は今ベッドの中で息を潜めているのかもしれない。何故《なぜ》彼が、それほどまでに私を拒絶するのか。私は未《いま》だによく分からない。彼の店の経営が悪化すればするほど、私が育休から復帰して仕事を増やしていけばいくほど、格差婚と言われがちな私たち夫婦の中に、ある種のタブーが出来ていっているのは気づいていた。そして、プライドの高い亮にとってそれが耐え難いものであるという事も分かっていた。でも私は、そんな風に週刊誌に書かれるような内容の事が、本当に夫婦関係を壊すなんて事があり得るとは思えない。確かに私は、一時期亮に辛《つら》く当たっていた。仕事に復帰していく中で、育児をしながら仕事をする事の大変さを思い知り、中々良いシッターにも巡り会えず、幼稚園の事や躾《しつけ》の事も一人で思い悩み、疲れ切っていたのだ。育児をしてくれ、弥生の事をもっと考えてくれと、仕事でいっぱいいっぱいになっている亮に対してプレッシャーをかけるような事を言ったかもしれない。でも、そうして必死に懇願する私に、だったら離婚すると脅し、それっきりセックスもしなければ手に触れる事もせず、顔を合わせるのも恐れるような態度を取るようになった亮の気持ちが、私にはあまり理解出来ない。自分のプライドや生活を侵害する物に対して、男性は強い拒絶反応を示す生き物だとはよく聞く。そして確かに、これまで付き合ってきた男性たちに比べても、亮は特にそういう傾向が強いように感じてきた。でも彼はこうして妻と全く心を通わせない夫婦生活を継続させる事に、どんな意味を見出しているのだろう。何の目的もなく、離婚も関係改善も求めず、ただ流れるままにこの家で生活を送っているだけなのだろうか。ただ波風を立てないように生活していれば、いつか何とかなると思っているのだろうか。耐えきれなくなった私から「離婚しよう」と言われるのを、粛々と待っているのだろうか。

夫の部屋をノックしてみたい衝動を押しとどめ、私は弥生の部屋のドアを静かに押し開けた。朝日が差し込み始めた部屋で、弥生は四肢をあちこちに伸ばしてじっと目を閉じている。枕元には、クレヨンで描かれた絵が置いてあった。しばらくその場で弥生を見つめ、ドアを閉めた時、全く動かない心に気づく。流産の手術以来、私は弥生を可愛《かわい》いと思えない。表面上は優しくしていても、どこか弥生と向き合う時私は空っぽになっている。空っぽの頭で弥生に微笑《ほほえ》みかけ、弥生を褒め、弥生を叱《しか》り、ママ弥生のこと好き？　という言葉に大好きだよと応《こた》える。弥生は可愛い。どう見ても可愛い。でも、弥生の事を考えただけで胸が沸き立つような愛情は、しんと鎮《しず》まっている。これも、女性ホルモンが減少した事による気持ちの変化なのだろうか。女性が排卵日や生理前に苛々《いらいら》するという話を、ほとんどオカルトのようなものだと思っていた私は、人間はホルモンに操作されている、遺伝子に操作されている、というような話をする人が嫌いだった。半ば、霊能力者や超能力者のような、胡散《うさん》臭い人を見るような目で見てきた。でも自分が妊娠したり、出産したり、授乳をしたり、流産したりという激しい女性ホルモンの波にさらわれている中で、私は自分の力ではどうしようもない感情の変化が起こる事があるのだという事実を認めざるを得なかった。自分の意志を感情を、全く別の形にねじまげてしまうものが自分の中にあると思うと、恐ろしかった。つまり私は、自分の意志とは全く関係のない所で、ある日突然弥生が憎くなったり、亮と別れたくなったり、待澤をめためたに傷つけたくなったりするかもしれないのだ。そして同じように、自分自身すらも理由なく憎くなって、殺してしまいたくなる時が来るかもしれないのだ。

顔を洗い歯を磨いてから寝室のベッドに入ると、夏用と交換したばかりの冬用の羽毛布団が重く体にのしかかる。冷たいマットレスと掛け布団の間に足を伸ばし、枕に頭を載せた。まだじんじんと熱い股間《こかん》に手を伸ばし、下着の上から触れた。人指し指で、数回筋をなぞる。疼《うず》くものはあるものの、面倒臭い気持ちが先行した。目を瞑ると、帰り際洗面台の前で、待澤が髪を整えながら口にした言葉が蘇《よみがえ》る。「三人で幸せになろうな」。私はどんな顔をして良いのか分からず、綿棒で滲《にじ》んだアイラインを拭《ぬぐ》う手を止め、待澤の肩に顔を埋めてうんと頷いた。

近々どっかで軽く食事しない？　というメールに気づいたのは、六本木のスタジオで撮影を終えた時だった。浜中さんとスケジュールの打合せをした直後だったため、今だったら予定を入れやすいだろうとメイク室で電話を掛けると、久しぶりーという調子の良いユカの声が聞こえた。

「どう？　やっぱ年末は忙しい？」

「十二月に入ったらちょっと忙しくなりそうだけど、今週だったらまだ余裕あるかも」

「そう。今仕事中？」

「今スタジオで撮影が終わったとこ」

「そうなんだ、どこ？」

「六本木」

じゃあこれからちょっとお茶する？　という突然の申し出に何となく断りたい気持ちになったけれど、私今青山なんだよねと言うユカに、じゃあ会おっかと答えていた。待澤以外で唯一《ゆいいつ》妊娠を伝えた友人に、一刻も早く「自分がもう妊娠していない」事を伝えたいという気持ちがあった。何故か分からない。でも私は今、誰かがどこかで「森山五月が妊娠している」と思っている人がいるという事に耐えられなかった。私はもうそんな幸せを手にしていないのだと、宣言しなければならないような気がした。オープンテラスのカフェレストランに入ると、人の多いテラスや窓際を避けてくれたのか、ユカは店内の奥まった席に座ってメニューを見ていた。

「あっ、お疲れー」

明るい声に、ほっと息をつく。輪ちゃんの誕生日にすっぽかされて以来、電話で理由は聞いていたけれど、ユカが何か切羽詰まった状況にあるのではないかという心配な気持ちが、どこかで燻《くすぶ》っていたのだ。車の中に置きっぱなしになっている輪ちゃんへの誕生日プレゼントが頭を過《よ》ぎった。もしユカにもうパーティをやる気がないなら、帰り際に渡そうと思った。

「どう？　体調」

どう？　と私が聞きかけた時にそう聞かれ、一瞬動揺した後に「駄目になっちゃった」と顔を歪《ゆが》めてそう言った。言った瞬間、妊娠という呪《のろ》いから最後の一歩を引き上げたかのように、気が楽になった。流産したという事実を、私はこれ以上誰にも伝えなくて良いのだ。

「駄目？」

「うん。流れちゃった」

そうなのと言いながら、ユカは憂鬱《ゆううつ》そうな表情を見せ、大変だったねと呟《つぶや》いた。何故かその言葉に、私は目頭を熱くした。大変だった。そうなのだ。大変だったはずなのだ。でも私は、大変な素振りを誰にも見せないまま、大変でなかったかのように振る舞う中で、本当に流産がさほど大変な事ではなかったような記憶を作りつつあった。でも本当は大変だったのだ。私は赤ちゃんを失ったのだ。それは大変な事だったはずだ。

「うん。大変だった」

言葉に出してみると、ああ大変だったんだという気持ちになった。私は大変な状況で、大変な決断をして、大変な悲しみを胸に抱いていたのだ。言葉にしないと、人は現実を夢のように処理してしまうのかもしれない。特にああいう悲しみを伴う現実は、過去とも現在とも繋《つな》がりのない、ぽかんと独立した記憶となって、いつしか夢だったのか現実だったのかすら分からなくなってしまうような気さえする。その時抱いていた思いの全《すべ》てを言葉にして、それで初めて現実らしきものとして捉《とら》えられるのかもしれない。でも同時に、大変だったと口にした瞬間この体中に広がった悲しみは、作られた悲しみだという気もする。他人に対して自分の体験を言葉にするという行為は、自分の記憶をねじ曲げ、本質を見失わせるものであるような気がした。私ははっとして、それ以上ユカには何も言うまいと口を噤《つぐ》んだ。待澤と乗り越えるべきだったのかもしれない。本当は、無理をしてでも歩調を合わせて、待澤と共に流産を乗り越えるべきだったのかもしれない。私は待澤と、何故あんなにも表層的な所でしか流産について語り合えないのだろう。

「じゃあ、離婚はしないの？」

「向こうはまだ、するつもりでいるんだけど、流産しちゃったから、何となく踏ん切りがつかないっていうか。夫とやり直していきたい気持ちも強くなって」

「五月は元々、旦那《だんな》さんの事を嫌いになって浮気してたわけじゃないんでしょ？」

「嫌われたから浮気した、って言った方が正確かな」

「でも、旦那さんも別に離婚したいとは言ってないんでしょ？」

「今の所は」

「話す事は出来ないの？」

ユカが聞いた途端、店員がお飲み物はお決まりですかと声を掛けてきて、ユカがシャンパン私がペリエを頼んだ後、食べ物適当に頼んでいい？　と聞かれいいよと言うと、ユカは生ハムサラダとステーキと豚肉のパテと魚介のパスタを頼んだ。普段カロリーに気を遣っている私も、そこまで潔く頼まれるともう今日は思う存分食べようという気になる。

「話すって、旦那と？」

店員が去った後聞くと、は？　とでも言いたげにユカはうんと頷《うなず》いた。

「つまり、私が聞いた話だと、五月と旦那さんは一年くらい前から関係が悪化して、大喧嘩《げんか》の末に会話がなくなり、顔も合わせなくなった。家庭内別居を続け、五月が離婚を考えるようになった頃、今の不倫相手の男性といい感じになって、だらだらと不倫を続けている。そういう事だよね？」

「まあ、概《おおむ》ねそういう事」

「旦那さんと五月の間で、いわゆる良好な夫婦関係を保つのに必要な類《たぐい》の意思の疎通《そつう》は、ここ一年くらい全くないって事だよね？」

「そういう事になるね」

「すごい話だなそれって。何かエイリアンと暮らしてるような気になったりしない？」

「する。何か、何考えてるのか分からなくて、もしかしたらゲイになってるかもとか、たくさん愛人作ってるかもとか、自分の部屋で変な儀式してるかもとか思っちゃう事があるの」

ユカはくすっと笑って、新興宗教の教祖になってたりしてねと言った後、軽く笑みを歪めた。

「まあだから、異常事態だよね夫婦としては。だから、普通にあんたは一体どうしたいのって、聞いてみればって思うんだけど」

簡単に言うけどと呟いて、やって来たペリエにライムを搾《しぼ》った。生活の事弥生の事仕事の事、私たちの間には現実的な話しかない。カードを挿入してください、ご利用金額をお手元のキーで入力してください、ご利用明細を発行しますか。私たちの間にはそういう、機械でも出来るような話しかないのだ。最近、関係が改善しつつあるとは言っても、やはり私たちが「私はこう思う」「俺はこう思う」という機械以上の話を始めると、途端にその場に緊張が走り、一触即発のムードが漂い始める。私は亮を怒らせ、また離婚するぞと脅されるのが恐いし、亮もまた、私の中の何かが恐いのだろう。

サラダをつつき始めた頃、私はやっと気を取り戻して、所でユカは大丈夫なの？と聞いた。なにがと惚《とぼ》けて見せるユカに、嘘《うそ》をついた弥生が必死に平静を装《よそお》っている様子を目《ま》の当《あ》たりにしている時のような、そんないたたまれない気持ちになった。友人の自殺を止めに、という理由を、端《はな》から疑わしいと思っていたけれど、やっぱり嘘だったんだと私はユカの表情を見て確信した。

「心配したんだからね」

「ああ、ごめんね。ありがとう」

「パーティ、やり直さなくていいの？」

「いいのいいの。今年末進行で忙しいし、料理作るのとか面倒だし」

「私で良ければ作るよ」

「いやいや、何か、色々疲れちゃって」

「そう」

「うん」

「輪ちゃんとか、旦那さんとかとは、普通にやってるの？」

「うん。もう普通に」

「何かあったら、話くらい聞くからね」

うんありがとうと言うユカの笑顔を見ながら、ああ彼女は大変な時に私に何かを話したりはしないし、私もそれを分かっていながら話を聞くなんて言ったんだと思ったら、ひどく虚《むな》しい気持ちになった。私が一人静かに悲しみに対処したのと同様に、ユカもまた、ああして私や涼子ちゃんに迷惑は掛けつつも、自分の問題を自分自身で処理しようとしているのだろう。十代の頃のように、はらわたを引きずり出すようにして全てを吐露していた頃のような痛々しい人間関係を持つ事は、もう出来ないのだ。大抵の事には笑って応《こた》え、悲しみや苦しみは体内で処理して、私は平気ですよという顔でまた外に出て行く。それはきっと、子供に見られたくないからだ。子供に見られたくないから私たちは陰で泣き、陰で苦しむようになったのだろう。汚物を人目に晒《さら》さないようにトイレが進化したように、私たちは自分の負の感情を子供たちに見せないように、ある種の感性を麻痺《まひ》させて進化したのだろう。でもシンデレラ城の裏が張りぼてであるように、子供たちが目にする優しい母親の裏には、ぞっとするようなマイナスの感情が渦巻いているはずだ。ユカは、自分の苦しむ姿を輪ちゃんに見せたくなかったから、だからあの日逃げ出したのかもしれない。彼女はむしろ冷静に、母として、逃避の道を選んだのかもしれない。

肉汁滴《したた》るステーキを頬張り、うまい、おいしい、うまい、おいしい、と繰り返し、とうとう最後の魚介のパスタが出てきた時、ユカは赤ワインを追加して、追加の声が切れるか切れないかの流れで「そうそう最近涼子から何か連絡あったりした？」と聞いた。

「涼子ちゃん？　ううん、輪ちゃんの誕生日に二人で待ちぼうけくらってから会ってないし、多分メールとかもしてないと思うけど」

「そう。ドリーズでも、会わない？」

「うーん、そう言えば最近見てないなあ。どうかしたの？」

「ううん。いや何か、私も最近ドリーズで見てなくて。何か、メールしても電話しても出ないし」

「そうなんだ。一弥くんが体調崩したりしたのかなあ」

うーん、と言ったきり、ユカは黙り込んだ。シェアプレートに取り分けたパスタをぐちゃぐちゃとフォークで掻《か》き混ぜ、何か考え込んでいるようだった。

「心配なら、家に行ってみれば？」

でも……、と心細げに言うユカが、何だか可愛《かわい》らしくて笑ってしまう。いつも飄々《ひょうひょう》として我が道を行くタイプのユカが、恋する女子中学生のようにぐずぐずしている姿は意外だった。

「でもやっぱり、立ち入るべきじゃないと思うんだ」

「涼子ちゃん、何かあったの？」

「涼子自身が考えて、涼子なりの良心に基づいた結論を出さなきゃ、涼子は不幸なままだと思うんだ」

「なに？　涼子ちゃん、不幸なの？」

「分かんない。でも……」

「何か、悩んでるの？」

「……分かんない」

ユカの煮え切らない態度がもどかしかった。ユカはともかくとして、私は、涼子ちゃんだったら何か助けになれるような気がしていた。旦那さんとの間に確執があるだとか、育児の孤独だとか、バイトが決まらないだとか、そういう事で悩んでいるのだとしたら、涼子ちゃんが話してくれさえすれば、私は何か力になれるような気がした。私自身、旦那や子供や仕事の事で、散々悩んできた。自分がそうだったからこそ、気の利《き》いたアドバイスをもらわなくとも、話す事で癒される所もあるだろうと分かる。

「今から行ってみようか？」

「涼子んとこ？」

「うん」

「いいよ。多分、いても出ないと思う。部屋番号も知らないし」

「表札出てるかもよ」

もうちょっと連絡待ってみるよ、ユカはそう言って、自らを元気づけるように笑った。

「五月は、本当に放っておけないんだね。苦しんでる人が」

「別に、そんな聖人みたいなものじゃないよ」

「お母さんが自殺を仄《ほの》めかして失踪《しっそう》するたびに探し回ってたって、私にはピンとこなかったんだけど、五月を見てるとああそういう人もいるんだなあって、何か、誇らしい気持ちになるっていうか」

「そんないいもんじゃないよ」

「五月の存在は、私が生きていく中で必要な世界への希望の五%くらいを占めてるよ」

何それと笑って、私はペリエを瓶から飲み干した。そんないいもんじゃない。それは本心だ。いつからか分からない。でも確かに、事務所に所属し、モデルとして活動していく中で、私はある種の芸能人的倫理観を身につけ、順応していった。例えば現役アイドルで「母親が大っ嫌い」とか「父親なんか死ねばいい」と公言する子がいないのと同じように、アイドルより制約は少なくとも公共の場で許される発言を、日常生活でも無意識的に選んでいる所がある。もし私が「子供なんか産まなきゃ良かった」とか「母親なんか死んじゃえばいい」などと家族を否定するような言葉を吐けば、私は確実に仕事を失うのだ。ユカは作家だ。「皆死ね」だとか「セックス大好き」だとか「子供なんてクソ食らえ」と言おうが事務所を解雇される事も、スポンサーが外れる事もないし、クリーンなキャラであるよりも、そういうキャラの方がむしろ作家としてはウケが良いのかもしれない。モデルは、どんなにヤンキーキャラやバカキャラであっても、「やっぱり家族が大事」という最終結論を出さなければならない。そうしなければ、世間は彼女たちを抹殺しようと躍起になる。もちろん、表の顔と裏の顔を乖離《かいり》させていく子も多い。テレビや雑誌で演じている分、オフでは悪態をつきまくるような子もいる。でも皆、子供を持つと裏の顔を抹消していく。いや、裏の顔を、さらに奥に隠すと言った方が良いのだろうか。私にだって、母親を憎んでいた時期はあった。失踪した母親を探し回りながら、あのババア！　と一人フロントガラスに向かって怒鳴った事もあった。私は母親に対して「さっさと死んでくれ」と思っていた自分自身を奥の方へ奥の方へと追いやり、少しずつなかった事にしていったのだ。

トイレー、と言ってユカが席を立った後、空っぽになった目の前のソファを見つめたまま、「そんなにいいもんじゃない」ともう一度呟《つぶや》いた。

結局お迎えの時間ぎりぎりまでユカと話をしていた私は、慌《あわ》てて車を出し、運転しながら輪ちゃんへのプレゼントを渡し忘れた事に気づいた。あーあ、と大きく声を上げてから、ふと今朝弥生を送った時子どもたちが歌っていた「あわてんぼうのサンタクロース」を思い出して口ずさんだ。十二月が間近に迫っている。今年は、初めて体験する事がたくさんあった。離婚に怯《おび》えたのも、不倫をしたのも、不倫相手の子どもを妊娠したのも、流産したのも、初めてだった。

家に帰って弥生を寝かしつけた後、久しぶりにパソコンを開いた。知りたい事、調べたい事は大抵携帯で調べてしまうし、パソコンのアドレスにメールを入れてくる人も少ないため、一週間に一度くらいの頻度でしか使っていない。毎晩寝る前に飲んでいるハーブティーをチェストに置き、パソコンを膝《ひざ》の上に載せてベッドの上で操作していると、ウィルス対策ソフトの期限が二ヶ月後に迫っているという注意書きが浮かび上がった。Adobe や iTunes も「バージョンアップしますか?」としつこく聞いてくる。パソコン音痴な私は、何となくインストールだとかバージョンアップだとかエラーだとかいう言葉を見ると恐ろしくなってしまい、大抵閉じるのボタンを押して見なかった事にしてしまう。

メールをチェックして、数人の友達のブログを読み、ニュースサイトを開いて気になるニュースを読んでしまうと、もう読むべきものなどないような気がして、私は購入後亮にセッティングしてもらった際に見繕ってもらったお気に入りリストをざっと見回した後、検索サイトをクリックした。検索ワードの欄を開き、キーに手を載せてしばらく迷った後「流産」と打って検索ボタンをクリックした。流産した人がこれほどまでに多く、これほどまでに言葉を発しているのかと驚くほど、流産経験者の集まるコミュニティサイトが大量にヒットした。育児ノイローゼの人や、DVを受けている人や、病気の人などもそうなのかもしれないけれど、おおっぴらに外で話す事の出来ない悩みを抱える人にとって、インターネットというのは有効な癒《いや》しの手段となるのかもしれない。流産後の経過について調べようと思っていた私は、「流産した人・子供を亡《な》くした人専用板」という掲示板をクリックしていた。自分と同じように初期流産した人や、死産した人、SIDSで子供を亡くした人など、様々な人が書き込んでいた。胎芽が見えなかった人、胎芽も見えて心音も確認出来た後に流産してしまった人、安定期に入って安心した途端に流産してしまった人、二十二週以降の死産で千グラムにも満たない我が子の火葬を体験した人、内出血のある痛々しい遺体に対面するかどうかの決断を迫られ、未《いま》だに自分の出した結論が正しかったのかどうか悩んでいる人、産後すぐに死んでしまったけれど、一度でもその体を抱けて幸せだったと言う人、流産以来妻が塞《ふさ》ぎ込んでしまい、どう接して良いのか分からないとアドバイスを請《こ》う男性。色々な人がいた。子供や胎児を神聖視するような人もいれば、流産を科学的、合理的に受け止めている人もいたし、感情的な人、落ち着きを取り戻した人、まだ悲しみの癒えていない人、悲しみを乗り越えた人、悲しみを乗り越えて出産をした人、もう何十年も前の事だけどと前置きをして、かつての自分の体験を書いて他の人を慰める人もいた。もちろん鼻につく書き込みも多かった。悲劇のヒロインじみた自己愛的な書き込みや、自分のせいだ自分のせいだと自分の行動をぐちぐちと後悔していたり、出産に至った人を羨むような書き込みや、自分が幸せになれないのは子供が出来ないからだと断言するような、そして同時に子供を持っている人はそれだけで幸せだと断言するような書き込みもあった。夫、子供がいて初めて幸せな自分になれると思っている人は、実際に出産すればその過酷な育児の中で、子供が自分の意志や物語とは全く別の所に存在していて、それこそ最も自分を裏切る者であると知るだろう。恋愛でも仕事でも味わった事のない、思い通りにいかない挫《ざ》折感《せつかん》を、私は弥生を出産して初めて知った。

　久々にパソコンを凝視したせいか目の奥が痛み始めてきた頃、私は自分と同じく、妊娠六週で胎芽が見えず流産と診断された人の書き込みを読んでいた。赤ちゃんを失った悲しみ、また流産してしまうかもという不安、習慣性流産ではないかという不安、周囲からのプレッシャー、様々な環境や気持ちの中で消え入りそうになっている彼女が、子宮筋腫《きんしゅ》を抱えた自分自身と重なって、目元が熱くなった。私自身、流産と言われた時から、もう子供を産めないのかもしれないという絶望感を抱かずにはいられないのだ。何故《なぜ》だろう。子供は一人でもいいと思っていた。このまま一人っ子の弥生だけを溺愛《できあい》していくという家庭の在り方も、良いのではないかと思っていた。思い切り愛情を注いで、愛らしい女の子になってもらいたいと思っていた。妊娠したと分かった時も、悩んだ。相手が夫ではなかった事が大きな悩みではあったけれど、それ以外の理由も含めて、堕胎した方が良いのではないかと思い悩んだ。でも流産という結果を迎えてから、私は強烈に子供が欲しいと思うようになった。小さな新生児をこの腕に抱きたい。もう一度だけ我が子を出産したい。その思いが先走っている。不思議だった。もう産めないのかもと思った瞬間、私は子供を産めなかった自分の体を不良品のように感じた。その不良品感を覆《くつがえ》すため、つまり自分自身のプライドを維持するためなのかどうなのか、とにかく「産まない」のではなく「産めない」のだと思うと耐え難かった。弥生だけでいいと心に決め、二人目を作ろうとも思わないまま、一度も妊娠せず一生を終えていたら、こんなに強烈な欲求に駆られる事なく、私は弥生一人の母として人生を全うしただろう。でも駄目だった。産めなかったと知った途端、絶対に意地でも二人目を産まなければならないような気がした。私は今、かつてなく、妊娠したかった。子供を産みたかった。こんな気持ちは初めてだった。

まるでもう何十回も流産を体験したかのような気分になる程、パソコン上の言葉を読み漁《あさ》っていく中で、私はある数行の書き込みに目を止めた。

「何という本だったか思い出せませんが、流産をした人のための絵本に『あなたの赤ちゃんは、あなたの命は数ヶ月です、それでもママとパパに会いに行きますか？と神様に聞かれ、それでも行きますと応《こた》えて、あなたのお腹《なか》に宿ったのです』というような文章がありました」

体が強ばっていくのを感じた。一瞬の後に、私はパソコンを脇《わき》に押しやり布団《ふとん》に突っ伏して泣いていた。掛け布団に顔を押しつけて、大声を上げて泣いていた。ああ初めてだと思った。あの日手術の直前、僅《わず》かに涙を流してから、私は一度も泣いていなかった。流産から三週間近く経《た》って、やっと思い切り泣く事が出来た。悲しかった。全身から悲しみを放出するように、私は体中で泣いた。小さな子供が、欲しい玩具《おもちゃ》を買ってもらえず床でじたばたするように、私はじたばたと、失ってしまったものを思って泣いた。失われ、ここまで全く思いを寄せられる事もなく、存在の記憶すら失われかけていた我が子を思って泣いた。絵本の引用が、何度も何度も頭に浮かぶ。あの書き込みを読んで、私はまず「陳腐な慰めだ」と冷めた気持ちを抱き、次の瞬間悲しみに圧倒された。生物学的にはまだ命とも呼べない数ミリの胎芽を安易に擬人化して、センチメンタルな思いを押しつけるなんて俗悪だし、不誠実だ。そう思った。でも私はそれで良かったのだ。不誠実であっても、泣きたかった。陳腐な慰めで不誠実に泣く事でしか、私は癒されなかった。わんわんと声を上げ、空っぽのお腹を撫《な》で、私は失ったんだと強く思った。私は失った。理由は分からないけれど私は失った。かけがえのないものを失った。そしてそれはもう手に入らない。悲しかった。こんな悲しみは他にないと思った。明日は撮影がない、という思いが涙を加速させ、私は時間を、何もかもを忘れて狂ったように泣き続けた。

少しずつ、自分を取り巻く状況が好転しつつある事に気づいていた。流産直後に、新しいCMの契約が決まった。三年ぶりの化粧品のCMで、言葉で言われた事はなかったけれど、浜中さんが待ち望んでいた類《たぐい》のCMだという事はその喜びようで分かった。産休から復帰して以来、モデルというより「ママ」というキーワードで取り上げられる事が多く、そういう人として認識される事に、そして自分自身がそういうイメージを受け入れてしまう事に複雑な思いでいたため、私自身ほっとしていた。亮との関係も僅かずつ改善を続け、週に一度か二度は自然と二人で話す時間が出来たし、今年は一度も旅行に行けなかったから、来年はどこか行きたいなあと軽いトーンで言うと、「ハワイがいいなあ」と、冗談か本気か分からないような口調でありながら、亮はハワイの海や空に思いを馳《は》せるような表情を見せた。亮との関係が好転していけばいくほど、私は待澤に送るメールが減っていっているのに気づいていた。待澤は、私の変化に気づいているのかいないのか、メールや電話ではいつも通り優しく、何かを急《せ》かしたり、責めたりするような態度は微塵《みじん》も見せない。あらゆる事が少しずつ、平常に戻っていきつつあるような、そんな気がしていた。でも弥生に対してだけは、私は優しい気持ちを取り戻せずにいた。いつものように接しながらも、私はどこか、冷めていた。こうするべきという義務感から、弥生に優しく接していた。出産してから流産するまで、私は弥生に対して自然に愛情が湧《わ》き出してくるのを実感し続けていた。ワガママや甘えに苛立《いらだ》つ事はあっても、揺るぎない愛情の元で、私は育児をしていると思っていた。でも今、自分でも信じられないほど、弥生に対して心が動かなかった。

タコをスライスして、キュウリとワカメと混ぜ合わせる。タコは、弥生の好物だ。

味を見ながらタコの酢の物を作り、大根とゴボウが柔らかくなったのを確認してから、だし汁に味噌《みそ》を溶かした。玄米を多めに混ぜたご飯も、いい具合に蒸らされている。昨日の残りの挽肉とナスのあんかけをレンジにかけると、私は弥生の部屋に向かった。

「弥生、ご飯だよ」

ううん、と声を上げて、弥生は目を開けた。私を一瞥《いちべつ》して、枕《まくら》に顔をごしごしと押しつけ、ねむいー、とくぐもった声を出す。タコがあるよと言うと、タコぉ？　と嬉《うれ》しそうな声が上がった。キッチンに戻る途中、とろっとおりものが垂れるような感触があって、下着が濡《ぬ》れた。ご飯と味噌汁をよそうと、私はトイレに入ってパンツを下ろした。とろっとした赤黒い血が、白いパンツを染めていた。今日は何日だったかと考えて、やはり手術から三週間しか経っていないのを確認する。次の生理は一ヶ月から二ヶ月後にくると先生は言っていた。それに、普通の経血よりも色が濃く見える。術後は、短かったり長かったり、経血が多かったり少なかったりと、いつもと違う生理が来るものだとは聞いていたけれど、やっと止まった出血が一週間ほどで再開し、生理の可能性も低いとなると、この不正出血は何か悪い予兆のように感じられた。どきどきした。先生は、今回の手術が次の妊娠に影響する事はまずないと言っていたけれど、私はその言葉をどこかで信じられずにいる。もしも亮との関係が改善して、いざ亮と二人目を作ろうと思った時に、私が不倫相手の子どもを流産してしまった事が原因で妊娠出来ない体になっていたとしたら、私は一生悔やんでも悔やみきれない思いで生きていかなければならない。私はその罪の重さに、耐えられないはずだ。亮の子どもを流産して、妊娠出来なくなったのなら仕方ない。でも不倫相手の子どもを流産して妊娠出来なくなったとしたらと思うと、自分が本当に取り返しのつかない事をしてしまったような気がして恐ろしくなる。

「ママー、ママー?」

ナプキンをつけていると、がちゃがちゃと音がして、弥生がトイレに入ってきた。

「止《や》めてよ恥ずかしい」

鍵《かぎ》を閉めて、入らないでと言うと泣き出す事があるため、鍵を掛けずに入る習慣がついてしまっていた。弥生は「ウンチ出た?」と私の足の間を覗こうとする。

「ちょっとちょっと、見ないでよ」

「ママ、血出たの?」

そうよと言ってトイレットペーパーを巻き取りながら、弥生の声の大きさにどきどきする。これまでも、私が出血しているのを生理の時に目の当《ま》たりにしてきた弥生には特に不思議な事ではないのだろうが、弥生の声が亮に聞こえたらと思うと、居ても立ってもいられないような焦燥感に襲われた。パンツを上げると水を流し、洗面所で弥生と一緒に手を洗った。

「ねえママ、今日の朝食ってタコなの？」

「そうよ。タコの酢の物だよ」

「すのものかあ」

　酢の物の意味が分かっているのかいないのか、弥生は夢見るような表情でそう言った。お手伝いするー、と言う弥生に、ご飯とお味噌汁は熱いからねと、お箸《はし》とビニールのマットを持って行ってもらった。隣に並んでいただきますをして、二人でご飯を食べながら、私は緊張した下腹部に意識を注ぐ。とにかく、弥生を送ったら病院に電話をして聞いてみよう。考えている途中ではっとして「そうだ」と呟《つぶや》いた。今お父さんに車持ってかれちゃってて、と言う母親に昨日車を貸してしまったのだ。私だって仕事にも送り迎えにも使うのにと文句を言ったけれど、地元から出てきた友達を東京観光に連れて行きたいのよと言う、珍しく社交的な母親を断りきれなかった。日中は亮の車を借りようと決めて、帰ってきたらすぐに返してねと言って、私はキーを母親に渡した。でもいざとなると、今眠っているであろう亮を起こし、機嫌の悪い亮に事情を説明してキーを貸してもらうのも億劫《おっくう》だった。

「今日、保育園タクシーで行こうか」

「タクシー？　うん。弥生タクシーってさあ、
弥生は嬉しそうに言って、「弥生タクシーで行く」」

ママのお隣に座るでしょ？　ママのお膝《ひざ》にごろんって出来るから、弥生嬉しいんだ」

と続けた。そうだね、と答えながら、私は疎《うと》ましい気持ちを拭《ぬぐ》えない。弥生のまとわりつき方は、猫のような気まぐれなものではない。私が許せばそれこそ一日中私にべたべたとくっついているようなまとわりつき方だ。たくさんある興味の中の一つに私があるのではなく、弥生の興味は私一点に注がれていて、私が行きなさいと促すから仕方なく外の世界にも出て行くというような、引っ込み思案な子なのだ。チクチクと下腹部が痛んだ。やっぱり、何か子宮に問題があるのではないか。考えれば考えるほど不安が募った。

「タコかたぁい」

「いつもと同じだよ」

弥生はしばらくくちゃくちゃとタコを嚙んだ後に、マットの上にタコを吐き出した。

「ベーする時はティッシュに」

「ママ、小さくしてー」

私は返事をせず立ち上がると、キッチンからナイフとフォークを持って戻った。お肉やタコなど、かみ切れないものはよくこうして小さくしてと頼まれる。でも、この「小さくしてー」という言葉が、弥生の単なる甘えにしか感じられない時もある。いつもと同じ大きさに切り分けられたタコを、食べられる時と食べられない時があるというのは、つまりそういう事なのだろう。仕事が忙しい時や、睡眠不足の時や、体調が悪い時など、弥生は私の不調を感じ取って面倒をかけないように配慮してくれるのに、今日は何故か、私の苛立ちや不安を知ってか知らずか甘えモードに入っている。きちんと優しい顔で向き合ってあげれば、弥生は満足してワガママを言わなくなるだろうと分かるのに、私は弥生が面倒な事を言ったりしたりするほど、心がどこかに飛んでいくような浮遊感に囚《とら》われていくのを感じていた。

「あー……」

弥生の声に、切り分けているタコから視線を上げると、お椀《わん》を持つ弥生の胸元を味噌汁がぐっしょりと濡《ぬ》らしていた。はあとため息をついて、弥生のパジャマを脱がせるとそれを洗濯機の隣の手洗い場に放り込み、濡らしたタオルを持って戻った。

「ごめんなさい」

意気消沈したように口をへの字にして泣きそうな弥生に、いいのよと言って、味噌汁臭い胸元をタオルで拭ってやる。顎《あご》を上げる弥生の首筋も拭《ふ》き終えると、長袖《ながそで》のチュニックを着せてやった。

「ありがとう」

「どういたしまして。お味噌汁、おかわりする？」

「ううん。弥生タコ食べる」

弥生は練習用のお箸を持って、私の切ったタコを口に入れていく。おいしい、と私を見上げて微笑《ほほえ》む弥生に、良かった、と微笑んで見せる。私は、亮とも待澤とも自分自身とも流産という事実とも、どこか腰が引けて真《ま》っ直《す》ぐ向き合えていないような気が、ずっとしていた。そして、これはただの責任転嫁《てんか》に違いないのだけれど、何となくそれは弥生のせいであるかのように私は感じていて、だから弥生が疎ましいのかもしれないと思った。確かに、弥生が居らず、私が亮と二人で結婚生活を送っていたとしたら、私は身軽だっただろう。離婚も、子供がいると大変さは二倍にも三倍にもなると言われている。弥生がいなければもう既に離婚していたかもしれないし、不倫なんていう面倒くさい真似《まね》をしないで済んだかもしれないし、そもそも亮と結婚もしていなかったかもしれない。そんな事言ってもしょうがないのは分かっている。でも、三年間もらえなかった化粧品の仕事、出産後にぐっと落ちた仕事の質、夫の変化、保守的な考え方が染《し》みついた自分自身、私はそれらを心のどこかで弥生のせいと考えてしまっている。

　私は第二子を出産して、新しい世界に足を踏み出すつもりでいた。でもそれは叶《かな》わなかった。私は流産して、踏み出しかけていた足を戻し、元の生活に留まった。きっと私は、妊娠前と同じように、不倫を続けバランスを取りながら、憂鬱《ゆううつ》な生活を送っていくだろう。それが嫌なのだ。私は、どちらか一人と、真剣に向き合いたいのだ。でも、私と夫、私と待澤、という一対一の関係を考える際の「私」の中には少なからず「弥生」という要素が溶けている。私は、少なくともあと十数年、弥生と生活を共にしていくのだ。弥生を切り離した所で、未来について考える事は出来ない。だから弥生をうざったいと、感じてしまうのだろうか。でも弥生の要素が溶けているとは言え、私は私だ。私は、何か間違っている。何かが間違って、間違った感情を抱いている。理性が間違いであるという結論を導き出しても、感情は変わらなかった。

「ねえママ、髪の毛結んで」

　朝食を食べ終えた弥生が、小物入れを開け、お気に入りのゴムを探しながらそう言った。いつも、私の機嫌が悪い時はそんな事言わないのに、どうして今日はそんなにも負担をかけるのか。苛々しながらもいいよと言って、ブラシも持ってきてねと声を掛けた。ソファに腰かけて連絡帳に記入していると、弥生がウサギのついたゴムを二つ私の前に置き、「二つ結びにしてくーだーさい」と笑顔でブラシを差し出した。

「後ろ向いて。立ったままね」

はーい、と返事をして、背を向けた弥生の髪をブラシでとき始める。細く、さらさらした髪はなかなか手に収まらない。おでこの方からぐっとブラシで髪を持ってきて、左手で髪の束をつかむ。

「いたい」

ちょっと我慢してね、と言いながら、ウサギのゴムを口に咥《くわ》え、ぐっと伸ばしてから髪の根元に押しつける。

「お腹《なか》いたい」

「え？　お腹痛いの？」

弥生が屈《かが》むような仕草を見せたため、ちょっと待ってもう出来るから、と言いながら慌《あわ》ててゴムを巻き付け、ウサギとウサギをくっつけるように引っかけた。

「右もさっとやっちゃうから、そしたらトイレ行こう」

うんと弥生が頷《うなず》いたのを確認して、急いでブラシを小さな頭に滑らせ、右半分の髪をまとめていく。せわしなくブラシを滑らせていると、また弥生が「いたいっ」と声を上げる。ごめんごめんと言っている途中で、ぶくぶくと音がして、私はブラシを動かす手を止めた。

「え？」

下を見ると、弥生の足が震えている。弥生はびっくりしたのか、うわーんと声を上げた。髪を放し、ブラシを置くと、弥生のパジャマのズボンが見る見る湿っていく。きゃっと声を上げ、私は慌てて弥生の両脇《わき》に手を入れて抱え上げ、キッチンに向かった。抱き上げられた弥生の足首の辺りから、ぽたぽたと黄色い液体がカーペットに落ちるのが見えた。キッチンのフローリングに立たせると、ぐずぐずと泣く弥生に「ちょっと立ったままでいてね」と声を掛け、慌てて棚からウェットティッシュを取ってウンチを拭き取っていく。白いカーペットにぽつぽつと浮き上がった黄色い染みを五箇所ほど拭き取れるだけ拭き取った後、もうクローゼットの奥に仕舞って久しいオムツを取りに行き、キッチンの弥生の元に戻った。

「ウンチ出ちゃった」

両袖で目を擦りながら弥生はそう言って、「ごめんなさーい」と泣きながら謝った。

「しょうがないでしょ、ママも気がつかなくてごめんね。どうしたんだろうね、昨日は普通のウンチだったのにね」

うん、と頷いて、弥生は気持ち悪そうに身震いした。水のようなウンチで湿った下半身が気持ち悪いのだろう。脱ごうねと言って、出来るだけウンチに触れないようズボンを引き下げていく。でも、膝で引っかかったズボンを思い切り下げた時に、ウンチが手に付いてしまってからは、もうどうでも良くなってさばさばと汚物を拭き取り始めた。キッチンのフローリングもウンチに塗れている。先にバスルームに連れて行った方が良かっただろうかとも思うが、でもそうしたらバスルームまでの道のりでまたぽたぽたとウンチが零《こぼ》れるのは避けられなかっただろう。

「弥生、お腹痛かったの。ごめんなさい」

弥生はまだ目をうるうるさせて謝り続けている。最初はいいよいいよと言っていたけれど、段々面倒臭くなってきて、私は黙ったままウンチまみれの服を洗濯機の脇の手洗い場に放り込み、少しだけ濡れていたチュニックも脱がせてそこに放ると、弥生の下半身と床をウェットティッシュでさっと拭き取り、また両脇に手を入れバスルームに連れて行った。お湯で洗い流し、ボディソープで体中を洗ってしまうと、弥生は落ち着いたのか少しずつ笑顔を見せ始めた。

「お腹のお薬飲もうね。今日は、また漏れちゃうかもしれないから、オムツで過ごそうね」

「病院行くの？」

また泣き出しそうな顔で弥生が聞く。数ヶ月前、近くの病院で浣腸《かんちょう》をされて以来、弥生は病院と聞くだけで恐怖の表情を浮かべる。

「今日はとりあえずお薬飲んで様子見て、次もまた柔らかいウンチが出るようだったら、明日の朝行こう」

そう言いながら、ボディソープのダマスクローズの香りに包まれた弥生をタオルで拭き取ると、オムツを穿《は》かせ、キッチンで薬を水に溶かして飲ませた。弥生の部屋で服を着せ、じゃあ靴下は自分で履いててねと言ってキッチンに戻り、ウェットティッシュで散々床を拭いた後、更に雑巾《ぞうきん》で水拭きをして、雑巾とウェットティッシュをまとめてビニール袋に詰めて口を縛り、蓋《ふた》付きのゴミ箱に入れた。手がウンチ臭かった。キッチンの床には後で消毒液をかけようと思いながら、ごしごしと念入りに手を洗う。

「ママー、出来たよー」

弥生がやって来て、靴下を指さす。

「偉いね。よく出来たね」

微笑んでから、その濡れてる所は踏まないでねと、水拭きした箇所を指差す。しっかり手を洗うと、私は洗濯機の脇に置いてあるゴム手袋をはめ、手洗い場に放られた、味噌汁《みそしる》とウンチで汚れた弥生の服を洗い始めた。使うのが久々なせいか、じょろろろと音をたてて水道は水を吐き出し始めた。浄水器をつけていないため水が一本の筋になって落ち、ウンチまみれの服を濡らした水が跳ね返り、思わず顔をしかめる。蛇口を捻って水を細くすると、私は液体につぶつぶがまざったようなウンチを、体をのけぞらせ手を伸ばして洗っていく。突然胸がずきずきして、深呼吸をしようと大きく息を吸い込むと、張り裂けんばかりに胸が苦しくなる。

「ママー。何やってるの？」

言いながら、弥生が言われた箇所を避けて通り、私の横にやってくる。

「弥生のお洋服、洗ってるのよ」

言いながら、自分の声が震えているのが分かった。

「弥生、ウンチが飛ぶから、ちょっと離れてて」

弥生は素直に一歩下がり、ズボンを洗い流す私を見ている。体が揺れた。はっ、はっ、はっ、と息を短く吐き出す。突然、ぼろぼろと涙が落ちた。

「ママどうしたの？」

私が泣いている事に気づいた弥生が、体を強《こわ》ばらせて私を見上げ、今にも泣き出しそうな顔をする。声を上げて涙を流す私を見て、弥生はむずかるように体を戦慄《わなな》かせ、いやだいやだとワガママを言うように「泣かないで、ママ泣かないで」と涙を堪《こら》えながら怯《おび》えたように顔を歪《ゆが》める。これまで、弥生の前で泣いた事がほとんどなかったせいか、弥生は激しく取り乱していた。

「ママもお腹痛いの？　泣かないで。弥生ママ大好きだから、悲しいから、泣かないでっ」

　ううっと声を上げて、私は顔を俯《うつむ》けた。ゴム手袋をしているせいで、涙を拭けなかった。うわーん、と弥生が泣き声を上げ、でもすぐに思い直したかのように泣き止《や》み、「大丈夫だからね、弥生パパ呼んでくるからね、大丈夫だからね」と自分を奮い立たせるように言って駆けだした。訳が分からず顔を上げるとぽろっと涙が落ちて、キッチンの入り口から「大丈夫だよ」とでも言うようにこくりと頷いて、再び駆けていく弥生の後ろ姿が見えた。訳の分からない悲しみに、まだ体の震えを止められずにいると、亮の部屋をバタンと開け、パパっ、ママが、ママがっ、と叫ぶ弥生の声が聞こえた。亮の寝ぼけたような声がする。パパの顔を見て張り詰めていた糸が切れたのか、どうしようママがっ、という声に続いて泣き声が聞こえた。がたがたと音がして、寝ぼけた顔のまま「どうしたのっ？」と慌てた様子でやって来たＴシャツとブリーフ姿の亮は、私が泣いているのを見てもう一度「どうしたの？」と聞いた。

「何でもないの。ちょっと、弥生がウンチ漏らしちゃって、それを片付けるのが大変で、何か分かんないんだけど、何か、悲しくなっちゃって」

自分でも涙の理由が分からず、正直に言った。亮は何だよと呆《あき》れたように笑って「大丈夫だよ、ママ、何かちょっと悲しくなっちゃったんだって」と足にしがみつく弥生に優しく言った。「びっくりしたよ、ママがママが、って叫ぶから、倒れたり、誰かに襲われたりしたのかと思ったよ」亮はそう言って、じゃあパパは寝るねと弥生の頭を撫《な》でてリビングを去って行った。

「ママ、もう大丈夫？　悲しい？」

取り残されたようにぽつんと佇《たたず》む弥生は、恐る恐るといったようにそう聞いて、「もう大丈夫だよ」と肩で涙を拭いて笑った私に、顔を引きつらせるようにして笑い返した。私はまたウンチを洗い流して、水気を絞った洋服を三枚洗濯機に放り込み、洗剤を入れてスタートボタンを押した。キッチンの棚の中から消毒液を取りだして床にスプレーすると、その部分を避けてリビングに出た。カーペットももっと綺麗《きれい》にしたかったけれど、あんまりやると弥生の罪悪感を煽《あお》るかもしれないと思って、さっとファブリーズだけ吹きかけた。

「そろそろ、保育園行こうか」

心機一転という表情で言うと、弥生はうんと明るい顔を見せ、タクシーでね、と付け加えた。

忘れられたように揺れていた弥生の右の髪をゴムで結うと、鏡の前で眉毛《まゆげ》だけ書き、私は弥生と一緒に家を出た。いつもは地下駐車場まで行って車に乗るため、エントランスから出るのは久しぶりだった。弥生はひっきりなしに「弥生前ここで転んだんだよね」とか「お手紙来てるかなあ?」とか「弥生ここ掴《つか》まないで階段降りれるんだよ」などと私に話しかける。ママも悲しくない? と、本当はそう聞きたいのだろう。私は、先を歩く弥生を追いかけるようにして、足を速めた。

マンションの前の道は車通りが少ないため、あっちの大きい道まで歩こうと言うと、弥生はうんっと返事をした。弥生の先を歩きながら、落ち葉を竹箒《たけぼうき》で掻《か》き集めているマンションの従業員のおじさんに「おはようございます」と声を掛ける。おはようございます、と優しげな笑みを浮かべるおじさんに、弥生も「おはようございます」と大きな声を出した。偉いねえと言われ嬉しそうな弥生は、スキップのような軽い足取りで歩いていた。車に慣れてしまうと、この大通りまでの距離さえ億劫《おっくう》になるのだから、体というのは怠惰なものだ。ジムに行って運動する方がずっと大変なのに、タクシーに乗るためにこの僅《わず》かな距離を歩くという意味の希薄さが、億劫な気持ちにさせるのだろうか。

「今日は木曜日か。イングリッシュの日だね」

独り言のように呟《つぶや》くと、「ママちょっと待っててね」という弾むような声が斜め後ろから聞こえた。え？　と呟いた瞬間、前方の曲がり角からワゴン車がエンジン音を響かせ近づいてくるのが見えた。すぐ後ろにいるはずの弥生の声がどうして斜め後ろから……と思った瞬間体中の毛穴から火が出るような焦燥感の中で振り返り、息が止まるかと思うほどの胸の苦しさに顔を顰《しか》め、やよいっと声を上げる。転がるように車道に駆けだし、手を伸ばす。反対車線に駆けていく弥生は振り返らない。弥生の後ろ姿がゆっくりと揺れている。やよいっ、という声はもう言葉になっていない。届かない。駄目だ届かない。弥生は私の方も車の方も見ない。タイヤとアスファルトが擦《こす》れ合い高いブレーキ音をたてる車を見て私は怯《ひる》んだ。一瞬足が止まった。顔を引いた。ばんっ、と、大きな風船が割れるような音がして、弥生が車にぶつかるのが見えた。弥生はまるで人形のように飛んで、高くなっている歩道の縁にぶつかり、跳ね返って再びアスファルトに頭を打ち付けた。弥生と叫びながら駆け寄り、うつ伏せに倒れ僅かに足を動かしている弥生の頭を手で庇《かば》いながら横向ける。全身から熱が引いていくのが分かった。弥生の右側頭部は大きくへこみ、側頭部からおでこにかけての裂傷から血が溢《あふ》れ出していた。どんどんと血が滴《したた》り、私の手や膝《ひざ》を濡《ぬ》らし、アスファルトを濡らしていく。ぶるぶる震える手で弥生のへこんだ頭を押さえ、救急車、救急車呼んでっ、という車の運転手だか掃除をしていたおじさんだかの怒鳴り声を聞きながら、弥生を抱え込み生気を失いつつある弥生の目を覗《のぞ》き込む。弥生、弥生、弥生、大丈夫だよ、大丈夫だよ、大丈夫だよ、大丈夫だからね、言葉が私の口から出ているのか、私の頭の中で反響しているのか分からない。私の膝の上で私の腕の中でぶるぶると痙《けい》攣《れん》し目を半開きにして、頭のへこんだ弥生は、その僅かに開いた瞼《まぶた》の隙間《すきま》から黒目を覗かせ、私の姿を捉《とら》えたかのように見えた。弥生、弥生、大丈夫だよ、大丈夫だよ、大丈夫だよ、いくら大丈夫だと言っても、弥生の目はそれ以上開かない。世界中のどこかに今弥生を救える人がいるのなら誰でもいいから手を差し伸べてという気持ちで世界中に轟《とどろ》くような声で言った助けてという叫びは、辺りの空気を震わせて消えていった。

弥生が担架に載せられ、それに続いて救急車に乗り込む時、私の摑んだ手すりに、弥生の血の痕《あと》がついた。病院の集中治療室から出てきた医者に残念ですがと言われるまでの間で覚えているのは、その赤い手形と、走る救急車の窓から見えた何かの看板に書いてあった「3倍」という文字、後は集中治療室に入っていくストレッチャーの上で、蛍光灯の下鮮明に見えた弥生のおでこに走る裂傷、その三つだけだった。事故を思い出そうとすると、その三つの画が静止画のスライドのように、頭に浮かんだ。ご臨終ですと言われた時、私の隣には母と亮がいた。二人にどうやって連絡をしたのか、あるいは病院か警察が連絡をしたのか、いつ着いたのか、着いた時私に何と声を掛けたのか、私は何と説明したのか、全く思い出せない。ICUの前で、私は祈っていたようにも思うし、泣いていたようにも思うし、呆然《ぼうぜん》としていたようにも思う。霊安室で、対面した弥生の遺体にしがみついた。一人で痛い思いをした弥生。一人で心臓マッサージを受けた弥生。一人で死んでいった弥生。私がいなければ何も出来なかった子が、一人で凄惨《せいさん》な現実を体験し、死んでいった。信じられなかった。

一人にしたからだ。あの一瞬、気の緩みで、手を繋《つな》がず、目を離してしまった。あの一瞬、弥生は私の注意も関心も受けず、孤立していた。だから死んだのだ。弥生を抱きしめていると、後ろから亮の呻《うめ》くような声が聞こえた。入り口から前に進めず、その場で母親が泣き崩れていた。霊安室で弥生に対面してから、検死の間を除いて、私は弥生の側《そば》にいた。検死の間、弥生をレイプされているかのようなおぞましさに気が狂いそうだった。一度でも他人の手に触れさせたくなかった。今、全《すべ》てのものが弥生を穢《けが》すような気がした。弥生は初めての場所も、初めて会う人も、初めての事も、苦手だった。私がいなければ、パニックになった。

　全てが夢のようだった。次から次へと場面が切り換わって、私はそのどれもきちんと把握出来なかった。何度も泣いた。何度も叫んだ。嫌だとも、やめてとも、助けてとも、弥生とも、起きてとも、ママだよとも、何度も叫んだ。事故の二日後、弥生は火葬された。亮と母親が、弥生のお気に入りの玩具《おもちゃ》や洋服、髪ゴムや小さな肩掛けポーチ、お菓子や靴下や、私と亮と三人で写っている写真を棺《ひつぎ》に入れた。私の長い髪に憧《あこが》れて、弥生髪伸びた？　と何度も聞いてきた弥生の声を思い出した私は、眉切り鋏《ばさみ》を取り出すと、左手で摑んだ髪の束を頰の脇《わき》で切り、一房弥生の手元に置いた。そういう物ものと一緒に、弥生は焼かれた。私の体から出てきた肉体が、百七センチ十四キロで成長を止めた小さな体が、灰になった。

　これまで火葬場で遺骨を拾う時、私はその骨が作り物であるかのような印象を持った。その骨が、生前の故人の体内で動いていたとは、とても思えなかった。でもその骨は、正しく、その数日前まで私に駆け寄り、私に抱きつき、私に甘える弥生を動かしていた、弥生の骨だった。見た事もなかったのに、これは弥生の骨だと私は分かった。小さかった。細かった。弥生の体はこの世から消えた。人でも物でもなく、もっと目に見えない強大なものに、運命のようなものに、私は突き放されたのだと思った。生まれて初めて感じる恐怖だった。私は、この世で最も大きなものに突き放された。拒絶された。

恐がりで、慎重で、いつも私の後ろから離れずに歩く弥生が、「ママちょっと待っててね」と言った後何をするつもりだったのか、火葬の後現場に花を手向けに行った時やっと分かった。車とぶつかった瞬間、弥生はしゃがみこもうとしていた。その先にあったのはアスファルトと歩道の境目に生えていた季節外れのスミレの花だった。いつか、亮と喧嘩《けんか》になりかけて険悪な雰囲気になった時、弥生がタンポポを摘んではいと私に差し出した時の事を、私は思い出した。弥生はあの時のように、私を悲しみから救おうと思ったのだ。分からない、それは憶測だ。私がそう思いたかっただけかもしれない。でも弥生が、はにかみながら「はい」とスミレを私に差し出す姿が何度も何度も頭に浮かんだ。頭の中で私は、飛び出しちゃ駄目でしょと叱《しか》りつつありがとうと微笑《ほほえ》み、何度も何度も、数え切れないくらいたくさんのスミレの花を弥生から受け取った。あの日あの場所にスミレが狂い咲かなければ、弥生は死ななかった。その思いはすぐに、あの日私が悲しみを弥生に見せなければ、弥生は死ななかったという思いに。そしてその思いはやがて、そもそも流産をしなければ、不倫をしなければ、亮との関係が破綻《はたん》しなければ、と私の過去を遡《さかのぼ》って、私の全てを否定した。

私は現場を見ながら、はねられた弥生を見て弥生が死んでしまうと思った時、私の心に湧《わ》き上がった強烈な悔恨の念が「あんなに苦労してここまで育ててきたのに」という、浅ましい思いだった事を思い出した。ここまで苦労をしてあれほど労力をかけて、ここまで育ててきたのに全てが水の泡になってしまうという、そういう思いだった。スミレの花で私を悲しみの淵《ふち》から救おうとする弥生と自分は、とても離れた所にいたのだと思った。

亮も警察の人も、亮の両親も、私を責めるような事は言わなかった。母親は霊安室で遺体を見た時、何であんたがいたのに！　と叫んだけれど、それ以上何も言わなかった。私は、自分が高級な壺《つぼ》になったかのように感じた。私は腫《は》れ物だった。テレビのワイドショーでは、きっとトップニュースで報道されているだろうと思った。友達も、親戚も、恐る恐るといった様子で簡潔なメールを入れてきたけれど、返事をせずにいたら誰もメールを入れてこなくなった。待澤も一度だけ「出来る事があったら言ってくれ」というメールを入れてきたけれど、それ以降連絡はなかった。身内でやるからと断ったにも拘《かか》わらず葬儀に訪れた浜中さんは、「今は仕事の事は考えなくていいから」とだけ言った。彼女にだけは来て欲しいと唯一《ゆいいつ》声を掛けたハナちゃんは、葬儀に来た時から号泣していた。弥生の遺体を見ると悔しそうに、怒っているかのように泣き、最後は私にすがりつくようにして泣いた。彼女が最も、弥生の死を悲しんでいるように見えた。

同じ家に居ながら、亮も母親もほとんど私に話しかけなかった。弥生の部屋で、私は一日の大半を過ごした。うとうとしてはっと目覚めると、私は何度も何度も布団《ふとん》をめくり上げ、弥生がそこにいない事を確認した。私は散々泣いたけれど、それは弥生がここにいない、という現実的な意味で泣いていたのであって、弥生が死んだという事が悲しくて泣いているわけではないような気がした。弥生の死は、外から与えられた情報でしかなくて、私の中では事実として機能していなかった。弥生に会いたかった。弥生はどこかに隠れているだけのような気がした。目の前で轢《ひ》かれたのに、目の前で焼かれたのに、私はどこかで弥生が偽物《にせもの》にすり替えられているような妄想に取り憑《つ》かれた。私はほとんど、亮とも母親とも話さなかった。死後の世界で、弥生と二人で生きているような錯覚に陥った。

事故から一週間が過ぎた頃、私は唐突に自分のせいで弥生が死んだのではないかと思い始めた。助けられなかったのではなく、私は「助けられたのに助けなかった」のではないかと。弥生を追いかけていた私の足は、車に怯んで一瞬止まった。あの時、私は弥生の命を諦《あきら》めたのではないだろうか。いやその前に、弥生の前を、弥生に注意を払わず歩いていた時、私は心のどこかで弥生が死んでもいいと、思っていたのではないだろうか。私は、弥生が死ぬ前から、弥生の命を手放していたのではないだろうか。

事故は不可避だったとして、車の運転手は不起訴処分となった。私が運転していたとしても、避けられたとは思わない。妥当だし、運転手が一生あの時の事を心のどこかで悔いながら生きていくのだと思うと、申し訳ない気持ちにさえなった。事故から二週間が経《た》ち、泊まり込んでいた母親が自宅に帰り、亮が再び店に出るようになり、弥生がいないだけの、元の生活が戻り始めた頃、私だけが取り残されていた。私だけが、弥生のいた頃から何も変わっていなかった。弥生のいない世界が、どんどん現実に馴染《なじ》んでいくのに対して、私は弥生のいない世界に何一つ馴染めなかった。

ある朝、とても寒い朝だった。唐突に弥生が寒い思いをしているような気がして、私は弥生の部屋のクローゼットから冬物のムートンコートを出した。去年着ていたものので、もうサイズが合わないかもしれないと思いつつ、匂《にお》いを確認しながらリビングに行き、買ったばかりの仏壇に置かれた骨壺をくるむようにしてコートを掛けた。寒くない？　そう声を掛けると「うん。寒くない」という声がした。振り返ると、ダイニングテーブルの上にクリアファイルが置かれていた。一番上のプリントには「我が子を失った親の会」と書かれている。亮が置いたのか、昨日料理を差し入れに来た母親が置いて行ったのか分からないけれど、私はクリアファイルからプリントを出す気になれず、もう一度仏壇の骨壺を振り返った。同じ体験をした人の話を聞いたり、話を聞いてもらったりして、癒されるとは思えなかった。流産とは違う。私は、三歳半まで育てた我が子を、自らの手で失ったのだ。私は、現実味を増していく喪失感に耐えきれず、バッグを持ち、コートを羽織った。玄関で慌《あわ》ただしく靴を履きながら、下駄《げた》箱の上に置かれた弥生の手袋を鷲《わし》づかみにしてバッグに入れた。キートレーからキーホルダーをつかみ取ると、家を飛び出した。鍵《かぎ》も掛けず、マンションを裏口から出るとタクシーに乗り込んだ。私は段々、弥生の死を理解し始めているのだと分かった。それが耐えられないのだと分かっていた。東京郊外の駅名を口にすると、運転手はぎょっとしたように振り返った。

「二時間くらいかかりますよ」

いいですと答えてタクシーが動き出すと、私は待澤に電話を掛けた。久しぶりに聞く待澤の声が、私を安堵《あんど》させた。

「これから会いたい」

私は、今タクシーに乗っていて、そっちに向かっていると告げた。待澤の家に行った事はなかった。いつもいつも、私たちは港区のホテルで会っていた。考えてみれば彼は、いつも電車で長い時間掛けて、私に会いに来ていたのだ。自分が何故《なぜ》こうして待澤に会いに行くのか、私は分かっていた。待澤に会えば楽になると、ほんの僅《わず》かにかもしれないけれど、楽になると分かっていたのだ。タクシーの中から見慣れない景色を眺めながら、私は弥生が死ぬ直前に買った、えんじとオフホワイトの毛糸で編まれたノルディック柄の手袋を撫《な》でていた。弥生は私の差し出した手袋を見てとても喜んだけれど、中々指を上手に入れられず、一本の所に二本指を入れては「出来なーい」と泣き出しそうな顔をしていた。めんどくさいなと思いながら「はいはい」と指を入れ直してやっていた時間は、もう二度と戻らない。

大丈夫かと言いながら、待澤は玄関で私の両腕を摑《つか》んだ。何と答える事も出来ず、私はその場にへたり込んだ。待澤に会えば、楽になると思っていた。確かに私は楽になった。不倫を始めてからずっと、私は待澤といると弥生の事を考えないでいられた。弥生の事も亮の事も、家庭の事も考えずにいられた。確かに私は、初めて待澤の家に来て待澤に抱きしめられて、頭の中を占めていた弥生に対する思いが、僅かに純度を下げていくのを感じていた。楽だった。でも、楽になってどうするんだとも思った。

楽になって、それで、癒されていって、それで、次はどうするんだ。傷が癒《い》えたら、私は一体何をしたいのか、楽になって、何をしたいのか、分からなかった。また仕事を再開する。ぐちゃぐちゃになった家を整理する。待澤と恋愛していく。そのどれも、自分の望みではなかった。

待澤は予備校の仕事を休んだ。休んで、ずっと私と一緒に居た。後で買い物行くけど今はこれしかと言いながら出された蒸しパンを、私は半分食べた。弥生が死んでから、固形物を口にするのは初めてだった。私は何も喋《しゃべ》らなかった。待澤も喋らなかった。手を伸ばせば彼は手を握った。両手を伸ばせば、彼は私を抱きしめた。それで、確かに私は癒されていっているように感じた。人の肌に触れ、言葉なくただひたすら一緒にいる。それだけで、私は少しずつ、元の自分に戻っていっているような気がした。携帯が鳴っていた。亮かもしれないし母親かもしれないし浜中さんかもしれない。きっと皆私の自殺を心配しているだろうと思った瞬間、私は自分の不倫が何を意味するのか、分かった気がした。皆が私の自殺を心配して連絡を取ろうとしている時、夫でない男と抱き合っている事なんだと、そういう事なんだと、そんな風に思った。

三時間眠った。深夜四時、待澤のベッドで目を覚ました時、私は時計を見てそう思ったと同時に、弥生を探していない自分に気がついた。まだ弥生が生後二ヶ月か三ヶ月だった頃、育児疲れでへとへとになっていた私は弥生に授乳をしながらベッドで寝てしまい、起きた時隣に弥生の姿がない事に気づいて、寝ぼけたまま布団をひっくり返して枕《まくら》をひっくり返して、叫び声を上げそうになりながら這《は》いつくばってベッドの下や脇を探し回った。弥生は、隣の部屋のベビーベッドに寝ていた。寝不足と疲労で、ベビーベッドに寝かせた事を私は全く覚えていなかったのだ。その時の事が印象的だったのだろう。私は、弥生が死んでから何度もうたた寝をしては、弥生を探し回っていた。ああなんだここにいたのかと、全身の力が抜けるような安堵を求めて、弥生を探し回っていた。でも待澤の部屋のベッドで目覚めた私は、そこに弥生がいない事を知っていた。

次の日は日曜日で、待澤はまた私と一緒に一日を過ごした。買い物に行くけどと言われたけれど、いいと答えて、待澤が買い物に行っている間、私は窓から外を眺めて過ごした。待澤の部屋に一人でいるのが気持ち良かった。私はやっぱり、少しずつ、弥生の死を乗り越えつつあるような気がした。時間はかかるだろうけれど、少しずつ仕事も再開していけるだろうと思った。

月曜の朝、待澤は大学の講義に行った。待澤は大学から何度もメールを寄越した。

今授業中だというメールもあった。先生が授業中にメールしてたら学生叱れないじゃん、という返信を打ちながら、私は自分が微笑んでいる事に気がついた。亮との不和が、待澤と不倫をする事で何とか耐え切れたように、今回もまた、私は待澤との関係の中で、この苦しみを乗り越えられるのだろうか。でも待澤が帰って来て、待澤が作ったすき焼きの肉を嚙《か》み砕きながら、何か違うような気がし始めた。おいしいと言って、笑って、わりしたを追加して、卵を割って、私はどんどんその思いを強めていく。携帯はとっくに充電切れしていた。しようと思えば、待澤の充電器を借りられた。でも私は借りなかった。誰がどんな事を、私に発信しようとしているのか、全く分からなかった。捜索願が出されたかもしれないし、マスコミが失踪《しっそう》の事実を書き立てているかもしれないし、事務所からコメント等が出されているかもしれなかった。外部と切り離されている解放感、弥生の事を考えなくて済む解放感、静かな所で少しずつ、治癒していっている安堵感。でも何か違うような気がしてならなかった。私は何かを間違えているような気がした。

すき焼きの後ゆっくりとお風呂《ふろ》に浸かると、待澤と一緒にベッドに入って、しばらく話をした。何かが違った。待澤が先に眠りについた。私は一時間経っても二時間経っても寝付けなかった。さっきまでの安心感が、不安感に変わっていた。静かにベッドを抜け出すと、来た時と同じように、私はバッグを持ってコートを羽織って、鍵も掛けないまま待澤のマンションを出て大通りでタクシーを拾った。

亮が家にいるか、分からなかった。鍵を回して、玄関でパンプスを脱いでも、分からなかった。リビングに上がってソファに亮の姿がない事に気づいて、きっと亮は店に出ているのだろうと思った。コートを脱いでバッグを落とす。骨壺は、コートが掛けられたままになっていた。クリアファイルはなくなっていた。でもそれ以外、変わった様子はなかった。捜索願など、誰も出さなかったのだろう。ただいまと言った。弥生ただいまと言った。返事はなかった。家は空っぽだった。疲れのせいか眠気のせいか、足元がふらついた。私は部屋着に着替えると弥生の部屋に向かった。がちゃっ、と何度も何度も聞いてきた弥生の部屋のドアが開く音が、弥生が駆け寄って来る足音を耳にしている時の恍惚《こうこつ》を思い出させた瞬間、暗闇《くらやみ》の中で飛び上がるものが見え、「弥生!」という大声が聞こえた。マットレスの脇《わき》で、上半身を起こした亮が目を見開いていた。寝ていたらしい亮はドアを開けて入ってきたのが弥生ではなく私だと気づき、五月かと消え入りそうな声を漏らした。

「おかえり」

その声を聞いた瞬間、私は自分が何をしにこの弥生の消えた家に戻ってきたのか分かった。戦慄《わなな》きながら天を仰ぎ、私はその場に崩れ落ちて弥生と声を上げた。それまでどんなに私が泣いていても私に指一本触れなかった亮が、近づいてくるのが分かった。背中に温かい手が触れた。堪《こら》えきれず私は亮の胸元に顔を押しつけた。十一ヶ月ぶりに、私たちは抱き合った。離婚という言葉が亮の口から出てから、触れ合う事のなかった私たちが、弥生が死んで初めて触れ合った。

弥生の死を現実にするために、私は亮に全《すべ》てを話すだろう。弥生は私の子どもだった。そして、亮の子どもだった。自分にとって弥生が何であったのか、それが一致している人としか、私は弥生の死を共有する事は出来ない。私は、弥生の死を亮と共に理解する以外に、弥生の死を現実にする手段を持っていない。亮と心が通わなくなってから私に起こった事、私のした事、不倫も、不倫相手の子どもの妊娠も、離婚の決意も、流産も、それをきっかけに弥生への愛情が薄れた事も、弥生の死も、弥生の死は私の意志によって引き起こされたものだったかもしれないという可能性も、全て私のした事見た事聞いた事感じた事を亮に話して、私はそれら全てを現実にする。弥生の死を現実にするために、私は亮に全てを話す。亮の胸にしがみつきながら、私は全てを捨てる覚悟をした。亮が大好きだと思った。それは、この胸にしがみつけばすぐに気づけたであろう事実だった。涙を拭い、全てを話そうと体を離し亮を見上げた瞬間、弥生が見えた。こんなにも、亮は弥生に似ていたんだ。そう思った。亮もまた、私の顔を見て、言葉を失っていた。

ユカ

入った途端鼻の奥が痛み出すほど、ラウンジは乾燥していた。ワンピースの袖《そで》を肘《ひじ》まで捲《まく》り上げ、お冷やを持ってきたウェイトレスにアールグレイを注文する。バッグから取り出したゲラをめくり、校閲の指摘の入った箇所を中心に確認していく。校閲者が鉛筆で書き込んだ漢字ドリルのお手本のような字と、私がボールペンで書き込んだ汚い字が、A3サイズのゲラにぽつぽつと穴を開けているように見える。

「すみません、お待たせしました」

十五時五分前、慌《あわ》ただしくやって来た青田さんにこんにちはと言いながら、ゲラをまとめて角を合わせる。

「いや、今日はほんと寒いですね。ついこの間まで上着もいらないくらいだったのに、こんなに一気に寒くなるなんて、今年は本当に異常気象ですね」

「そうですね。子供の保育園でも、今週に入ってから一気に風邪が流行《はや》り始めて」

「そうですか、いやあ、今会社でも咳《せき》してる人が多くて。うちの保高はこの間マイコプラズマに感染して、死にそうな顔で会社来てたんですよ。土岐田さんも気をつけてくださいね」

「まあ、子供と生活してると、気をつけようもないんですけどね」

言いながら、ゲラを渡した。拝見させて頂きます、と言って青田さんは原稿を受け取り、赤ペンを取り出し眼鏡を掛けた。青田さんがゲラをチェックしている間、私は携帯でニュースをチェックして、届いていた友達からのメールに返信を送った。携帯をバッグに放り込み、ラウンジから覗《のぞ》く日本庭園をじっと見つめながら、こみ上げてくる憂鬱《ゆううつ》に気づく。

「ありがとうございます。問題ありません」

青田さんはそう言って、チェックを終えたゲラを鞄《かばん》にしまった。その手で手帳を取り出し、「それで次の締切なんですが」と言う青田さんに苦笑しながら、私も手帳を取り出す。

「去年ひどい事になった年末進行です」

「すみませんでした。十日くらいでしたっけ?」

「そうですね。十日を目安にして頂けると助かります。まあ、その辺なら多少融通もききますんで」

「分かりました。今回はもう書き始めてるんで、何とかなると思います」

「でも、最終回が年末進行なんてちょっとあれですね」

「かなりあれですよ。もうちょっと計算して書けば良かった」

言いながら、十二月十日の欄に「最終回〆」と書き込んだ。ふと、自分が何か遠い過去を思い出すような表情をしているのに気づいて苦笑する。たかだか一年半の連載なのに、もう五年くらい書き続けてきた小説の終わりというような気がする。それは、単純に小説に対する思い入れというよりも、この一年半自分の身に起こった全《すべ》ての事に対する思い入れに近いような気がした。確かに私はこの一年半、自分が過ごした時間を凝縮するように書いてきた。

「締切が明けたら、ちょうど年末ですし、ゆっくり休んでください。どこか行く予定とかありますか?」

「いや、締切が明けたら、もう出産までゆっくりしようと思って」

「そうか。そうですよね。あ、あと、保高とも相談したんですが、連載終了のお祝いと忘年会を兼ねて、年内に一度お食事でもどうですか？」

「ぜひぜひ。来年に入っちゃうと、ちょっと危ないかもしれないんで」

「じゃあ、そちらに関してもまたご連絡します」

十分ほど最近の映画や漫画や、小説の話をしてから、すみません僕この後会議でと言う青田さんに、私はちょっとここで執筆していきますと、バッグの中のパソコンを指さす。そうですかと言って、青田さんは伝票を持ち上げてウェイトレスを呼んだ。

「ちょっと気が早いようですが、何だか一年半、あっという間でしたね」

「ほんと早かったです。最終回、もう三分の一くらい書いたんですけど、何か全然、終わるっていう実感がなくて」

「土岐田さんの事だから、まとめに入るような書き方はしないんでしょうね」

「あと三回くらいは続きそうな勢いのまま終わらせたいです」

青田さんは意外そうな表情を浮かべてから、垂れ目を更に柔らかく緩めた。

「連載の依頼に行った時、土岐田さんが般若《はんにゃ》みたいに恐い顔してたのが懐《なつ》かしいです。この一年半で、土岐田さんが別人になったように感じます」

ではと言う青田さんに会釈《えしゃく》をすると、私は持ったままの手帳に視線を落とした。十二月十日の「最終回〆」の書き込みを確認して、また憂鬱な気持ちが噴き出していくのを感じる。ページをめくりながら思い出した。再来週、十二月七日は、弥生ちゃんの命日だ。気づいた途端、暖房で火照《ほて》っていた体からしんと熱が抜けていった。五月とは、もう連絡も取っていない。五月がそれを望んだわけでも、私がそれを望んだわけでもないが、子供を失った五月と、子供を失っていない私が離れていったのは自然な流れだったのだろう。もし私が輪を失ったとしたら、私は輪を知る全ての人と未来永劫《えいごう》関わりたくないと望むはずだ。状況が許すならば、田舎や海外に引っ越すかもしれない。

弥生ちゃんが車に撥《は》ねられたって。死んじゃったって。事故のあった次の日、電話で私にそう伝えたのは涼子だった。どうしよう、電話から聞こえる涼子のヒステリックな声が、私の不安と恐怖を激しく煽《あお》った。私は混乱しながらも、私たちに出来る事なんてないよと言った。でもと言って言葉を詰まらせ、涼子は泣いた。何で弥生ちゃんがという言葉に、私は少なからず動揺した。私には、死ぬのなら私の子だという意識があった。そしてきっと涼子にも、死ぬのなら私の子だという意識が、あったのだろう。私はヤク中で、涼子は虐待《ぎゃくたい》をしていた。私も涼子も、自分の子供は最も事件や事故に近い所に存在していると、自覚していたはずだ。三人の中で五月だけが、母として正しく弥生ちゃんを育てているように、少なくとも私にはそう見えた。私や涼子が子供を軽くあしらい、うざったい気持ちを隠せずにいる傍らで、五月はいつも弥生ちゃんを笑顔で受け止めていた。最も悲劇が起こってはならない所に、悲劇が起こったのだ。私は、涼子の取り乱した声を聞きながら、連載小説と並行して書き進めていた小説を思った。五月が不倫相手の子供を妊娠していると打ち明けた時から、私は五月をモデルにした主人公の小説を書き始めていた。友人の打ち明け話を小説に活かそうだなんて、不誠実な行為かもしれない。でも私はその小説を発表しないに拘《かか》わらず、とにかくそれを書き上げない事には前に進めないような気がしていた。でも五月の持つ、不倫、妊娠、流産というキーワードに「我が子の死」が加わった事を知った瞬間、私はあの小説が書き上げられる事はないだろうと思った。私の小説は、現実に負けたのだと思った。私の小説は現実の強度に打ち勝てなかったのだ。あの時、悲劇のヒロインは完成した。私が永遠に小説では書き得なかったであろう悲劇のヒロイン像は、現実で完成したのだ。弥生ちゃんの死を知った時、私は小説が否応《いやおう》なしに包括している卑俗さを知った。弥生ちゃんが死んで、私は小説が嫌いになった。例えば高熱を出している人が小説を読まないように、裸族に小説が必要ないように、少なくとも友人の子供の死を知ったあの瞬間、私には小説が必要なくなったのだ。

　今月、輪は三歳になった。今年の運動会では一人で徒競走に出て、ラインダンスを踊った。あと一年経《た》てば、彼女は死んだ弥生ちゃんの年齢を追い越す。輪は着々と語彙《ごい》を増やし、今では「考える」とか「感じる」などの高度な動詞を使いこなし、「私洗い物ってほんと嫌いなの」とか「昨日の残り」などと私の口癖を多用しつつおままごと遊びをする。二歳児によくあるというイヤイヤ期らしきものもさほど親を困らせるものではなかったし、彼女が今私に漏らす甘えは寝つく直前の「こちょこちょして」という要求のみだ。何が良いのか分からないが、足の裏や臑《すね》の辺りを爪《つめ》の先でくすぐってやると輪は安心したように目を閉じ、すぐに穏やかな寝息をたてて眠りにつく。出産したばかりの頃はここまで手のかかるものかと驚いたが、今では三年でここまで成長するものかと驚かされる。輪が三歳になってから、よく弥生ちゃんの事を思い出す。五月は、こんな時に弥生ちゃんを失ったのだと、強烈に思い知らされる。

しばらく表舞台から姿を消していたようだったけれど、この間、ファッション誌でちらっと五月の姿を見た。最近は、ショーの仕事を中心に活動しているようだった。弥生ちゃんが死んでから今までの間に、五月に会ったのは一度だけだ。弥生ちゃんが死んでから一ヶ月あまりが経ち、年末年始休みを終えドリーズが再開した頃、いつものように輪を連れてドリーズから帰宅した私は、マンションのエントランスで五月を見つけた。ミーティングスペースのソファに腰かけ、サングラスを掛けた彼女に五月と声を掛けながら、次に何と言って良いのか分からなくなり、私は緊張を紛らわすため「五月だ、久しぶりだね」と輪に囁《ささや》いた。

「やよーちゃんは？」

エントランスに響き渡った輪の言葉に動揺した私とは反対に、五月は落ち着いた動作でサングラスを外し、私ではなく輪を見つめた。五月はうっすらと微笑《ほほえ》んで、やよーちゃんは？という言葉に対する答えのように「おかえり」と言った。喉《のど》がからからに渇いて、舌が不自由に動いた。五月、と発した言葉が恐ろしく小さく響いた瞬間、五月はその先に続く言葉を遮るようにして「誕生日プレゼント、渡し損ねちゃったから」と掠《かす》れた声で言って、紙袋から綺麗《きれい》に包装された箱を取り出した。

「遅くなっちゃったけど、お誕生日おめでとう」

しゃがんで差し出した五月からプレゼントを受け取った輪は、ありがとう、と大きな声で言った。

「二歳おめでとう。優しい女の子になってね」

輪は意味が分かっているのかいないのか、黙ったまま大きく頷《うなず》いた。

「抱っこしてもいい？」

輪がほんの僅《わず》かに頷くと同時に、五月は両手を広げた。輪は躊躇《ためら》ったように一度私を振り返ったけれど、すぐに律儀《りちぎ》な動作でプレゼントを床に置き、五月の胸に収まった。やっちゃんは死んじゃったんだよ、もう会えなくなっちゃったんだよ、そういう話はしていた。ドリーズでもスタッフ皆で黙禱《もくとう》を捧《ささ》げたり、月命日にはたくさんの花が手向けられていたり、お友達を失った子供たちに対してもそれなりの説明をしているようだったけれど、カブトムシが死んだとか、踏んだら蟻《あり》さん死んじゃうよと言うのとは違って、二歳や三歳の子供に友達の死を伝えるのは途方に暮れるような難しさで、その難しさと向き合う事は、自分の中の「何となくこういうもの」として片付けてきたものをほじくり返して再確認する行為でもあって、私はそれを雑に避けながら「何となくこういう事」として輪にずさんな説明をしてきたのだと、輪を抱きしめる五月を見ながら自覚せざるを得なかった。

五月は輪を抱きしめ、何度も何度も薄い髪の毛や背中を撫《な》でた。五月が輪から身体《からだ》を離し、その顔をじっと覗き込んで笑いかけると、輪は事の深刻さをそれなりに理解しているかのように、厳かに微笑み返した。

「私輪ちゃんに、どこかでシンパシーを感じてたの」

「そうなの？」

「うん。輪ちゃんを初めて見た時、自分の子供の頃に似てるなって思ったの。弥生は旦那《だんな》似で、私に似てなくて、初めて見た時、弥生より輪ちゃんの方が私に似てるなって、こんな、自分に似た子供を育てられたら幸せだろうなって、思ったの」

「女の子って、男親に似るよね。輪も、私には全然似てない」

「でも私の子供は弥生だけだった」

　輪を抱きしめる事で、撫でる事で、それが我が子ではない事を確認していたかのように、五月は納得したような表情をしていた。五月が輪を抱きしめた時、五月は輪を殺すのではないかと思った。殺されてもいいと思うほど、五月は神々《こうごう》しかった。私たちが抗《あらが》う事など出来ない、神のように見えた。

　その場で五月と別れて、帰宅した輪がばりばり破いた包装紙の中には、Bonpointのワンピースとカーディガンが入っていた。さすがモデルだなと思ったのは、輪は明るい色の服は似合わない、男の子の服の方が似合う、と話していた私に「これなら」と思わせる、タックのみが飾りになっているシックな濃紺のワンピースと、いつも男の子用の服ばかり着せられている輪が「うわあ」と惚《ほ》れ惚《ぼ》れした控えめなレースのついた薄いブルーのカーディガンというセレクトだった。五月はつまり、私だけが喜ぶ物でも、輪だけが喜ぶ物でもなく、私と輪が一緒に喜べる物を、選んでくれたのだろう。やよーちゃんみたい。そう言ってワンピースを胸元にあてている輪に着てみようかと言って、私はワンピースとカーディガンを着せてやった。はっとするほど、輪は可愛《かわい》らしく、女の子らしかった。これからはこういう服も着せていこうと思いながら、普段ズボンばかり穿《は》いているせいか、居心地の悪そうな表情でスカートの裾《すそ》をまくり上げ腿《もも》をぼりぼりと掻《か》く輪を見つめ、私は自分があらゆる事に、後悔に似た気持ちを抱いているのに気がついた。

ラウンジ内の照明がぐっと落とされたのに気づいてパソコンから顔を上げると、既に陽は落ちきっていた。携帯で時間を確認して、慌《あわ》てて会計を済ませると、私は足早にホテルを出た。十分ほど歩き、ドリーズの前の坂道を上り始めた時、随分とお腹《なか》が重たくなったのを感じる。四月に妊娠に気づいてから七ヶ月、あっという間に腹が膨らんでいったように感じる。この間の健診では、胎児の推定体重は千八百グラムだった。輪の妊娠中は、まだかまだかという気持ちでいた。妊娠期間って長いですね、とぼやいて、二人の子持ちである担当の女医に「産まれれば数十年離れられないんですよ」と、哀れみに近い目を向けられたのが懐《なつ》かしい。仕事に育児にと忙しい生活の中で、妊娠している事すら忘れがちな第二子は、正直あと半年くらいお腹に入っていてもらいたいくらいだ。最後の妊娠になるかもしれないのに、最後の出産になるかもしれないのに、もっと味わっておきたいのに、という気持ちは強烈にあるものの、現実は今目の前にいる輪や夫の事だけで精一杯だった。

初期に少し小さめだと言われたり、五ヶ月でもう尿蛋白《たんぱく》がプラス、と言われたりもしたけれど、そうして生活に追われていたから、深く考えもせず楽観的でいられた。そして深く考えずにいられたというのは、やはり順調だったのだろう。五ヶ月後半の超音波検診で「女の子、っぽい」と言われてからその判定は覆《くつがえ》る事なく、先生は健診のたびに口調を断定的に変化させていき、この間は「割れ目が見えますね」とエコー写真を使ってその部分を指し示した。男の子が欲しかった私は落胆したものの、輪が妹と聞いて喜んだ事もあって、少しずつ女多勢の家庭を楽しみにする気持ちが募っていった。

ドリーズで輪を引き取ると、私たちは手を繋《つな》いで帰路を歩んだ。今度のお休みはぞうさんの公園に行きたいであるとか、向こうのコンビニに寄ってチューブタイプのアロエヨーグルトを買いたいであるとか、そういう輪の要求に応《こた》えつつ帰宅すると、二人でヨーグルトやビーフジャーキーを食べながら保育園での話を聞き、歌やお絵描きに付き合った。輪が言語コミュニケーションに長《た》けてきた事もあるけれど、私は今かつてなく輪と向き合う事が出来ているように感じる。それまで、嫌々相手をし、どこかで拒絶し、どこかで無視し続けてきた輪という存在を、やっと真正面から認める事が出来たような、そんな気がする。安定期に入ったのを機に、妹か弟がお腹にいるんだよと説明された輪は、一緒に入っている毎日のお風呂《ふろ》で日に日に大きくなっていくお腹を見ながら、私と共に新しい子供の誕生に立ち向かうのだという意識を高めていったのかもしれない。妊娠して以来、私と輪の絆《きずな》は急激に強まったように感じる。胎動が激しくなり始めた六ヶ月の頃、寝かしつけのため一緒の布団《ふとん》に入っていた時、膨らみ始めた下腹部に輪の手を触れさせた。活発に動いていた胎児が子宮の中から輪の手を蹴《け》った瞬間、輪は目を丸くして私を見つめた。赤ちゃんが蹴ったの？　何で蹴ったの？と聞く輪に「遊んでるんじゃない」と答えると、「ボールで遊んでるのかなあ」と言って輪は愛《いと》おしそうにお腹を撫で、「おーい！」と臍《へそ》に向かって呼びかけた。その時私は初めて、「この子を産んで良かった」と、かつて自分が選択した輪の出産という行為を称賛する事が出来た。私のした事は正しかったのだと、はっきりと断言する事が出来た。輪を産んで良かった、出産から三年が経ち、やっとそう思えた瞬間、私は本当にほっとした。

女性ホルモンのせいだろうが、安定期に入った頃から、私は生まれてこの方感じた事のなかった「部屋を綺麗《きれい》に保ちたい欲求」に駆られ、常に部屋を片付け続け、インテリアデザイナーを紹介してもらい内装を整えた。生まれて始めて花瓶を買い花を生け、引っ越した当初サンプルの中から三十秒で決めた白いカーテンを捨て、デザイナーの意見を聞きながら光沢のあるブラウンのフラットカーテンに替え、換気扇やお風呂を専門業者にクリーニングしてもらい、精液愛液垂れ流しで染《し》みだらけだったシーツを全《すべ》て捨てシルクのチャコールグレーのものを買い揃《そろ》えた。輪の部屋にも子供部屋らしい収納や小さい家具を揃え、飾り気のなかったステンレスの照明もピンクの鳥かご型の照明に替えた。殺伐とした倉庫のような家に少しずつ生命力が満ち、生活空間が美しく整うと、私はヤク中が覚醒剤《かくせいざい》を打った瞬間に感じるような心の安らぎを得た。生まれて始めて、家を愛おしく感じた。赤ん坊がハイハイし始めれば出してはおけなくなると分かっていながらガジュマルやオーガスタなどの観葉植物を買い、アロマディフューザーをリビングと寝室に設置し、お風呂上がりには毎日ボディクリームを塗り、規則正しい生活を心がけ、週に二、三度パン焼き器でパンを焼き、毎朝マリアージュフレールの紅茶を淹《い》れ、この間は初めて自分でピクルスを漬けた。期間限定と分かっている。かつて、お菓子作りにハマって三ヶ月間一日に二つも三つもケーキやクッキーを作り続けた事もあったし、筋トレにハマってランニングマシンを買い毎日一時間半のランニングと腹筋背筋三十回三セットのメニューをこなして腹筋を割り体脂肪率を十二パーセントまで落とした事もあった。一過的なものに過ぎない。このセレブ主婦的な生活は、出産を機に音をたてて崩壊するに違いない。赤ん坊と暮らしながら、このスローライフを維持出来るはずがない。でも、私は赤ん坊だった輪を育てていた時とは全く違った気持ちで、生まれてくる赤ん坊を育てる事が出来るような気がしていた。央太と暮らしていた時にはなかった安心感が今、この家にはある。央太と結婚していた七年間、私は真っ暗な海底にいるような浮遊感の中にいた。七年間ずっと、私は現実を生きているような気がしなかった。出産、育児という現実的な行為を続けながら、私はどこか浮遊していた。それが央太の性質のみによって引き起こされた事態だとは思わない。ただ私はずっと、彼といると自分の中のある種の魔物的なものが権力を持っていくのを自覚していた。そして無意識的に、私はそれを利用していた。私は彼といればいるほど魔物的な悩みを抱き、魔物的な生活に埋没し、そうして肥大した己の魔物性を小説に向けてきた。でももう限界だった。全てが限界を迎えていた。央太の浮気を疑い部屋を漁《あさ》り、輪の誕生日に失踪《しっそう》するという失態を繰り広げてから、私は身じろぎ一つせずじっとその臨界点を見つめ続け、最後は央太の携帯を盗み見て飲み屋の女の子とのメールのやり取りを見つけ怒り狂い、半ば言いがかりをつけるようにして離婚した。数回上司と店に行っただけだ、メールを見れば分かるだろうがプライベートな関係は何一つない、そもそも最後のメールは二ヶ月も前じゃないかという央太の言葉を、私は聞き入れなかった。自分の中にある魔物を刺激する央太という存在に、刺激に刺激を重ねはち切れんばかりに肥大しきった魔物に、私は恐れをなしたのだろう。破裂しそうな巨大な風船の元から逃げ出すように離婚して、私は新しい男と恋愛を始めた。私のとった行動は、誠実ではなかったかもしれない。私は最後まで魔物と向き合うべきだったのかもしれない。ただ、私は何故《なぜ》愛する央太という存在が、愛おしくて仕方なかった夫という存在が魔物を刺激するものとして機能する状況に陥ってしまったのか、その理由が分からなかった。多分、私も央太も、そんな事を求めてはいなかったはずだ。でも何故か、私たちの関係はいつの間にかそういうものに変容し、破綻《はたん》していった。恋人や夫婦は、そういうものなのかもしれない。長年連れ添う中で、愛情以外の他意を含んでいくものなのかもしれない。純粋な恋愛感情のみが、恋愛関係を継続させていくわけではない。それは分かっているし仕方のない事だ。でもうんざりだった。私と央太の関係が継続すればするほど肥大していく魔物に、私はうんざりしていた。私は恋人と、分かりやすい二極的な関係の中にいたかった。象徴的だったのは央太が間違って私に送信してしまった文書ファイルに対する私の反応で、私は何故あの文章を読んでしまった事を央太に話さなかったのか、何これ何で私の名前が別の名前に変えられてるのと怒ったり問い詰めたりしなかったのか、そして何故、私はあの文章を読んで、央太に対する愛情を深めたのか。それは私にとって最も解しがたい疑問だった。私は、あの文章を読んで央太に対する愛情を深めた自分自身こそが耐え難かった。そういう形で央太の魔物、私の魔物を認めてしまう自分自身こそが、最も気持ち悪く、最も私が忌《い》み嫌うものだった。愛しているから一緒にいたい、愛し合っているから一緒にいる、愛されれば愛されるほど幸せ。そういう関係を、私は愛おしい男と共に築いていきたかったのだ。そしてそういう関係を、私は央太と築けなかった。どんどんと私たちの関係は、正反対の方向に向かっていた。新しい夫は私の望み通り私を愛する。私は彼と共にいる限り、シンプルな恋愛をしていられるだろう。私たちの間に子供が出来たのは愛し合ってセックスをしたからであって、それ以上の意味も以下の意味もない。そういう認識のまま出産に挑み、私は彼との間にある愛情の証《あかし》として我が子を出産し、彼と共に輪と新たな子供を慈《いつく》しみ続けるだろう。

携帯を見つめ、桂人は「師走《しわす》かあ」と呟いた。輪がその隣で「しわすかー」と真似《まね》をする。

「十二月って事だよ。分かる？　十二月って」

「分かるよ。いちがつ、にーがつ、しーがつ、ごろがつ、しろがつ」

最近少しずつ月日、曜日、時間の感覚を持ち始めたらしい輪が、言いながら隣の桂人の膝《ひざ》に足を載せる。輪は隣にいる人に足の裏をくっつけたり押しつけたり載せたりする癖がある。常に足の裏を押しつけられていると私は苛々《いらいら》して仕方ないのだが、桂人は特に気にならないのか、いくら踏みつけにされても注意すらしない。

「もうすぐ今年が終わるんだよ。今年って言っても分からないか」

「分かるよ。今年が終わったら妹が産まれるんだよ」

「そうだよ。今年が終わって来年になったら、輪はお姉ちゃんだ」

「パパは？」

「パパは、パパのままだよ」

「何で？」

　しつこく聞き続ける輪に、桂人は困り顔で「妹が産まれても輪は女の子だろ？　妹が産まれて変わる事と、変わらない事があるの」と説明し、「ほら支度支度」と輪の肩を叩《たた》いた。去年の暮れに離婚して、今年初めに桂人と一緒に暮らし始め、一日一個のチロルチョコで餌付《えづ》けをされた輪があっという間に桂人に懐いて以来、保育園への送りは彼の役割になっている。

「健診、今日だよね？」

「うん」

「気をつけてね。出血の事、ちゃんと聞くんだよ。何かあったら連絡して」

「大丈夫だと思うけどね。出血っていうほどの事でもないし」

「ちゃんと聞くんだよ」

はいはいと答えると、桂人は支度をしにリビングを出て行った。輪が着替えや身支度、トイレや片付けを一人で出来るようになったのは、偏《ひとえ》に桂人のおかげだ。これまで私も央太もしてこなかった躾《しつけ》というものを、桂人はこの家に持ち込んだ。一人でさっさとトイレに行き、オムツからパンツに穿《は》き替え、靴下を穿き、リュックに連絡帳とお気に入りの玩具《おもちゃ》を詰め込み意気揚々と玄関に向かう輪を見ていると、私は一年前とは全く違う家庭にいるような気になる。ベビーカー乗る？　抱っこがいい。という桂人と輪のやり取りを聞きながら玄関に向かい、少しは歩けば？　と小言を言う。輪は抱っこがいいと繰り返し、靴を履くと桂人に向かって両手を伸ばした。桂人と暮らし始めて気づいたのは、子供は自分を躾ける人に甘えるという事だ。甘えないのは輪の性格なのだと私は思ってきたけれど、私や央太のように上も下も作らず好きに生きなさいという態度でいる親に、子供は甘える事が出来ないのだろう。私はあなたの責任者である、というような毅然《きぜん》とした態度で面倒を見る桂人には、輪は言いつけを守る代わりに激しく甘え、我《わ》が儘《まま》を言う。生まれた時から慣れ親しんできた私や央太には甘えず、突如現れた責任者面《づら》をした男に甘える輪を見て、当初私は激しい違和感を覚えた。

「ママのお腹には赤ちゃんがいるから、輪ちゃんはママに抱っこって言わないように我慢してるんだよって、この間言ってたよ」

「へぇ。初耳」

「だから俺は少しくらい甘やかしてもいいだろ」

抱き上げられた輪は桂人の首筋に抱きつき、私を見やってにやりと笑った。男って馬鹿《ばか》よね、とでも言いたげな輪に笑い返して、行ってらっしゃいと手を振った。

ほんの僅《わず》かに、おりものが薄いピンク色になってるような感じの出血がありました。そう話すと先生は細い眉《まゆ》を上げ、診てみましょうと呟《つぶや》いて立ち上がった。お腹にエコーを当てて胎児の大きさを測った後、ここが胎盤ですと先生は画面を指差し、「胎盤の位置は問題ないので、胎盤からの出血ではないでしょう」と言った。

ベッドから起き上がって移動すると、パンツを脱いで両足を開く形で診察台に座った。手袋をつけた先生が子宮口の固さを確認し、コンドームを被《かぶ》せたエコーを挿入して子宮頸管の長さを測り「三十八ミリ」と言った後、「問題ありません」と断定した。

「まあ、たまに原因不明の出血はあります。おしっこを拭《ふ》く時に引っ掻《か》いてしまったとか、膀胱炎《ぼうこうえん》という可能性もありますけど、少量の出血一回きりという事なら、特に気にする必要はないと思います」

「そうですか。慌《あわ》てて夜間診療とかに来なくて良かったです」

「今回は様子見で正解です。とりあえず大台の二千も目前だし、あとは一ヶ月でどれだけこの子が頑張ってくれるか、見守るしかないですね。確か、あなたは一人目の時も最後の健診で推定二千四百くらいで、実際出てきたら二千五百あったので、まあ今回も何とかなるでしょう」

出産の何が恐《こわ》いかと言えばがばがばになってしまう事で、輪の妊娠中、それを避けるために帝王切開という道も真剣に考えたくらいで、輪を出産した一ヶ月後に央太とヤッた時、央太がイケなかったらどうしようと怯《おび》えていたのを覚えている。今回も出来るだけ輪と同じくらいで、或《ある》いはもう少し小さいまま出てきて欲しいというのが、不謹慎かもしれないけれど本音ではある。

二週間後に健診の予約を入れ、会計を待っている間、「子宮口も開いてないし頸管《けいかん》も四センチ弱あったし、胎盤も問題なしだって。多分私の見間違えか、少なくとも子宮口じゃない所からの出血だと思う」とメールを打ち桂人に送信した。痛みも張りもなかったため、まあ大丈夫だろうとは思っていたけれど、私自身ほっとしていたのも事実だった。

タクシーに乗り込むと、私はオフィス街の駅名を告げ、深く座ったまま母子手帳を開いた。腹囲はとうとう八十を超えた。血圧も少し高めで、相変わらず尿蛋白《たんぱく》が十、体重は五十キロが目前に迫っている。輪の時は四十七キロで出産をしたのに、きっと二度目だから気が緩んでいるのだろう。母子手帳に挟まっていたエコー写真を見つめる。頭の輪切りと、足の写真だった。もう身体《からだ》全体を楽しむような週数ではなくなってしまったけれど、それでもお腹の我が子を映したそれは、毎回私に新鮮な喜びを与える。産まれてしまえばうるさく、うざったく、良い事ばかりではないと分かっているが、お腹にいる間は否応《いやおう》なしに愛おしい。私は死ぬ間際《まぎわ》、この人生で一番幸せだったのはいつだったかと振り返る余裕があるとすれば、恐らく妊娠期間を思い出すだろう。出産でも、子供との生活でも、央太との生活でも、桂人との生活でもなく、腹に子を抱え、その未知の存在に思いを馳《は》せる今の事を、思い出すだろう。

大通りでタクシーを降りると、私は一本裏の通りに入ってマンションのエントランスに入った。603と番号を押して呼び出しボタンを押すと、ほどなくしてドアが開く。エレベーターに乗り込み、六階で降りると通路を歩み、603号室のインターホンを押した。央太は久しぶりと言いながら、ドアを大きく開いて私を招き入れた。

「今回も、あんまり大きくならないな」

央太は部屋に上がった私をさっと観察するように見た後、そう言った。

「輪ちゃんとは仲良くやってる?」

「旦那《だんな》に懐《なつ》いちゃって、旦那の連れ子みたい」

妊娠五ヶ月の頃、丁度離婚から半年が経《た》ち、桂人と入籍をした直後から、私は央太に会うようになった。離婚の公正証書を作るため二人で弁護士の所に行って以来会っていなかった央太に、私は会いたいとメールを入れ、この家にやって来た。そして何となくうやむやにセックスをした後、私は妊娠の事実を告げた。あと数ヶ月早くここに来てたらどっちの子か分からなくなってたなと央太は言って、いやでも妊娠したから来たのか、と一人で納得したように続けた。私はもう、自分自身に呆《あき》れたり悲しんだり苦しんだりする事にも意味を見出《みいだ》せなかった。こうして、どうしようもない形で私の人生は続いていくのだろうと思った。

「去年、友達の子供が死んだの、覚えてる？」

「ああ、あの、モデルの友達の」

「うん。この間思い出したんだけど、来週、その子の命日なの」

「ああ、もう一年経つんだ」

「央太と離婚するちょっと前だった」

「じゃあ、もうちょっとで離婚して一年か。そうか、年末だったよな」

カ

「何か、今でもその子の死が体の中に残ってるような感じがするっていうか。変な感じがするんだよね」

「変な感じ、ね」

ユ

「これまでさ、祖父母とか、例えば広田さんとか、根津さんとか、身の回りの人が死んで、お葬式行ったりしてきたじゃない。で、そういう人の死って、お葬式の時とかそれなりに悲しいけど、一週間も経てば風化してるっていうか、ある程度、人の死って通り過ぎていくものじゃない。でも何か、その子の死は、現在進行形で継続してるような気がして。お葬式に行けなかったせいかもしれないけど」

「葬式で人の死を何となく納得して終わらせるより、そうやって継続する死の方が、正しい死なんじゃないの」

「正しい死、ね」

「人って、死ぬと葬式あげられて、火葬場で焼かれるじゃない。そういう死に対処していくルールがあるわけじゃない。多分さ、家族が死んだら好きに葬っていいですよって、水葬でも火葬でも土葬でも、死体をホルマリン漬けにしてもミイラにしても剝《はく》製《せい》にしてもいいですよって言われたら、皆困ると思うんだよ。人の生とか死とかって、ある程度何らかのルールの中にないと、どうして良いか分からなくなるもんなんだと思うんだよ」

「私ちっちゃかった頃、親が死んだらって想像したらすごく悲しくて、山小屋みたいな所で磔《はりつけ》みたいにしてずっと死体を置いておきたいって思ったの。でも母親にそれ言ったら、腐っちゃうよって言われて、悲しいやら悔しいやらで、納得いかなくて」

「大人には、死んだらお通夜《つや》、お葬式、火葬、納骨、っていう、死ぬ人と死なれる人の間に、死んだらこうなりますよ、っていう相互理解があるわけじゃない。でも、小さい子供は自分が死んだらどうなるのかとか、死が何なのかとか分かってないから、だから取り残された方には未消化なものが残り続けるんじゃないかな」

「でも大人たちのその相互理解って、共同幻想みたいなものでしょ？」

「だから正しいんじゃないの。ユカは小さい子供の死と直面して、自分が記号的に捉《とら》えてきた死に疑いを抱いて、もう一度死なるものを再設定しなければならない状況に置かれた。でもユカがそこで再設定してしまった時、ユカはある種の怠惰さをもって、誤解と共にその子の死を終わらせる。だからその子の死が体内で継続している状態こそが、正しい死なんじゃないかって思ったんだよ。そもそも、生と死っていう概念を取り払えば、人には生も死もないとも言えるわけじゃない」

私は何も答えないまま、じっと天井を見つめた。央太は、正しい事を知っている。少なくとも、自分が正しいと思う事と、自分が間違っていると思う事を、きちんと分けている。正しい事と間違っている事をブラジャーとパンツに喩《たと》えれば、彼はそれらをきちんと別の引き出しに、あるいは仕切りを使って分けて収納している。でも私はブラジャーもパンツも一つの引き出しに仕舞い、空《す》きがあれば靴下もワンピースもトップスも、服以外にも書類だ文房具だヘアブラシだシャンプーだクッションだお菓子だとぐちゃぐちゃに詰め込んでいる。そういう人間だから私は、央太と離婚した。そして央太に会いに来た。妊娠をして、桂人と結婚するという段階を踏んで、央太に会いに来た。

茶色く変色した乳首が、大きく膨らんだ乳房と共に揺れる。腹に子供を抱えたままセックスするという事を、一人目の時は特に意識しなかった。でも今、桂人とする時も、央太とする時も、私は今自分が腹に胎児を抱えている事を強く意識する。それまで激しく動いていても、始まった途端に静まりかえるその態度も、私の想像力を掻《か》き立てた。固く閉じた子宮口の奥でひっそりと外界に赴く時期を探っているその胎児を、如何様《いか》にも想像する事が出来る。胎児がこの手に落ちてくるまで、私は臍《へそ》の緒で繋《つな》がった我が子を、想像する。胎児がこの手に落ちてくるまで、私は臍の緒で繋がった我が子を、如何様にも想像する事が出来る。後ろから胸を触る央太の手が少しずつ降りていきクリトリスを触った。耳を噛《か》まれ、膣《ちつ》が収縮する。央太が腰の動きを止めたまま、静かにイッたのが分かった。私は手放す事が出来なかった。私は央太を、央太が象徴するものを、央太に依託してきたものを、結局捨てられなかった。これまでもそうだった。私は色々なものを繋ぎ止めたまま、ここまで生きてきた。だから私はもうその事について絶望しない。

　裸で寝そべったまま枕元《まくらもと》のペットボトルから水を飲もうとすると、それ古いからと言って、央太が冷蔵庫から新しいペットボトルを持ってきて、自分が一口飲んでから手渡した。いつの間にか、央太は黒いパンツを穿いている。ベッド脇《わき》に腰かけた央太が、まだ喉《のど》の渇きが癒《い》えないのか、私がペットボトルを返すのを待っているのが分かった。私はペットボトルを枕元に置き、央太に背を向けて目を閉じた。私は多分、央太と会わなくなって、央太と連絡を取らなくなって、毎月養育費を振り込んでもらうだけの関係になったとしても、央太を自分のどこかに包括して生きていくだろう。愛する事も憎む事も、考える事もなく、ただひたすら、央太という存在を体内に受け入れて生きていくだろう。推敲《すいこう》を重ねた、最終回の原稿を思う。あと一週間、私はあの原稿を推敲し続け、最後まで迷いを持ったまま、青田さんに送るだろう。あの小説が終わったら、私はいつか新しい小説を書き始めるだろう。妊娠して、体内で肥やし、放り出して、追い払う。私は死ぬまで、そういう事を続けていくのだろう。

涼子

中山さん、という声に振り返って、持ち上げかけていたトレーから手を離す。

「B―2のお客さんの伝票、B―4で取っちゃったから、追加あったらB―4で取って」

百瀬さんの苛立《いらだ》ったような声に分かりましたと答えると、私はお冷やを載せたトレーを左手に持ちフロアに出た。ピンポンピンポンという音で来客に気づき、席に案内する。さっき入ったお客さんにお冷やを出し、ハンディで注文を取り送信すると、私はまた新たなお客さんにお冷やを出すためバックヤードに入った。

「オーダー待ち四枚です」

デシャップ台からキッチンに向かって大きな声で言うと、怠《だる》そうな返事がちらほらと聞こえてくる。時間は十二時十五分。これからオーダー待ちは五枚、八枚、と数を増やし、フロアもキッチンも混乱を極めるだろう。このバイトを始めて八ヶ月が経《た》つが、十二時から一時までの怒濤《どとう》の目まぐるしさには、毎日毎日慣れる事がない。十時から十四時まで働いた後一時間休憩を挟み、十五時から十八時まで働くと、私は上がり作業を済ませてから控え室に戻って着替えを済まし、無駄話をしているパートの主婦やバイトの学生と軽く言葉を交わしてから店を出る。週に五日、七時間働いているけれど、時給八百五十円のこのバイトでは月十三万が関の山で、最初の数ヶ月は三割引きで食べられるまかないを食べていたものの、バイト代は減るわ太るわで、馬鹿馬《ばかば》鹿《か》しくなって止《や》めてしまった。今では家で作ってきたおにぎりを二つと、従業員室に常備されたインスタントコーヒーだけでお昼ご飯を済ませている。

バイト先のファミレスからマンションまで歩いて十五分。大抵、その途中にスーパーに寄って夕飯の買い物をしていく。今日はキャベツを半玉ともやし、食パンとピーナッツバターを買って帰宅した。ドアを開けてしんとしたダイニングに買い物袋を置くと、私はすぐに夕飯作りに取りかかった。ダイニングの明かりは点《つ》けず、流し台の上の蛍光灯だけ灯してキャベツと豚肉を一口大に切っていく。フライパンを温める前に、予約しておいた炊飯器からピー、ピー、と炊《た》きあがりを教える音がする。ごま油、醬《しょう》油《ゆ》、塩こしょう、七味、と調味料を脇《わき》に用意してから、フライパンを熱しごま油をひく。強火のままキャベツともやしと豚肉を炒め、ものの三分で野菜炒《いた》めを作ると、私は食器棚からお皿を取り出した。丁度かちんと音をたてた電気ポットから、インスタント味噌汁《みそしる》の味噌と具を入れたマグカップにお湯を注ぐ。簡単に台所を片付けると、ご飯と味噌汁と野菜炒めと冷蔵庫の中に残っていたたくあんをお盆に載せダイニングテーブルに運んだ。

自分が食べきれるぴったりの量をよそい、テーブルに出たものをきちんと食べきる事が出来る。これは、一人で食事をする事の唯一《ゆいいつ》の利点だ。私は今日もご飯と味噌汁と野菜炒めを食べきり、二切れ残ったたくあんと、半分取り分けておいた野菜炒めにラップをかけて冷蔵庫に入れた。お皿や調理用具を洗うと、テーブルと台所を布巾《ふきん》で拭《ふ》き取り、お茶を注いだコップを持ってソファに移動した。テレビを点《つ》け、ぼんやりとその光を見つめる。時折、テレビの中の下らない話に合わせてくすくすと笑う。おばあちゃんみたいだ。そう思う。父方の祖母は、祖父が死んだ後こんな生活を送っていた。日課は一日三度の食事と買い物とテレビだけで、たまに親に連れられて嫌々やってくる孫に嬉《うれ》しそうにおこづかいをあげる彼女を見て、子供ながらに私は、この人は何が楽しくて生きているんだろうと思っていた。楽しいも楽しくないもなくて、ただ淡々と生きるという事の意味が、今私には何となく分かる。

　お風呂《ふろ》を沸かしに行く途中、私は不意に卓上カレンダーに目を留めた。あと三日。あと三日で、弥生ちゃんの命日だ。体中から力が抜けていくのを感じながら、止まった足を踏み出し、ひんやりと冷えたお風呂場で給湯器のスイッチを押した。弥生ちゃんが死んだ。私は未《いま》だに、その現実をどう受け止めて良いのか分からない。私の手によって虐待《ぎゃくたい》されていた一弥は生き残り、傷つけられながら生き残り、この世で最も祝福された子供のように見えた弥生ちゃんが死んだ。弥生ちゃんが死んだ事を知った時、私はもう二度と一弥を虐待するまいと心に決めた。でも私はすぐに、また一弥を虐待した。虐待するたび、私はもう二度と一弥を虐待しないと心に決めた。そしてまた虐待した。繰り返し繰り返し、私はもう虐待をしないと誓い、誓いを破り虐待をした。何度も何度も児童相談所に電話を掛けようとしては、掛けられないまま携帯を閉じた。ほどなくして、浩太が虐待に気がついた。私の目の前で一弥の服を全《すべ》て脱がせた浩太は跪《ひざまず》いて痣《あざ》だらけの一弥を見つめ、目に涙を浮かべた。私がその時抱いていたのは、懺悔《ざんげ》の気持ちでも悔恨の念でもなく、「ざまあみろ」という思いだった。お前が育児を放棄して私に押しつけて私を追い詰めたから、一弥はこんな姿になったんだ。そう思った。でも浩太は裸の一弥を抱いたまま、私の存在を根底から否定するような目で私を睨《にら》み付け、激しい罵《のの》りの言葉を浴びせかけた。そして散々罵った後、気づかなかった自分自身を責めるような言葉を、力無く呟《つぶや》いた。

私たちは何日もかけて話し合った。虐待に至った経緯、私はどうするべきだったのか、これからどうしていくべきなのか、浩太はどうするべきだったのか、これからどうしていくべきなのか、虐待を抑止するためにどんな方法があるのか。インターネットや本で情報を集め、私たちは出来る事から始めていった。浩太は残業を減らし、飲みに行く回数も減らし、日曜日は一弥の面倒を見ると約束した。私はとにかく絶対に一弥に手を挙げないと約束して、苛々《いらいら》してしまった時は一弥を寝室に閉じこめ、そのまましばらく一弥の声の聞こえない所に行ってクールダウンをする、それでも苛々が収まらない時は浩太か母親に電話を掛ける、という対策を取る事にした。一弥を閉じこめておいても良いように、寝室から危ないものを排除して、母親にも軽く事情を話しておいた。でも、たまに苛々して手を挙げてしまう事があると話した時、母親が見せた軽蔑《けいべつ》の視線は、私を激しく傷つけた。一緒に行った浩太が「僕が育児を手伝わなかったせいです」とフォローしてくれなければ、私は母親と決裂し、更に状況を悪化させていただろう。虐待を知って以来、浩太は人が変わったように優しくなった。浩太は、私が病気であると思う事で、私に対する怒りを哀れみへと変換する事に成功したのだろう。

峠は越したと思っていた。育児に不安を覚えた時、育児が辛《つら》い時、私は浩太に話す事が出来る。頼れる人がいる。一弥の体中の痣が消えればまたドリーズに預けられる。浩太が、またドリーズに預け始めたら俺も送り迎えをすると言ってくれた事もあって、私は久しく感じる事のなかった心の安らぎを胸に抱いた。でも浩太に虐待がばれてから三週間も経ち、ドリーズに預け始めた矢先に、私はまた一弥を虐待した。大声で罵《ば》声《せい》を浴びせ、平手で頭をはたき、頭を叩《たた》きつけ、尻《しり》を叩き、蹴《け》り飛ばし、ポカリを顔に浴びせかけ、怯《おび》えて泣き声を上げる一弥に馬乗りになって頬を何度も叩きつけた。

私はまた、虐待をした。

最初はただのぐずりだった。私も、軽い気持ちで受け止めていた。でも一弥の泣き声は止まらず、次第に私の冷静さを奪い、苛々して一弥の手を払った瞬間、一弥が激しく倒れ込んだ。もう二度と虐待しないと心に決め、浩太と約束し、私はもう永遠に虐待から解放されるのだと思い込んでいた私は、自分が再び一弥に暴力をふるってしまった事に動揺し、同時に手を払っただけなのに激しく倒れ込んだ一弥に、まるで彼が「演技している」かのように感じ怒りを増幅させた。ここまでせっせと、いつ崩れるか崩れるかと怯えながら作り上げてきたドミノが、ばらばらと一部分倒れた。それはただの一部分ではあった。修復しようと思えば、すぐに出来たはずだ。でも私は、そこまで作り上げてきたドミノが、たとえ一部分であったとしても崩れてしまった事に絶望して、全て蹴散らし台無しにした。寝室に一弥を閉じこめて押入に閉じこもったけれど、ドア二枚とふすま一枚と私の両手を突き抜けて鼓膜を刺激する泣き声は私を追い詰め続け、私は汗ばんだ手でお守りのように握っていた携帯で浩太に電話を掛けた。浩太は出なかった。恐ろしくなった。いざとなると、到底母親に電話をする気にはなれなかった。母親は私を軽蔑し、なじるだろうと分かっていた。児童相談所の電話番号を表示させ、通話ボタンを押そうとした瞬間、寝室で大きな音がした。慌《あわ》てて見に行くと、木箱に入っていた小物類がぶちまけられ、その脇で一弥がひっくり返って泣いていた。戸棚の上から垂れていた敷物のフリンジを引っ張って、小物入れを落としたようだった。落ちてきた時にぶつかったのか、一弥のおでこは赤く腫《は》れていた。可哀想《かわいそう》にと言いながら私は、このたんこぶが小物入れがぶつかって出来たものだという私の説明を浩太は信じるだろうかと考えていた。大丈夫？　と聞いて頭を撫《な》でながら、私は自分が抑えられなくなる予兆を感じていた。結局、私は一弥を虐待した。初めてめためたに傷つけた。一弥は私に激しく揺さぶられ、床に頭を打ち付けて気絶した。一弥薄目を開けたまま身じろぎ一つしない一弥を見て、私はようやく動きを止めた。一弥の口元に手を当てそこに息が吹き掛かる事を確認してから私は家を飛び出し、裸足《はだし》のまま実家に走った。母親はいなかった。玄関の前に座り込み、地面に顔を押しつけて泣き続けていると、一時間か、二時間か経った頃に母親が血相を変えて帰ってきた。

「あんた」

母親は一言そう言って、私を憎々しげに見つめた後、私の隣にへたり込んで声を上げて泣いた。私も声を上げて泣いた。二人で、一月の寒空の下、声を上げて泣いた。情けなかった。あまりに情けなくて、私は痛くなるほど顔面を歪《ゆが》めて泣き喚《わめ》いた。

着信に気づいた浩太が、何度掛け直しても私が電話に出なかったため、慌ててマンションに帰宅すると顔を腫らした一弥が一人で泣いていた。浩太は全てを理解し、一弥を避難させるべく神奈川の実家に向かった。浩太から電話でその経緯を説明された母親は、私を捜すべく会社を出て、私のマンション周辺を探した後、自宅に戻り私を発見した。浩太はどちらかの両親を頼る道を探ったけれど、浩太の母親は義父を介護しているため一弥の面倒を見続ける事は出来ず、私の母親は離婚のショックで精神科に通い始めたばかりで、父親は不倫相手の叔母と一緒に暮らしていて私も頼りたくなかったため、一弥はそのままマンションに戻る事なく、浩太の手によって児童相談所の一時保護施設に保護され、その後児童養護施設に送られた。一弥はあの日以来、一度もこの家に帰って来ていない。

部屋着を持ってお風呂に向かう途中、足音が聞こえた。私は鍵《かぎ》を捻《ひね》ってドアを開け、丁度ポケットから鍵を取りだそうとしていた浩太は驚いたように顔を上げて「ただいま」と言った。

「おかえり」

「びっくりした」

「今、お風呂に入ろうと思ってここ通ったら足音がしたから」

「お隣さんだとは思わなかったの？」

「私、浩太の足音分かるから」

そうなの？ と言いながら浩太は玄関で靴を脱いでダイニングに上がった。

「風呂、入るの？」

「ご飯まだだったら温めてから入るけど」

「夕方パン食べただけなんだ。軽く食べようかな」

私は取り分けておいた野菜炒めを温め直し、ご飯とインスタントの味噌汁と、冷凍の唐揚げを一緒にテーブルに出した。

「野菜炒めか。いいね」

コートを脱いだ浩太は、ふうっと大きく息を吐いて椅子《いす》に座り、いただきますと言いながら箸《はし》を持った。

「最近何か、野菜が美味《うま》くてさ」

「おじさんみたい」

笑いながら言うと、俺はもうおっさんだよと浩太が笑う。私も、自分が二十代である事が信じられない。もう自分は枯れきった、しなしなの老人のようだ。生きるためのあらゆる能力を失った私には、バイトも家事もリハビリの一環のように感じられる。きっとそうなのだろう。私は、自分が真っ当な人間に、真っ当な生活を送れる人間に戻るためのリハビリとしてこの生活を続けている。もし一弥を児童相談所に連れて行った後、浩太が離婚すると言ってこの家を出ていっていたら、私は今頃こんな生活は送っていなかったはずだ。キャバクラや風俗で働き、どうでも良い男と付き合って、一弥の事も浩太の事も忘れて自堕落な生活を送っていたかもしれない。私は最近やっと、浩太と結婚して、浩太の子供を産んで良かったと思えるようになった。散々対立して、散々傷つけ合って、子供すら失ったけれど、私たちは受け入れた。結果的には、お互いを受け入れた。

「そうだ。誕生日プレゼント、決めた？」

そう聞く浩太が、緊張しているのが分かった。

「考えてはいるんだけど。何がいいのか、よく分かんなくて」

「三輪車とかって、二歳で乗れるのかな」

「どうなんだろう。もうちょっと大きくなってからじゃない？」

「じゃあ、ミニカーとか？」

「乗り物が好きだって言ってたしね。向こうとしても、あんまり大きい物じゃない方がいいかもしれないから、明日聞いてみよう」

そうだよなと呟いて、浩太は気を取り直したように箸をご飯に埋め、茶碗《ちゃわん》からかきこむように食べた。来月、一弥は二歳になる。待ち望んでいた誕生日だ。二歳になれば楽になると、いつだったかユカが話していたのを思い出す。私はゆらゆらと、胸の奥底でロウソクの火が揺れ始めたような不安を感じる。視線を落とし、手元を見つめる。

「大丈夫だよ」

浩太の言葉に顔を上げる。自分がひどく強《こわ》ばった表情を浮かべているのが分かる。

「三歳までの記憶なんて、皆忘れちゃうんだから」

そう言って、浩太は勇気づけるように微笑《ほほえ》んだ。浩太は楽観的であろうと、いや、私に楽観的である風に見せようと努めている。私から希望を奪わないよう日々言動に注意しながら、私と生活している。そんな浩太の態度がありがたい時もあれば、苛立《いらだ》たしい時も、心苦しい時も、救われる時もある。一弥を保護されてすぐの頃は、浩太がそうして楽観的な言葉を吐く事が、耐え難かった。ついこの間まで、私が聖母マリアのような母親でない事を心では責め、憎んでいたくせに、「三歳までの記憶なんてなくなるんだから」と言って私が家事や育児から手を抜けば私を軽蔑していたくせに、何が「涼子にとって今一番の薬は休養だよ」だ、と浩太を心の中で罵倒した。あんなに無理解で、無理解である事で私を追い詰めていたくせに、突然理解のある振りなんてしないでくれと、本気で憎悪した。でも、浩太を罵倒する気力もなく、浩太の優しく鷹揚《おうよう》な言葉を聞き続けている内、私は癒《いや》されていった。私は周囲の理解ある人々に支えられている。いつしかそういうストーリーの中に、私は自分を当てはめていた。

「まだ一ヶ月あるから、ゆっくり考えよう」

私はそう言うと、お風呂入るねと続けて椅子から立ち上がった。ああという声を背に、お風呂場のドアを閉める。動揺していた。一弥の喜ぶ顔が見たいと思うと同時に、私に一弥を喜ばせる権利などないとも思う。あんなに蹴りつけ、殴りつけた赤ん坊に、今更私が出来る事などあるだろうか。私がすべきなのはプレゼントではなく、自己犠牲による償いではないだろうか。もしも自分が激しいリンチに遭い、その犯人が捕まったとしたら、私は何を望むだろう。極刑までもは求めないだろうが、それなりに長い服役生活を送り、自らの引き起こした事件を心から反省し悔いて欲しいとは思うはずだ。私は確かに、収容された囚人のような、面白味のない生活、禁欲的な生活を心がけてきたつもりだ。たまの楽しみはお菓子とテレビで、友達と遊びに行ったりショッピングに行ったりというような無用な欲求は無視して、ひたすら生活と貯金のためバイトを続け、慎ましい生活を送ってきた。でもそれで、私は許されて良いのだろうか。私は何故《なぜ》、子供を殴りつけたのに、蹴りつけたのに、捕まらなかったのだろう。それは私が親だからか。一弥が被害届を出す事が出来ないからか。浩太や母親が私を庇《かば》ったからか。私は罰せられるべきではないのだろうか。一弥を虐待《ぎゃくたい》している自分の顔が頭に浮かぶ。自分が初めて虐待をした時から、私は虐待され泣いている一弥の顔よりも、見た事のない、虐待をしている自分の顔が何度も脳裏に蘇《よみがえ》り、その狂った表情に背筋の凍る思いをしてきた。嗚咽《おえつ》が漏れそうになり、手で口を押さえた。洗面台の前で、私は両手を口に当て、青ざめた醜い自分の顔をじっと見つめた。

こんにちは。浩太が明るい声を出すと、受付の職員は私たちに目を留め、ああこんにちはと微笑んだ。面会受付票に記入をしていると、今広間にいますんで、と声を掛けられた。子供たちの声が聞こえる。私は喜びに頬が緩むのを抑えられない。広間の一角を占める乳幼児スペースに、一弥はいた。マットの上でブロック遊びをしていた一弥は、一弥と声を掛けた浩太を見上げ、次にその後ろにいた私を見つけた。

「ママっ、ママっ、パパっ」

一弥は言いながら立ち上がり、身体《からだ》を揺らすようにして喜び、そのまま溶けてしまいそうなほど嬉《うれ》しそうに顔を緩めた。

「ママママ」

駆け寄ってきた一弥を抱き上げ、何してたの？　と言いながら一弥の頬を包むように手を当てた。

「ボック」

ボック、ボーック、言いながら、ブロックの方を指さす。散乱したブロックの脇《わき》に座ると、保育士の赤羽さんに挨拶《あいさつ》をした。

「車もあるね」

言いながら、浩太は一弥にタイヤのついたブロックを差し出す。ブーブー、と言いながら車を前後に動かす一弥の鼻を、バッグから出したポケットティッシュで拭《ぬぐ》う。

風邪ですか？と聞くと、赤羽さんは「そうですね、この時期なんで、全体的に風邪が流行《はや》ってます」と答えた。必要最小限の物と職員で回っている施設で、手厚い保護を受けられるとは思っていない。一弥にとって、ここがさほど居心地の良い場所だとも思わない。でもそれでも、危害を加える母親と二人で家にいるより、一弥はここにいた方がずっと幸せなのだ。

「ママっ、ママっ」

服を引っ張る一弥につられて立ち上がると、一弥は自分の描いた絵が飾られている壁を指さした。すごいね上手だね、一弥はもうこんなにお絵かきが出来るんだね、と言って、これはなあに？　これは？　とぐちゃぐちゃに書き殴られた線の塊を指さして聞いていく。

「だっだ、ぐっぐ」

一弥は嬉しそうに答えてくれるが、何を言っているのか分からない。私は去年、丁度二歳前後だった輪ちゃんの様子を思い出して、深い不安に襲われる。「ママ大大大好き、とか言われるとあー良かった、って思う」というユカの言葉が信じられない。施設で生活しているせいなのだろうか。男の子は言葉が遅いとはよく聞くけれど、輪ちゃんがはきはきと喋《しゃべ》っていた言葉が、今鮮明に頭に蘇《よみがえ》る。一弥は未《いま》だに、ほとんどの事を単語だけで伝える。水を飲みたい時は「みじゅ」という言葉と飲むジェスチャーで伝え、「お水飲みたい」とか「お水ちょうだい」という文章にはならない。前に保育士に聞いた時、男の子は女の子が好きなおままごととかお店屋さんごっこではなくて、ミニカーとか仮面ライダーの人形を使って一人で自分の世界に没頭して遊ぶのが好きなんで、皆コミュニケーション下手ですよと言って、〇〇くんも〇〇くんもすごく言葉が遅かった、と他の子の名前を出して慰められた。でも二歳も間近だというのに二語文は全く出ず、喋れる言葉がここまで少ないというのは、ちょっとおかしくないだろうか。私は、自分がそんな心配を出来る立場ではないと分かっていながら、後で浩太と一弥の言葉について相談してみようと思った。

　私たちはブロックやミニカーで遊び、外が暖かくなってくると庭に出てブランコや滑り台で遊んだ。冷たい風に身を縮めながら浩太と一弥と三人で笑い合っていると、私たちはまだあのコーポミナガワに三人で住んでいて、日曜日にお昼ご飯を食べたあと公園に遊びに来ているような、そんな気持ちになる。もしもここでシャッターを切れば、何も問題のない幸せな三人家族のように、私たちは写るだろう。

　きゃっきゃと笑いながら走り回る一弥を浩太が追いかけている。言葉は遅いけれど、運動神経は良いように見える。滑り台のポールを中心にぐるぐると追いかけ、逃げ回っている二人は、息を切らしながら大きな声を上げて笑っている。本当は、私はいつも面会の間中、ずっと一弥を抱きしめていたいと思っている。ずっと一弥のあの身体を抱きしめ、一ミリでも一弥の心を温めたいと思っている。でも子供はやっぱり、遊んでいる方が楽しいのだ。どんなに抱きしめようとしても、玩具《おもちゃ》を手に取り、ボールを追いかけ、一弥はすぐにこの手からすり抜けてしまう。一弥があんなに私の抱っこをせがんだのは、あの時期だけだったのだ。私の腕を腱鞘炎《けんしょうえん》にさせ、医者にもう修復不能ですと言われるほど手首をねじ曲げるまで抱っこをせがんでいたのは、新生児から生後一歳までの間だけだったのだ。切り落としても良かった。本当は、両手首を切り落としても良いから、私は一弥を抱き続けているべきだったのだ。過酷な育児に疲れ切っていた頃の記憶は鮮明に残っているのに、私はそんな偽善的な思いを胸に抱いていた。

「こんにちは」

声を掛けられて振り向くと、施設長の取出さんが頭を下げた。

「こんにちは」

「一弥くん、楽しそうですね」

「やっぱり男の子は、身体を使って遊ぶのが好きなんですね。私が精一杯相手しても、もう物足りないかも」

「そんな事ないですよ。一弥くんはお母さんの事が大好きですから」

黙り込んで、私は浩太と一弥がサッカーボールを蹴《け》り始めたのをじっと目で追う。

「中山さん夫婦は、この施設で一番面会率の高い親御さんです」

「そうなんですか？」

「ええ。毎週毎週、ご夫婦で子供に会いに来る親御さんは、とても少ないんです」

そうですかと呟いて、私はまた黙り込んだ。正直私は、この施設の人に合わせる顔がない。どういう顔で、一弥について話して良いのか、分からない。

「どうですか。そろそろ、一泊くらいさせてみませんか？」

私は口を薄く開けたまま、取出さんを振り返った。

「お母さんも一弥くんも、前に比べてずっと表情が明るくなりました。少しずつ、週末は家で過ごすようにしていっても良い頃かと、私は思います」

今にも私は、「来週一泊させます」「来週夫と迎えに来ます」と答えてしまいそうだった。でも口が動かない。緊張で喉《のど》がじりじりした。私はゆっくりと口を開き、乾燥のせいで切れそうになっている唇の端をゆっくりと僅《わず》かに舐《な》めると、大きく息を吐き出した。

「……まだ」

「そうですか。いいんです。ゆっくりで」

「もう少し……」

もう少し自信が持てないと。その先に続けるべき言葉が途切れた。じっと地面を見つめる私の足に、一弥がタックルをするように抱きつき、私は一瞬ぐらりと揺らいでから、しゃがんで一弥を抱きしめた。

「もう少ししたら、ママと一緒のお布団《ふとん》で眠ろうね」

一弥は耳元で言われた言葉の意味が分かっているのか分かっていないのか、はあはあと肩で息をしながら笑顔で私を見つめ、再び歓声を上げ私の手をすり抜け浩太を追いかけ始めた。永遠に一弥を手放してしまったかのように、体中から力が抜けていくのを感じた。

「大丈夫です。一弥くんは、心身共に健やかに成長しています」

はい。私はしゃがみ込んだまま、両手で顔を覆《おお》い、小さな声でそう答えた。

あいつはどんどん体力ついてくなあ、もう俺じゃスタミナが足りないよ、三歳になったらキャッチボールだな、わざと遠くに投げて取りに行かせて、スタミナ切れにさせるんだよ、今日はもう、ご飯食べて風呂《ふろ》入ったら倒れるように寝るだろうな。帰りの電車で、浩太は嬉しそうに話していた。そろそろ帰らなきゃと言った時の、一弥の泣き顔が脳裏にこびりついて離れない。私は、無理に笑顔を浮かべ、浩太の話に相づちを打った。

「お前は座んなっ」

怒鳴り声が響くと同時に、車内がぴりぴりとした空気に包まれた。斜め向かいに座る四人家族の父親が、周囲の視線を気にもせず「トモは立ってろ。お前の席はねえんだよ！」と続けた。父親は、四歳くらいの男の子を膝《ひざ》に載せたまま、立ちつくすトモと呼ばれた男の子を睨《にら》み付けている。双子だろうか、二人は同じくらいの背丈に見える。トモは大きな声で噎《むせ》ぶように泣き出し、父親の隣に座る母親は心配そうにその様子を見つめている。

「もう二度とトモとは電車のらねえからな。お前は次の駅で降りろ。一人で降りろ」

何かワガママでも言ったのだろうか。最近よく、内縁の夫が妻の連れ子を虐待死させたというニュースを見るけれど、水商売風の金髪の母親と、ヤクザのような父親は、そのパターンに面白いほど当てはまっているように見えた。もしかしたら、父親の膝に載っているのは父親の連れ子、怒られているのは母親の連れ子というパターンかもしれない。でもそれにしては、二人の男の子は似ているように見える。泣き続けるトモに「うるせえっ」、と父親は怒鳴った。母親がトモを宥《なだ》めるように声を掛けると「甘やかすな。こういう奴《やつ》は痛い目に遭わないとわかんねえんだよっ」と母親を肘《ひじ》でどついた。

他の乗客の間には、「誰か何か言った方がいいんじゃないか」という不穏な空気が漂っていて、私と浩太の間には、別の意味で激しい緊張が走っていた。赤ん坊を虐待していた妻が、身体的暴力はふるわずとも、子供に暴言を吐いている男を目の当《まあ》たりにしている時、自分はどうすべきなのか、浩太は測りかねている様子だった。膝の上で握った両手に力が入る。もしここに一弥がいたら、あなたはああいう人々とは別の世界にいるのだと安心させるべく、私は一弥を抱きしめ、優しく笑いかけただろう。でも実際私はあの父親と同類だ。いや違う。私はあんな風に、自分の虐待を肯定しているような人間であった事は一度もなかったはずだ。でも私のしていた事と彼のしている事の何が違うのか。確かに私はああして権力的に振る舞ってはいない。私は追い詰められていた。でもそんなの関係ない。暴力をふるわれる人にとって、暴力をふるう人が自分の暴力に苦悩しているか否かなど、全く無意味な情報でしかない。しばらくするとトモは母親の膝に座り、場は鎮《しず》まったようだった。父親はトモを無視したまま、自分の膝に載る男の子とチョコレートを食べていた。まだ涙の跡の残るトモは、母親の腕に抱かれ、少し落ち着いたような表情を見せていた。

「大丈夫？　気分悪い？」

浩太が私を覗《のぞ》き込んでそう聞いた。ううん、大丈夫。微《かす》かに顔を上げて言うと、浩太は私の左手を握った。温かい手が、少しずつ私を落ち着かせていく。たまには駅前で何か食ってこうか？という浩太の言葉に、色んな気持ちがせめぎ合ってはっきりと答えられずにいると、向かいの席で再び不穏な動きが見えた。

「お前は何でそういう嫌な奴なんだ！　そういう奴は向こうに行けっ。一人で電車降りろっ。トモはもう家に帰ってくんなっ」

怒鳴り声に続いて、びゃーっと弾かれたような泣き声が響き渡る。お菓子の取り合いでもしたのだろうか、トモという男の子は母親の膝から下ろされ、グミの袋を持ったまま大声で泣いている。

「俺の見えねえ所に行け！」

怒鳴られるたび、トモはびゃーっと泣き声を高めていく。私連れて行くから、と小さな声で言って、母親が立ち上がった。

「一人で降りろよ、もうお前なんかいらねえからな」

母親に手を引かれ、泣きながら隣の車両に移動していくトモの後ろ姿を見ながら、私は一弥の涙を思い出した。恫喝《どうかつ》され、殴られ、蹴られ、訳も分からないまま不条理を嘆くように大粒の涙を流していた一弥の目を。かつて自分の引き起こした惨劇を思うと、足が震えた。

「ったくよお、何だあいつは」

ぼやく父親の膝の上で、大人しい男の子は去っていった兄弟を気にしているようだった。さっきからトモが怒鳴られるたび、男の子はほとんど無表情でありながら僅かに兄弟を気遣う素振りを見せていたのだ。そういう事言っちゃ駄目だよ、何でわざと怒らせる事するんだよ、と暗に目でメッセージを送っているように、私には見えた。

「見るんじゃねえよ。あいつは一人で電車降りんだ」

身を乗り出して隣の車両を見つめていた男の子の身体《からだ》を制して、父親はチョコレートを貪《むさぼ》った。チョコレートを欲しがって泣く一弥を、私は虐待《ぎゃくたい》した事があった。気が遠くなっていくのが分かった。私は肩に力を入れると浩太の手を振りほどき、ちょっと待っててと呟《つぶや》いて立ち上がった。ゆっくりと歩いて隣の車両に向かう。後ろから、慌てて浩太が追いかけてくる気配がして振り返る。

「すぐ戻るから」

困ったようにでもと言いながら浩太が足を止めると、私は再び歩き出し、隣の車両へ続くドアをくぐった。トモはもう泣いておらず、お母さんと手を繋《つな》ぎ、乗降ドアの前に立ち外を見ていた。お母さんは疲れているのか、気力なくドアにもたれかかって、同じように外を見つめていた。私は何か、トモに何か声を掛けたいと思っている。でもあと一メートルの所まで来ても、私は自分が彼に何を言いたいのか分からなかった。トモは涙で湿ったその顔を私に向け、私を見つめてから何の意思も感じさせない表情のまま窓の方に向き直った。どうして良いのか分からなかった。私はトモの脇《わき》で、同じように、窓の外を見た。薄暗い外の景色からは、どんな情報も読み取れない。一弥の柔らかい体を抱きしめた感触がまだ両腕に残っている。温かい布団の上で一弥を強く抱きしめ、共に眠りたい。起きた時、一弥のあの小さな顔が目の前で微笑《ほほえ》んだら、私はどんな思いで一弥を抱きしめるのだろう。大変だった。私はノイローゼになったのだ。虐待をするまでに、追い詰められていたのだ。育児は楽じゃない。いい事ばかりじゃない。私は何度も虐待をしないと浩太にも自分にも誓い、何度もその誓いを破ったのだ。私は一弥と共に眠るのが恐い。一弥と生活を共にするのが恐い。一弥は恐怖だ。私にとって、最も強大な恐怖だ。でも今すぐにあの温かい恐怖を強く抱きしめたい。私は恐怖をこの体に取り込みたい。恐怖と一体化したい。早く。一刻も早く。

「かずや」

そう呟いて、私はトモの頭に手を載せていた。

五月

もしも弥生がこの一年を、生前の健やかさをもって過ごしてきたならば、彼女はどんな女の子に成長を遂げていただろう。コートとワンピースのかかったハンガーをクローゼットの取っ手に引っかけ、少し離れた所からじっと見つめた。背の高かった弥生は、この五歳用の服でも少し窮屈だったかもしれない。先週、通りかかった子供服のブティックで、チェック柄のコートと薄ピンクのコットンワンピースを半ば衝動的にレジに持って行きながら、買ってしまえば後悔するだろうと思っていた。でも帰り道、いつもそこで服を買うたび、弥生がどんな顔で喜ぶか想像していた時の沸き立つような期待を、私は弥生が死んでも尚《なお》胸に抱いていた。弥生は洋服が好きな女の子だった。新しい服を買うと、いつも目を輝かせて「着る！」と声を上げた。そんな弥生を見るたび、私はモデルである自分、モデルの子供である弥生、服を着る事を仕事にしている私、服が好きな弥生、というそれぞれに大きな充足を感じた。吊《つ》り下げられた服の前にしゃがみ込み、そこにない顔を想像する。一年分、大人っぽくなったその顔を。一年分、伸びた髪を。そして一年分、私や友達と深めたであろう絆《きずな》を。

オイルヒーターからコツコツと音がする。法事が始まる前から温めていた部屋は、そこに弥生が眠っていた頃の温かさを取り戻したかのように、生命力に満ちているように見える。今でもたまに、私は弥生の部屋で眠る。ただ否応《いやおう》無しに、弥生の匂《にお》いは薄れていった。産まれたばかりの頃、私を柔和な気持ちにさせた胎脂の匂いを引きずり続けたような、子供特有の炭水化物的な匂いは、この部屋のドアが開くたび薄れていった。

弥生の骨はまだ納骨していない。弥生は死んで一年経《た》っても尚、私の心の大きな部分を占めたまま動かない。子供を失った事を、私はまだ受け入れていない。でも、最近になって少しだけ理解出来てきたのは、「私はもう母ではない」という事だった。自分の生活は、ただ自分の生活として継続していく。夜中、目が覚めてしまった弥生に起こされる事もないし、弥生の生活サイクルに合わせて早寝早起きをする必要もないし、保育園の送り迎えの時間を気にしたり、夜の予定に合わせてベビーシッターを手配したり、母親に弥生を預ける必要もない。私の生活は、ただ私の生活としてのみ存在していて、その中に仕事や友人や夫といった要素を、私が自分の意志で詰め込んでいくだけだ。育児の義務から放り出された私は、無重力の中にいるように身軽だった。身軽過ぎて、ぼんやりしていると気づかない内にどこまででも飛んでいってしまいそうだった。自分を繋《つな》ぎ止めるものがないというのは、そういう事なのかと思った。風が吹いただけで、私はころっと、簡単に何らかの過《あやま》ちを犯してしまいそうだった。魂も何もかも抜けきり、抜け殻になったと思った。でも私は死んでいなかった。命だけが取り残されたように、私の身体《からだ》には残っていた。弥生を失っても、私は一年間生きてきた。


「五月」

ドアの開く音がして振り返ると、亮が顔を出して「出来たよ」と言った。

「うん」

「大きいなあ」

亮は私の隣まで来て、ハンガーにかかったコートから二十センチほど上の辺りに、見えない弥生の頭に手の平を載せるようにかざした。

「本当に、こんなに大きくなったのかな」

「弥生には、これでも少し小さめだったかもしれない」

亮は黙ったまましばらくそのコートを見つめて、私の肩に手を載せ「食べよう」と言うと先に部屋を出て行った。キッチンから良い匂いがしている。自分が随分とお腹《なか》を空《す》かせている事に気がついて、立ち上がってハンガーをクローゼットの中に仕舞うと弥生の部屋を出た。ダイニングテーブルを片付け、フォークやナイフを並べながら、部屋に残る線香の匂いに、仏壇を振り返る。仏壇には一足先に、サラダと魚料理とリゾットが一皿に盛りつけられ置かれていた。

「高級キッズプレートだね」

私が言うと亮は苦笑いをして、ハンバーグとかナポリタンの方が良かったか？　と言った。

「そんな事ないよ。弥生は亮の作るご飯が大好きだった」

ママの料理とパパの料理どっちが好き？　と聞くと、弥生はいつも「パパの！」と元気よく答えていた。私のそう言って欲しい気持ちと、そう言うと亮が喜ぶのを分かっていて、子供なりの気遣いでそう言っていたのかもしれない。亮がご飯を作ると、弥生は無理をしてでも残さないよう、頑張って食べていた。私はそうして、子供のくせに気遣いをしたり空気を読む弥生にどこかで苛立《いらだ》ちを感じていたけれど、何故《なぜ》あの弥生の優しさを認めてあげられなかったのだろうと、今は後悔の気持ちで一杯になる。あの優しい子供が、無意識の内に私の心の支えとなり、私の存在を強固に肯定していたのだという事を、何故彼女が生きていた頃に私は気づけなかったのだろう。

温野菜のカニソースがけ、白インゲンのスープ、マダイのソテー、ロブスターのリゾット。弥生が見たら、わあって喜ぶような夕飯を作って。弥生の命日に合わせて一周忌の法事をやると決めた時、私がそう言ったのを亮は覚えていたのだろう。

「リゾット先食べてよ。温かい方が美味《おい》しいから」

「シェフなのにそんな事言っていいの？」

「料理人は皆、料理が一番美味しい時に食べて欲しいと思うものだよ」

ふうんと笑いながら、スプーンを手に持ちリゾットを掬《すく》った。おいしい、と声を上げると同時に、私はリビングの片隅に置かれた仏壇に目をやった。

「ねえ」

「うん？」

「弥生も一緒に食べない？」

うん？　と一度聞き返してから、亮はああと言って席を立ち、仏壇の前に置かれた皿をテーブルに持ってきた。大きなプレートは私の隣に置かれ、亮はその脇《わき》に小さなフォークとスプーンを置いた。法事の終了と共に、遠慮していたのか早々に帰ってしまった私の両親と亮の両親に、もう少し何かおもてなしをするべきだったのではないかという気持ちが残っていたけれど、こうして気兼ねなく三人で食事が出来て良かったと思った。私は手を伸ばして、弥生のお皿に載る温野菜とマダイをナイフで小さく切り分け始めた。亮はしばらく黙ったままリゾットを食べ進め、私の方を見ないままワインでも飲むかと声を掛けた。うんと答えながら、私はアスパラガスを切り分ける。亮が、私のこういう行為を嫌がっているのは知っていた。亮は、弥生の死を乗り越えるべき問題だと思っている。今も弥生と共に生きているような気持ちでいる私を、亮は批判的に捉《とら》えている。亮の気持ちは理解出来る。私は今、そういう亮と一緒にいる事にさほど苦痛を感じない。むしろ、そういう亮と共に弥生を失ったのだと思う事で、救われる所がある。

コルクを抜き、グラスに白ワインを注《つ》ぐと、亮はまたキッチンに戻り、小さなコップを手に持って戻ってきた。私の隣に置かれたコップには、オレンジジュースが入っていた。じゃあ乾杯。亮の言葉にグラスを上げ、私は熊《くま》の絵が描かれたコップにもグラスをぶつけた。弥生がまだ一歳か二歳の頃、保育園で覚えてきた「乾杯」を、外食に行った際にしつこくせがんだ事があった。かぱーい、かぱーい、と何度も繰り返す弥生に、私たちは苦笑しながら何度もコップをぶつけてやった。あまりにしつこく、いい加減嫌になって無視し始めると、「パパ、かぱーい」「ママ、かぱーい」と弥生は先生が注意するような口調で私たちに乾杯を促した。

どうしたら良いのか分からない。未《いま》だに、そういう気持ちになる事がある。時折激しい混乱に見舞われ、死ぬしかないという気になる事がある。先が見えず、未来が見えず、強烈な絶望に駆られ、取り乱す事もある。数日立て続けに弥生の夢を見ると、弥生が死んでいるのか生きているのか分からなくなる事がある。まだ、ふとした瞬間弥生の姿を探している事がある。弥生の声が聞こえたような気がする事も、すぐそこに弥生がいるような気がする事もある。この一年、私は弥生の影の中で生きているようだった。ずっと弥生の存在を気に掛けながら、意識しながら、生きていた。死んでしまったけれど、いや、死んでしまったからこそ、彼女は私には抗《あらが》いようのない神として、私の世界に君臨している。育児は大変だった。逃げ出したいと思ったのも、一度や二度ではなかった。でも弥生が死に、弥生が存在から観念に変わった途端、私はそこに幻想を見るようになってしまったのだろう。弥生はもう、物体として私に機能する事はない。もたれかかってきたり、抱きついてきたり、キスをしてきたり、手を繋いできたり、しがみついてきたりは二度としないのだ。柔らかく細い胴体、長く伸びた四肢、二重まぶたの目、すっきりとした鼻筋、少し大きめの耳、ふっくらとした唇、歳《とし》の割に大きな足、足に比べると小振りな印象を与えた手の平、少しざらざらとした手触りのお腹、産毛《うぶげ》が綺麗《きれい》に渦巻いていた背中のつむじ、柔らかく細く艶《つや》のある真《ま》っ直《す》ぐに伸びた黒髪、寒い時にはランプが灯ったように赤味を帯びた頰、切っても切ってもあっという間に伸びた手の爪《つめ》、いつも私より冷たかった手、私とそっくりだった肉の少ないお尻《しり》、美しいあの子供。今、弥生はそういう肉体ではなく、「イメージ」として「思い出」として「愛」として、私に機能している。

いつの間にか手が止まっていて、その事に気づいた瞬間僅《わず》かに手が震えて、フォークを落とした。金属の響く音がして、私はびくりとして顔を上げた。亮はこの雰囲気を誤魔化したり、和ませたりするような言葉を口にするかと思ったけれど、彼は何も言わず左手にフォーク、右手にグラスを持ったまま、穏やかな表情を浮かべていた。でもその穏やかな表情が、自然に浮かべられたものではなく、半ば能面のように張り付いているのだと気づいた時、私は今口にすべき言葉を更に見失ってしまったように思った。いけないいけないいけないいけないと思いながら、私は僅かずつ、自分が冷静さを失っていっている事に気がついた。これまで何度も何度も、私は砂浜で砂の城を作るようにして、弥生の死を乗り越えようとしてきた。大丈夫大丈夫大丈夫大丈夫私は大丈夫と強く思い込み、仕事をしたり友人と会ったり亮とデートをしたりして僅かな自信を身につけ、城を手で固く固めていく途中でそれは抗いようもなく波にさらわれ、ここまでの努力が全《すべ》て無になった事に絶望して砂浜に倒れ込み幾度も波に打たれた後、のそのそと起き上がってはまた城を造り始める。この一年、私はそうして城を造り続けてきた。城を作っても作っても、波はどこまでも追ってきて、一瞬にして私の城を破壊した。もう駄目だと濡《ぬ》れた砂浜に顔を埋めては、私は何度も起き上がった。何度も起き上がり、何度も倒れた。弥生の死から、残酷なまでの規則正しさで時が経ち、城が崩れる頻度が少なくなっていくのに対して、崩れた時のショックと絶望感は激しさを増しているように感じる。そもそも私は、城が完成するとは思っていない。弥生が死んだ事を乗り越え、立ち直れる日がくるなどとは、思っていない。でもじゃあどうしたら良いのか。じゃあどうしたら良いのか。

「どうしたら良いのか分からない」

穏やかな表情を張り付けていた亮がグラスを置いて私を見上げた。

「まだ、私はどうしたら良いのか、全く分からない」

「俺は」

亮はそこで言葉を止めた。沈黙が重たく、私は大きく息を吐き出しながらグラスを持ち上げ、一気に白ワインを飲み干した。

「俺はどうしたら良いのか分かってるような振りをしてるけど、それが正しいかどうか考えないようにしてるから、そんな振りが出来るだけだ。俺だって本当はどうしたら良いのかなんて分かってないよ。でも俺は五月の前で平然としてなきゃいけないから、だからそうして正しいかどうかも分からずに、そんな振りをしてる」

「平然となんてしなくていい。私はそんな事求めてない」

「平然としてなきゃ、平然とお前の前に座ってなきゃ、お前はまたいなくなるんだろ」

開きかけた口を、私は固く閉じた。

「俺がお前と向き合わないで顔を背けてたから、お前は他の男と浮気した」

違うと声を上げたかった。でも私は何も言わなかった。

「一瞬でもお前の目から目を逸《そ》らしたら、またお前がどこかに行きそうで、だから俺は、正しいかどうかも考えずに、そういう振りをしてるんだ」

「今の私がどこに行けると思う？」

「分かんないよそんなの。俺はまだお前の事を、ちゃんと信用してない」

ワインボトルに伸ばした私の手を遮るようにして、亮がワインボトルを手に取り、私のグラスに注いだ。信用出来ない女から、一年間目を逸らさずに生活するという事が、私には想像出来なかった。信用出来ないからこそ、目を逸らさずにいられるのだろうか。それとも信用したいから、目を逸らさずにいられるのだろうか。それを想像出来ないという事は、男という他人が根本的に理解出来ないという事に等しいような気もした。

「私もこの一年、ずっと亮を見てきた」

「どうだかな」

亮は表情を緩ませ、笑ってそう言った。

「俺は妻が不倫しても、不倫相手の子供を妊娠しても、流産しても、何にも気づかなかった男だからな」

何を言って良いのか、どんな顔をして良いのか、分からないままグラスを持ち上げた。亮がそれらの事実を、事実として受け止めた上で、私と別れない決断を下したという事が、私は未《いま》だに不思議でならない。亮はあの日、私の話を聞く事を拒んだ。出来る限り、誤解のない形で、正確に、自分の気持ちと状況と不倫に至った経緯を話そうとした私を、何でそんな話を聞かなきゃならないんだと、もう離婚だと、亮は切り捨てた。待澤の子供を妊娠した時に取りに行った離婚届をまだ引き出しに入れていた私は、亮が出て行きしんとしたリビングのダイニングテーブルにその離婚届と印鑑を置いた。次の日の朝、離婚届には亮のサインと印鑑が押されていた。流産で胎児を失い、交通事故で弥生を失い、不倫の事実を話して亮を失い、私は本当に一人になるんだと思った。そう思った時、私は絶望しながらどこかで安堵《あんど》していたようにも思う。弥生を失って、亮は失わずにいるという事が、私にはどこかで負担だったのかもしれない。亮と離婚した方が、弥生を失った悲しみからは早く立ち直れると感じていたのかもしれない。でも、その次の日の明け方、弥生が死んでから初めて自分の部屋で眠っていた私に、亮は「ちょっといい」と声を掛けた。

「あれから、一睡も出来ないんだ」

そう言われた途端、今眠っていた事が心苦しくなり、私は顔を俯《うつむ》けた。

「俺が見てた現実は全部嘘《うそ》だったのかもしれないと思うと、恐ろしいんだ。俺が見てきた五月とか、俺が見てきたこの家とか、家庭とか、弥生とか、何か、俺の見てきたものは全て嘘だったんじゃないかって」

「嘘じゃない」

「俺の見てきた五月は、絶対に浮気をしない女だった。五月の言っていた事とか、五月が産んだ弥生とか、五月が俺に見せてきたものとか、全てが信じられない」

「ごめん。信じてとか言わないよ。でも本当に亮が大好きだった。弥生が大好きだった。何も失いたくなかった。浮気以外、何の嘘もなかった。亮はもう私と離婚したいと思ってるって、私はそう思ってた」

言えば言うほど、自分の言葉には欺瞞《ぎまん》が満ちているような気がして、自分の嘘臭さに耐え難くなった。言葉を重ねれば重ねるほど嘘臭くなると分かっていながら、私は言葉を止められなかった。亮がベッドの脇《わき》に腰かけ、私の背中に手を回して抱き寄せるまで、私は無用な言葉を紡《つむ》いでいたように思う。私たちはその晩セックスをして、次の日の朝からまた話し始めた。亮は一転して、全てを聞きたがった。私は全てを話した。私が全てだと思う全てを話した。妊娠の事も流産の事も、流産してから、弥生に対する気持ちが冷めていった事も、弥生に対して、何か割り切れない思いを抱えていた時に弥生が車道に飛び出し、自分が自ら弥生の命を手放したように感じている事も、三日間失踪《しっそう》した時、浮気相手の所にいた事も、そこに行けば楽になるはずだと思っていた事も、そこに行けば救われると思った事も、でも違うと思った事も、亮に全てを話す事でしか、私は弥生の死を現実に出来ないと思った事も。

全て話すために、三日三晩二人でいた。ずっと二人で話していた。亮がどんな結論を出すか、私には最後まで分からなかった。これからの事なんだけどと亮が切り出した時、耳を塞《ふさ》ぎたくなるほど恐かった。亮を失いたくないと強烈に、私は思っていた。もう失いたくなかった。弥生の面影の映る亮を失えば、私は弥生と、もう一人の弥生を失うような気がしていた。「彼とは別れられるの?」亮がそう言ったのを聞いた瞬間、私は一縷《いちる》の希望を見出《みいだ》した。そしてそれから一年、私は他の事を忘れたように亮という存在だけを生きる上での支えにして、亮という希望だけを見つめ続けて生きてきた。今弥生とどう向き合ったら良いのか。今亮とどう向き合ったら良いのか。私は一年間それだけを考え続けて生きてきた。単発の小さな仕事に出る事はあった。友人と会う事もあった。でもそれは人としての生活を正常に成り立たせるために必要な一要素でしかなかった。

亮との生活は、少なくとも私には、愛に満ちたものに感じられた。でも私は亮と言葉を交わせば交わすほど、穏やかな生活を送れば送るほど、関係が改善していけばいくほど、喪失感が募っていくのを感じてもいた。ここには、弥生だけがいない。温かさを取り戻した家庭に、弥生だけがいなかった。もしもここに弥生がいたら、どんな顔をしただろう。どんな風に笑っただろう。私と亮がソファでくっついているのを、私と亮が穏やかな表情で優しく言葉をかけ合っているのを、弥生はどんなに幸せな思いで見つめただろう。優しさと思いやりに満ちた家庭の中で、弥生はどんな風に成長していっただろう。微笑《ほほえ》み合う私たちの間にあの小さな体が「やよいもっ」と割り込んできたら、私は、私の人生にこんな幸せな瞬間はなかったと、そう思ったはずだ。でも弥生だけがいなかった。再び訪れた、亮との穏やかな時間に、生活に、ただ弥生がいなかった。この家には、ぽっかりと黒い穴が開いたように「喪失」が巣くっていた。「喪失」は癒《いや》される事がない。埋まる事がない。城を作っても波がさらっていくように、開いた穴に何を詰め込んでも、穴は全てを飲み込んでしまう。その先が宇宙に繋《つな》がっているように、全世界を詰め込んでも、穴は埋まらないだろう。大切な人を失った人は、一体どうやってこの穴と生きていくのだろう。私は、一生埋まらないと分かっている穴と、どうやって生きていけば良いのだろう。見ない振りをしても、意識しないようにしても、どうやったって穴はそこにある。そんな風に弥生の喪失を穴に喩《たと》えて想像していると時々、自分もその穴の中に飛び込めば、その穴は私自身となり全世界となり、その時私は弥生と一体化するはずだと、そういう妄想に駆られる。

食事を終えると、亮は弥生のお皿とコップを仏壇に戻し、下げた食器をゆすいでそのまま食洗機をスタートさせたようだった。微《かす》かに水の音がするのを聞きながら、私はソファの前のローテーブルに赤ワイン用のグラスを置いた。洗い物が大嫌いで、キッチンの棚が低すぎて食洗機が入らないと知った時絶望の余り紙の皿とコップと割り箸《ばし》とプラスチックのフォークを大量に買い込んだという話をしていたのは誰だったかと考えてすぐ、ああユカだと思い出して、僅《わず》かに頬が緩んだ。

「うん？　何？」

キッチンからチーズの載ったお皿を持って戻ってきた亮が、私の顔を見て嬉《うれ》しそうに聞いた。

「ううん、何か、前に友達が洗い物が大嫌いっていう話をしてたの思い出して」

「へえ」

「洗い物しながらｉＰｏｄで音楽聞いて歌ったり、踊ったり、小説の朗読聞いたり、聞くだけで話せるようになるっていう教材を流して洗い物の時間だけでフランス語をマスターしようとしたり、お皿の一枚一枚に嫌いな奴《やつ》の顔を思い浮かべて金たわしで洗ったりして、色々試行錯誤して楽しもうと思ったんだけど、洗い物だけはどれだけ工夫しても好きになれなかったって」

亮は笑って、それはあれ？　あの小説家の子？　と聞いた。亮とほとんど会話をしなかった空白の期間に体験したり、聞いたりした面白い話を、この一年かけて私は全て亮に話してきた。ユカとは連絡を取らなくなってしまったけれど、そうして亮に話して追体験してきたせいか、あまり疎遠《そえん》になったという実感がない。

「そうそう。ユカっていつも話が大袈裟《おおげさ》で」

この間、久しぶりにリカさんと会った時、ユカが旦那《だんな》さんと別れ、アートディレクターと再婚したという話を聞いた。離婚後半年を待っていたように入籍したようで、更に妊娠していると聞いて驚いた。すごい話よねえと笑った後、「moda」でその劇的な恋愛を書いてくれないかって依頼してるの、とリカさんはいかにもやり手編集長らしい表情で語った。

弥生の死をきっかけに、多くの関係が断ち切れた。意識する事もなく、細くなって細くなっていつの間にかぷつりと途切れてしまった関係もあれば、はっきりとあの時を境にぷつりと切れた関係もあった。弥生が産まれる前から親交があった人や、リカさんのように子供とは関係のない所で知り合った仕事関係の人は、今でもそれなりに付き合いがあるけれど、ユカや涼子ちゃん、保育園で知り合った他のお母さんや、ママになった事で仲良くなった子持ちのモデル仲間とは、もうほとんど連絡を取る事もない。たまにどうしているだろうと思う事はあるけれど、無駄な気を遣うのも、遣われるのも嫌だ。それに、自分が母になった事で、子供のいない人と話が合わなくなってしまったのと同じように、母でなくなった私が、今育児をしている母親たちと会っても、話が合わないだろう。私は母親ではなくなった。子供を育て上げたわけでもなく、子供が出て行ったわけでもなく、失った。失って、母ではなくなった。

亮がくすくす笑っているのに気づいて、今度は私が「なに？」と聞く。

「いや、前にそのユカって子の話で、ナンパしてきた男が童貞だって知って、友達がそいつの股間《こかん》をガン見してたっていう話があったじゃない。あの話、何かよく思い出して笑っちゃうんだよ」

ああと言って、私も笑った。ユカと涼子ちゃんが高校生の頃、二人で遊んでいる所にナンパしてきた男子高校生と立ち話をしていた時、片方の男の子が友達を指差し「こいつチェリーボーイなんだよ」と言った瞬間、涼子ちゃんが顔から視線を一直線に股間に落としたという話を、ユカはいつだったか面白可笑《おか》しく話していたのだ。

「へえーっ、て言いながらじーっと股間ガン見してさ、もう超笑ったよ」

確か、その場に涼子ちゃんはいなかったはずだ。ユカはそう言った後、「でもさ、結局その場では遊ばなかったんだけど、今の涼子の旦那って、その時のチェリーボーイなんだって。私はすっかり顔も忘れてたんだけどね」と話した。えっじゃあ涼子ちゃんの旦那さんって涼子ちゃんしか経験してないの？　と聞くと「いやいや、実際付き合い始めたのは、ナンパから何年か経《た》った後で、残念ながらその時には経験済みだったみたいよ」と手を卑猥《ひわい》な形にして笑った。何でか分からないけれど、私はその話を聞いた時、涼子ちゃんは幸せな人生を歩んでいくんだろうと、勝手に涼子ちゃんの未来に安心した。

「でもユカ、絶対その話誇張してるよ。ほんといつも大げさに話すんだもん」

そう言うと、私は亮と一緒にまた笑った。

「なあ、これうまいよ。食べてみ」

亮がハードタイプのチーズを指して言う。一切れ指で摘んで口に入れると、うんおいしい、と私は声を上げた。

「こっちも飲んでみ」

言われて、注《つ》がれたばかりの赤ワインを手に取ると、口に含んで「うん」と更に声を上げた。

「おいしい。すごい合う」

だろ？　と満足そうに亮は言って、自分もワインをぐっと飲んだ。弥生に会いたかった。私たちの不仲に、最も心を痛めていた我が子に、今私たちはこんなに幸せでいるよと知らせてあげたかった。もう大丈夫だよ、仲良しだよ、そう伝えたかった。

化粧落とさないの? コンタクト取った? パンツ見えてるぞ。苦笑混じりに言う亮の声に、弱々しく微笑み返す。夫婦二人で晩酌しながら酔いつぶれてしまった私は、亮の腕に抱きかかえられ、寝室のベッドに運ばれた。ベッドの真ん中に優しく寝かされた私は、「亮は自分の部屋で寝るんだろうか」と一瞬考えて寂しくなった。亮が躊躇《ためら》いか、それとも何か他の事を考えていたのか、一瞬の間を置いて隣に寝そべった時、私はどこかでほっとしている自分に気がついた。亮の仕事量にもよるけれど、大体一週間の内二日か三日は一緒に寝ている。子供の世話をする必要もなくなり、仕事にも本格的に復帰していない私が早寝早起きをする意味もなく、最近は三時や四時に帰ってくる亮に合わせて遅寝遅起きの生活を送っている。弥生といた時は、インタビューであんなにも早寝早起きのメリットについて切々と語っていたのに、今では如何《いか》に自分が自己肯定に必死になっていたのかがよく分かる。私は必死に、母になろうとしていたのだろう。母である自分、弥生の母である自分、母としての自分、母としての今、母としての未来、それら全《すべ》てを肯定して振り返らずに前に突き進む事でしか、私は母という役割を受け入れられなかった。本当は恐かった。母になるのも、母でいるのも、母で居続けるのも、どこかで恐かった。自分は母だと胸を張って言いながら、どこかで「本当に母なのか」と違和感を抱いていた。今、疑いようもなく、私は母ではない。でも疑いようもなく、私は母だった。

隣でじっと黙っている亮が起きている事に気づいた私は、迷いながら手を伸ばした。子供の一周忌に、私はセックスをするのだろうか。そんな事をして良いのだろうか。私の迷いに気づいているのか、亮は一瞬私に触れられた事を無視するような素振りを見せた後、私を強く抱きしめた。化粧を落としていない顔が亮の胸元に擦《こす》れて、息苦しさを感じる。体をまさぐる亮の手に、私は反応していく。亮に全てを話してから、待澤には一度も会っていない。私は亮の目の前で電話を掛け、待澤に別れて欲しいと言った。五月ちゃんが、本当は旦那さんに気持ちがあるって分かってたよと、高校生の頃のように私の名前にちゃん付けをして待澤はそう言った。「でもあの時流産してなかったらどうなってたんだろうって、今でも考えるんだ」待澤の言葉に、私は何も答えられなかった。流産していなかったら私は、待澤の子供を、絶対に産んでいたはずだ。「俺に出来る事があったら何でも言って」言葉に詰まりながら発された水っぽい声に、私は黙ったまま電話を切った。亮の目の前で待澤と別れた私は、自分は近い内に、また待澤の所へ逃げ出してしまうのではないかと思っていた。亮と、弥生の死を直視していく事に、私は耐えられる気がしなかった。実際、この一年で二回、待澤に電話を掛けたいと思った時があった。辛《つら》くて辛くて、全てを捨てて逃げ出したら楽になるんじゃないかと、待澤の電話番号を表示させたまま泣き喚《わめ》いた。でも私は掛けなかった。掛けなかった。待澤と会うのに使っていたホテルには、この一年一度も行っていない。待澤と別れてから、あのホテルの前を通るたび心が乱れ、「私は一生この道を通るたびこの胸苦しさを感じ続けるのだろう」と思った。でもこの間そのホテルの前を通った時に、私は何も感じていなかった。ふと違和感を抱いて、「そうか、あのホテルか」と振り返って気がついた時、私は待澤とのあれこれを乗り越えられたような気がした。

パンツが下ろされ、亮の指がせわしなく私の性器をまさぐり、ゆっくりと入ってくる。小さく声を上げて、亮の肩を摑《つか》むように力を入れた。この一年、普通にセックスをしてきた。一週間に一度は、セックスを重ねてきた。避妊はしていない。でも私はこの一年、一度も妊娠しなかった。毎月毎月、私はどこかで期待している。一日でも生理が遅れれば検査薬を使う。二日目も、三日目も、検査薬を使う。先々月、四日遅れた時、私はほぼ妊娠を確信していた。重たい下腹部痛に顔を歪《ゆが》めてトイレに入り、鮮やかな経血を目にした瞬間涙が零《こぼ》れた。駄目だった。今月も駄目だった。毎月毎月そうして一喜一憂している事を、亮もどこかで勘づいているのかもしれないけれど、私はそうして一喜一憂してしまう事を亮には話していない。その話をするのが恐いという気持ちもある。不倫相手の子どもを流産した事を知っている亮が、一年普通にセックスをして子供が出来ない事をどう思っているのか、私は聞くのが恐い。普通にセックスを重ね、いつしか妊娠して、また自然に出産に至る、そういう流れの中で、私はきっと亮との関係を、信頼関係を、そして弥生を失ってしまった事で失ってしまった何らかの一部分を、取り戻せるのではないかと思っていた。希望は捨てていない。でも、妊娠しないという現実を受け止める事も出来ない。

突き上げられながら、声が少しずつ高まっていく。揺さぶられ、抱きしめられ、キスをして、私は薄く目を開ける。リビングに繋がるドアの隙間《すきま》から、明りが僅かに漏れている。かつてこの家を走り回っていた美しい子供を、不謹慎かもしれないしお門違いかもしれないけれど、私は再びこの家に呼び戻したいと思っている。もしも私が再び妊娠をしたとしても、産まれてくる子供は弥生ではない。その子供に、弥生の魂が籠《こ》もっている訳ではない。それは分かっている。でも私は亮が弥生に似ている事を痛感した時に亮を失いたくないと強烈に思ったように、弥生の面影の残る何者かの複製を作る事に、激しい執着を抱いている。不謹慎だ。でも子供が欲しい。私は母になりたい。子供が欲しい。再びこの手に、我が子を抱きたい。弥生のように美しい子供を、再びこの腕に抱きたい。抱きしめたい。そして二度と離したくない。

亮。名前を呟《つぶや》いて、背中に爪《つめ》を立てる。動きが激しさを増し、それ以上入らないほど奥まで亮の性器が繊細な乱暴さで入ってくる。私を見下ろす亮の額から汗が流れ、冷えながら落ちてきたその僅かな飛沫《ひまつ》が、亮が他人である事を強烈に実感させる意味を含んだものとして、冷たく阻害するように私の胸を濡《ぬ》らした時、亮が震えた。私は半ば、自分を諦《あきら》めるように祈った。何でも差し出すだろう。私は何でも差し出すだろう。愛しい物ものに、全てを捧げるだろう。

解説

髙樹のぶ子

本音の中の本音は大抵、社会の常識に反している。だから世の中に流通する常識から隔絶された「本音の箱」に収められている。日々の平安と秩序を保つための、人間の英知なのだろう。

「本音の箱」は誰が作ったものだろう。そして誰が、この箱からこぼれ出てくる声を恐れて地中に埋めたり、間違ってこぼれ出てきた声を、異教徒か魔女の叫びのように忌《い》み嫌ったあげく、箱ごと焼き払おうとするのだろうか。

それは私たち自身だ。母親から産まれ、愛情の中で育てられ、無事社会人となった私たち自身が、この箱を否定しようとする。本音というものは真実の声ゆえ、社会を脅《おびや》かし、かろうじて立っている自分自身の足元を崩しかねないことを、私たちは本能的に察知しているのだ。

本音の箱が少しでも口を開き、中から声が漏れ出てくると、女の多くは耳を塞《ふさ》ぎ、忌まわしいもののように遠ざかろうとする。耳を近づけて聞いていると、それは体内に忍び込み、保たれていた身体の平穏が乱されるのを、女たちは恐れているのだ。無論、この声を恐れるのは男たちも同じだ。けれど男たちの多くは我が身に起きることとは考えず、身近な女たち、つまり自分の妻や母親とは無縁な声だと思い込むことで、かろうじて平安を保つ。

人類は赤ん坊を産み育てることで、生命を継続させ繁栄してきた。その役割は女が担《にな》ってきた。この営みの根底を揺るがす声を、男も女も、どうして正面から受け止めることが出来るだろう。じっくりと見詰めれば、存在を認めなくてはならなくなる。だから目を逸《そ》らしてきただけなのだ。

本著はその怖《おそ》ろしいことをやってのけた。本のページが声をあげている。金原ひとみはパンドラの箱を蹴破《けやぶ》り、これまで誰にも受け止めて貰《もら》えなかった母親たちの本音を、社会にぶちまけた。

母性神話で覆《おお》われてきた皮膚の下に在る、性の溜息《ためいき》や狂気、落下への欲望。自らの命と引き替えに産み落としたはずの小さな命への、それゆえ起きる理不尽で激しい憎《ぞう》悪《お》や攻撃性を、隠すところなく暴《あば》いて見せたのだ。それも決して露悪的にではなく、在るがままの日常の姿として。

本著を読んだ人間は、男であれ女であれ、ある種の戦慄《せんりつ》と怒りと哀《かな》しみを覚えるだろう。不意打ちをくらったあげく、自分の存在について考える。「母性と呼ばれてきたものへの信頼」に支えられた自分を疑い、ある人は人類の未来に絶望するかも知れず、またある人はそれでもいま自分が成人して、子孫を残したいと考えていることに安堵《あんど》するに違いない。いずれにしても、赤ん坊が産まれて育つということは、母性という言葉でくるんで無視できるほど当たり前のことではなく、奇跡的な幸運の連続であることを、謙虚に思い知ることになる。

なぜならこの小説の中に、迸《ほとばし》るような勢いで描かれている母親たちは、どこにでも居るごく一般的な女たちなのだから。

同じ保育園に子供を預けている三人の母親たちが登場人物。

作者の認識が投影されている作家のユカと、外側からは幸福な家族に見えるものの、気持ちは追い詰められて幼い息子を虐待してしまう専業主婦の涼子、そして夫との結婚生活が上手く行かず、不倫のはてに身ごもり、不慮の事故に巻き込まれるモデルの五月。

同じ年頃の子供を持つ母親たちは、お互いに育児の情報を交換し、あけすけなまでに正直に自分をさらけ出す。社会的には立場を異にする母親たちだが、あたかも母親という名のもとに押しつけられた犠牲を、共有しあう仲間のように、寄り添い理解しあい助け合う。高校時代からの友人ということもあるが、彼女たちはお互いを競争相手とは考えず、仲間の子供への眼差《まなざ》しも温かい。

そこには、同じ痛みに耐えている同僚への理解と同情があり、その繋《つな》がりが育児の情報を得るメリットに支えられているにしても、親和的で隔てがない。通常は競争心や自負心がもたらす心理的なつばぜりあいが在りそうなものだが、この三人はお互いに対して融和的で正直だ。働いている母親は通常、専業主婦の立場で保育園に子供を預け、昼間携帯の画面で保育の様子を覗《のぞ》き見ているような母親に対して、厳しい視線を向けそうなものだが、そうした批判的な行動は起こさない。

だがしかし、ふと退《ひ》いてこの共同体を眺めてみると、共同体自身が社会から孤立しているのがわかる。夫たちが所属する世界の無関心や、言っても理解してもらえないという諦《あきら》めを無意識に抱えた母親たちが、小さな繭《まゆ》をつくり寄り添っているのだ。

小説はこの繭の中を明らかにする。

「減った。月一か、あっても二」

「ひどい。旦那《だんな》可哀想《かわいそう》」

「ユカは？」

「週二くらいかなあ。別居してると数は打てないけど、会った時は必ずヤるようになるよね」

「そういうもんなんだ」

ユカと涼子の、産後のセックスに関する会話だ。セックスがなくても愛し合えるのが本当の愛じゃない？　と言う涼子に、ユカは言う。

「だから涼はさ、あれなんだよ。根底にものすごい自己肯定があるんだよ」

他愛ないが真剣な議論と情報交換。

「でもセックスで肯定してもらうっておかしいじゃん」

と言う涼子に言い放つユカの言葉には、作者金原ひとみの声が乗り移っている。

「セックスって全肯定だからね。全肯定って暴力だからね」

涼子ははいはいと聞き流して溜息をつくが、読者は作者のナマの声に胸ぐらを摑《つか》まれて息を止める。まさに暴力的なひと言だ。そして、ユカだけでない他の二人にも、作者が乗り移っていることに気付く。どの女たちも、作者の分身であり、心情を辿《たど》れば作者に行き着く。この発見を、文学上の欠点と見るのは容易だが、描き分けるという作意が入り込めないほど、この小説は逼迫《ひっぱく》しているし、熟慮の余裕も無い勢いでひた走る。疾駆を止めれば倒れるしかない切実さで、金原ひとみはこの小説を書いた。そして、暴かれてはならない本音を白日に晒《さら》したのだ。子供は体内に宿したときから別の生命だ。生まれ落ちてからはなおさら、我が儘《まま》で身勝手な他者となり、生存のすべてを掛けて自我を主張する。どの母親も戸惑い、既存の母性で自分を律しようととりあえずは試みる。しかし現代の母親たちは、大家族制の恩恵からも儒教的な役割や尊厳からも切り離された場所で、自分を見詰めるしかない。そこには既存の母性では律しきれない自分がいる。

母親であることと女であることを、当然のごとく両立させようとするし、その分、身を引き裂かれるような孤独に立ち往生しなくてはならなくなった。母親というものの、安寧で幸福なモデルを見失ってしまったのだ。

自由と主体性を得たことと引き替えに、自分を縛る「子供への愛」を持てあまし、自我の実現を求めて咆吼《ほうこう》する母親たち。

パンドラの箱の中は切ない声で満ちている。

近年、母親への違和感や重圧をテーマにした小説が書かれ始めたが、この作品の対極にあるように見えて、実は同じパンドラの箱である。そしてこの箱を開けるのは、いつも女自身なのだ。

最後に、本作について、インタビューに答えた金原ひとみの声を紹介しておきたい。

「幼い我が子と対峙《たいじ》するとき、母はつねに孤独な存在だと思います。通常、人と人とは群れることによって孤独感を癒《いや》そうとするものですが、母親は子どもと世界を共有するのではなく、子どもの世界を守る存在です。この子のために死ねるんだろうなと、我が子を見て思った瞬間、私は楽園から追放されたような孤独感を抱きました。子どもが危険に晒されたとき、可能な限り私は身を挺《てい》して子どもを守るだろう。つまり自分が子どもを守る、すすけた防波堤になったような、そういう虚しさでした」

押し着せられた社会通念の衣を自ら剝《は》ぎとり、女たちは孤独な剝《む》き身になって行く。少子化や介護などの社会問題も、根底にはこのテーマが横たわっている。


（二〇一三年十月、作家）

この作品は二〇一一年七月新潮社より刊行された。

金原ひとみ著
軽薄
私は甥と寝ている――。家庭を持つ29歳のカナと、未成年の甥・弘斗。二人を繋いでしまった、それぞれの罪と罰。究極の恋愛小説。

高樹のぶ子著
光抱く友よ
芥川賞受賞
奔放な不良少女との出会いを通して、初めて人生の「闇」に触れた17歳の女子高生の揺れ動く心を清冽な筆で描く芥川賞受賞作ほか2編。

綿矢りさ著
ひらいて
華やかな女子高生が、哀しい眼をした地味な男子に恋をした。でも彼には恋人がいた。傷つけて傷ついて、身勝手なはじめての恋。

桐野夏生著
残虐記
柴田錬三郎賞受賞
自分は二十五年前の少女誘拐監禁事件の被害者だという手記を残し、作家が消えた。折り重なった虚実と強烈な欲望を描き切った傑作。

桐野夏生著
東京島
谷崎潤一郎賞受賞
ここに生きているのは、三十一人の男たち。そして女王の恍惚を味わう、ただひとりの女。孤島を舞台に描かれる、〝キリノ版創世記〟。

桐野夏生著
ナニカアル
島清恋愛文学賞・読売文学賞受賞
「どこにも楽園なんてないんだ」。戦争が愛人との関係を歪めてゆく。林芙美子が熱帯で覗き込んだ恋の闇。桐野夏生の新たな代表作。

新潮文庫の新刊

今野敏著
審議官
—隠蔽捜査9.5—

県警本部長、捜査一課長。大森署に残された署員たち。そして竜崎の妻、娘と息子。彼らだけが知る竜崎とは。絶品スピン・オフ短篇集。

白石一文著
ファウンテンブルーの魔人たち

大学生の恋人、連続不審死、白い幽霊、AIロボット……超高層マンションに隠された秘密とは？　超弩級エンターテイメント開幕！

櫛木理宇著
悲鳴

誘拐から11年後、生還した少女を迎えたのは心ない差別と「自分」の白骨死体だった。真実が人々の罪をあぶり出す衝撃のミステリ。

仁志耕一郎著
闇抜け
—密命船侍始末—

俺たちは捨て駒なのか——。下級藩士たちに下された〈抜け荷〉の密命。決死行の果て、男たちが選んだ道とは。傑作時代小説！

堀江敏幸著
定形外郵便

芸術に触れ、文学に出会い、わたしたちは旅をする——。日常にふいに現れる唐突な美。過去へ、未来へ、想いを馳せる名エッセイ集。

阿刀田高著
小説作法の奥義

物語が躍動する登場人物命名法、書き出しとタイトルのパターンとコツなど、文筆生活六十余年「小説界の鉄人」が全手の内を明かす。

マザーズ

新潮文庫　か－54－2

平成二十六年一月一日発行
令和七年十月五日三刷

著者　金原《かねはら》ひとみ

発行者　佐藤隆信

発行所　株式会社新潮社
郵便番号　一六二－八七一一
東京都新宿区矢来町七一
電話　編集部(〇三)三二六六－五四四〇
　　　読者係(〇三)三二六六－五一一一
https://www.shinchosha.co.jp

価格はカバーに表示してあります。

乱丁・落丁本は、ご面倒ですが小社読者係宛ご送付ください。送料小社負担にてお取替えいたします。

印刷・大日本印刷株式会社　製本・株式会社大進堂

ISBN978-4-10-131332-0 C0193